我是一个兵

莫非 —— 著

I AM
A SOLDIER

图书在版编目 (CIP) 数据

我是一个兵 / 莫非著. — 北京：生活·读书·新知
三联书店，2015.8
ISBN 978-7-108-05290-2

Ⅰ.①我… Ⅱ.①莫… Ⅲ.①长篇小说－中国－当代
Ⅳ.①I247.5

中国版本图书馆 CIP 数据核字 (2015) 第 060869 号

责任编辑　黄新萍
装帧设计　朴　实　张　红
责任印制　崔华君
出版发行　生活·讀書·新知 三联书店
　　　　　（北京市东城区美术馆东街22号）
邮　　编　100010
网　　址　www.sdxjpc.com
经　　销　新华书店
排版制作　北京红方众文科技咨询有限责任公司
印　　刷　北京铭传印刷有限公司
版　　次　2015年8月北京第1版
　　　　　2015年8月北京第1次印刷
开　　本　635毫米×965毫米　1/16　印张 24
字　　数　288千字
印　　数　0,001—3,500 册
定　　价　45.00 元

（印装查询：010-64002715；邮购查询：010-84010542）

目 录

1

路从这里开始

    1966 年开始的文化大革命，是奚晓永远的一个梦魇：工厂停产，学校停课，党政机关受到冲击，领导干部和知识分子被打倒在地还要被踏上一脚，社会主义法制受到破坏……这是"文革"中的一代人都不会忘记的一段历史。奚晓在黑暗中眺望，又在等待中彷徨，探寻着自己人生的彼岸……她无法选择自己的出身，但当她意外地成为一名解放军女战士的时候，在军队这所大学校里，她选择了勇敢面对困难，学会在逆境中忍耐、生存和勇往直前，是军队赋予了她成长的力量、热情和理想。

女孩儿的噩梦

公元 1966 年，在中国，那是一个疯狂的年代。

一辆黑色苏式伏尔加轿车在平原省省会永定市通往滨海市的公路上颠簸前行，后座车位上只有一个十二三岁的小姑娘，清秀、白皙而又稚嫩的脸上满是忧愁和疑惑，期盼中夹杂着不安，她紧紧地抓住座椅后背的扶手，迷茫的双眼注视着车窗外飞速掠过的树干和荒芜的田野。

小姑娘名叫奚晓，爸爸妈妈习惯叫她"晓晓"。

几天前奚晓还是一个阳光纯净而又无忧无虑的女孩儿，和省府大院的很多孩子一样，她被卷入了一场"红色"的风暴之中。奚晓非常亢奋，她和伙伴们或追逐着满大街举着旗帜和标语游行的队伍，或到学校、工厂、机关的墙外观看铺天盖地的大字报，甚至登上火车，肆无忌惮地满世界游山玩水"大串联"……没有了学校和老师的管束，她成了一匹脱缰的野马。

然而，只一夜之间，奚晓便堕入了万丈深渊。

爸爸妈妈不知为什么已经好多天不回家了，房间里，没有了爸爸熟悉的身影和声音，也听不到妈妈匆匆的脚步声，奚晓和奚海姐弟俩都有一种莫名的不安和恐惧，不到 10 岁的奚海老是不停地问奚晓：

"姐，咱爸咱妈怎么还不回家来呢？"

"不知道……"

一连几天的阴雪，奚晓坐在窗前，看着窗外的小雪像棉絮一样无声地飘啊飘的，她的心空空的，比这个阴冷的天还要冰凉。

没有了爸爸妈妈的下落，她不知道这个世界发生了什么，原本和蔼可亲的叔叔、阿姨以及楼道里的邻居都变得很奇怪，有的拒她千里之外；有的明明走到她面前却装作没看见；有的对她指指点点；还有的见到她和弟弟就像避瘟疫一样落荒而逃……从人们冷漠的眼神里，奚晓第一次感到了世态的炎凉。

就在此时，奚晓的爸爸妈妈正在经受着她做梦也想不到的灾难。

奚明——奚晓的父亲、师芩——奚晓的妈妈，夫妻二人先后被造反派关进了被称为"牛棚"的地方，失去了自由。这种"牛棚"在那个年代有很多很多，凡被关在那个地方的人，无一例外地被称为"黑帮""走资派"或"牛鬼蛇神"，成为人民的敌人。

奚明和师芩自然不知道自己如何变成了人民的敌人，他们原本为了国家和人民出生入死，现在却被"人民"无情地专政了。更可怕的，是人民的敌人就必然受到游街、体罚、专政、批斗，夫妻二人历尽折磨，受尽了侮辱。奚明右侧的脸肿得像发起的面包，师芩一头秀发被剪掉……肉体上的伤痕他们似乎可以忍受，而精神上的摧残，却几乎完全击倒了他们。他们始终无法承认自己背叛了终生为之奋斗的事业，无法反对比生命还重要的党组织，也从来没有与自己息息相关的人民为敌。

奚明和师芩被关在不同的城市，彼此见不到面，但是都不约而同地在默默惦记着家中一双幼小的儿女，姐弟俩饿着没有？受惊吓了吗？他们是怎么度过一个个漫漫长夜的？

雪不知道什么时候停了。

天刚刚亮，奚晓被急促的砸门声惊醒。奚海吓得连忙躲在姐姐的身后，惊恐地望着"咚咚"响着的门，一声不敢吭，奚晓壮着胆子问："谁呀？"一边迅速穿上外衣将门打开。

一群人拥进他们家，为首的人她很熟悉，是经常给家里送报纸的一个叔叔,"都仔细点啊!"那个叔叔指挥着,一群人如入无人之境,立刻行动起来,"抄家"开始,箱子、抽屉、衣柜,甚至床铺上的被褥全部被检查,奚明、师芩写有字迹的那些本子、纸片全部被装到几个大文件袋里,随着"乒乒乓乓"翻箱倒柜的声响,本来整洁的家即刻一片狼藉。

奚海被这突如其来的灾难吓得不知所措,对送报纸的叔叔求助似的问道:

"叔叔,我爸爸呢?"

那个"叔叔"冷冷笑道:

"不要叫我叔叔,知道吗?"

奚晓百思不解,问:

"叔叔,我爸爸在哪儿?"

"听好了,不许叫我叔叔!"那人用手指着奚晓道,并不回答她的问题。

一个时辰的工夫,"抄家"完毕,一群人扬长而去。奚晓和弟弟惊魂未定,看着那些人离去,奚晓浑身止不住地发抖,眼泪淌了下来,对弟弟说:

"小海,爸爸妈妈肯定是被关起来了。"

"是关进牛棚了吗?"奚海知道那种地方,也看到过在牛棚关着的"坏人"。

"嗯,"奚晓擦擦淌下的泪水,自言自语地说,"我不信爸爸妈妈是坏人。"

"咱们怎么办呢?我想妈妈,妈妈……"奚海开始哇哇大哭起来。

"小海,别哭了,姐姐明天去打听爸爸妈妈的下落。"

第二天一早,奚晓拉着奚海去机关找爸爸,她想起了苑叔叔,苑叔叔是爸爸的秘书，经常跟随在他身边。秘书名叫苑动力，他中等个，方脸盘，戴着一副眼镜，显得文质彬彬，和蔼可亲又有礼貌，是奚晓最尊重也是最熟悉的人了……

可是，一连几次，苑动力都不冷不热地对姐弟俩说：

"回去吧，回家等吧。"

奚晓感到苑叔叔其实是知道爸爸的下落的，她清楚地记得，前一段时间苑叔叔曾对妈妈说过，爸爸很好，身体不错，还神秘地小声告诉奚晓说：

"晓晓，你爸爸是个坚定的革命派。"

但是，现在为什么不说了呢？苑动力冷冷的态度，令奚晓觉得有些不对劲儿，可问题出在哪儿，又说不清楚。

晚上，奚晓对弟弟说：

"我再找别人打听，一定能找到爸爸。"

"你找谁打听？"

"找莉莉问，你知道吧？她爸爸早就关进牛棚了，省委大院有几个牛棚？我觉得爸爸被打成了黑帮，可能和莉莉她爸爸关在一起。"

"姐，我也和你一起去。"在奚海的心中，姐姐高大又勇敢，她已经是他在这个世界上唯一的依靠了。

王莉莉同奚晓都住在省府大院，二人不仅是闺蜜，还是同班同学。莉莉的爸爸被关进牛棚那天，她曾经哭丧着脸对奚晓说：

"晓晓，我爸爸被关牛棚了，说他反党反社会主义。"

奚晓大吃一惊，"你说什么？"她想起莉莉的爸爸是那样和蔼可亲的一个人，立刻问道，"他怎么会反党反社会主义？"

"是呀，我也这样问过爸爸，可是他说，如果爸爸真成了坏人，你怎么办呢？"

"你怎么说？"

"我说，不知道。"

"你爸爸为什么这样问你？"

"你猜我爸爸说什么？"

"说什么？"

"他说，如果革命群众说爸爸是走资派，是坏人，你不要学爸爸，你要做红色的接班人。"

奚晓清楚地记得，莉莉说这些话时，眼里满是困惑和悲哀。

夜深人静的时候，奚晓壮着胆儿蹑手蹑脚地来到莉莉的家，她轻轻地敲敲门，莉莉的妈妈把门拉开一条缝，在门打开的一瞬间，她呆了。她似乎意识到了什么，一把将奚晓拉进房间，急切地问道：

"晓晓，你爸爸妈妈还好吧？"莉莉妈妈问，她是省府某局的俄语翻译。

"阿姨……"备受爸爸妈妈宠爱的奚晓只叫了一声，就委屈地哭了起来，她毕竟只是个十来岁的孩子。

"咳，"莉莉妈妈揽过奚晓，长长叹了口气，"晓晓，别哭了，我都听说了，快告诉阿姨，他们怎么样啦？"

"我爸爸妈妈好多天都没有回家了，今天家也被抄了。"

莉莉闻声跑过来，看着满脸泪痕的奚晓连忙拉住她的手，安慰着：

"晓晓，哭有什么用？你知道你爸爸妈妈关在哪里吗？"

"不知道，我就是想问问阿姨，王叔叔关在什么地方？"

"他关在省委大院最后面的仓库，你要干嘛？"莉莉抢着说。

"我要去找他们。"

"不行啊，孩子，那地方是不许随便去的，有人站岗。"莉莉妈妈摇摇头，沉思了一会儿，对莉莉说：

"莉莉，你明天带晓晓去关你爸爸的地方，他们每天上午都要接受造反派的批斗，下午在院子里劳动，看看有没有奚伯伯他们。"

"好，放心，晓晓，咱们一定能找到奚伯伯。"

"谢谢阿姨。"几天来，奚晓头一次有了一丝丝的慰藉。

对于当地老百姓来说，省委大院神秘而又庄严。那是一处全封闭式的建筑群，分3个大院，10个小院，建有5座3层高的楼房。据说，原来那是一座兵营，自省委从滨海市迁到这座有着千年文化历史的古城——永定，这里就被省委占用了。大院两面临街，一面是监狱，另一面是学校，并不与周围民居相连。它外围是封闭的砖墙，高10米有余，威严高大。大门坐北朝南，门口有军人站岗。大门以里，是一条石铺的东西走向的甬道，甬道两侧是参天的松柏和杨树，风吹过，满树的叶子就会发出哗哗的声音。

大院南面街的对面是省委家属院，共有三个院落，依次为东院、西院、北院，几乎全部是青色的砖瓦平房，建筑不算高大，房顶结构也大致相同。东院的房子前有一个大操场，视野宽阔，绿树成行；而北院的房子是一排排似军营的宿舍，那里住的大多是省府的普通工作人员。尽管大院全部为青砖的矮房，但是只有了解和居住在那里的人，才能知道里面所表现出来的尊卑有序和层次感。

奚晓家住东院，莉莉住在西院。

莉莉带着奚晓来到省委大院，门口站岗的士兵不知道从什么时候开始不见了。她们一溜烟儿跑进大门，这时，奚晓看到里面的院墙老旧而且七零八落，原先在院子中央的一缸荷花已枯败，只剩几片残叶孤零零地支在那儿，好不凄凉。还是松柏坚强，它依然挺拔，一阵风袭来，枝条发出哗哗哗的声响，使她竟有着一丝丝的惬意。

"你看什么哪？快走！"莉莉急促地喊她。

"我已经好长时间没有来这院子了……"奚晓喃喃着，"这里真乱。"

"打扫卫生的人都造反去了，一会儿，我爸爸和几个黑帮就该扫院子了。"

"唔……"

她们穿过满是大字报和标语的办公楼、院墙，有意避开戴着红色袖章的人的视线，像两个小蟊贼一般来到了大院最里面的一处空地的断墙后面躲着，向空地尽头的一排破旧、歪歪扭扭的房子看过去，在那房子前面有戴着红色袖章的人在站岗，莉莉指着那里，告诉奚晓：

"看，我爸爸就关在那里。"

"这是什么地方？那些人是干什么的？"

"我妈妈说那里原来是机关库房，放杂物的。你连这个都不知道啊？那些人是造反派，是看守，怕黑帮们逃跑。"

"你爸爸就住在破房子里面？那里能住人吗？"奚晓心里有无限酸楚。

"是啊！牛棚嘛，黑帮能住什么好地方？"莉莉撇着嘴说。

二人正说着，只听一声刺耳的哨音声飘过来，莉莉和奚晓看见十几个蓬头垢面、衣衫褴褛的人从破房子里跑步出来，并迅速一字排开，站好队。奚晓看到，又是那个给她家送报纸的叔叔，摆开架势开始大声命令着莉莉爸爸等人，她简直不能相信，过去那么谦和的叔叔到了现在，怎么竟然判若两人？

"晓晓，快看看，有你爸爸吗？"

"没……没有呀。"奚晓失望地说。

两个小姑娘垂头丧气地回到莉莉家，莉莉妈妈看着可怜的奚晓，安慰着："晓晓，别急，我再去找人打听……"

"阿姨，他们会出事吗？"

"你爸爸妈妈很坚强，他们不会有事的……"

"阿姨，我回家了，小海一个人在家。"

"好好，"莉莉妈妈边说边拉开抽屉，取出一个纸包，从里面拿出 20 元钱递给奚晓，"晓晓，你和小海还没有吃饭吧？这一点钱，你千万拿好，饿了买点吃的。"接着又从放碗筷的橱子里取出两个火烧，用手绢包好，递给奚晓，"现在，阿姨也不方便去看你们，有什么事，就告诉莉莉，阿姨会想办法的。"

奚晓和奚海整整一天多没有吃东西了，奚晓手里攥着 20 元钱，朝着东院家中走去。这时，她很奇怪自己竟然不觉得饿。过去，妈妈还在的时候，奚晓姐弟俩每天晚上都能吃到妈妈做的香喷喷的饭菜，奚晓最馋，她最盼的是妈妈炖的红烧肉，那肉特别地香。而现在，没有了爸爸妈妈的呵护，他们不知所措，特别是奚晓，自己不仅要学做饭，填饱肚子，还要照顾弟弟，为他撑起一片天。

奚海惊恐的状态一直没有减退，看到姐姐回来，就迫不及待地问：

"姐，找到爸爸妈妈了吗？"

"没有。"奚晓沮丧地回答，坐在床上看着抄家后乱七八糟的房间发呆。

"姐，怎么办？"

"小海，饿了吧？"说着，从衣袋里拿出莉莉妈妈给的两个火烧，递给弟弟，"吃吧。"

"姐，你也吃。"

奚晓看着弟弟狼吞虎咽地吃着，有一种对"钱"从未有过的感受，自己手上的 20 元钱竟是如此珍贵，那是他们不再挨饿的保证。

但是那些造反派还会来抄家吗，这钱会不会被抄走？奚晓顿时紧张起来，她一边将散落在地上的书籍摆放到书架上，一边将 20 元钱夹在厚厚的《资本论》里，她觉得比放在抽屉里更安全。

"姐，你干嘛呢？"奚海已经在吃第二个火烧了。

奚晓没有理他，她在问自己，钱夹在书里真的安全吗？不，不行！那些抄家的人会将每一本书都翻遍的。她将钱又取了出来，然后搓成卷儿，缠在毛线团里。可是还是不放心，不知如何是好地来回走动着，望着家中的各个地方和角落，最后目光落在厨房墙脚的煤球池子。她迅速扯开毛线取出钱卷，再用线将钱捆住，用纸包好，走到煤球池子旁边蹲了下去，用力将装钱的纸包塞到煤球的最底层。"哼！我让你们找不到！"奚晓终于放心了，那些人一定不会对脏兮兮的煤球池子感兴趣！

有了钱，奚晓不用担心挨饿，心里踏实了一些。

那天夜晚，奚晓躺在床上，听着弟弟的熟睡声，她感到自己是那么渺小，那么无助，过去总有爸爸妈妈的百般呵护，而现在呢？月凉如水，天上一颗颗蓝幽幽的星星，神秘地向她眨着眼睛，离她是那样遥远和神秘莫测，就像她的爸爸妈妈那样远在天边，遥不可及。"爸爸妈妈，你们在哪儿啊？"带着对父母无限的思念和担忧，奚晓昏昏沉沉地睡着了。

又是几天过去了，奚晓忽然被苑动力叫到省委大院，说：

"你不是想见你爸爸吗？我带你去见他。"

奚晓别提有多高兴了，"苑叔叔，真的？""叔叔，什么时间去见爸爸呀？"她问个不停，在此落难的时刻，奚晓觉得苑动力就跟自己的亲叔叔一个样。

"你准备一下，马上就走。"

奚晓飞奔回家，兴奋地对奚海说：

"我去看爸爸，你好好在家，不许乱跑。"

奚晓一边对弟弟说着，一边取了两件爸爸平时穿的衣服，又从厨房的柜子里拿了几块萨琪玛、绿豆糕和一包红枣，装在背包里，飞奔到省委大院。一辆黑色苏式伏尔加轿车停在那里，苑动力和另外 3 个人站在车旁，看到奚晓跑来，便让她上了车。

一路颠簸，奚晓觉得苑叔叔并不愿意和她讲话，乖巧的奚晓也就不问、不说。然而，她怎么也想不到，苑动力实际上是将她作为"人质"，以迫使奚明能够顺从地回永定市接受批斗的。

而此时的奚晓，心中却充满与爸爸相见的期待和欣喜，她甚至想对苑叔叔和司机真诚地说："谢谢！谢谢你们！"

奚明的境遇

太阳落山的时候，汽车开进滨海市，在临着马路的一座二层小楼前停了下来。

"下车吧，到了。"苑秘书对奚晓说。

奚晓心里纳闷，这是什么地方？她抬头打量着这座欧式小楼，脚步也不由自主地停下来。

"快点，跟我走。"苑秘书催着奚晓，讲话的声音比刚才提高了一个八度。

奚晓赶紧跟在苑秘书身后，来到二层的一个房间前，苑秘书转回身，对奚晓说："你自己进去吧。"然后转身自行离开了。

奚晓轻轻敲了两下房门，里面没有任何动静，她又敲了敲镶嵌在门上的暗花磨砂玻璃，这回清楚地听到了房间里传来的一阵咳嗽声。

"爸爸，是我，我是晓晓！"奚晓边说边推开了房门。

奚晓顺着咳嗽声望过去，这才看见爸爸坐在房间一角的木板床上，见到爸爸的一瞬间，她呆住了。

奚明展现给女儿的，不仅是身体的疲惫，而是由心而出的苍老。人们说，一个真诚、善良的人，容易被感情所伤，所以活得艰难，奚明就是这样的人。然而，他一双深陷的眼睛依然深邃明亮，两颊黑瘦，身上披着一件半旧的军大衣，褶皱连成一片。奚晓第一次发现父亲浓密的黑发里竟然多了些许白发，也稀疏了不少，头发乱蓬蓬的，拖把布似的像是好久没有梳理了，胡子很长。岁月像一把利刀无情地在奚明脸上刻下道道沧桑。

奚明见到女儿，既吃惊又高兴，他赶忙打开了昏暗的电灯，又快步上前拉住了奚晓的手，轻声呼唤：

"晓晓！是你啊！你来啦？冷不冷啊？"

"爸爸……"奚晓泪如雨下，多少日思夜想、惊吓委屈啊，她倒在爸爸温暖的怀抱里呜呜呜地哭着，傻乎乎地问，"您怎么不回家？我好想您呀爸爸……"

"我很好，你不要哭。"奚明又是一阵咳嗽，急忙掏出手绢，给奚晓擦着不断涌出来的眼泪，安慰着女儿。

奚晓又闻到了爸爸手绢上那只有爸爸才有的熟悉气味，一股暖流沁入心扉。其实，聪明的奚晓一见到爸爸，就准确地判断出，爸爸肯定是遭到大难了，但是奇怪的是从爸爸棱角分明的脸上，她没有看见害怕和退缩。

"晓晓，弟弟还好吗？"奚明关切地问。

"好，可是妈妈也不回家了。"奚晓后来才明白，当时爸爸为保护同样被关押的妈妈，闭口不问妈妈的事情。

奚晓环顾着关押爸爸的房间，它很大、很阴冷，里面光线昏暗，靠墙角有一个木板搭成的床铺，靠窗的地方有一张小木桌，桌上摊着写得密密麻麻的稿纸和一顶纸糊的高帽子；桌子边放着一个没有靠背的凳子；屋子四壁的墙上、地上、窗户玻璃和门上都贴着"打倒奚明""打倒走资派奚明""奚明要老实交代"等内容大致一样的标语，奚明的名字都用毛笔打着红色或黑色的大叉叉。

"爸爸，我和小海一直不知道您在这里，现在知道了，我会常常来看您的。"她从包里取出干净的衣服、萨琪玛、绿豆糕和红枣，递给爸爸，她不知道该对亲爱的爸爸说什么，那些经历过的恐惧、担忧、委屈和思念，想诉说的太多太多。奚晓觉得既然知道爸爸住的地方，以后会有很多时间再向爸爸慢慢诉说，但是她怎么知道，事情远比她想的复杂，因为爸爸没有自由，他已身不由己。

"嗯，爸爸也要回永定市了，咱们见面的时间就多了。"奚明完全是为了安抚涉世不深的女儿，话语含义深刻。

"真的吗？太好啦！"奚晓并不理解，盯着父亲的眼睛瞧，觉得他那双笑眯眯的眼睛和天空一样深邃，给她带来了快乐和光明。

父女二人就这样说着话，奚晓看到窗户外面黑洞洞的天，说：

"爸爸，我饿了，晚饭吃什么？"

"哦，"奚明似乎早有准备，站起身，认真地对奚晓说，"你带来的萨琪玛、绿豆糕、红枣多好吃呀，就吃它们吧！"边说边取一块萨琪玛放在嘴里。

奚晓笑了，她觉得爸爸是真的爱吃她带来的东西，其实，她哪里知道，爸爸就这样被忽略、被遗忘，他常常挨饿！

"爸爸，他们为什么这样对您？"

"晓晓，你还小，有些事情你还不懂，但是无论怎样，你都要听党和毛主席的话，做一个祖国革命事业的接班人。"奚明走到桌子旁坐下，说，"晓晓，你今天累了，早早睡吧，爸爸还要写字。"

　　奚晓知道爸爸写的是"认罪书"，她躺在木板床上，望着爸爸佝偻着的背影，心中充满对爸爸的爱，也许是因为见到了爸爸，多少天来，奚晓第一次睡得那么香甜。

　　夜，寒风凛冽。

　　奚晓睡熟了，奚明在暗淡的灯光下，眼泪在眼眶中打转，心中被无限的迷茫、痛苦轮番啮咬着，就整夜一动不动地坐在熟睡的女儿身边发着呆。他脱下军大衣，盖在女儿身上，用布满血丝的眼睛久久地盯着心爱的女儿，她那么稚嫩纯净，竟要经历父母双双被羁押的厄运，再也没有人保护她，奚明不由得心如刀绞。女儿的那一句"他们为什么这样对你"的问话，让他痛苦不堪，他轻轻对熟睡中的女儿说："孩子，我不反党，也不反社会主义，你是了解爸爸的。"女儿的到来让他不能入睡，奚明知道，更大的灾难就要降临。

　　奚明又想起了自己的大儿子和大女儿，他们在年纪很小的时候，因为自己和妻子师芩终日忙碌于工作，有家不能回，而无暇照顾年幼的他们，便送到了乡下寄养——在共产党的许多领导干部中，类似这样把孩子寄养在乡下，自红军时期到解放后是司空见惯的事。后来，两个孩子先后去大西北参加三线基地建设。自他被关押之后，很少知道他们的消息。奚晓的到来，让他感到了"山雨欲来风满楼"的紧迫，无论是大儿子，还是大女儿，他们远在三线基地，或许现在也已经受到了他的牵连，如他们能够自保，就算万幸了，怎么能指望他们帮助小妹妹和小弟弟呢！奚晓和奚海从今往后还要经历许许多多的艰难，作为父亲却无能为力，他只能以一个职业革命家的坚定和乐观精神鼓励儿女——活下去！

　　天蒙蒙亮，奚明将沉睡的女儿叫醒：

　　"晓晓，醒醒，跟爸爸回家了。"

奚晓一骨碌从木板床上坐起来，揉揉睡眼惺忪的双眼，问：

"爸爸，您早就醒了吗？还是一直没睡啊？我一点声音也没有听到？你不会整夜在写认罪书吧？"

"人小觉多嘛，"奚明整理着桌上的认罪书，微微一笑说，"爸爸可没有你那么多觉喽！"

听到了敲门声，奚明带着女儿走了出来，苑动力递过一个纸袋，说：

"奚明，这是你的工资，组织决定，只发你20%，听清楚了？"

"清楚。"奚明回答着，也不去数纸袋的钱，便将纸袋塞进奚晓的书包，对奚晓说，"晓晓，拿好，这是你和弟弟的生活费。"

"爸爸，您不是回家吗？干嘛给我拿？"

"听话，你拿好。"

"奚明，好啦，别啰唆了，到楼下上车。"苑动力在奚晓面前终于撕去和善的伪装，开始吆喝起来。

还是那辆黑色伏尔加车，还是那个司机，苑动力还是坐在司机旁边。不同的是，后排座位上除了奚晓和她的爸爸奚明，多了一个负责押车的造反派。

汽车迎着漫天飞舞的雪花上路了。

一路的颠簸，永定市的楼房已经依稀可见。奚晓莫名其妙地兴奋起来，她觉得爸爸终于可以回家了，她和弟弟有了依靠，再找妈妈应该不难了。

但是，汽车并没有向家属院方向行驶，而是朝着省委大院径直而去。这让奚晓感到迷惑，她看看身边的爸爸，爸爸那淡定的神态告诉她，这是预料之中的事情。奚明当然知道那些人绝不会让他回家的，让他伤感的是，无法对女儿解释，而她是那么盼望自己回家。

奚晓含着泪水，再次失去父亲的恐惧感立刻涌上心头：

"爸爸，我怕……咱们回家吧。"

奚明拉拉女儿的手，说：

"晓晓，你听话，要照顾好弟弟。"

汽车转了一个弯儿，前面就是省委大院的大门口，透过挡风玻璃，奚晓看见门口有很多人举着红色的旗帜和标语，写的都是"打倒走资派奚明"一类的标语。奚晓牙齿紧咬着嘴唇，张大的眼睛中充满惊愕，心再一次掉在冰水里，她已经意识到将要发生什么，不祥的征兆让奚晓脑子像一桶糨糊。

汽车在距离大门的 20 米外戛然停了下来，奚晓发现车上的苑秘书突然像变了一个人，只见他从副驾驶位置上迅速跳下车，转身快速拉开了他座位一侧的后车门，不由分说就将奚明拽出车外，奚明一个趔趄差点摔倒在地。

就在奚晓目瞪口呆时，苑动力突然攥着拳头振臂高呼：

"打倒奚明！"

同时，站在大门口的几个人跑过来，奚明很快就被五六个人推到路上，其中一个人不由分说地迅速地按住了他的脖子，另外两个人，一边一个，把奚明的胳膊从后面扭住，抓住他蓬乱的头发猛拉后仰，再猛按前躬。

"你们干什么呀？放开我爸爸！"奚晓哭喊着，也从车上跳下来，拼命去拽扭着爸爸胳膊的那个造反派，那人重重甩开奚晓的手。奚晓被巨大的外力推倒了，倒在雪地上的她看见爸爸被压低的头，扭动着身子，听到爸爸费力地对苑动力等人喊：

"我的孩子，我的孩子！"

没有人理睬奚明的呼喊，那被压低的头又费力地转向奚晓，大声喊着：

"晓晓，快回家！"

"爸爸！爸爸呀！"奚晓无力的声音被混乱吞没了，泪眼蒙眬地看着爸爸被扭着胳膊、按住头，佝偻着身躯，她被一股力量驱赶着向大门口一路小跑着，心口像有什么堵着、压着、箍着，紧紧的，连气也不能吐，心中在呐喊，"你们别打我爸爸啊！"

苑动力开始指挥队伍，人群围住奚明边呼着口号边向院子走去，"打倒走资派奚明"的口号喊得震天响。

奚晓的心在流血，此时，她不知道该为爸爸做什么，又能做什么？一种莫名的仇恨涌上她的心头：

"我要杀了你们！"不错，那是当时奚晓唯一想做的事情。

在奚晓回到永定市的那天，爸爸遭受暴力的一幕奚海也远远看到了，他恰好一个人孤零零在大院玩，听院里有人喊：

"快去看啊，奚明被押回来了！"

就在奚海发呆之际，有人问：

"在哪儿？"

"省委大院门口。"

人们跑向省委大院门口聚集，奚海裹在人群之中，看到了爸爸和姐姐如生离死别的残酷一幕，他吓得两腿像弹棉花似的不住打战。

那一天，奚明被押解回到永定，除了省委的职工和家属，还有从附近一所学校赶来"声援"的学生，加上看热闹的当地群众，竟跟过节一样热闹。奚明作为省委某部的重要领导干部之一，很多人并不熟悉他，普通老百姓平时更难见到省里面的干部，当然就愈发显得高贵和神秘，现在，终于有机会睬着他，看到他的狼狈不堪还是很过瘾的。

畸形的年代造就了民众畸形的心理。

奚明被关进莉莉爸爸的同一排"牛棚"，几乎每天都被拖到院子中，脖子上挂着大牌子，一次又一次地被批斗。作为奚明秘书的苑动力急于与曾经信任、关怀他的老首长"划清界限"，带头揭发了老首长的种种"罪行"，因能说会道，擅长舞文弄墨，成了造反派响当当的头目。

苑动力斗争奚明最为积极和阴险，奚明所谓"走资本主义道路当权派"的种种罪行和材料，都是苑动力起草和提供的。

"说，你是从什么时候反党的？"苑动力带头吼道。

"我没有反党。"奚明平静回答着。

"奚明你不老实！"

"说，你的领导是谁？"

"刘伯承、邓小平。"奚明说。

"打倒奚明！奚明要老实交代！"

苑动力为了表示自己对黑帮的愤怒，举起一个茶杯狠狠地摔在奚明的面前，碎片四处飞溅，刺伤了奚明的面颊。

苑动力俨然一副"翻身做主人"的嘴脸，他不再是被奚明呼来唤去的秘书，而是跺跺脚，整个部里，甚至省委都要地震的造反派头头！不仅如此，他的儿子更是以折磨过去的领导干部及其子女作为至高无上的享受，而且是每天必玩儿的游戏，花样百出，乐此不疲。

这天一早，奚明和几个被打倒的老干部拿着铁锹、扫把，推着小车打扫大院路上的积雪。他们没戴手套，没穿厚衣服，一个个冻得脸通红，气喘吁吁。对他们来说，扫雪是天经地义的，与他们过去主持领导工作没什么不同，是责任，也是义务。他们干得专心致志，用尽全身力气将积雪扫向路边，完全不在意天气的寒冷。不一会儿，在他们的努力下，院子里的路渐渐地现出了原形，可似乎他们还不满意，为了过路人的安全又仔细地将路中一些零星的小雪堆清理得一干二净。这些往日的"大领导"们，望着恢复了往日平坦宽阔的路面，为自己的劳动成果感到由衷的高兴。

造反派自然不会动手扫雪，他们悠然自得地抽烟、赏雪景，看守着这些接受劳动改造的"黑帮"。

一阵喧哗之后，苑动力的儿子带领一伙十四五岁的孩子，当然都是造反派的"贵胄"们，从大门口跑来；他们雄赳赳气昂昂地到省委大院里来堆雪人、打雪仗。这帮孩子很快就发现了正在扫雪的奚明他们。一阵窃喜过后，小造反派的打雪仗游戏开始了。奚明等十几名"黑帮"就是"靶子"，打中了就引来一片欢呼声，他们还比赛谁扔得"准""狠"。

一个硕大的雪球向着奚明砸去，重重地打在他的面颊上，在一片"打得好！中了！打中了！"的欢呼声中，奚明疼得用手捂住半边脸，嘴角流出一股鲜红的血，鲜血滴在雪白的地上，就像一朵血色的莲花。

奚海同样也没有逃脱苑动力的儿子和造反派"贵胄"们的魔掌。就在同一天，奚海趁姐姐没在屋，偷偷溜到省委大院去看爸爸，他知道爸爸一定会在院子里面扫雪。寒风"呼呼"地咆哮着，针一般地刺着奚海的肌肤，他将冬衣裹得严严实实的，把手揣在衣兜里，缩着脖子，疾步前行。

"保皇，保皇，保爹保娘，爹死娘亡！"苑动力的儿子带头喊着，一帮大孩子将不到十岁的奚海团团围在了他们中间。奚海想跑出去，刚向前迈两步，就被苑动力的儿子推搡回来，奚海转身换个方向跑，又被另一面的人推搡回来。"贵胄"的儿子们洋洋得意，开心地笑着。

"放我出去，放我出去……"奚海又怕又急，快要哭了，无助的喊声在恶毒的笑声中显得那么凄惨。

奚晓从院外跑过来，看到苑动力的儿子正在得意忘形地欺负弟弟，她又悲又恨，不知道自己从哪来的力量，大吼一声：

"你们放开我弟弟！"

这一声突然的断喝，瞬时镇住了那群孩子，趁他们还没反应过来，奚晓拽上奚海的手飞速冲出了包围圈。

"姐，他们会去打爸爸吗？"奚海伤心地问。

"你不要再跑出去惹麻烦！知道吗，爸爸看到会有多痛心！"

奚晓早已破碎的心又被狠狠划了一刀。

奚明被折磨得好像一下子老了十几岁，走到哪里都有贴着"打倒奚明"的大字报和标语。除了每天写检查材料，就是大小会轮番批斗，交代问题。不挨批斗的时候就要去劳动：清扫楼道卫生、打扫厕所、扫马路、拔草……冬天屋子里要取暖，还要和煤泥、攥煤球、给造反派的每一间屋子生炉子。奚明睡眠一直不好，这是老毛病了。可还天天被逼着交代问题，每次又被批判不老实，只有通宵坐在小板凳上度日熬夜，精神上濒临崩溃。他不是没有怀疑过这场大革命的意义，但是，马上就感到自己的这种怀疑就是"罪"，因为大革命是毛主席发动领导的，作为一个忠诚的共产党员，他怎么能质疑呢？即使在他身心最痛苦的时候，也千百次告诫自己：要相信党，相信毛主席，相信人民。

与奚明一墙之隔的一个老战友，因为实在忍受不了无休无止的侮辱，在一个沉静又压抑的清晨，用一片刮胡刀片结束了自己的生命。老友的离去，对奚明的刺激和伤害特别大，他曾经对奚晓说：

"要不是挂念你们兄弟姐妹，爸爸也想彻底解脱，不再忍受这没完没了的折磨了。"

说者无心，听者有意。奚晓自从爸爸说过"想彻底解脱"的念头之后，心中的乌云便一直笼罩不散，平添了几多的哀伤和忧虑：

"爸爸不会也想不开吧？不会丢下我们不管吧……"

奚晓开始琢磨怎样才能让爸爸高兴，怎样更多地照顾爸爸，让爸爸想着自己可爱的儿女们而不去做"傻"事。

一天，奚晓去买菜，店里的卖菜人懒洋洋地站起身来给她称菜，无意间奚晓发现卖菜人坐的凳子上面有一个十分漂亮的棉垫子，她的心不由得颤动了一下，不禁想到：真好看的垫子呀，坐在上面一定很暖吧？她不由得想到了关在冷飕飕牛棚里的爸爸，于是萌生心思：我也来做一个给爸爸……正在发着呆想着、看着，听见卖菜的人不耐烦地说：

"这菜你还要不要啊？发啥呆呢……"

奚晓缓过神儿来付了钱，拎着菜匆匆忙忙赶回了家，立刻翻箱倒柜地翻腾起来，她找出了妈妈放在箱子里的包袱，取出一摞摞美丽的花布；又在衣柜里翻出床单、被褥，还有旧衣服，甚至连窗帘也没有放过。她开始回想那个漂亮的垫子：它是由一个个不同花色的三角形布料对拼在一起，形成一个个小正方形，再由无数个工工整整的正方形图案构成的棉垫子。奚晓开始将所有的布挨个剪成大小相同的小正方块，再把小方块对折剪成三角形，然后，开始将这些三角形布块一针针细心地缝在一起。忙了整整一天，在手被扎了无数次，那些整块的布、窗帘、床单等等被剪得乱七八糟以后，柔软、漂亮的小垫子终于做成啦！奚晓看着漂亮的垫子，想着爸爸坐在上面一定会很柔软，再也不会感到冷，她兴奋地举着小垫子在屋里转了好几圈。

多少年以后，这个倾注了奚晓全部心血和对爸爸爱的"杰作"——小垫子，她竟在家里看到了，有些惊讶地对妈妈说：

"妈妈，这个垫子还在啊！"

"是啊，你爸爸说是你缝的，坚决不让扔，他还在用。"

"我做它时，可费了气力了，爸爸当然不会扔。"奚晓颇为得意，"妈妈，你不知道我用了整整一天，剪了多少东西才拼成的哪？"

"哦！我说嘛，怎么那时家里的布、窗帘、床单都少了角呢！"师芩不由得笑了。

"呵呵呵，不剪怎么成几何图形呢？"奚晓道。

"傻丫头，那似几何图案的垫子面儿，是生活贫困的巧妇们日子过得节俭，用做衣服剩下来的碎布头、下脚料拼接而成的。"

"啊？"奚晓这才恍然大悟，"可是我却把整块整块的布都糟蹋了！"

奚晓很是感慨，才明白自己当年有多笨，原来小垫子完全可以找一块整布，两面对缝塞上棉花便是。

每当奚晓回忆起"小垫子的故事"，眼前就浮现出爸爸双手抱着小垫子贴紧胸口，噙着泪水的那个眼神，还有爸爸住过的那牛棚，以及里面的床板子、小凳子、生火的煤炉子……当然，还有令自己笑不出声的那些天真和无知。

破碎的心

纷纷扬扬下了一天一夜的大雪终于停了，永定古城被厚厚的积雪染成了白色，就像奚晓心中原本五颜六色的世界，没有了颜色，也变成白茫茫的一片。

奚晓和奚海已经完全知道了自身的处境。作为"黑帮"子女，他们所要承受的不仅仅是被抄家、被孤立的恐惧，更多的是精神上的屈辱和无助。他们不再受到关爱，听不到人们那些不知道是否真的发自内心的夸奖，而对他们"狗崽子"的叫骂声天天不绝于耳。

奚晓清楚地知道，眼下只有自己才能拯救自己，拯救爸爸妈妈。

虽然爸爸回到了永定，与他们近在咫尺，却是不能相见，但是毕竟已经知道了下落。而妈妈，她又在哪儿呢？奚晓想，坐在家里等妈妈的消息毫无希望，没有人关心她们一家人的死活。奚晓觉得这世界好空旷，空旷得望不到边，似乎只能容下深邃的天空。

这天夜里，死一般的寂静，黑色罩着房间的每个角落。在这个黑色的世界里，落寞吞噬了往日亲人们的柔情。窗外，寒风吹着，高大的杨树枝子哗哗响着、颤抖着，奚晓昏昏沉沉地睡了过去，又熬过了一个冬夜。

一早，奚晓对奚海说：

"小海，你好好在家，别出去，不然又会被欺负的。我去找找妈妈，看看能不能有妈妈的消息。"

命运似乎不愿让奚晓破碎的心再受煎熬，就在她踏出家属大院那一刻，碰到了妈妈机关的李叔叔。

"李叔叔！"奚晓喊了一声，急忙迎上前，期盼的目光紧紧盯着那个叔叔的眼睛，问，"您看见我妈妈了吗？"

被奚晓称为"李叔叔"的人名叫李力，他伤神地看着奚晓，无法正视眼前这个渴望找到妈妈的小姑娘纯洁的目光，心里流泪欲言又止。抗日时期，师芩和李力是生死与共的战友，解放后，又同在一个部门工作。

李力当然知道师芩如今的下落：师芩已经被造反派隔离，因为受到奚明的牵连，被造反派折磨得格外凄惨：不仅一头秀发被剪秃了，还是局里第一个，也是唯一被游街的女干部。师芩每天要扫机关的院子；要拖干净办公楼的地面；要向造反派低头认罪；要戴着高帽子罚站……可是，这些残酷的事实，又该怎样告诉奚晓呢？

敏感的奚晓几乎已经从李叔叔的眼睛和表情里找到了答案，妈妈一定也像爸爸那样被造反派关进了牛棚，她恳切地对李力试探道：

"李叔叔，帮我给妈妈带两件换洗的衣服行吗？"

"好，好，但不要多。"李力吃惊地望着站在自己面前的师芩的这个女儿，她竟如此镇定，这让他颇感意外，心中除了酸楚却又为师芩有这样懂事的女儿感到宽慰。

是啊，奚晓已经不再害怕，这些天以来所经受过的苦难足以让她变得坚强！其实，当她对李叔叔提出给妈妈带衣服的要求时，连她也对自己的果断感到有些不可思议。

人的改变往往是岁月的风霜雕琢而成的。

见过李力，奚晓心里踏实了不少。爸爸妈妈终于都有了下落，接下来，她要做的该是什么呢？她心里在琢磨着，我一定要为爸爸妈妈做很多很多的事情，我和爸爸妈妈心心相印、血肉相连，有女儿在，就一定让他们心有所依。

永定古城的人们似乎刚刚脱下杂七杂八的衣服没有几日，初夏的燥热就来了。奚晓觉得今年的夏天是一个燃烧的季节，就像这个燃烧的时代。

有一天，莉莉神神秘秘跑来，告诉奚晓：

"晓晓，我在机关的一个院子里看见你爸爸了。"

"啊？我爸爸？现在是吃午饭的时间，爸爸不在牛棚休息，到院子里干嘛？"

"是啊……"莉莉也说不清。

奚晓警觉地皱起眉头猜想。扫地？拔草？还是在接受什么新的劳动改造？总之，一种不祥的感觉瞬时涌上心头。瞒着奚海，奚晓偷偷跑到莉莉说的那个院子，在一个院子的外面，通过断墙的一处缺口，悄悄向里面张望。

院子里空空荡荡几乎没有任何建筑物。那一字排开站在由五六块红砖摞在一起的台面上的四个人格外醒目。奚晓惊愕地发现，从右边数第二个就是她的爸爸！

"爸爸，爸爸！"奚晓看到眼前的爸爸脸肿着，惊得张大了嘴巴差点喊叫出来。

她看到爸爸和另外三个叔叔站在摞起的红砖上面，身体笔直，双臂下垂，使劲低着头。夏季的骄阳似火，除了树上鸟儿的几声鸣噪，院子里静得没有一点声音。奚晓看见每摞红砖前渗着湿湿的一片，她开始没有弄清是怎么回事，但是猛一下子她就明白了，那是在太阳的毒晒下滴下的汗水！

奚晓再也忍不了了，她看不下去了，扭头快速跑开，边跑边大哭起来。刚才不敢哭出声来，是怕爸爸知道她看到这一幕而难受，更怕苑动力一伙造反派会加怒于她的爸爸。

奚晓浑身乏力地回到家，倒在床上一动不动，无论奚海怎么问，她绝不吐露一个字，是为了不让年幼的弟弟再受刺激。

每一次公开批斗"走资本主义道路当权派"的群众大会，都是在省委大院设在院子西北角的一处破旧的小礼堂召开。

那里面有一处砖砌的大台子，台子上摆着一张桌子，台下和两边的窗台上满满当当都是人，挤得水泄不通。很多人不为别的，就为了亲眼看看这些省委机关里的"大人物儿"。也是，要不是"文革"搞批斗，哪有机会见到他们呢？更有苑动力一众人等的革命造反派，摩拳擦掌准备大干一场。

那天，奚晓也挤到了会场，她似乎一下长大了。

奚晓变得格外敏感，小小年纪就非常关心大院发生的任何事情，因为任何事情都可能直接牵涉爸爸的境遇和家庭的命运。

一会儿，在一片"打倒反革命修正主义分子玄同（省委副书

记 ）"三反分子玄同不投降就叫他灭亡"的口号声中，奚明和几个"黑帮"头戴纸糊高帽、脖子上挂着名字上打了叉的牌子，被一伙造反派扭着胳膊推搡到了台上。奚晓至今清楚地记得爸爸当时的容貌，弓着腰，皱着眉头，紧闭着嘴，两腿颤抖，头上滚下黄豆般的大汗珠……台上声嘶力竭地讲话声她几乎都没听到，也不想听，只是一直盯着近处的爸爸看，眼见爸爸被后面的造反派一次又一次把头按下去，还时不时地被拳头狠捶几下……奚晓心如刀绞。

那天，她已经不记得是怎样离开批斗会场的了。总之，没有等到批斗大会结束，奚晓不忍再看下去，就离开了。

然而，每当省委大院批斗"走资本主义道路的当权派""一切牛鬼蛇神"，奚晓都必定要挤到前面去看。看看遭到批斗的人里面有没有爸爸，那是因为也只有这个时候，她才能近距离清晰地见到亲爱的爸爸，尽管看到爸爸挨批斗会伤心掉泪。

成熟以后的奚晓想过：人一生经过的事情很多，真正能牢牢记住的并不多，她懵懵懂懂的少年时代所经历过的那些往事不堪回首，但一幕幕却像牢牢刻在心里的电影画面，丝毫都不能忘记。有时候她会问自己，不知当年那些抄家、打人、动不动就使用非人道凶残手段迫害人的造反派们后来怎么样了？是承受内心的悔恨，还是在心安理得地过着好日子？

为了父亲

一天，奚晓找到莉莉，说出了自己的一个想法：

"从今天开始，我要给爸爸送饭。"

"啊？怎么送？那个'牛棚'根本进不去，监视别提有多严了。"

莉莉惊讶地瞪大双眼。

"我发现了一个地方,是一个破墙,开了个口子,跳进去就到'牛棚'的后墙,后墙上有一个小窗口,东西可以从那里送进去。"

"是吗?"莉莉不由得夸奖,"晓晓,你怎么发现的?真聪明。"

"咳,逼的呗!那天批斗会看到爸爸流了满身的汗,一定很渴,我买了西瓜,取出瓤掏光籽放在一个瓶子里想给爸爸送去,可是看守的人只是说了一句,'放这吧,以后不许再来了。'"

"后来怎么样?"

"后来,我怕爸爸收不到,就又做了一份,想着这次一定要送到爸爸手里。然后我围着院墙绕着圈儿,就发现了那个缺口。没有犹豫,我就翻墙跳了进去,然后敲敲爸爸棚子的后窗……"奚晓神秘而又得意地说,"喏,就这样,送进去了。"

"你?翻墙头?"莉莉满脸疑惑,"你可是娇生惯养的奚家公主哎!怎么会?"

"是啊,我爸爸也特别意外,后来知道我是翻墙过来的,惊得半天说不出话来。"

"是呀,奚伯伯大概在想啊,你怎么变成个翻墙入室的野孩子啦!"莉莉笑道。

"莉莉,知道吗,那些造反派多坏呀,我费了好大的劲儿第一次给爸爸送的西瓜,他们果真没有交给他!幸好我又送去了。你说,是不是他们吃了?"

"你不必生气,就当喂狗了。"

"呵呵呵!"

两个少女开心地笑着,尽管这少许的欢乐充满着现实的无情和残酷。

莉莉说服了妈妈,与奚晓结伴,二人开始各自为自己的父亲送饭。

奚晓总是学着妈妈，精心准备爸爸喜欢的食物：或用臭豆腐抹在玉米面饼子上，夹好；或用面糊搅鸡蛋摊鸡蛋饼；或细细地熬一碗小米绿豆粥；或奢侈地买一点猪耳朵，切成丝用醋蒜和香油拌好……此时，想到爸爸能吃到自己亲手准备的食物，她的心中被愉悦所填满。

每天，奚晓和莉莉都会约好时间，翻过断墙给父亲送吃的。

奚明则是自从女儿给他送饭的那天起便开始对时间特别在意，这是因为女儿总会准时来送饭。虽然他曾三番五次劝说女儿"不要来"，可无济于事。奚明很担心女儿的安全，她翻墙会不会摔着？会不会被看守的人发现而被加害？但是女儿的坚定，迫使他不得不放弃了劝告，甚至心中开始有了一种莫名其妙的期盼。

他期待着女儿熟悉、稚嫩地呼唤"爸爸"的声音，盼望见到女儿甜甜的笑容和清纯的面容，那是人类特有的父爱哦！在这个充满冷酷和绝望的年代，是女儿给他带来了人世间真情的享受和活下去的力量。

好景不长，奚晓和莉莉翻墙送饭的事竟被发现了。

这天，奚明同往常一样，听到后窗轻微"砰砰"地敲击声便打开窗户，女儿的一张笑脸再次出现在他眼前：

"爸爸，我今天给你买的'白运章'的豆沙包子。"奚晓将饭盒递进去，"吃吧，还热着哪！好香。"

"好好好，晓晓，爸爸喜欢吃！"奚明愉快地笑着接过饭盒，压低声音对女儿说着悄悄话："你赶快走吧，千万别被人看到了……"

"爸爸，你还想吃什么就告诉我，一定做给你吃！"奚晓每每都是恋恋不舍，总想和爸爸多说几句话。

"无论送什么，爸爸都爱吃！"奚明对女儿怜爱地说道，又摆摆手，"晓晓，听爸爸话啊，快走，快走吧！"

奚晓刚要离开，就听见莉莉一声声"放开我"的尖叫传来，她连忙离开爸爸的后窗，绕过后墙向前院奔过去，只见莉莉被几个人拽着一条胳膊，瘦瘦的身躯像个拖把似的向院门口拖去，莉莉边喊边手脚并用乱抓乱踢，几个人很生气，被搞得气喘吁吁：

"快说！是谁叫你来的，你胆子不小啊！"

原来，莉莉刚刚将带给爸爸的饭送去，正好赶上造反派来给"黑帮"点名训话，于是撞上了，莉莉想跑，可还是被抓住了，她无法向晓晓通告，于是就想出了这样一计：放声大喊！想不到，晓晓竟真的听见了。

"你们放了她！"赶过来的奚晓厉声喊道。

"晓晓救我！"莉莉还在手舞足蹈地抓挠着。

"嘿！"造反派们不由得停了下来，回头一看，是奚明的女儿，"原来还有一个哪！"

院里一时间乱起来，苑动力披着军大衣从远处小跑过来。当他发现奚晓的时候，禁不住心里一激灵，因为奚晓那双清澈纯净的眼睛竟毫不躲闪地直视着他，那双明眸已经没有了过去的哀求和畏怯，而是闪动着冷峻蔑视的光，这眼神令苑动力感到陌生、心虚，甚至害怕。他想，到底是奚明的"种"，虎威不倒代代相传啊！他知道，自己不能再抛头露面了，于是朝着两个负责看守的造反派挥挥手，示意他们放了莉莉和奚晓。

奚晓没有料到苑动力并未为难她们，也只说了句"以后不要再来了"的话。但她不相信苑动力的为人，一个秘书为了与自己的领导"划清界限"而反戈一击，上纲上线、无中生有、编造事实，甚至亲自动手扇首长的耳光！奚晓的心被愤怒和仇恨撞击得咚咚咚地响，"今天的事会不会赖在爸爸身上啊？"

奚晓的手如冰一样凉，她紧攥着拳头，竟急中生智，"对，'好汉不吃眼前亏'！"于是，对苑动力一伙人平静地说："好吧，我们不来就是了。"转身拉起莉莉，"咱们走。"

"晓晓，不能怕他们，我们干吗不来？就要来！气死他们！"莉莉仍不服。

"哼哼哼……"奚晓冷笑着，压低声音，"莉莉，我说'不来了'是骗这些坏蛋们的！我们当然还要来！那个秘密通道不是还没有被发现吗？"

奚晓长长地出了口气，她觉得自己又做了一件不可思议的事情——会"骗人"了！可她没有一丝一毫的愧疚，反而觉得有一种从未体验过的愉悦！一种复仇的快感！

当奚晓和莉莉以为就此结束，可以回家时，她们没有想到事情远没有那么简单。一个膀大腰圆的造反派，负责把奚晓和莉莉押出省府大院大门口。

莉莉悄悄对奚晓说：

"你看，他像只肥猪。"

"嘀咕什么？狗崽子！"造反派不耐烦地吓道，"走快点！"

"催个啥？这不是走着哪！"莉莉被叫惯了狗崽子，下意识接茬儿道。

没想到，莉莉话音未落，那"肥猪"一步上来狠狠推了莉莉一下。

莉莉踉踉跄跄一下子摔倒了，莉莉愤怒骂道：

"推我干嘛？你个大肥猪！"

"嘿！""肥猪"气急败坏，抬手"啪"地打了莉莉一个响亮的耳光，"小狗崽子，你叫我什么？"

"猪，大肥猪！"莉莉已经被打翻在地，仍然不示弱，嘴极硬。

奚晓被这突如其来的事态吓住了，一时竟不知如何是好。

"肥猪"举起手来又想打莉莉，奚晓"哇"的一声猛扑到他的后面，抡起手中装着铁饭盒的书包，就朝"猪头"甩了过去，"啪"的一声，击中目标，"肥猪"显然被砸疼了，捂着脑袋转过身子，他拉开了决斗的架势，眼睛里面闪着凶光。

"肥猪"看看左右两个十二三岁的小姑娘足足比他矮半截，弱不禁风的样子，很是不以为然，嘴里叽里咕噜不知说着什么，他上前又给了奚晓一个耳光，奚晓顿时两眼冒火星。

"狗崽子，敢打革命群众！""肥猪"骂道。

"大肥猪！大肥猪！"莉莉大喊着，也学着奚晓，用书包狠砸"肥猪"的后腰。

"肥猪"转过身子，双手狠狠掐住莉莉的脖子，就地拎了起来，莉莉的脸顿时紫了，奚晓见状，急了，她从后面抱住"肥猪"的大腿就是狠狠的一口，恨不得咬断他的腿。

"哎哟！""肥猪"一声惨叫，"他妈的，属狗的啊！咬我！"

"以为怕你吗？和你拼啦！你才是条狗！是猪！"奚晓吐着唾沫，狠狠地骂着。

"肥猪"左右招架，先抬腿想甩出被奚晓紧紧抱住、咬疼的大腿，又揪住莉莉的长辫子拽出自己的胳膊，气喘吁吁地拼命挣扎。

省委大院门口已经聚集了一大群围观看热闹的人，被这个斗殴场面吸引，一个强壮的男人和两个小女孩揪打在一起，人群中不时发出一声声惊呼。

"看啊，打架啦！"

一位上年纪的大爷见状大声说：

"造孽呦，挺大岁数一个男人，打两个小姑娘，要脸吗？"

"两个小妮子可够厉害的！"

"打得好！"

"这不欺负人嘛！"

看热闹的人越来越多，两小姑娘依然毫不示弱，和造反派扑在一起，搅成了一团，如同三只猛兽在厮杀，他们三个人身上都创痕累累。姑娘们的衣服被撕开了，扣子掉了，泥土、汗水污染了干净的衣服。

造反派原本没把两个小女孩放在眼里，但却被折腾得脸面全无，他彻底被激怒了，一口一个"狗崽子"地骂着，抡起粗大的胳膊想先制伏奚晓，谁知奚晓一个闪身，躲过一劫，并以迅雷不及掩耳之势抄起地上的半块砖头，说时迟那时快，砖头在空中划过一道复仇的弧线，砸向了造反派的脸，"嗯"的一声响，砖头擦着"肥猪"的耳朵落在地上，他顿时呆若木鸡。

"大人不许欺负小孩！"奚晓揉着用力过猛而被扭伤的胳膊，发狠叫道。

"观战"的人们只瞧得眼花缭乱，博弈至此，胜败已经初露端倪，无论起因如何，哪里管它什么名目，只是两个被称为"狗崽子"的小姑娘的勇敢叫人喜爱，人群中不断爆发出阵阵喝彩：

"啧啧，没想到看似柔弱的女孩子，竟有如此胆量！"

"可不是嘛，现在的女孩儿都疯啦！"

惊讶中不乏有人替奚晓和莉莉说话：

"一个大男人，欺负两个小女孩，没羞没臊的，还不赶紧滚呀！"

奚晓和莉莉一瘸一拐地相互搀扶着往家走，她们在一棵大槐树下坐了下来，奚晓见莉莉嘴角在流血，掏出手绢给她轻轻擦，问：

"莉莉，疼吗？"

莉莉见奚晓红肿的脸，说：

"你呢？晓晓，你不疼吗？"莉莉看奚晓点点头，疼得咧着嘴，

"我可是真疼啊！恐怕今天都没办法吃饭了，肥猪王八蛋！"

"你说，咱们有多勇敢呢！"奚晓开心地笑了。

"哼！那个王八蛋耳朵都破了，比我们还疼呢！毛主席说，要扫除一切害人虫，全无敌！"莉莉挥着胳膊比画着，禁不住大声地高喊。

两个女孩子沉浸在一种宣泄长时间被压抑、以命相搏的复仇状态里，精神上的亢奋让她们暂时忘记了身上所有的疼痛。

是啊，短短的时间里，发生了太多太多的事情，步步紧逼，奚晓几乎难以招架，她不知道自己怎么就变成了一个"翻墙""骗人"，甚至"骂街、打架斗殴"的人？连自己都不认识自己了，过去她做梦都不曾想到过的行为，现在自己却一个个实施着！奚晓的思绪有些说不清，理还乱。但是，有一点她是明白的，她那么做，是为了爸爸妈妈，为了自己的生存，为了做一个人最起码的尊严！

"晓晓，咱们漂亮的脸蛋儿都变形了，怎么出门啊？"莉莉的兴奋消失，伤感了。

"是呀，没办法见人了……"爱漂亮的奚晓发愁了，心里更不愿意让爸爸妈妈看到她这个样子。

古槐树挺拔地屹立着，仿佛千百年前就在那里，默默地看着人世间冷暖变迁，阳光下闪闪发光的树枝伸向蓝天，融为一体，在风中碧绿的繁叶如波涛翻滚。在它的下面，两个女孩哭了，哭得那么伤心、那么委屈、那么让人心酸。只有历经沧桑的古槐树默默陪伴着她们，倾听着小姑娘们的欢乐与哀伤。

纺织女工

不久，莉莉随着她的爸爸去了"五七干校"，离开的那天，奚晓和她坐在那棵枝繁叶茂的大槐树的阴凉下，相互道着"珍重"，谁也不知道该说些什么，两个人都很难过。而且谁都没有想到，这一别就是二十多年。

在消磨时光的日子里，一种难耐的寂寞、焦躁、空虚不时向奚晓袭来，觉得上学无望，总要做些什么吧。她坐立不安，15岁了，青春的躁动就这样悄然而至。

淅淅沥沥的雨下个不停，那雨就像是天空的眼泪，总也流不完。

奚晓翻开一本相册，那里记录着她过去所有的记忆：无忧无虑的花季少年在春天里奔跑；夏季与爸爸妈妈、弟弟在大海中遨游；秋季收获优异的学习成绩，考进全市的重点中学；冬季的学校运动会夺得跳高、短跑比赛第一名……然而，所有的一切美好回忆，似乎都成了眼前这场"群众革命"的陪葬。她觉得无论记忆多么美好，也不过是留下的这一张张旧相片，被藏进了一本只属于自己的青春相册里，锁在了她的心灵深处。

奚晓合上相册，就像是告别了那些单纯、懵懂的少年时代，可是她不知道今后该做什么，也没有人教导她该怎么做。她在黑暗中眺望，又在等待中彷徨，她觉得哪怕只要有一点光亮，就可以照亮她的人生。

而那道可以照亮她人生的光，在哪儿呢？奚晓不知道。

很多人都是在不知不觉中，走上人生的崎岖之路的。而奚晓那条路的起点，就在石南市的一座国营的棉纺厂，那是划过她多彩人生的第一道光。

乏味的生活就像石南市北的滹沱河的流水，混浊而无声地静静流淌着，已经对没完没了的"群众运动"失去新鲜感的百姓发现，文化大革命没有改变他们生活的拮据和艰难。工人不做工，就没有产品，发不出工资，日子就无法过下去；农民不种地，就没有粮食，就要饿肚子，光靠批斗黑帮的"革命"是填不饱肚子的。最终，工人要回到厂房做工，农民要回到田间地头种庄稼。

虽说，工厂和田间仍有很多"有志之士"，弃生产闹革命，投身于造反大军，成为"职业造反家"，但大多数老百姓还是本本分分地守护在自己的岗位上，辛勤劳作，尽责尽力，从来没有忘记自己劳动者的职责，在那样动乱的年代，是为可敬之人。

奚晓有幸接触到了这样的人。

20世纪60年代末，省委从永定市迁到了石南市，这是一座英雄的城市，是解放战争时期，人民解放军从国民党手中攻占的第一座城市。解放后的第一个五年计划时期，在苏联专家的帮助下，十余座大型工厂的高楼、厂房拔地而起，其中，以棉纺厂和制药厂最为著名，人称中国的药都和纺织基地。

如今，石南市里所有的工厂因为社会的动荡，劳动力大量流失，生产停滞，所以，为了维持工人们的基本生活，各大工厂企业开始"抓革命、促生产"，陆续招收劳动力。这天，奚晓无意中听到了棉纺厂招工的消息。"凡年满18岁的，并服从分配者，可在街道报名参加第×棉纺厂的招工，凡合格录取者即可参加工作，工资待议。"

奚晓的心动了，她觉得当上工人，不仅有事情做，还可以挣钱，贴补家用！可是马上又觉得失望，因为招工的年龄是要满18岁，奚晓又想，年龄可以说成18岁呀，反正街道也没有谁对她的年龄注意核对过；那么，招工要不要"黑帮子女"呢？她觉得应该与妈妈商量，可是，妈妈如果不同意怎么办？

思来想去，奚晓做出了一个大胆的决定：一定要去工厂做工，不告诉任何人，不说身份，瞒报年龄，也不与妈妈商量，免生事端。

如奚晓所料，很快她便被一个国营棉纺厂录取了。

石南国营第×纺织厂是一座有着几千纺织工人的国营大型棉

纺企业。奚晓去报到的那一天上午，正值工人们下班，广播里响亮的铃声长鸣，工人们如潮水般涌出各个车间，每人脚步匆匆奔向工厂的大门口，景象壮观。

奚晓被眼前如此震撼的人流惊呆了，她站在原地，竟不知所措，啊！这些人就是毛主席说的伟大的工人阶级！一个个朴实的人组成了如汪洋大海一般的波涛，迎面汹涌而来，她感到自己就像被卷进这蕴藏着巨大能量洪流中的一粒微不足道的流沙。

奚晓第一次那么深刻而又真切地体会着工人阶级的力量，想到自己也将成为工人阶级的一员，一种自豪感油然而生。

奚晓被安排在棉纺厂的准备车间，工作是穿筘。

一位四十多岁，有着一双大大眼睛的阿姨被指定为奚晓的师傅，她眯着眼问：

"姑娘，你叫什么名字？"

阿姨笑容可掬，语气亲切，很久以来，除了爸爸妈妈，奚晓听到的都是对她的冷言冷语，甚至谩骂，她已经很长时间没有听到一个素不相识的人用这样温柔的语气对她说话了，一股暖流立刻涌入心田。

"奚晓。"奚晓感动地回答。

"奚晓吗？真好听的名字。"

奚晓笑了，接着问：

"阿姨，您叫什么名字？"

"你千万别叫我阿姨！你叫我崔师傅就行。"她又说，"我叫崔秀芳。"

"崔师傅。"

"呵呵呵，好，我们上班吧，我教你怎样穿筘。"

"哦……"

"穿筘是经纱准备工作中的最后一道工序，"崔师傅边说边做示范，"你看，就是通过手指的操作，将棉轴上的细纱经丝分别穿过停经片和钢筘，然后引入织机上。"

奚晓认认真真地学，效仿着崔师傅的样子，先用左手的三个手指夹住双排似长针一样的钢筘，右手用钩针穿过钢筘上针眼似的小孔，再用左手夹起经丝，右手的钩针勾住纱丝穿过钢筘针眼落入在织机上。开始，手指发抖对不上针眼，很是吃力，但是她做得十分认真。

"这样不对""好，就是这样！"崔秀芳不断指点着，很严格，绝不允许出一丝一毫的错误，"奚晓，听我说，我们工厂的每一道工序都非常重要，而且不能出错，因为，如果你一个环节出错，整个工厂的各个车间都会因此停工，那样损失是特别大的。"

"知道了，师傅。"

一天，师徒二人正紧张穿筘，奚晓看见一个男人来到崔师傅身边，巨大的机器轰鸣的声音使奚晓听不到男人在与崔师傅说些什么，男人把一个铝制的饭盒递给师傅，就转身走了。奚晓觉得崔师傅回到机器旁时，脸上写满了幸福。

吃午饭时，崔师傅告诉奚晓：

"他是我男人，也在这个工厂上班，负责机器维修。"她边说边打开饭盒，"每天，他都会抽空做些好吃的给我送来，他自己却吃窝头就咸菜。你看，葱花摊鸡蛋，喏，见面分一半。"不容分说夹一块鸡蛋放在奚晓的饭盒里。

"你们在一个工厂上班多好。"

"咳，好什么？咱们这儿有的一家好几口人同在厂里上班，因为所有工种的工人都是三班倒，一家人常常见不到面，也很难有时间坐到一起吃顿团圆饭呢……"

"哦？"奚晓觉得一家人总是见不到面，不在一起吃饭，有些不可思议，她又想起爸爸妈妈，若不是他们被关押，从来都是在一起吃饭的。

常常和师傅一起吃饭，奚晓看到了工人家庭生活的拮据和艰难，他们每天的吃食几乎就是窝头、馒头；菜呢？差不多都是咸菜疙瘩。

奚晓住进了工厂职工的集体宿舍，一个房间满满塞进十几个人。在她的记忆中，宿舍里几乎永远拉着窗帘，暗暗的光线；屋子里静悄悄的，因为住在这里面的人都是三班倒，来自不同的车间、工序。无论白天、黑夜，无论工作日、节假日，都有人在睡觉。

最令奚晓感动的，是她从来没有听到过哪个工人有意见或发牢骚，从来没有看到过因为谁影响了谁休息而发生争吵。房间里只要有人睡觉，每个人出出进进都会异常自觉地小心翼翼、蹑手蹑脚。

成为工人的奚晓和所有的人一样，或迎着朝阳，或头顶着星星月亮，或冒着严寒，或耐着酷暑，迈进车间、厂房，在棉花、棉条、棉纱到布匹之间忙碌穿梭。每天 8 个小时的工作就是伴随着耳边轰鸣的机器声，迎着湿热的空气，挺着腰板坐在一米多宽的机器前，左手食指、中指和无名指不停地夹起双排停经片和钢筘，右手紧握着"钩针"准确地将经丝穿过停经片和钢筘引入到织机上。穿完一个棉纱包再换上另一个棉纱包，每时每刻，日复一日……走进车间时，每个人都干净靓丽；出来时浑身上下都粘满棉絮，每人都成了"毛毛熊"，就连眉毛都是白花花的。

一晃半年过去了，奚晓觉得生活虽然单调但也算很充实。

这天，是奚晓上第 3 个夜班，子夜时分，酣睡中的奚晓被崔师傅轻轻推醒：

"奚晓,起来,起来！该换班了。"崔秀芳叹了口气,自言自语道,"毕竟是孩子,睡得真死。"

奚晓最怕的是上夜班,若不是师傅叫,她真的起不来,就想这样睡到哪怕是世界末日。可是上班不能迟到,她好无奈,一连打着哈欠,开始穿衣服应声着：

"知道了,师傅。"

她们到了车间,明亮的灯光下,奚晓发现整日乐呵呵的师傅似乎心事重重,好像刚刚哭过,脸上的泪痕清晰可见,不禁问：

"师傅,怎么啦？您不舒服吗？"

"没有……"崔秀芳欲言又止,从始至终没有再说一句话。

这天刚刚下班,奚晓就听见同班的工友们议论：

"知道吗？崔秀芳的丈夫偷了两只纱锭,被开除了。"

"真的？"奚晓忽然明白师傅为什么哭了。她来不及多想,赶紧去找师傅,可到了师傅面前,竟不知道该如何安慰她：

"师傅,您别难过……"

"奚晓,你全都知道了吧？我男人拿纱锭的事全怪我,家里做活的线没有了,是我叫他拿的,为了省点儿钱……"崔秀芳的眼泪又涌了出来,"奚晓,以后当不了你的师傅了。"

不久,崔秀芳离开了准备车间,奚晓也不知道她去了哪里,后来听说,崔师傅离开了棉纺厂。崔秀芳作为奚晓走上社会的第一个师傅,给她留下了难以忘怀的记忆：那真诚的微笑、开朗的性格、认真负责的工作态度,当然还有不可捉摸的命运。无论怎么说,奚晓长到 15 岁,第一次与爸爸妈妈和学校老师之外的成年人如此近距离地打交道。类似崔秀芳的那些工人师傅,让她感受到家以外的人世间,还有真挚的爱、温暖、淳朴和厚道。

棉纺厂无疑是女工居多。奚晓和她们一样，每天蒙上雪白的帽子、围上白色的围裙，戴上大大的口罩，默默无闻，普普通通地站在织机旁，用灵巧的双手编织着美梦；期待纺出千年的憧憬和神州大地的姹紫嫣红。

她要靠自己的力量站着，尽管很累，而喊累不是奚晓的性格，她宁可痴痴一笑。其实，那笑容的背后，是多么渴望有人能看透她那颗孤单的心！每当她一个人的时候，就会思念还在受苦的爸爸妈妈，挂念着年幼的弟弟，久未看见的哥哥和姐姐，工厂虽说给了她许多快乐，却不能给她与亲人相见的希望。

这天，刚刚上班，就听见"奚晓！"一个工友姐姐高喊着——在车间不喊是听不到说话声音的——"你的电话！"

电话是奚海打来的，"姐，妈妈彻底解放了！你赶紧回家吧？"

"真的吗？"奚晓高兴地说，"我今天下班就马上回家！"

那天，奚晓第一次上班心不在焉。

师芩是省直机关第一批"被解放"的干部，大多数为中层一级的负责人。所谓"解放"，即是摘掉了"反党、反社会主义、反毛主席"的帽子，意味着被"解放"者成为了革命队伍中的一员。尽管没有安排任何职务性的工作，师芩却有说不出的对党和人民的感激之情，不仅仅是她精神上得到了解脱，更重要的是她终于可以回家，回到一双年幼的儿女身边。两年了，他们吃了多少苦？受了多少惊吓？她需要——补偿。

奚晓到工厂做工的事情，让师芩心里很不是滋味，女儿的所作所为虽说她能够理解，但是那么小的年纪，过早步入了纷杂的社会，干着每天 8 小时成年人才承受的体力劳动，则是她做梦也不曾料到的。

"晓晓，你干得了吗？"师芩问。

"妈妈,当然干得了!工厂很好呀,那里的姐姐、阿姨、奶奶们对我很照顾。"奚晓高兴地从裤兜掏出一个纸袋,说,"还有,妈妈给你,这是我挣的钱!"

"哦……好好……"师芩好不心酸。

那天,奚晓和妈妈说了许多许多的话,但是她没有提到爸爸,因为她不愿看到妈妈伤感,同时也坚信,妈妈已经回来了,爸爸回家的日子还会远吗?

自从妈妈回到家,奚晓的心胸渐渐变得开阔起来,尽管崔师傅不在了,奚晓干起活来依然认真负责,肯卖力,也不娇气,待人虚心又真诚。

然而,奚晓每天仍然会感到来自工作的巨大压力,崔师傅的话永远在耳边回响:

"我们穿筘工序非常重要,不能出错。一个环节出错,整个工厂都会因此停工,那样的损失,是特别大的。"奚晓唯恐自己出差错,而导致全厂的重大损失。

紧张、艰苦而又枯燥的劳动磨炼着奚晓的意志力,更为重要的,正是那种来自压力的责任感,使奚晓不自觉地形成了只有工人阶级才具有的特殊品质:大工业的生产方式,造就了产业工人严密的组织性;高度的协调一致、遵守纪律的全局观念。那时她并没有清醒地意识到这点,但这些品质却为她今后的成长奠定了坚实的基础,且终身受益。

跟甄建民去当兵

甄建民是解放军某司令部的团职参谋,身材魁梧,做事果断。

他在部队已经二十多年，平时工作生活紧张，几乎没有属于自己支配的时间。而这一年招新兵，他得知，部队要到石南地区，于是，主动要求带队前往。他要去的原因很简单，看望自己想念的革命引路人、老首长——奚明。

在南下的列车上，甄建民回想着自己刚刚参加革命时在奚明身边的日日夜夜。

那是解放战争的最后一年，冀中军分区机关驻进了甄建民家乡的村子——甄家沟。世代为农、饱受贫困的农民分到了属于自己的土地，第一次扬眉吐气。18岁的甄建民从来没有见到过父亲那样开心，脸上终日挂着满足的微笑，每天都要到自家的土地上转悠几圈儿。

奚明是当时冀中分区后勤部长，是那个地区负责分田、分地的主要负责人，住在雇农甄建民的家里。甄建民清楚地记得，解放军大多穿着灰色的军装，也有很多人穿老百姓的衣服，或只有上衣或裤子是灰色的，甚至有的人只戴一顶军帽。村里的老百姓习惯地称呼共产党领导的军队为"老八路"，虽然"八路军"早已经改为"解放军"的称号了。

甄建民当然不知道解放军的队伍最终要做什么，但他知道他们是一群最好最好的人，不仅和蔼可亲，而且纪律严明。自从奚明带兵住进他的家，院子总是干干净净的，水缸总是满满的。甄建民知道，奚明是这里最大的"长官"，早出晚归，不分白天黑夜地开会，他房间的油灯经常彻夜亮着……甄建民觉得，这个长官一点儿架子也没有，偶尔走出屋子碰见，他总是笑眯眯地给甄建民讲共产党革命的道理。

一天，甄建民看见奚明拖着疲惫的步子在院子里踱着步，便走过去，压低声音十分真诚地说：

"长官，你们就在这里住着，别走啦！"

"呵呵呵，走的，要解放全中国呀，"奚明停下脚步，看着甄建民笑着，"可是，我们共产党的队伍里没有长官，别这样叫。"

"叫什么？"

"叫老奚，叫同志呀。"

"那多不合适？他们都叫你奚部长、首长，我就叫您首长吧。"甄建民挠挠头，笑道，"奚首长，你看我能当解放军吗？"

"你想当兵？"

"嗯，你们共产党的兵对我们穷人好。我爹说，甄家祖祖辈辈都没有自己的地，共产党给我们分了地，让我们甄家能挺起腰杆做人。"

"是呀，共产党就是为老百姓打天下的，你要跟我们走，就要一生为老百姓做事情。"

"我跟您走！"

就这样，甄建民跟着奚明走出了甄家沟，走上了一条革命的道路。

甄建民被安排在分区警卫连，奚明给他一身灰色的军装和一顶军帽，虽然说军装是半新的，但在很多战士面前，足以神气活现了，因为好些个参军的老兵，至今还没有军装穿。部队条件太艰苦，没有足够的军装，打仗靠的是"小米加步枪"。

奚明对甄建民非常严格，要求他每天要学写一个字，行军打仗也不能放弃，奚明每当看到甄建民的进步，都会由衷地高兴。

后来，仗越打越大，直到北平解放。因为工作需要，百废待兴，奚明调入地方政府，担任领导工作，而甄建民仍然留在军队，后来南下，参加推翻蒋家王朝的战斗，解放后不久，又参加了抗美援朝，他作战勇敢，由一个普通的战士成长为一名团职干部。

甄建民从来都没有忘记引导他走进革命队伍的老首长——奚明，他坚定地认为，那是他终生的恩师和学习的榜样。

火车的长鸣打破了甄建民的沉思，他想到就要和老首长相见了，心中激动起来。

到了石南市，一个多月紧张的招兵工作就要结束了，这天，甄建民匆匆交代了一下工作，换上便衣，兴冲冲赶到省委大院看望老首长。虽然甄建民知道地方都在搞运动，造反组织林立，很多领导干部都被打倒，但是他对奚明的状况一无所知。

甄建民走进省委大院的大门，传达室的一位大爷知道他的来意后，告诉他：

"如果你要找奚明，就去那里。"大爷用手指了指远处一幢灰色的楼房，"啊，就去那灰楼里问问吧。"

甄建民顺着青砖铺成的路走着，他看到省府这座大院的墙上、房子上、楼上到处是大字报、标语的痕迹。已经残破的标语横幅、大字报七零八落地在树枝上悬挂着，风吹过来，哗啦啦来回飘荡。甄建民对一个省级最高政府部门的如此环境和无政府状态感到吃惊。

"同志，请问奚明同志在吗？"甄建民走进灰色的楼，推开第一个房间的门，看见几个佩戴红袖章的人，便很客气地问道。

"你说什么？找谁？"其中一人似乎没有听清甄建民的话，问。

"我找奚明同志。"

"你哪儿来的？"

"燕京。"

那几人面面相觑，看着甄建民，什么也没有说，问话的人就转身关门出去了。甄建民正满心疑惑，丈二和尚摸不着头脑，关着的门又被推开了。苑动力走进来，后面还跟着那刚刚出去的人，苑动力冷眼上下打量了一下甄建民，不屑地问：

"你燕京来的？来看奚明？"

"是的。"

"哦，燕京来的，"苑动力充满怀疑的目光令甄建民生厌，"你不知道奚明是走资派吗？"

"走资派？奚明怎么会是走资派呢？"

"你是他什么人？"

"你甭管我是什么人，我只问你，奚明他人在哪里？"

"在接受改造。"

"我要见他。"

"不行！"

"为什么？"

"他反毛主席、反党、反社会主义革命，他现在是人民的敌人！"

"奚明反毛主席？反党？反人民？不可能！你说这话有什么根据？真是笑话！"

"有什么根据？群众的眼睛是雪亮的，奚明早就走上了与人民为敌的道路，怎么不可能？我倒是要问你，你到底是奚明的什么人？"

"你没有权利问我是谁。"甄建民斩钉截铁地回答，问，"我想知道，怎么能见到他？"

苑动力对甄建民强硬的态度非常生气，冷冷道："无可奉告，请回吧。"便夺门而去。

甄建民心中的愤懑让他双拳紧握，想一拳朝着那张瘪脸捣过去，但是军人的理性告诉他，要冷静！可是，老首长是肯定见不到了，他怎么也想不到，事情会是这样，他失望地向大门走去。

"同志，同志。"甄建民听见一声轻轻地呼唤，顺声音看过去，大门口那看门的大爷朝他招手，示意他过去。

甄建民问："大爷，您叫我？"

"你不是找奚明吗？"

"是。"

"哎呀，他已经关起来两年多了，别说你了，就是他的家人，也都见不到他，还跟着奚明受罪，咳……"

"大爷，请告诉我奚明同志的家在什么地方？"

按照好心的大爷指的方向，甄建民敲响了奚明家的门。师芩打开门，见一个陌生人站在门口，便问道：

"你找谁呀？"

"这儿是奚明同志家吗？"

"是，你是？"师芩疑惑地眨眨眼，现在来这儿的除了造反派，没有其他人。

"我叫甄建民，从燕京来，奚明部长是我的老首长啊。"

"哦，进来，快请进来吧！"师芩高兴地说，"你就是甄建民呀，我听老奚说起过你。"

甄建民走进房子，看到极其简陋的陈设，心里很不是滋味，"就住在这里呀？"

"嗯，老奚的事，你大概知道了吧？"师芩说，"他在学习改造，还没有解放，屋里有些乱，你坐吧……"

"我没有想到奚明同志的处境竟会是这般艰难。"甄建民喃喃着，难过得不知道该对师芩说些什么才好。

"你现在在哪里工作呢？"

"在燕京部队上工作。"

"是军人啊？看我，你虽然没有穿军装，我也该想到的。"

"怎么会想到？"

"这很简单，现在恐怕只有你这军人才敢来看奚明，地方的老同志们不是自身难保，就是避嫌，都不来往了呢！"师芩苦笑着回答。

甄建民又是一阵心酸，眼泪几乎控制不住，说：

"大姐，我已经去省委了，本来想看望老首长，我很想他，可是，没有见到……"

"咳，别见了，你了解老奚，他相信党迟早会解决他的问题。"

"就是枪毙了我，我也不相信奚部长反党！是他领我走上革命道路的，我们患难与共，那样艰苦的战争年代都过来了……"

"是，"师芩点点头，转了话题，"看我，还没有问你，到石南有什么事，我能帮你吗？"

"征兵。自从四九年我们打下石南，我就随部队南下了，奚部长留在了地方，就再也没有回来过。"

"一晃二十多年啦。"

"从前奚部长到燕京开会，曾经邀我来家，一直没有得空……对了，孩子们好吧？怎么没有见到他们？"

"哦，他们好……"师芩的声音颤抖。

"大姐，怎么了？孩子们是不是受到了牵连？"甄建民想起传达室老大爷的话，警觉起来，"大姐，有什么难处，一定告诉我，奚部长有难，我不会不管！"

师芩眼睛湿了，泪水无声地从脸颊上淌下，尽管她是个坚强的女人，丈夫被关押、自己被戴高帽游街、身心被摧残，也从未掉过一滴泪水，但甄建民问到了孩子，那是她心里最柔软的地方，是不能被触碰的伤口。她不愿让人看到泪水，转过身，避开孩子的话题说：

"你还没有吃饭吧？我去给你做些吃的……"

甄建民紧紧皱着眉头，追问：

"大姐，快告诉我，孩子们怎么了？"

"你不是外人，你想，老奚和我的这样处境，他们怎么能不受牵连？"师芩喃喃着，端着锅的双手瑟瑟地抖着。

正说着，奚海回来了，看到陌生人愣了一下，听妈妈说：

"这是你爸爸的老战友，甄叔叔。"

"甄叔叔。"奚海礼貌地叫了一声。

"小海，给姐姐打电话，叫她今天一定回家。"

看着奚海应声出去，师芩说：

"女儿奚晓很懂事，瞒着我和老奚去棉纺厂当了工人。女儿是老奚的心头肉，那次我获准去给老奚送过冬的衣服，他知道女儿去做工了，心疼，埋怨我'年纪那么小，你怎么就让她去了？'我告诉他，女儿也瞒着我呢。咳，你说，老奚到现在没解放，一个女孩子这么小就出去上班，难道我就放心吗？"

"闺女有多大了？"

"15岁。"师芩的眼睛又红了，"孩子吃点儿苦倒也没什么，可是社会那么复杂，我担心的是她不成熟，受欺负，走歪路……"

甄建民沉思了一会，说：

"大姐，你看这样好不好？孩子们我带走。"

师芩愣住了，"你？带走孩子？行吗……"

"怎么不行呀！军队是革命的大熔炉，相信我，就让孩子跟我去当兵吧。"甄建民斩钉截铁地看着师芩说。

"太好了……谢谢你！谢谢！"师芩的眼泪终于止不住了，不住地点着头，感激地望着甄建民，不知怎么才好。

"就这么说定了。"甄建民挥了一下手高兴地说。

晚上，奚晓回家了，甄建民从心里喜欢这个清秀、沉静、懂事的姑娘，笑着对师芩说：

"大姐啊，一看就知道是奚部长的女儿，长得真像她爸爸年轻时的模样！呵呵呵，好好！这个兵我要定啦！"

"甄叔叔，你真的是解放军？真的要带我去当兵？"奚晓带着孩子的稚气问。

"是，愿意当兵吗？当年，你的爸爸带我从军，现在，我带他的女儿从军！"甄建民开心地大笑，"这就是革命代代相传。"

临行前，奚晓先是告别棉纺厂的工友，又亲手做了鸡蛋饼，去和爸爸告别。

"学习班"里的奚明似乎已经被这个世界遗忘了，一天一次的批斗会早已成为历史，这反而让他觉得有些寂寞，学习班里的"学员"——曾经都是他的同级或上一级的省府主要领导——虽说近在咫尺，且非常熟悉，但彼此之间不能接触，甚至讲话也不行，这是规定。学习班每天上午的安排基本是打扫院子、清扫办公楼里的卫生，下午学员们就各自在不足9平方米的小屋子里"反省罪行"。

奚明现在远离过去繁忙的工作，他已经有了大把的时间坐下来读书，那是他过去想做都没有时间做的事情，他让奚晓和奚海从家里取来《资本论》《国家与革命》《黑格尔哲学批判》《毛泽东选集》等一大堆书籍，每天徜徉在书海之中。

然而，奚明读书，却不敢思考，因为他越读书越感到，这些经典中的论述与当今的现实相差甚远，甚至风马牛不相及！对于"文革"现实问题的思考，无法得出合理的解释。于是，他只把阅读作为心灵的营养剂，而荒疏了对现实社会本身的评判。由于对现实世界闭目不视，造成了对人生意义、生命旅程偏颇的剖析、解读，也就是说只是成为一种对岁月流痕的触摸和回味，而人类亘古思索的主题——追求真理，成了一种奢侈品。

作为职业革命家，当自己被剥夺得一无所有的时候，奚明剩下的就只有信仰、坚韧和度量——那是一种强大的力量，是他们这一代共产党员特有的精神境界。

严冬即将过去，奚明已经听到了春天到来的脚步声。

黑色的夜幕挂在天上，奚晓怀揣着兴奋、向往和对爸爸的无限思念来与爸爸告别。

"砰砰砰"，几声轻轻的敲门声，打断了奚明的思考，谁会这个时间来这里？

"爸爸，我是晓晓，能进屋吗？"

"晓晓哦，快进来。"奚明赶忙拉开门。"你是怎么进到这个地方来的？"奚明满怀疑惑地问，这座小楼是一个对"黑帮"们封闭的"学习班"。

"我对看门的叔叔说，想看看我爸爸。"

"唔？"

"看门的叔叔马上就问，'你爸爸是奚明吗？'"

"他认识你吗？"

"不认识，但是那个叔叔说，一眼就能看出我是谁的女儿，那叔叔挺好的，"给点儿阳光就灿烂的奚晓，对允许探望的"看守叔叔"心存感激，"那叔叔说，'你和你爸长得太像了！'呵呵呵。"奚晓边说边笑着。

"学习班"的管理比起从前的"牛棚"松了好多，造反组织内部已经开始分化，批斗老干部的热情也大大减退，所以奚晓来"学习班"探望爸爸也就被顺利批准了。

"爸爸，这么晚了，还读书吗？"奚晓看到小木板床上摊开的书、一副断了腿的老花镜和写满密密麻麻字的笔记本，"你不累吗？"

"读书是养心。知识上的富有可以得到心灵上的满足。读书可以不断认识自己的无知，是获得智慧的方法。"奚明微微一笑，对女儿说，"以后，你有时间也要多读书，接受新知识的同时，修正自己的错误。"

"嗯。"奚晓点点头，"可是，爸爸，我觉得你没有做错什么呀？你告诉我们听党和毛主席的话，做革命事业的接班人，可造反派硬说你反党，我不信！"

奚明点点头，说："晓晓，你相信爸爸，爸爸很安心。"他忽然问，"你妈妈、小海好吗？"

"好。"奚晓神秘地笑着说，"爸爸，你知道我这么晚来，为什么吗？"

"为什么呀？"奚明被女儿少有的愉快感染着。

"我要当解放军啦！"

"什么？"奚明的确吃了一惊。

"当兵呀！"奚晓滔滔不绝地讲起这两天家里发生的事情，甄建民的到来、他在省委与苑动力的交锋、妈妈和甄叔叔的谈话、甄叔叔要带她和弟弟去当兵……

奚明认真地听着，他的心被一股暖流冲撞着，他与甄建民彼此忙于工作，十几年都不曾见过面。奚明虽然知道，那个朴实、真诚、勇敢的年轻战士已经是个出色的军官，而在这样一个动乱的年头，没有忘记他，仍然挂念着他，为他的儿女们着想，甚至不惜和苑动力们据理力争，让他心里无限感慨。

此时此地，人情薄似纸，多少人将良心和正义远远甩在一边，弃奚明而去？只有他一个人孤独地在角落里承受着屈辱，默默舔着血淋淋的伤口，让自己重新站起来。而坎坷之时，逆境之中，尚有甄建民这样的生死挚友相伴，在他失意之时没有离去，让他在世态炎凉中感到无比温暖。

"爸爸，你想什么哪？怎么不说话了？"

"晓晓，爸爸想起和甄叔叔在一起患难与共的日子。"奚明接着问女儿，"你想好了，不当工人了？去当兵？"

"想好了！当一个解放军，是所有人的梦想啊！光荣又神气！"

"晓晓，当兵可不单是光荣又神气，"奚明严肃起来，"当兵是责任，是牺牲自己，是保卫国家和人民，是要吃很多的苦……"

奚晓觉得爸爸似乎没有她那么兴奋。

"是……爸爸。"

"我想，甄叔叔带你去部队当兵，可不是为了让你光荣和神气，而是要让你成为一名好战士！"

"爸爸，好战士什么样？我在工厂时，从来没有和工友们闹过矛盾，没有请过一天假，干活卖力气……我继续这样做下去，会是个好战士吧？"

"你的优点当然要继续保留，但是部队和工厂不同，那里对你的要求会更加严格，组织纪律性更强，标准更高。晓晓，如果你立志当一名解放军战士，爸爸想对你说，到了部队上，要肯吃苦，守纪律，一切行动听上级领导的指挥，不怕困难，无论遇到什么样的艰难都不能当逃兵。"

"嗯。"

"还有，晓晓，爸爸不得不对你说，现在爸爸的处境，你是知道的，我还没有如你妈妈一样被'解放'，所以，你可能要比其他人吃更多的苦、受更多的委屈，但是你要记住，你更要多向周围的同志们虚心学习，要做得比任何人都更好！"

"我记住了。"

奚明最后怜爱地摸摸女儿的头，说："去吧，爸爸在你这样的年纪，也参加八路军了！你是我的女儿，也就是党的女儿，好好干，要争气，不能给带你参军的甄叔叔脸上抹黑，更不能给党和解放军抹黑……"

两天以来，奚晓被突然降临的喜悦冲击得有些眩晕，觉得爸爸那晚的话很多，嘱咐一遍又一遍。尽管很多话她并不陌生，可是她也并没有仔细去想其中的含义，而是仅仅凭着一种从父辈身上传承下来的、已经深入奚晓灵魂的、近乎"愚忠"的本能，踏上了从军的征程。

直到多少年以后，她才对爸爸的那番语重心长的叮咛有了更加深刻的体会和理解。

而此时，奚晓心里只有一个念头：一定好好干，要为爸爸争气！

奚晓从一名工人变成了一名光荣的解放军战士，幸运的是，她入伍的部队在城市燕京。

不久，奚海也当兵走了，但是由于年龄太小，被送到了军队的一所院校去学习外语，离家很远很远。当姐弟二人五年后再见面时，奚晓惊奇地发现，弟弟不再是那个整天跟在她屁股后面胆小爱哭的小男孩儿，他已经长成一个相貌堂堂的大小伙子了。

解放军是所大学校

北方的春天是伴随着严寒一丝丝地消退到来的。

明媚的阳光把燕山山脉灰黄色山峦、丘陵、沟壑照耀得分外迷人。放眼望去，人们能从这迷人的世界里感受到春天的气息，寒冷的冬天过去了，和煦的春风吹遍了原野上的每一个角落，冰雪融了，树木抽芽了，鲜花开放了，冬眠的动物睁开惺忪睡眼醒过来了，一群群候鸟变换着队形，从南方飞了回来。田间已经有了农民勤劳的身影，他们为春耕忙碌着。

甄建民带着奚晓先是乘坐火车，出了燕京站，早有一辆军用吉普车在此待命，奚晓上了车，汽车驶出市区的时候，她竟然产生了幻觉，忽然想起了和爸爸一起从滨海市回家时的情境，人生真是变幻莫测啊！此时奚晓的心中五味杂陈，她找不出什么语言来形容，有恍惚、有兴奋，还有忐忑不安。

坐在副驾驶位子的甄建民头也没有回，说：

"奚晓，你要先到新兵连参加 3 个月的新兵集中训练，新兵集训结束后根据工作需要再分配到连队，基层连队的生活既紧张又艰苦，你要有充分的思想准备！"

"我不怕！"奚晓坚定地回应着，她觉得自己不怕吃苦，也做好了吃苦的准备，她现在心里反复想的是：我的部队是什么样子的呢？部队的军事生活是什么样子的呢？战友又是什么样子的呢？可以肯定的是，那里一定与学校不同，与省委大院不同，与棉纺厂也不同。临行前，爸爸的嘱咐已经足以让她知道，军队里很艰苦，不是享受的地方。

吉普车顺着平坦的柏油路继续向前，奚晓眼前忽然出现了一片营房——某部技术大队的新兵集训营地，她能听到随风飘来隐隐约约的军号声。

吉普车进了大门，门口有士兵站岗，见到吉普车，马上行了一个军礼，甄建民等车停稳，伸展了一下双臂，说：

"奚晓，我们到了，下车。"

奚晓下车，一个没有见过世面的小姑娘，看着眼前绿色的军营，新奇、亲切，还有些胆怯。最让她心跳的是一队队穿着绿军装的士兵，精神抖擞地走队列，"一、二、三、四"的口号声嘹亮。已是傍晚时分，"日落西山红霞飞，战士打靶把营归把营归……"的军歌传来，生机勃勃的氛围让奚晓心跳加速。

甄建民把奚晓交给大队的一名军官，说：

"小包，交给你的新兵，给我带好。"

又对奚晓说：

"哦，他是你们新兵连的指导员。"

奚晓看那军官，先是规规矩矩给甄建民敬了个军礼，又看了看站在他身边亭亭玉立、羞涩的奚晓说：

"甄参谋放心，交给我吧……您吃了晚饭再回机关吧？"

"不不，一个多月了，赶回去交差啊。"甄建民转身对奚晓说了一句："孩子，好好干！"就离开了，显得有些匆忙。

奚晓领到了新军装，她拎着发的背包、挎包、水壶等装备跟在那包指导员后面，向着宿舍方向走去。

"我叫包德宽，是负责培训你们这批新兵的指导员。"包德宽自我介绍着。

"包指导员好，我是奚晓。"

"知道，知道！甄参谋前天就打来电话了，奚晓，你是我们最后一名报到的战士。"

"嗯。"

"天晚了，你今天好好休息，从明天起，要参加新兵训练了。"

奚晓认真地听着，仔细打量着这位包指导员，这是一个三十多岁、中等个子、肩膀宽宽、体态偏胖的男人，红红的四方脸上，一个类似鹰钩的鼻子很显眼，眼睛笑眯眯的。奚晓觉得他很和气，也很照顾自己，他不理会奚晓的反对，将背包扛在自己肩上，大步走着，又嘱咐说：

"奚晓，一会儿到了宿舍，还有和你同住的其他女兵，要与她们搞好团结。"

"知道了，包指导员。"

就在打开门的那一刻，一声女孩子的尖叫传来，随即就是"放手，放手"的阵阵笑语声。长方形的宿舍靠着墙有一溜木板床，全部是白色的床单包裹着白色的褥子，还有叠得整整齐齐的绿色的被子；一只用来包着换洗衣服的小包袱摆在被子旁边，晚上睡觉时，小包袱就用来做枕头用。此时，里面有几个女战士正滚在一处打闹、嬉笑着。见到指导员进来，所有人都立刻停了下来，站在原地不动，好奇地望着门口的奚晓。

包德宽一脸严肃，说：

"你们吵什么啊？都是解放军战士了，不懂纪律吗？营区和营房要时刻保持安静！"说着，把奚晓的被褥放在一张空床板上，"来，你们相互介绍一下，姓名、从哪儿来的。"

"我是奚晓，从石南市来。"

"我叫路华，和你一样，也从石南市来，咱们还是老乡哪。"

"我叫张小芳，燕京的。"

一个长得很漂亮的女孩儿，只顾在自己的床上寻找着什么，没有说话。包德宽见状，平静嗔怪地说：

"何珍珍，你找什么呢？怎么不作自我介绍？"

"包指导员，你不是介绍啦？——何珍珍，我还说什么？"

"要自我介绍，从哪来的？"

"哦，我是何珍珍，从……从月亮上来的！"

奚晓和另外的女孩子们不禁都笑了，此刻，奚晓明显感到了何珍珍身上特有的优越感，很是与众不同，不知怎么，在何珍珍面前她觉得有些自卑。

奚晓整理着自己的东西，身上除了一条腰带是自己的以外，其他物品全部都是部队配发的。是呀！我还是省委大院那个不起眼儿、简单、忧郁的小女孩儿吗？还是那个天天戴着白帽子，捂个大口罩，身穿白大褂，只露两只眼睛，不分昼夜地纺纱织布的小女工吗？我真的是解放军战士了吗？想着明天的自己即将戴上红帽徽、红领章，穿着绿军装，英姿飒爽的模样，奚晓觉得像是在梦境之中。

军营的第一个夜晚，奚晓从极度的兴奋中平静下来，很想知道省委大院里的爸爸妈妈现在在干什么，奚海当兵走没走。

"爸爸，你还好吗？我现在真正是一名光荣的解放军战士了。"

想到爸爸，除了忧思，奚晓又深陷到一种巨大的忐忑不安之中：因为爸爸还没有被"解放"，还在接受劳动改造，所以虽然甄叔叔决然地将她送到这里，但是如果爸爸的"黑帮"身份被人知道，她还能留在部队吗？会不会被部队退回去呢？

过去的两年多，奚晓已习惯独自熬过漫长而又心痛的日子。当她走进这支部队，新的环境迎面到来的时候，奚晓根本没来得及整理思绪，生活就完全变了模样：她就像步入了一个美好的梦境，再听不到对她"狗崽子"的谩骂和冷眼。在这里，没有无助的心痛，不必整日地担惊受怕……

奚晓想着第二天新兵连的训练科目将会是怎样，她要如何做，才不愧对这份荣誉，才能让爸爸妈妈放心。她期待着明天的到来，却又害怕着，她不能确定明天，甚至未来可能会发生的事情。也许就在明天，她的"梦境"就会永远地失去。

奚晓知道，来之不易的军旅人生是多么值得珍惜，而她绝不能失去军旅人生的唯一选择，就是必须做个好战士，努力、努力、再努力，要比所有人付出更多的坚韧，才能够守住自己现在拥有的这一切！

那晚，奚晓失眠了。

清晨，嘀嘀嗒、嘀嘀嗒……雄壮的军号声取代了省府大院嘈杂的高音喇叭和棉纺厂尖锐的笛音，划破了黎明的寂静，惊醒了部队新兵连的战士们。奚晓猛地从床上跳起来，有些不知所措，只听路华说：

"奚晓，穿好衣服，集合出早操了。"

奚晓迅速穿上军装，跑出宿舍，连长、指导员手里掐着秒表早已经站在院子里等候。

紧接着，战士们随着"向右看齐""向左转，跑步走"的口号声，齐刷刷向操场跑去。几圈跑下来，大多数女兵有些吃不消。跑步停了，接着是站军姿、走队列，对这些没有见过多少世面的新兵来说，军事训练是对生命的摧残。按照教官要求：头要正，颈要直，挺起胸，收小腹，两腿并齐直立，双臂贴腿，中指贴于裤缝，一站就是半个小时，到最后，奚晓感到脚跟发麻，胸闷头昏，身体僵硬，连呼吸都困难……好不容易熬到休息，本以为可以伸伸腿，可刚坐一会儿，集合号又响起，战士们只得又跌跌撞撞去排队。

"真受不了，一连好几天都这样跑啊、站啊、踢腿啊，有什么用？腰好疼。"何珍珍开始嘟嘟囔囔抱怨了。

"可不是嘛，我身上痒痒的，总想动一下，可是却发现身边奚晓还好好地坚持着，只得咬咬牙，继续扛着……"张小芳感叹着。

"她呀，刚来一天，看她能坚持几天？"何珍珍无论何时何地，脸上总是挂着骄傲的神态。

奚晓后来从路华那里知道，何珍珍是部队一位领导的女儿。那种天然的优越感是奚晓一类地方干部子女无法拥有和逾越的。没有经历过苦难和屈辱的人，不会懂得生活的艰辛、世事的无奈和忍辱负重的难堪。对于刚刚走出困境中的奚晓来说，只要一天比一天好一点点，她就很知足了；而对于没有经历过苦难的何珍珍来说，她不知道苦难和屈辱的滋味。每当奚晓看到何珍珍和其他一些军队子女无忧无虑，甚至自命不凡的样子，总要想，他们以后是否也会经历苦难呢？

对于所有新兵来说，新兵连的训练从早到晚任务繁重，新兵个个累得筋疲力尽，然而，也有令他们感到"刺激"的训练，就是夜间的"紧急集合"。

训练中的"紧急集合"不仅是最刺激的项目，而且还有一点神秘。当夜晚来临的时候，战士们都保持高度戒备，裤子自然是不会全部脱下，就在脚踝的地方等待，鞋带已经提前系好，就等紧急集合的号令一响，大家一跃而起，冲将出去。连长、指导员似乎早已猜透了大家的心思，巡岗不断，查哨连连，命令那些人将没有脱下的衣服、提前系好的鞋带、已经扎好的背包，乖乖地复归原位。当士兵们睡熟时，军号声会忽然响起来，有不少新战士衣冠不整、背包散乱、左右脚的鞋穿反，洋相百出。

军营还会经常响起嘹亮的歌声，那是在进行军歌比赛。在这个绿色的军人世界里，处处激荡着年轻战士们报效祖国的豪情。

重要的是，奚晓在解放军这所大学校里，学会了追求自己的尊严和人生目标，用一种近乎于献身的忠诚使思想快速升华，军队赋予她力量、热情、理想，激发她检点、反省、控制自己。久而久之，奚晓在不知不觉中自我意识被削弱，集体观念被强化。她曾经梦想过能照亮自己人生的那道光，在军营里她才真正感到了。那是一道追求生命意义的思想光芒，在它的照耀下，她有了"为共产主义奋斗终生"的理想，尽管这个理想在成年以后看起来既盲目又幼稚，但对于那时的奚晓来说是真诚的。

仅是一种理想的树立，也使奚晓感受到一种从未有过的能量和激情。

时间很快，转眼3个月的新兵训练就过去了，每天都是在高强度的训练中度过的，流了多少汗，谁也数不清。奚晓感到了从未有过的艰苦，她所付出的能量与汗水是过去不曾付出过的，她庆幸自己有在父母被关押时的坚韧，有在棉纺厂做工的毅力，她咬牙坚守着自己的信念：为爸爸妈妈争气。的确，她做得比任何人都好！

新兵连训练圆满结束，大队组织召开了总结大会，上级机关——奚晓认识的甄建民叔叔——来作总结报告，他对即将分配到各个连队的新战士们说：

"眼下你们在新兵连训练中吃的苦，只是小菜一碟！待你们到了连队，才能体会到什么是真正的艰苦！所以，我要告诉大家：毅力，是在不知不觉中形成的，坚强，永远是每一个军人的品质。"

奚晓又见到甄叔叔自然很是高兴，但是她并没有走过去打招呼，远远地看着一大群军官围着甄叔叔说着什么。中午，在食堂吃饭时，甄建民走到奚晓身边，奚晓连忙一个立正，规规矩矩地向甄建民敬军礼，却慌乱得不知说什么才好。

"奚晓，怎么样？习惯军营了吗？"甄建民笑道。

"首长，习惯，我很好……"奚晓心里有很多想对甄叔叔说的话。

"嗯，像个兵啦，好好干！"甄建民大声鼓励着，尽管他看出奚晓明显地黑了、瘦了许多。

"是。"奚晓又敬了个礼，看着甄叔叔走出了食堂大门。

在这 3 个月的时间里，奚晓最大的收获就是知道了什么叫"铁打的军营"，感受到了军人的荣誉、责任——穿上军装就有一种崇高的使命感，驱使着灵魂不断前进、净化。

奚晓和路华、张小芳、何珍珍被分配在了同一个队，而包德宽是这个队的副教导员。当时整个大队还没有几个女干部，所以，这个女兵人数比较多的连队，就由包德宽负责管理。

连队的生活比起新兵连而言，军事任务更紧张、纪律更加严明。

除了白天正常的工作、训练外，每天晚上都会安排雷打不动的业余生活：周一，班务会；周二，看电影；周三，写家信；周日，点名；而周六是战士们自己支配的自由活动时间。

休息期间，部队的优良传统是抢着做值日，清扫房间，整理内务，把为集体服务当作一种光荣，学雷锋、做好事在部队里蔚然成风。

奚晓早就发现食堂盖米饭和馒头的保温被有点脏了。又是一个周六，晚饭后是自由活动时间，趁着宿舍没有人，她悄悄地跑到炊事班将那条小棉被卷回，赶紧把线拆掉，掏出里面的棉花，然后端着脸盆快步跑进洗漱间，用肥皂把小棉被面搓洗得干干净净。可奚晓得意了没有多久，就觉得有点儿麻烦了，因为被子面还湿着，奚晓几次用针缝，但根本扎不动。为了不影响炊事班第二天早上的使用，她必须要在这之前将小棉被缝好送回食堂。眼见天渐渐黑了，可是湿被面怎么才能快点干呢？

奚晓琢磨了好一会儿。她把暖壶的热水倒在大搪瓷缸子里，用来当烙铁，在被子面上来回上下不停地烫熨，一米见方的被面竟很快干了。与此同时，熄灯号却"嗒嘀嗒"地吹响了，宿舍变得一片黑暗。院子里的一根电线杆上，一束微弱的电灯光像鬼影一样反射在宿舍房顶的一角，是奚晓唯一借以看清周围的亮光。

营房寂静无声，奚晓只听到三个小伙伴均匀的呼吸声。她缩进被子里打开手电筒，穿上针线，然后在被窝里双膝跪起，撅着屁股，让被子里留出足够干活的空间，一针一线地缝起小棉被来：竖两道、横三道，外加一个封口。在终于缝完的时候，奚晓觉得腰疼得根本直不起来，双腿麻得没有了知觉，两只换着拿针的手指最惨，被钢针扎了无数个眼儿。

奚晓钻出被窝，慢慢直起腰，由衷的喜悦早已冲淡了劳累和疼痛，她长长地出一口气，准备卷起小棉被……可是，怎么了？为啥卷不起来，还越卷越厚呢？急忙打开手电仔细探究竟，"妈呀！"心里不由得一惊，自己竟然把床单也和小棉被子缝在一起了！无助的奚晓感到了绝望，不由想到了妈妈，"她要是在，一定会帮我，可是，现在怎么办呢？自己用了吃奶的劲儿才完工的成果就这样白费了啊！"奚晓又气、又急、又恨自己太笨，甚至想放声大哭……

但是她很快又冷静下来，咬咬牙，揉了揉又疼又麻的腰和腿，叠了几个纸条缠在被扎得到处是伤的手指上，决心重新再做。可是腿肿了，根本不能跪在床上了，于是她换了个姿势：站在地上，用上半身弯腰顶着被子，腾出的空间反而还大了，活动也自如了许多。想不到有了前面的缝补经验，手指也灵活了不少，速度也快了。待终于大功告成，早已深更半夜，奚晓还没来得及脱衣服便禁不住抱着小棉被昏睡了过去……

第二天一早，奚晓提前来到炊事班，把重新缝好的小棉被悄悄送回原处，看着脏兮兮的小棉被变得洁白如新，奚晓心中充满喜悦，觉得无论做什么只要一心去做，就能做好。

军队富有战斗力靠的就是铁一般的纪律，奚晓工作生活的部队虽然不是野战军，但同样有着严格的组织纪律性，平时，每一天的生活从起床开始，早操、开饭、训练，一直到晚上点名的时候，都有着明确的时间规定和安排，对每个官兵的自由活动范围，特别是请假外出，更是有着逐级请示、汇报的复杂程序。任何人也不准随随便便踏出军营，对刚入伍的新兵，管理得更加严格，没有特殊情况绝不允许请假。

连队官兵每天都在一起学习、技术训练、食宿和业余活动，像个大家庭一样。奚晓对于这样的集体生活，一开始感到十分新鲜、有趣。几个月以来，她和同宿舍的姑娘们在一个锅里吃饭，一个屋里睡觉，一个工作室里学习，连洗澡、理发、看电影都没分开过，也不知从什么时候开始，她渐渐有了一种"心理疲劳"之感。

奚晓和她的战友们都是花季的少年，对于这样作息有规律、有秩序、服从命令生活的新鲜感很快就消失了，枯燥和不习惯的感觉也随即而来，常有人抱怨：

"我觉得自己像个机器人一样哦……"

"没私人空间，太不自由了。"

奚晓和所有新兵一样，从新鲜到枯燥，从枯燥到开始想家了。

晚上熄灯号还没有吹响，在床上啃着苹果的何珍珍说道：

"总算是盼到星期天了，我明天请假回家。"

"哼，你是谁呀？全大队的特殊人物……"张小芳有些愤愤然，"都是家在燕京，怎么就不一样对待呢？"

"知道吗？"路华小声对奚晓说，"包副教导员知道何珍珍的爸爸是咱们部队首长，所以，对她很照顾，每次请假都准，可别人就没有那么好的运气了。"

"嫉妒啦？有本事你也请假回家呀！"何珍珍轻佻地说。

"能准你假，可不是你的本事！"

"张小芳，警告你，不许你乱说！"

"本来嘛，要不是你的爸爸是咱们部队的顶头上司，包副教导员能准你假？"

奚晓有些不知所措，张小芳是工人家庭的女孩儿，热情直爽、快人快语、讲话不计后果。奚晓知道她的确请过几次假，却都未被批准，所以心里很是不爽。

这时，只听到路华劝道：

"小芳，少说两句……"

"为什么不敢说，我家也在燕京，为什么每次我请假包副教导员都不准？"张小芳继续争辩着，"当兵快一年了，谁不想家呀？"

"你讲话小心点吧！"何珍珍狠狠道。

"你要怎么样？"

"就是不能乱说啊，因为你不配！"何珍珍充满挑衅和傲慢的语言，气得张小芳"哇"的一声大哭起来。

双方怒火越烧越旺，嗓门越来越大，引来了很多人在门口围观，路华和奚晓连忙灭火：

"行啦，行啦！熄灯号都吹过了，都要睡觉了，你俩都小声点吧，有啥好吵的？看看把其他宿舍的人都招来了……"

那天晚上，张小芳整整哭了半夜，奚晓默默无语地一直陪她坐着。

当兵头两年，奚晓睁睁地看着连队的一些部队子女，一次次回家，或一次次被小车接走，一次次父母来看望，她除了羡慕，就只有漠然处之，把对家无限的思念深深埋在心底。这承受力令她自己也感到奇怪——她从没有动过请假回家的念头，即使她的爸爸奚明官复原职，重新成为领导以后，依然如此。

连队也需要真才实学

军队除了完成紧张的战备和军事任务，部队的思想教育和政治学习占有很重要的位置，每一个战士的手里必不可少的是《毛泽东选集》和《毛主席语录》，而《毛泽东选集》中最为经典的是"老三篇"：《为人民服务》《纪念白求恩》《愚公移山》，几乎所有战士都把"老三篇"背得滚瓜烂熟。但是，光会背不行，还要遵循"老三篇"提倡的精神，规范自己的行为，最后还要将自己真实的感受和心得写出来。在那样一个历史时期，军队中的这种思想教育和政治学习，被称为"活学活用"。

从历史上看，中国人民解放军的发展壮大，是和部队的政治思想教育紧密相连的，而且延续至今。不过，在文化大革命期间，对毛泽东思想的学习成为部队政治思想教育的主要内容，而"活学活用"的提出，又将其推向了极致。

仿佛人类丰富的思想和智慧全部被毛泽东思想取代，这是中国特定的历史时期出现的一场悲剧，所有的科学、文化书籍被禁止阅读，奚晓和年轻的战士们的思想单纯得如一张白纸，盲目的个人崇拜就成了部队凝结思想、统一行为的唯一方式。

"林彪事件"发生以后，军队的政治思想工作强度剧增，奚晓所在的部队虽然是承担纯技术性任务的，即使如此，大队要求各个队也同全国军民一样，开展了轰轰烈烈的"批林批孔"的政治思想运动。

第3队有个战士，名叫方仲歌，高高的个头，相貌英俊，绿色的军装穿在他的身上更显得倜傥非常；更吸引女兵们眼球的，是他拥有杂七杂八的知识，通晓古今中外的典故，似乎没有他不知道的事情，人称"才子"。

方仲歌成长在军人家庭，不仅有学识，还会唱、会玩，爱炫耀，同样具有军人家庭出身子女身上特有的骄傲和自信。不过，路华告诉奚晓说："你不知道，方仲歌的父亲是解放战争四野打东北时，用机关枪'请'到解放军这边来的，原来是杜聿明司令部的秘书，可我的父亲不同，他是跟着共产党，从江西穷山沟一步一步爬雪山、过草地走过来的！"

奚晓知道自己这位老乡——路华的爸爸是名老红军，现任省军区的副司令员，接话道：

"是呀，解放军里穷人多，上不起学，所以领导干部里文盲也多着呢。"

"听说他爸爸还是燕京大学的学生呢。"

"怪不得方仲歌那么有学问。"奚晓想起了爸爸,她曾经听妈妈说过"在冀中军分区,你爸爸是县中商科毕业的,爱读书,算是文化最高的人了"的话,不由得有些伤感。

"我就看不惯他那副自以为是的样子,"路华道,"你没有发现吗?这几天学习两报一刊'批林批孔'文章,何珍珍总去找他,二人嘀嘀咕咕的,一点不认真。"

"他们都是部队机关大院一起出来的,熟悉吧。"奚晓说。

"哼,我看,何珍珍在单相思呢,你没有见她看方仲歌的眼神?"

"别瞎说……"奚晓低声道。

这天,随着集合号的声音,全体战士迈着整齐的步伐进入食堂。这个食堂也就是全大队集中开会的地方,里面的空气中飘着煮白菜、萝卜的气味。

这是大队召开的"批林批孔"大会,会场布置得很简洁、很严肃,一条约半米宽、十米长的红色横布条高高地扯在会场的一面墙上,写着"××大队批林批孔大会"的字样。在横布条的下方,是一张桌子,铺着一块洁白的桌布,上面摆着一只扩音器。类似这样的会议,差不多都是如此布置,所不同的是那条横幅上的字,根据会议的内容不同而变化。类似的批判大会,大队已经举行过不止一次,而这一次是林彪摔死在温都尔汗后,全国范围展开大批判,所以,全军上下都很重视。

整个大队如临大敌,从传达文件、干部会、党员会,各种大大小小的会议、讨论已经延续了几天,大队政治处要求这次批判大会各个连队必须做好充分的准备。各队都要选派出 1—3 名文章写得最好的战士上台发言。奚晓被选为代表所在队发言。为了这次批判会，她非常认真地准备了自己的发言稿，反反复复改了一遍又一遍，可是总觉得不太满意。她去征求老班长严志强的意见：

"奚晓，写得挺好的，"严志强看过后说，"其实，同志们对你写的发言稿，比如思想总结呀什么的，都很佩服呢，有深度，都说你是咱队的女秀才。"

"老班长啊，别表扬我了，我知道自己几斤几两，而且'批林批孔'很重要，可是我对孔子的什么'儒家'概念，与林彪反党集团到底有什么关联还搞不清楚呢，怎样深入批判？并且，这次又是代表全队去的，总觉得这篇批判稿写得不好，又不知道怎么才能写得好。"奚晓哭丧着脸说道。

"已经很好了，你得有信心，"严志强其实何尝不是对"儒家"概念一无所知呢？而且林彪和孔子怎么就扯到一块儿了？报纸上反复说的所谓"大儒"指的又是谁呢？他感到困惑，"奚晓……我们都给你鼓劲儿，狠命给你鼓掌！"

"老班长，不管你怎么说，我还是心里发慌。"

奚晓是在全大队战友的热烈掌声中走上台前的，她念完批判稿的最后一个字时，又在战友们的热烈掌声中走下台，但是与以往不同的是，她的脑子里一片空白。

最后发言的是方仲歌。

方仲歌不愧为"才子"称号，他从论述儒家思想中宣扬的"仁、义、礼、智、信"引申出孔夫子的"复辟周礼的反动本质"，结合"批林批孔"的现实意义和中国古代"儒家"的社会教育形成的价值观和行为进行批判。台上方仲歌的发言滔滔不绝，有理有据，像瀑布般奔流倾泻，台下的战士们一片肃静，被文章精彩的内容所深深吸引。

姑且不论方仲歌的论点是否正确，也不论他带有明显的炫耀成分，就他批判文章中知识面之丰富、文字措辞之优美，使听惯了毫无内容、千篇一律、毫无韵味的报纸语言的战士们耳目一新，他赢得了一阵又一阵的掌声。方仲歌似乎早就料到这样的结果，当他带着那种特有的骄傲和自信走下台时，周围的掌声和赞叹声让他兴奋得脸色通红，自尊心得到了最大的满足。

奚晓听得很是入神，她很佩服方仲歌的才华，同时，也深深感到了自己的不足，意识到这种差距就在于自己知识的贫乏。

下午分组讨论的时候，何珍珍首先发言：

"整个大队，只有方仲歌的批判稿写得最好！"

"是呀，写得真棒！"

"我都没有听到过这样精彩的发言稿。"

"建议方仲歌给解放军报社投稿吧。"

战士们七嘴八舌地议论着，只听何珍珍斜瞄着奚晓，又说：

"有的人写的都是空洞的大道理，还敢上台显摆，那样的东西谁不会写啊？"

全班人的眼睛顿时不约而同一齐向奚晓望去，都明白何珍珍的话明明是针对奚晓说的，奚晓脸色绯红，低着头不吭声，眼泪在眼眶中打着转。

"行了！"严志强大声制止道，"现在我们讨论的是'批林批孔'，不是批判稿怎么写，再说，谁到大队发言，是队领导决定的，怎么了？何珍珍你写得好吗？队长为什么不选你去？"

一组人哄堂大笑起来，因为何珍珍无论写什么东西都是乱七八糟、语无伦次，常引得大家发笑。

"你……"何珍珍对不苟言笑的老班长有几分顾忌，语塞了。

然而，事情还没有结束，晚饭以后，奚晓和张小芳一起到小卖部买东西。

　　小卖部是大队为方便战士生活，卖些日用品和小杂货的地方，却成了战士休息时最乐意光顾的主要娱乐场所，有些战士就是不买什么东西也愿意到这里转转，所以小卖部总是人满满的，更显得地方狭小。

　　奚晓和张小芳挤在柜台前，奚晓忽然发现一只扁扁的漂亮的小铁盒，她吃惊地拉拉张小芳衣袖说：

　　"你看，那是什么？"奚晓指着透明橱窗里那米黄色精美的小铁盒惊呼。

　　"这是什么？"

　　"上海友谊牌雪花膏。"奚晓想起妈妈最喜爱这个牌子的雪花膏，每天洗完脸，奚晓都会学着妈妈把它涂在脸上，立刻散发出一股淡淡的白玉兰的幽香。

　　"啊哦，怎么，你想买？"

　　"不不不！"奚晓赶紧摇摇头，她到部队后，每天都是使用一种用蛤蜊壳装着的"凡士林"，俗称"蛤蜊油"，涂在干燥的脸上、手上。

　　这时，奚晓听到后面一声高喊，"咳，给我拿盒中华牙膏！"何珍珍和方仲歌出现在小卖部门口，"干嘛都在这儿挤着？真是的，有什么好看的！"

　　"哼！狂什么！"张小芳冲奚晓撇撇嘴，说，"敢情她经常请假，有机会逛大街，当然觉得这儿没什么好看的了。"

　　"小点声儿，别让人家听见。"奚晓捅捅张小芳，小声说。

　　"怕什么？"张小芳故意提高声音。

　　"奚晓、张小芳你俩干嘛也在这儿挤着？嘀咕什么呢？"何珍珍挑衅地问。

　　"来这里当然是买东西，你来干嘛？要买东西等我们买完再说，总还有个先来后到呢!"张小芳不示弱。

"小芳,别说了……"奚晓摆手。

没有等何珍珍反驳,方仲歌忽然微笑着问奚晓:

"奚晓,听说你不服我写的批判文章哦?"

"我没有……"奚晓愣住了,方仲歌突如其来的问话让她迷惑不解,看何珍珍脸上挂着得意和轻视的神情,她明白了,一定是何珍珍说了什么。

"奚晓,其实,你是一个又聪明又肯吃苦的战士,但是你少了样东西。"方仲歌似乎很神秘、很真诚地对奚晓说道。其实,他觉得奚晓身上有一种很特别的东西,既不同于周围的工农子女,也不同于部队大院的干部子女,她淡淡的忧郁和哀伤的气质令他着迷,还令他感到新奇,总想找机会与之搭讪。

"方仲歌,你说说,奚晓她少了什么东西?"何珍珍看方仲歌对奚晓有些讨好的态度嫉妒起来。

奚晓不想与方仲歌、何珍珍纠缠,觉得很无趣,拉着张小芳说:

"我们走。"

"你们真无聊!"张小芳说了一句,和奚晓走出了小卖部。

"奚晓,你缺少的是知识,想要写出好文章,肚子里得有东西才行啊,哎,你知不知道呀?"方仲歌的声音很大,从奚晓身后清清楚楚传进了她的耳中。

奚晓的心总是很轻易地就会被触动、被蜇伤,方仲歌的话,就像造反派带给她心灵上的伤害一样,她以为到了这支深爱着的军队就已经远离了伤害,觉得这里春天的树叶绿得如此迷人,花朵美得那般令人销魂,可是,为什么此时的感觉似乎又回到了省委大院?内心沉重得像是有一块巨大的石头,压得她无法呼吸,想大声地呐喊,却又喊不出声音。

奚晓回到宿舍，爱思考的她对方仲歌那句"缺少知识"的话，久久不能释怀。其实，让她感到悲伤的是，"缺少知识"是她早已经意识到的东西。可是学校早就停课了，她再不可能回到学校上课，也没有老师教她学习任何知识了。除了"毛著"和"两报一刊"，没有其他书可以读，她怎样学到方仲歌所拥有的知识呢？她明显感到就算她已经把毛主席的书背下来，也不能带给她更丰富的知识，她的思想钻进了一个死胡同。

不久，一个名叫龙韦炜的战友引起奚晓的注意。

龙韦炜英气挺拔，爱静，十分有礼貌，总是慢条斯理地讲话，从不与人争执吵架，也不在乎表扬、名次和奖励。只要有空闲时间，他总是一个人孤孤单单坐在一个小板凳上，将床铺当桌子，趴在那里写着什么，不受外界环境的影响，也不在乎别人对他的行为说什么。那时，龙韦炜拥有一只精美的小半导体，那不仅是令人羡慕的奢侈品，也是出身于富裕家庭的象征。人们经常看见龙韦炜不是趴在床上写着，就是听到他随着那小半导体念外语。奚晓对龙韦炜充满了好奇，她觉得龙韦炜为人正派，是个实话实说的人。而且龙韦炜这种不为所动的执著的学习精神令她钦佩——那些东西早已经在"文革"中消失了。一天，她无意中问龙韦炜：

"韦炜，你怎么不休息，不去和大家玩儿？"

"我呀，这不就是在休息呢。"龙韦炜抬头笑着回答奚晓。

"你总是一个人写呀、念个不停，大家都很好奇，你是在求'大学问'吧？"

"说不上求'学问'，算是学习知识吧……喏，你看，算术题、外语练习。"龙韦炜指着一堆写满字的本子和纸说。

"哦，学习这些文化知识的确很重要呢。"奚晓心里觉得龙韦炜很了不起。

"当然啦！没有知识，就没有思想，没有思想，人活得就没有意义。"

龙韦炜的话，让奚晓在朦胧中感受到一种对于求知的渴望，但是，她还没有找到追求思想的路。

其实，思想是人们一直捉摸不透的东西，而人类全部的尊严就在于思想。由于思想是多样化的，是无法填满的空间和时间，所以才需要通过学习，通过汲取人类所有不同的科学和文化知识，为提高自己的思想提供足够的营养——知识与思想相辅相成，互为支撑。

这些道理，是奚晓后来成长为一名出色的法律工作者以后，才真正体会和认识到的。在"文革"结束以后的时光里，奚晓有机会徜徉在知识的海洋里，在发奋读书的那段时光里，她才刻骨铭心地体会到拥有知识，对于思想的成熟有多么重要。

奚晓所在的技术队拥有大队全部重要的仪器设备，遵循中央军委关于备战的要求，准备整体迁往太行山脉东麓的甘泉营地。不久，上级下达命令：部队以野营拉练的形式，从燕京先驱山西大同，路经永定，向目的地行进，历时一个多月。

这天，大部队沿着弯弯曲曲的山路进了一条沟壑，两面是逶迤蜿蜒的群山，像一条条银龙似的盘向蔚蓝的万里晴空，周围云烟缥缈，这就是仙境啊，仿佛不曾过有人烟。

部队大部分战士来自城镇，特别是女兵都是清一色的城市姑娘。见到连绵起伏的群峰耸立，峥嵘险峻，新奇又兴奋，叽叽喳喳说个不停。包德宽见状，想激发一下女孩子们的爱国情绪，指着不远处的一座狼牙锯齿状的山峰说：

"你们看，那就是狼牙山！"

"就是传说中'狼牙山五壮士'抗击日本侵略者的地方吗？"

何珍珍问道。

"什么传说！这就是'狼牙山五壮士'跳崖的地方，我不止一次听爸爸讲过他们在这一带山区抗日的事情。"路华对何珍珍肯定地说。

"这一带属冀中，是革命老区。"奚晓插了一句，心里的另外一些话她咽了回去，"我的爸爸也是在这块土地上无怨无悔地献出了他的一切啊！"

当目的地终于出现在眼前时，放眼望去，这座营区的建筑群从一座山的山脚起，顺着山坡的自然走势一直延伸到了半山腰上，如果站在营房高处的一块不大的空地上，颇有"一览众山小"之感：可以清楚地看到山脚下绕过营区蜿蜒延伸的公路，眺望远方一处处被墨绿色的树木掩映着的村庄；玉米、高粱、谷子庄稼翻滚着绿浪；清澈见底的河水依地势淙淙流淌；山区清新的空气中飘着野花的芳香。

走进营区，奚晓环视着橘红色的砖垒砌的房子，围起来的显露斑驳的院墙，宿舍就建在半山腰，女兵宿舍被围在营区的最东头，男兵宿舍按东西方向整齐地排列着，院子的另一个山头上面，矗立着战士们就餐的"食堂"，显得比宿舍更高一些，而所有房子的墙上都被嵌进一颗红色的五角星；营区的院子是一块很大的空地，是灰渣和黄土垫起来的操场；一条由砖和石子铺的路不知伸延去了哪里，路两边长着许多的杨树，山风吹着嫩绿色的树叶，发出轻轻的"哗哗哗"声音，还有一根根黑褐色的木头电线杆，笔直地戳在路的两边和房屋的前面。

这时，黑压压的云涌上来，下起了雨，各个区队的班组很快分配了宿舍。对于所有的官兵来说，新营地的生活与以往最大不同的是生活环境的改变，首先就是全队的每一个干部、战士都必须轮流参加站岗、巡逻和值班。

连队在燕京时，因为大队有警卫连，用不着各队的官兵参加站岗、巡逻和值班。而如今驻扎到了山区就不同了，没有了警卫部队，无论干部还是战士都要参加夜间巡逻值班，队长、教导员及营里的干部，每晚熄灯后，都会查岗查哨，不可间断。

部队驻扎的营区地面范围并不大，但是那些深藏在山洞里的精密仪器设备，随着连绵不断的山体延伸很远，守备起来其实很难。因此，一直以来，驻守部队的值班人员除了巡逻宿舍、营院，更重要的是保护放有重要机器设备的那些山洞。

奚晓随部队到达新的营地，即将开始新的生活。

到山区营地一周后的一天，山区的瓢泼大雨下个不停，到了下半夜，就是奚晓站岗的时间。她起身拉开一点窗帘，贴着玻璃向窗外望去，黑洞洞的，雨越下越大，在一道道耀眼闪电的陪伴下，铺天盖地地从天空中倾泻下来，雨成了一张网，挂在她的眼前。

奚晓急忙穿好衣服，裹紧了雨衣，检查好随身携带的武器装备，打开手电筒，迈出了宿舍的门，她要转到前排的男兵宿舍与另一个值班人员去交接。黄豆大的雨点儿狠狠地砸在了她的脸上、身上，发出"啪啪"的响声，雨衣的帽檐被大雨打得贴在了脑门上，挡住了视线，奚晓根本什么也看不到。她赶忙用一只手向上揪住帽檐，另一只手打着手电筒照路，在大雨中，斜着身子，小心翼翼地在打滑的泥砖路上走着。她拼命睁大眼睛，透过大雨和腾起的一层如烟如云的水雾，顺着一排排暗淡的路灯，边走边寻找自己的哨位。

刚走到前排营房拐角，突然，一个黑糊糊的东西从黑暗处蹿了出来，飞奔着向她扑了过来。奚晓一下子蒙了，眼看那"怪物"就要到身边，她下意识地转身就跑，没跑几步，是一个下坡，山坡的岩石上的缝隙里长着枝丫弯曲的野生杂木。这个时候在大雨中淡黑的山坡在奚晓眼里就仿佛是野兽的脊背一样，然而她一点犹豫都没有，顺着"野兽的脊背"，两只脚几乎就是按着秒针的速度踩鼓点似的连滚带爬地滚到了山坡下，那"怪物"好像对已经滚到山坡下的奚晓失去了兴趣，它在坡上停了下来，然后转过头，扬长而去。

摔到山坡下的奚晓，满身满脸都是泥水，被碎石和野生杂木剐得浑身生疼，她在倾泻的大雨中趴了好一会儿才缓过神儿来，"我的老天，是个什么怪物呀！"奚晓想哭，又觉得实在丢人，沮丧地看看擦破的两个手掌正流着血，揉着疼痛的腰和腿，抹抹满脸的泥水，晃晃悠悠地站了起来，心中庆幸的是山坡虽然四五米高，但还好，它不是笔直的。

后来，奚晓才知道，其实，那"怪物"是条大狗，一只经过专门训练的军犬，是这里的干部战士站岗时专门带着巡逻的。

那天晚上，雨下得太大，而奚晓的雨衣是翻穿着，绿色帆布面向里，黑色胶皮面向外，雨衣黑色胶皮在暗淡灯光和雨水的冲刷下闪着幽幽的光，那条机灵的军犬却只认军装和军帽上面"红五星"的帽徽，所以奚晓的雨衣裹住了军装、雨帽遮住了她的脸和军帽上面的红五星，忠于职守的军犬便以为奚晓是擅闯营区的"坏人"，才勇猛地扑了上来。

后来，奚晓竟和那条军犬建立了深厚的感情，她叫它"怪物"，常牵着它站岗巡逻，和它玩耍。

环境塑造人，当然也改变着奚晓。

在山区艰苦又枯燥的工作和生活中，奚晓庆幸自己认识了军旅生涯中给予她很多帮助的老班长严志强。这是一个来自北方农村的20岁年轻人，比奚晓早两年入伍，身材不高，在那稚气未脱的脸上写满了严肃和认真。他从不笑，可一旦笑的时候，原本就细长的眼睛眯成一条线。在工作的时候，严志强对所有人的要求都很高。只要谁不努力或者出错，他就会毫不留情面地批评或指正。因为他是新兵连带兵的班长，所以分到连队后，不论严志强担任什么职务，大家还是习惯称他为老班长。

说实在的，奚晓开始并不喜欢这个老班长，他过于死板、较真儿，好像从不正眼看人，也不与人多说一句话，特别是对女兵们。

由于作业的精密仪器设备常年放在恒低温的山洞里，所以每个在这里工作的人都处在寒冷之中。山洞里只有冬季，没有春、夏和秋季，战士们四季只能穿着厚厚的棉衣。常年不能享受温暖阳光照耀的战士们，一到休息的时间就会跑出山洞口，人人四仰八叉地躺靠在山坡上，任凭阳光洒在身上，春秋季节时身上立刻会感到暖暖的；而在炎热的夏季可就不行了，暴晒之下很快就会大汗淋漓，骄阳把他们又"赶"回了山洞，继续遭受寒冷的煎熬。

在如此艰苦的工作环境里，常常使人变得烦躁和没有耐心。

奚晓的主要工作是点数、包装。这是一项特别枯燥、乏味的工作，每天就是面对一沓沓的纸张进行清点，要求十万分地仔细和认真，不能出半点儿差错。奚晓觉得比在棉纺厂"穿筘"还要烦琐无趣，而且没有技术含量。

一天，下班时间到了，而纸张的数量怎么也对不上，老班长严志强急了，拉长了脸说：

"加班，数对不上，谁都别去吃饭！"

"老班长，太小题大做了吧？"何珍珍出言不逊。

"明天吧？我们的任务已经提前完成了，应该不会影响全队进度。"组长轻声在严志强耳边提议。

几乎所有战士都赞成组长的意见，奚晓倒是能理解老班长的心情，她在棉纺厂做工时就已经知道，一个工作环节出了错，对全局会有多大的影响。但是他们已经提前完成任务了，组长说的也不无道理，老班长跟大家"对抗"显得有点过于较真儿了。可就在这种情况下，严志强还是坚持着自己的命令，硬是让大家伙把纸张数清楚后才下班，所有人都错过了晚饭，叫苦连连。

严志强的这种认真，却在后来发生的一件事情上深深地教育了奚晓和所有的战士。

榜样的力量

严志强、奚晓、肖力、张小芳被叫到队长办公室。队长马千海对他们说："你们四人，严志强带队，去执行一项光荣而艰巨的任务。"他稍停顿一下，"上级领导机关组织军事演习，大队命令我们队临时抽调四名业务骨干配合这次作战部队演练。经过党支部研究决定，派你们四个人去执行这次任务，希望你们完成好，不要辜负队里的信任。"

"队长，什么时候出发？"

"先别急，因为时间紧，任务重，你们有信心吗？"

奚晓三人都看着老班长严志强，严志强一点儿没有犹豫就回答：

"队长放心，保证完成任务。"

"是的，我们保证完成任务。"奚晓三人也纷纷表示。

"好，你们准备一下，明天一早出发。"

这是近两年以来，严志强、奚晓、肖力、张小芳到山区营地后第一次去燕京执行任务，而且是代表大队参加野战演习的保障工作，每个人都兴高采烈，一路笑声、歌声不断，就像四只飞出笼子的鸟。

严志强带领着奚晓等人在规定的时间内提前到达目的地。

一天之后，由大队司令部的参谋直接指挥，严志强、奚晓、肖力、张小芳在配合作战部队的演练之中顺利地完成了技术保障任务，大队领导十分满意，在全大队的表彰会上，给予他们口头嘉奖，并建议所在部队予以表彰。

队长马千海更是兴奋，在电话里大声对他的四名战士说：

"太好了，你们出色地执行了任务，为全队争了光，我已经和教导员商量过了，决定给你们放假两天！"

"哈哈哈，谢谢队长！"奚晓和张小芳两个女兵立刻尖叫起来。

对奚晓来说，这简直就是从天而降砸在头上的一个"大馅饼"，太意外了，怎样"享受"这宝贵的两天假期？她看着三个兴奋中的战友，有些犹豫地说：

"队长，我想回家看看……行吗？"

"行，刨去路程两天时间，周日前必须按时归队。"马千海又严肃地嘱咐道。

"你呢？老班长？"肖力问一直没说话的严志强。

"我也要回老家一趟，我必须提醒大家，今天是周四，也就是说，周日上午十点，我们在永定市的部队招待所集合，按时归队。"

"老班长，我们记住了，放心。"

四人相互道别，严志强和奚晓无暇欣赏燕京的繁华和雄伟壮丽的美景，直奔火车站，而肖力和张小芳直奔就在燕京的家。

回家的两天，奚晓好像是在梦里度过的，她见到了日思夜想的爸爸妈妈，可还没有来得及理清思乡的情愫，"梦"就醒了——那是队里要求归队的日子到了。军人执行纪律就得放弃一切，甚至生命。奚晓没有丝毫犹豫，带着在家历时两天"梦"的回味，坐上了北去的火车。

周日的清晨，阴沉沉的天空飘起了雪花。

永定市距离奚晓所在的山区营地甘泉有 50 公里的路程，因为有部队驻守，永定市的交管部门专门开设了直达甘泉的长途汽车。

严志强要求周日上午在永定集合，就是计划下午乘坐长途汽车归队。

雪一路跟着奚晓，越下越密，雪片也越来越大。严志强、奚晓、肖力、张小芳都在周日上午十点前陆续到达，严志强很是高兴，脸上挂着少有的微笑，向战友们问候。就在四人在招待所的接待室里分享着从家乡带的食品，分享着回家的快乐心情之时，忽然听到广播里传来的声音：一场百年不遇的大雪已在燕京、华东、华北形成雪灾。

几个人不约而同地望着屋外，被外面的景象惊呆了：白皑皑的雪盖满了屋顶、马路，压断了树枝，阻塞了道路与交通，漫天飞舞的雪片像挡在眼前的一张白纱网，丈把远就什么也看不见了。

招待所的管理员跑来告诉他们：

"我刚刚联系了长途车站，通你们山区的公路已被大雪覆盖，长途车已停发，你们恐怕一时间回不去了。"

"难道招待所什么交通工具也没有吗？"

"哎呀呀，我说同志，就算有也没用，大雪封山，不用说汽车，就连马车、牛车也没有办法进去啊！"

"怎么办呢？队长命令我们周日必须按时归队呀！"

"没有办法，一点办法也没有。"管理员头摇得像拨浪鼓。

一石激起千层浪，几个人面面相觑，然后七嘴八舌地议论开了：

"老班长，要不然，打电话给队长报告情况吧？"

"是啊，不怪我们呢，等着山里通车，我们再走，行吗？"

"那要等多少天哪？别忘了归队是今天耶。"

"这特殊情况嘛，要怪就怪老天。"

"可是，咱们总不能走着回去吧？"

一直沉默着的严志强忽然大声说道：

"对，走回去！今天归队，军令如山，我们不能等，也不必给队长打电话！"他看了看奚晓和张小芳，"只是你俩女同志……"

"女同志又怎么了？我们是解放军战士。"奚晓立刻明白了老班长的意思。

"那好，我们走回去！"

"老班长，我们听你的，按时归队。"

四人打好了行囊，又从食堂带了些干粮，就在招待所管理员惊愕眼光的注视下，踏上了归途。

虽然他们豪情万丈，意志不可动摇，但是到了山脚下，几个年轻战士还是傻眼了。

风，舞动着雪花在山与山之间的缝隙中肆意穿行号叫着，令人毛骨悚然，他们看不见一个路标，找不到一堆干草，没有一条可供前行的小路，什么也看不见，到处是白茫茫的一片。只见苍松翠柏站在白皑皑的雪地里，随着凛冽的西北风摇晃着身子，发出尖厉刺耳的呼啸。

在严志强的带领下，一行人开始向山中进发。

自幼生长在农村的严志强有着比较丰富的经验，他不时嘱咐着与自己同行的战友们：

"在雪地上行走，最重要的是步幅要小，保持身体的平衡，不要胡乱加快速度或步伐太大，那样会造成疲乏。"他伸出手，拉着奚晓和张小芳，不慌不忙，按照自己的步伐行进。

开始积雪没过了脚脖子，一会儿便深及膝盖，奚晓、张小芳几乎站都站不住了，严志强对肖力说道：

"来，咱们得用自己的脚和腿推开摆在眼前的雪，奚晓和小芳就会好走多了。"

严志强和肖力采取步步为营的走法除雪前进，奚晓和张小芳踩着两个男同志的脚印走，大大减轻了疲劳。雪地上，留下了一串串脚印，重重叠叠，向大山深处而去。

他们到达驻地的时候，已是深夜，马千海惊愕地看着自己的士兵，得知他们竟然是步行回来的，激动得不知说什么好，不住高喊着：

"通讯员，马上通知炊事班，下面条，要热的，多加鸡蛋！"

严志强带队冒雪强行军按时归队的事迹，感动着全队所有的官兵，奚晓也为自己的行为感到自豪。也就是从那天起，奚晓开始喜欢老班长做事、待人"认真"的态度。她还发现，老班长总是在默默地做着很多微不足道的"小事"，将方便留给别人，将困难留给自己，于是，她对不苟言笑的老班长渐渐有了许多的敬意。

又是一个星期天的清晨，早饭的时候，包德宽向战士们宣布：

"同志们，按照部队的老传统，今天，我们要到驻地周边的村子访问父老乡亲……"

包德宽的话还没有说完，战士们就纷纷议论起来：

"这里可是革命老区呢。"

"军民鱼水情嘛。"

"哎呀，好不容易盼来个星期天，一大堆脏衣服要洗……"

"什么觉悟？洗衣服重要，还是访问父老乡亲，发扬革命传统重要？"

"太好玩儿啦，何时去访问乡亲们？"

"不是让你去玩儿的，知道吗？"

"……"

四月的天气将进入春末，但在山区的早晨，乍暖还寒。

从山坡的营房下来，出了营区是一片较为平坦的地域，如果想到达距离营地最近的一处村落，要走一条弯弯曲曲的小路，小路的尽头横着一条河，河水并不深，但河面比较宽。村里的老百姓进村、出村都要绕个弯，再走到小路上，没有人会趟水过河。

自从奚晓的部队在村子的对面安营扎寨后，年轻的战士们去村子里时，全部都是趟河水而过，大多是为了节省时间。

第一次过河，就是在那个初夏的星期天，战士们到河对面的村子访问老乡，听到包德宽"趟水过河"的命令，很多战士忍不住用手摸摸依然冰凉的河水，恐怕只想到一个字——凉。包德宽见状鼓励战士们：

"锻炼我们意志力的时候到了！"

男兵们不必说，没有谁因为惧怕冷冰冰的河水而犹豫，裤腿高高挽起，开始趟水过河。

而女兵全都傻了眼，这些城里姑娘恐怕自己在家都很少干活，细皮嫩肉自不必说，趟过冰凉的河水更是她们从未想过的。大家对"趟水过河"的命令自知不可违抗，却个个发憷，大眼儿瞪小眼儿，谁也不情愿下水。

奚晓第一个愣头愣脑地快速脱掉鞋袜，卷起裤腿，"扑通"一声迈进了河里，走在身边的肖力见状也跟着下水，在她身边悄悄说：

"喂，行吗？"

"没关系，我行！"

男兵肖力拉住奚晓的胳膊，说："你拽着我。"他扶着已经一脚迈进河里的奚晓，嘱咐着，"小心哦！"

奚晓在河里刚走两步，不禁心里一惊，打了个冷战，"我的妈呀！"没有想到，潺潺流淌的河水竟是冰凉刺骨，像针一样穿透了她的心脏，透骨奇寒的水扎得腿很疼，双脚沉得就像两块铅迈不开步，她身子不由得摇晃了一下，停了下来。

"怎么样？你不要紧吧？"肖力看着浑身打战的奚晓，关切地问。

"没关系，我停一会儿就好了。"奚晓又冷又疼，却坚定地回答。

岸边传来姑娘们的阵阵呼喊：

"奚晓，站稳，停下别走了。"

"快回来吧！"

"奚晓，河水凉吗？"

奚晓知道自己不管不顾地就跳下河，原本是觉得战士要有一不怕苦、二不怕死的勇敢气概，一点儿没有想到河水竟是这样的冰冷，她感到了岸上的女兵们都在眼巴巴看着她，倔强的她是绝对不能走回头路的，勇往直前才是她的选择！

奚晓忽然被自己的这一股不屈的意志感动得快乐起来，是的，河水虽然很冷，可是这种寒冷也被那快乐的心情覆盖了，于是她提高嗓音幽默地喊着：

"哈！同志们啊！快下来吧，很舒服哪！"说着，挣脱了肖力拉着她的手，甩开双腿，向河的对岸迈步走去。肖力呆呆地看着奚晓毫无顾忌地趟向对岸，笑着摇了摇头，自言自语地说：

"真够倔的！"

奚晓的举止打动了岸边上的女兵，开始有人脱鞋和袜子、卷裤腿，准备下水。

包德宽见状，高声对着只顾前行的男战士们喊道：

"女兵们向奚晓学习啊，前面的男同志们慢一点，帮助照顾一下后面的女同志！"

于是，一群小伙子往回走，来保护女兵们。

河面在阳光的照耀下闪动着熠熠的光，河水中，年轻战士们叽叽喳喳相互鼓励着；两岸响彻已经过河和没有过河的战士们呼喊着的口号声：

"女兵们，加油啊！"

"冲啊！胜利就在前面！"

"下定决心，不怕牺牲，排除万难，去争取胜利！"

笑声、喊声、姑娘们的尖叫声汇成了旋律，包围着、激励着每一个战士，特别是女兵们，不再害怕、不再犹豫，勇敢起来，一个跟着一个跳进河里。

走在女兵们最前面的奚晓双臂一前一后地摆动着，双腿凝聚着力量，越迈越快，她听着耳边呐喊助威的口号声，眼前晃动着的是终点——河对岸。

"妈呀！"一声喊叫在身后响起，奚晓回过头看见路华进一步，退半步，跟跟跄跄地向前走着，忽然身子一歪失去平衡，几乎坐在了河水里，裤子上的屁股一处被河水沾湿一大片。

"怎么啦？"奚晓问。

"我踩在一块尖石头上了，疼死我了！"

一个男兵把路华拽上了岸，奚晓和战士们却捧腹大笑、眉飞色舞，对着路华开玩笑地起哄道：

"怎么？尿裤子了！"

哭笑不得的路华嘴撅得鼓鼓的，狠狠地回敬着：

"滚一边儿去！"

热闹的场面还没有结束，忽然笑语喧哗声又传过来，只见张小芳手里提着裤子摇摆着，身子向前倾斜，她的身材很苗条，好像一个美丽的仙女在河里跳舞。也许因为她的裤腿卷得不够高，还没到河水中间，两条裤腿已经全部被水浸湿，顺着布丝一直洇到了大腿处。张小芳手忙脚乱地弯下腰卷裤腿，没有想到裤腿没有卷起来、却又把两只上衣袖子也弄湿了……她急得"哎呀,哎呀"地直叫。

战友们看她手忙脚乱,都咯咯地笑着、喊着:

"小芳,你别忙了,索性什么也别管了,过河再说吧!"

气急败坏的张小芳真的听话,稀里哗啦跨着大步过河上了岸,湿裤子紧紧贴在腿上,上宽下细就像两条大鸡腿;军装自不用说,干湿分明变成了浅绿和深绿两个颜色。"阿嚏!阿嚏!"张小芳连着打了好几个喷嚏,她甩了甩袖子上的水,蹲下使劲地拧了拧裤脚的水,站起身冲着哈哈大笑的战友们咧开嘴傻呵呵地乐。

这是奚晓第一次过河。那出尽了洋相、个个哭笑不得的场面,多少年后依然记忆犹新。

村里的乡亲们特别欢迎这些"子弟兵"。每当部队到了村里,家家都会捧出核桃、花生、大枣,硬是往战士们的书包、衣服口袋里塞,战士们个个躲闪着、跑着、婉拒着,那种军民鱼水情的场面感人至深。特别是村里的那些大婶儿、大妈们,看到像奚晓这样的女兵娃娃,个个貌美如花,又是稀罕,又是喜欢,总是拉着她们的手,左看右看,问长问短没个完……面对山里热情真挚、淳朴憨厚的父老乡亲们,奚晓真切地感受到了爸爸那一代革命军人在革命老区奠定了多么深厚的群众基础。

又到了一年一度的老兵复员的时期了,营地炊事班的几个老兵说走就走了,队里将奚晓调到了炊事班,不仅是奚晓本人,也出乎所有战友们的意料。

何珍珍说:

"奚晓,我觉得炊事班挺好的,早上不用出操,不用训练,不用参加政治学习。"

"算了吧,珍珍,炊事班早上要早起做早饭,吃完早饭准备中饭,吃完中饭准备晚饭,天天重复一件事——做饭,要憋死了!"路华说。

其实,队里调奚晓去炊事班是另有隐情的,而在当时她并不知道。

此时,奚晓听着战友们议论,心乱如麻,她马上想:自己到了炊事班,就成了一个食堂的大师傅,跟棉纺厂食堂的师傅有什么两样呢?不同的,也就是多穿了件军装而已,炊事班就是一年到头为部队官兵煮饭做菜的嘛。

老班长严志强好像看出奚晓的顾虑,对她说:

"奚晓,别听她们瞎说,炊事班的任务很艰巨呢。"

"是吗?"

"炊事班最主要的任务,是为连队官兵烹饪出可口的饭菜。你想啊,部队每天执行任务,如果没有人煮饭菜了,部队官兵就要饿肚子,即使论打仗都讲究'大兵未动,粮草先行'呢!我们士兵唯一的职责就是作战或准备作战,炊事班就是'准备作战'。"

严志强真诚的话语打动了奚晓的心,她又想起参军之前与爸爸的谈话,他一定会要求我服从命令,做好炊事班的工作,奚晓马上回答:

"老班长,放心,我是个解放军战士,服从命令是天职,革命工作分工不同。"

"说得好。"

奚晓到了炊事班,在这里意外地遇到了肖力,她高兴地问:

"怎么,你也在炊事班呀?"

"呵呵呵,是呀,奚晓,欢迎你加入'饲养员'队伍!"肖力笑着诙谐地眨眨眼。

"怎么是'饲养员'?应该是'炊事员'才对……"奚晓认真纠正着,见肖力只是看着她笑而不答。

"奚晓，你别搭理他，逗你呢！"炊事班长过来，"坐下，离做饭时间还有一会儿，我代表炊事班全体人员欢迎你！"

"你可是咱们炊事班来的第一个女兵哪。"一个战友说。

"还是个漂亮、标致的女兵！"肖力说。

"大家听好，好好照顾奚晓，谁也不能欺负她！"炊事班长用手指点男战士。

"不用照顾我，班长，分配我做最苦、最累的工作吧。"奚晓连忙表示。

"炊事班的工作说不上最苦、最累，但是都非常重要，不能有半点马虎！"炊事班长意味深长地说。

第一天到炊事班，炊事班长几乎什么也没有让奚晓干。

奚晓回到宿舍，从一个纸盒子里取出一沓信，那是妈妈所有的来信，她将其都保存着，有空或心情不好时，或想爸爸妈妈了，就翻出来一封一封地读。奚晓拿起笔，趴在床上给妈妈写信，告诉妈妈自己到了炊事班。

奚晓很快收到妈妈寄来的一个包裹，她好奇地打开，原来是一本写红军长征故事的书，里面还夹着一张字条，是妈妈写给她的几句话：

"亲爱的女儿，我和你爸爸知道你到了炊事班，很高兴，你爸爸还让我把这本书寄给你，里面有篇关于红军炊事兵的故事，爸爸让你认真读一读那篇文章。妈妈。"

奚晓打开书，找到了那篇文章就读了起来。

这是一个老红军写的"大铜锅"的真实故事，那时这个老红军还是个 15 岁的少年，奚晓想，和自己参军时的年龄相同。

老红军在书中写道："一天早上，一个炊事员挑着大铜锅在我面前走，忽然身子一歪倒下去，一声不响地就牺牲了。第二个炊事兵跑过去，脸上挂着眼泪，拾起大铜锅又挑起来。雪山、草地的天气变化得快极了：一会儿是狂风，一会儿是暴雪，一会又是大雨；路途两万五千里，什么都扔了，大铜锅从来没有丢下过。只要部队停下休息，炊事班就赶忙找个地方支起锅，烧姜汤、辣子水，煮野菜，给战士们解寒、充饥。一天，汤烧开了，挑铜锅的炊事兵端着碗往战士手里送，他刚把姜汤递给战士，便一头栽倒在地上，停止了呼吸。当队伍到达陕北的时候，那口大铜锅已经背在了那个老红军——当时还是个小战士的身上……"

奚晓读着，感动的泪水啪嗒啪嗒地掉下来，多少个红军炊事兵的生命牺牲在自己的战斗岗位上啊！想想自己，来炊事班前还曾经犹豫、有情绪，相比之下，怎能叫自己不惭愧呢？她深深懂得了爸爸给她这本书的良苦用心，她拿起笔，给爸爸妈妈的信中说：

"看到书中写最艰苦的长征中，在红军的队伍里除了战斗减员以外，没有因饥饿而牺牲一个人，我懂得了炊事兵的工作是多么神圣和重要！那口记载着炊事兵烈士们功绩的大铜锅，将永远珍藏在我心中。"

快乐的炊事班

奚晓全身心投入到炊事班的新生活中，择菜洗菜、刷锅洗碗、扫地、抹桌子，食堂油烟太重，打扫起来不仅脏还很累，下水道被剩饭菜堵死，就撸胳膊挽袖子不顾油腻用手掏通，每天和锅碗瓢盆打交道，奚晓却干得一丝不苟：她有女孩子特有的细心，打扫卫生会把别人想不到的犄角旮旯擦得一干二净；粗粮战士们吃腻了，她会提议粗细粮搭配：大米小米一起蒸二米饭，白面裹玉米面做金银卷；炊事班杂事特多，而人数又比步兵班少，她又建议一人兼多职……奚晓的勤奋和快乐影响着炊事班的每一个人，自从她到来，炊事班变得一片欢乐。

炊事班开始养猪、养鸡鸭、养兔子，甚至还养了一头小毛驴——用来赶集、推磨！每当路华、何珍珍、张小芳到炊事班找奚晓玩，都会高兴地说：

"奚晓，太好玩啦，你们炊事班成了动物园了！"

"告诉你们吧，等天儿暖了，我们还要开田，自己种菜呢！给你们这些'馋猫'改善伙食。"奚晓笑着说。

"这里都是山，怎么开田？"

"奚晓，你咋那么乐呢？"

其实，炊事班的工作真的很苦，如果不是亲身经历，不会体会到。

又是一个寒冷的冬季到了，那是个没有蔬菜大棚和温室种菜的年代，蔬菜的生长全靠四季的自然规律。寒冬时节，天寒地冻，大家需要赶在寒冬前储存过冬的菜——例如大白菜，不仅是百姓，也是部队冬季吃的主要蔬菜。所以冬季到来的时候，部队"冬储大白菜"自然成了炊事班头等大事。

一连几天，运输大白菜的卡车一到，炊事班便忙忙碌碌地开始卸车、入窖，小心翼翼地把白菜一棵一棵摞起来，码放整齐……奚晓为了少跑路，灵机一动，用一个破旧的包袱皮，四角拴上麻绳，做成一个布兜，装上几棵大白菜，节省了不少时间，炊事班战友们纷纷效仿。入窖后，还需在一座座"白菜山"上盖上草帘子，才算告一段落。

已经是深夜，回到宿舍的奚晓浑身像散了架一样疼，倒在床上再也不想动。

白菜是部队的当家菜：熬白菜、炒白菜、熘白菜、腌白菜，做汤，不管怎么做，它都是冬日餐桌上的主角。每当倒完了白菜，奚晓都会把白菜帮子收起来舍不得丢掉，剁碎了当饲料喂猪和鸡鸭。

正因为大白菜的重要地位，炊事班几乎每天都要为它忙活。白菜既怕冻、又怕热，要不断地翻倒，保证它长时间的新鲜度。为了翻倒这些白菜，奚晓的手被冻得又红又肿，冻疮一块块，但她不想让人知道，只悄悄抹上些凡士林，疼痒得她整晚睡不着觉，坐立不安。

倒弄大白菜的经历，让奚晓对冬天总有一种无名的恐惧。

奚晓最喜爱春天，她常常会沐浴着春日的温暖的阳光，到山坡上放猪和鸡鸭，虽说那是她最快乐的时光，但是令她烦恼无比的事情也会经常发生。

这天，奚晓赶着两头猪往山上走，那头"怪物"军犬不知从什么地方窜了出来，它是来找奚晓玩儿的，没有想到却把那两头猪吓坏了，"哼哼哼"地撒腿就往山上跑。

奚晓急了，对着那军犬大喊：

"'怪物'，你干嘛呀？"

边喊边撒腿开始跑着追猪，"怪物"见状更高兴了，以为奚晓和它比赛，便撒了欢儿似的向猪追去，猪和军犬越跑越快，一会儿工夫便没了影儿，奚晓已经跑得气喘吁吁实在跑不动了，便一屁股坐在草地上、沮丧得连要死的心都有！正无奈时，听到身后一声：

"奚晓，不错呀，你养的猪比狗跑得还快哪！"

"肖力……"奚晓回头，就如同见了救星一样，上气不接下气地说，"太好了，你怎么来了……你快……帮我把猪追……追回来！"

看着奚晓苦着脸，大口喘着气，肖力更乐了：

"看来你养的猪还不够肥，因为只有肥猪才不会跑得那么快。"

猪是被肖力追回来了，奚晓养的猪"比狗跑得快"成了一个经典笑话。

说实话，奚晓觉得收鸡蛋和鸭蛋才是一种最享受的事，那是收获辛勤劳动成果的成就感：奚晓给鸡、鸭们垒出生蛋的窝，在窝里面铺上柔软的干草，供鸡、鸭享用。可是，那些鸡、鸭们并不买账，只要放养，它们就会到处下蛋。

于是，奚晓又被炊事班赋予了"新"的任务：找鸡蛋和鸭蛋。她常常为了一只鸡蛋或鸭蛋，找遍营区周围的每一处山坡和石缝，乐此不疲，虽说身上常常会被山石磕伤，但每一次都不会空手而归。

奚晓的沉默寡言、坚韧自强，很快就得到了队里不少战友们的信赖和喜欢，当然也有妒忌和冷落。而奚晓对信赖和喜欢她的人，还有妒忌和冷落她的人全都心存感激。这是因为信赖和喜欢她的人教会她积极进取和迎难而上；而妒忌冷落的人更教会她谨慎和自强。是身边所有的人给了她前进的动力，让她那颗偶尔也会动摇的心愈来愈坚定。

奚晓喜欢炊事班的工作，在这里要为同志们准备全部膳食：早餐、中餐、晚餐、夜餐、野餐、病号餐、节假餐、特殊餐，等等，任务就是千方百计地为部队官兵提供饮食服务。她是厨师、伙夫、给养员，还是饲养员。按照菜谱外出买菜，采购米、面、粮油以及酱油、醋、糖、盐等主副食材料；搭建一个或几个栏舍，饲养猪、鸡鸭、兔子；利用部队在休息时间参加劳动所收获的蔬菜、果实等供官兵食用，所有这些为的都是改善部队的生活质量，提高部队的战斗力。

炊事班的好名声在部队里传开了，这一年，还被大队评为"先进班集体"。

长期以来，部队里的病号饭基本上都是鸡蛋面条，也就是说，这算是部队比较高营养的食物了。年轻人爱好美食并不奇怪，就算每人每个月有 6 元人民币的津贴，在偏僻的山沟里，也没地方去买好吃的东西。

不知从什么时候开始，营地的战士们发现了距离营地七八里地的一个好去处——集市，那里有些好吃的东西。

"奚晓，今天发津贴费了，星期天赶集去！"路华提议。

"好呀！"奚晓快乐地答应着，"我想买些花生给家里寄回去。"

"哎呀，孝女啊！我向你学习，也买花生寄回家。"路华说。

"我也买花生。"张小芳、何珍珍一起说。

踏着星期天的朝阳，营区男男女女的战士三三两两结伴而行，奚晓身处欢声笑语之中，向山外的集市走去。村庄与村庄之间由弯弯曲曲的村道相连，阳光下，几个村各自迤逦出一支支赶集的队伍，身着五颜六色服装的男女或骑车，或坐车，或步行，向集市上汇集，远处的集市已备足了人们需要的各种各样的货物。

集市里面人头攒动，人声喧哗，街道不宽但很长，一眼望不到头。道两旁摆满了日用品、鸡鸭鹅、小鱼小虾、绿油油的青菜、白里透青的萝卜、水灵灵的芹菜、红润润的番茄、绿衣带刺的黄瓜，还有锅碗瓢勺，日用百货，五花八门，应有尽有。奚晓看见三五成群的老百姓有说有笑：有的挎着竹篮子，有的推着小车子，据说这个集市十里八乡的乡亲们都会来的。她的耳旁不时响起吆喝声、讨价还价声、鸡鸭鹅狗的喧叫声，此起彼伏，一浪高过一浪。

奚晓拉着路华、张小芳和何珍珍，她们被一位上了年纪的老奶奶的花生摊儿吸引住了。那花生滚圆，还带着泥土，一看就是刚刚从地里刨挖的新花生。几个女孩子走过去也不问价，掏出口袋里所有的钱每人各买了一大包花生，使得卖花生的老奶奶笑得半天合不上嘴。

"时间还早，逛一会儿再回吧？"何珍珍提议。

"咱们总不能抱着花生逛吧？"张小芳看着大家都抱着花生，发愁道。

"看，我们炊事班的肖力赶着毛驴来了，咱们去找他，让毛驴驮着。"奚晓指着不远处的肖力说。

"幸亏奚晓在炊事班哦，我们三个都沾你的光啦！"路华笑了。

没有了花生包，四个姑娘就在熙熙攘攘的人群中顺着播放革命歌曲震耳欲聋的大喇叭一路过去，到了新华书店书柜前。姑娘们在那里簇拥着，看了一会儿在书架上摆放的书籍；后来，她们又到了一家小饭馆，饭馆附近的空气中弥漫着诱人的香味。姑娘们面面相觑，都想起了家中久违了的美食，奚晓则想起了妈妈炖的红烧肉，不由得咽了几口唾沫。

早上去集市买东西的人由少变多，傍晚又由多变少，女孩子们也累了，踏着夕阳向大山中走去。路上她们又遇到肖力赶着小毛驴，小毛驴黑眼珠滴溜滴溜乱转，"呱嗒、呱嗒"的蹄声均匀而单调，它背上驮着满满的东西，仰着头，皮笼头上戴着奚晓为它做的红缨束，像是一朵艳红的鸡冠花。

肖力唱着：

"弱了一名炊事兵，坏了一锅热汤，

坏了一锅热汤，饿了一群战士，

饿了一群战士，丢了一次战斗，

丢了一次战斗，输掉一场战役，

输掉一场战役，毁了一个国家。"

"奚晓，他唱的什么呀？乱七八糟的，是不是太夸张了？"何珍珍问。

"你说呢？"奚晓笑着反问，没有回答。

赶集的乐趣还没有结束，回到宿舍，奚晓和路华、张小芳、何珍珍把花生一个个剥开，挑出饱满的花生米装在一个小布袋子里，准备寄回家。熄灯号吹响了，黑暗的宿舍里，仍然响着"噼噼剥剥"的声音，那是几个女孩子在被窝里幸福地剥着花生皮的声音。

又到了种水稻的季节。

每年大队都要组织连队的干部战士到农场参加劳动，春季插稻秧，夏季收麦子。这是奚晓最难忘的，说起插稻秧也是最令人恐怖的。插稻秧是用左手执秧苗右手插，要求是密度合理、穴行一致，质量最重要，秧苗要全根下地，做到不伤苗不漂苗，水稻才能长得好。每天撅着屁股哈着腰，腰酸腿疼是可以忍受的，而最不能忍受的，是水里的蚂蟥。

蚂蟥是一种软体动物，身体软能伸缩，外表有点像粗胖的蚯蚓，那鬼怪的东西不知什么时候就已经悄悄叮进了你的腿，一头钻进肉里，开始吸血。开始有人发现腿上有血，并不知道那是被蚂蟥叮咬过留下的，直到感觉腿上痒痒了，用手挠的时候，却会突然抓到一个黑糊糊又软又滑的虫子，一半已钻在你的腿里。它露在外边的尾部要么耷拉着，要么正在上下来回乱动，简直让人毛骨悚然！

女兵们发现后，有的大喊大叫吓得丢掉手里的秧苗就往岸上跑，有的大着胆子抓住露在外头的半截蚂蟥尾部向外拽，可是她们不知道，这越拽蚂蟥钻得就越深；还有的女兵一看见蚂蟥钻进腿里，慌乱得不知如何是好，于是不管三七二十一在秧田里狠劲跺脚，希望把蚂蟥跺下来。

总之，已经惊慌失措的女孩子们在稻田里踩着脚乱跑，结果往往是把刚插好的稻田踩得乱七八糟、一塌糊涂。无奈之下，只有返工。大家只好再壮着胆，胆战心惊地继续下地干活，隔一小会儿就低头往腿上看一看，瞧是否又有蚂蟥来吸血。

后来，农场的干部告诉奚晓和女孩子们：

"腿上钻进蚂蟥不要慌张，在钻进蚂蟥的小腿上部位置，用力拍打腿部，把蚂蟥'震'出来，大家可以试试看。"

结果是每到插秧时，总能听到"啪啪啪"拍腿的清脆声。

奚晓最终还是谈蚂蟥变色，每到插稻秧时便愁云满面、如临大敌；一直到离开这支部队，每当她对人提到秧田里的蚂蟥就会心有余悸地说：

"知道吗？每当插秧结束之前，我从不低头，因为我知道自己是不敢低头，那是怕；如果一低头，看见蚂蟥钻进腿里，劳动的激情荡然全无，经历就好似变成恐怖片了。"

青春如歌，岁月如诗。这一幅幅画面铸成了奚晓花一般的青春。在连队的那段时间里，奚晓多次被评为"五好战士""学雷锋积极分子"。

2

女兵啊，女兵！

　　1977年，中断了十年的高考制度得以恢复，中国由此重新迎来了尊重知识、尊重人才的春天。国家实行"对内改革、对外开放"的战略决策，使经济建设、科学、文化等领域进入了高速发展时期。军中的奚晓也沐浴着改革开放的春风，在形形色色的复杂环境里，经受着时代的洗礼和考验，始终保持着解放军战士的革命本色。同时她投身于知识的海洋，在不知不觉中改变着自身的命运……

党员的责任

奚晓这个名字很快就引起了队和大队两级组织的关注。

在新兵中，特别是在女兵中，奚晓的表现尤为突出，她严格要求自己几乎到了"苛刻"的程度，默默无语地执行着部队交给她的每一项任务。这支技术兵种的部队，有大批的女兵服役，从女战士中加强培养、提拔女干部，是大队党委的一项重要任务。按照上级领导的指示，大队对佼佼者作了排队和筛选，于是，奚晓的名字出现在重点培养对象的名单之中。

然而，奚晓是名共青团员，还不是共产党员，作为部队提干对象是不符合条件的。在队的党支部会议上，队长马千海问负责管理女兵的包德宽：

"奚晓写入党申请书了吗？"

"还没有。"

"找她谈谈，为什么不写入党申请书？"

"听说，奚晓的父亲有问题……"

"听说？听谁说的？你说奚晓的父亲有问题？有什么问题？咱们是共产党的军队，只听党组织的。"马千海打断包德宽的话，"我们没有接到地方党组织做出书面结论的文件，就依照我们军队培养党员、干部的程序和规定去做！"

"是，我懂了。"

"长长脑子，同志！听蝲蝲蛄叫，还不种地啦？找奚晓谈话，尽快让她把入党申请书交上来。"马千海不容分说下命令。

"是。"

包德宽按照马千海的要求，很快找到奚晓，问：

"奚晓，你参军以来表现突出，为什么不写入党申请书？"

奚晓不知道其中的含义，只真诚地说：

"我要做个合格的解放军战士，但是，自己距离共产党员的标准差得太多，还没想过递交入党申请书的事。"

"写了申请书，就是对自己有了更高的要求和标准。"包德宽最后这句话打动了奚晓。

奚晓用了整整一个星期的时间仔细认真地写了入党申请，心怀忐忑地交给了党小组长，之后便每天依然忙着，再也没有想过这件事了。

就在奚晓提交入党申请书不久，队领导们即调奚晓去炊事班，一是考验，二是为培养入党、提拔干部做准备。

而奚晓对此毫不知情。她一直认为，共产党员的标准是那么遥不可及，只有像董存瑞、黄继光、刘胡兰和爸爸妈妈那样的人，才配得上这个称号。所以对于奚晓来说，入党，是她连想都不曾想过的事情。

一天，奚晓刚刚喂猪回来，正拎着装猪食的大桶，还没有来得及解下白色的围裙，就被通讯员叫到队长办公室。马千海见奚晓还围着围裙，站起身笑着说：

"奚晓，你的猪又长肥多少？还比狗跑得快吗？"

奚晓也笑了，当马千海将一份正式的"入党志愿书"递给她的时候，她不笑了，惊得睁大眼睛，呆呆地看着队长。

"奚晓，接着啊！认真填好，等待党支部讨论和党员大会通过的结果吧！"马千海严肃地说。

奚晓梦呓着：

"队长，真的啊？"

奚晓是女兵当中第一个入党的，消息传得比风还快，女兵们炸了窝，议论纷纷：

"奚晓入党了，是真的啊？"

"她傻傻的，怎么就入党了？"

"人家奚晓就是干得好嘛，遇到困难时总是走在前面的。"

"是啊，看看奚晓一天到晚不声不响，在炊事班吃那么多的苦、做那么多的事情，从不声张，没一点怨言。"

"对，她人缘好！"

……

这天，奚晓和肖力到集市采买，很晚才回到营地，一进门，严志强就对她说：

"奚晓，祝贺你，从今天起，你就是一名共产党员啦！"

奚晓回到宿舍，毕竟是相处一年多的战友，路华、张小芳、何珍珍见到她，当然是既羡慕又热情地对她说了很多祝贺的话。此刻的奚晓除了激动，更多的却是感到从未体验过的一种压力。这压力不同于父母被关押时的那种无助，也不同于棉纺厂"穿筘"时不可掉以轻心的谨慎。她清楚地知道这种压力来自一个共产党员的荣誉和应该担负的责任，她有些迷茫。

奚晓可以求助的只有父母，她拿起笔，铺好信纸写道：

"亲爱的爸爸妈妈，我非常高兴地对你们宣布，我刚刚被批准加入了中国共产党！是爸爸妈妈给了我生命，女儿没有给你们丢脸；部队教会了女儿坚强自立，赋予了我生命的意义，女儿今后会更加努力地工作，遵循部队的号召，一颗红心两手准备，身在山沟，心怀全世界，以报答党的培养！"

奚晓长长嘘了一口气，继续写道：

"爸爸妈妈，你们在革命战争年代加入党组织，就意味着担负起危险的工作，甚至牺牲自己的生命。而在今天，我加入党组织，要有为共产主义事业奋斗终生的坚定信念！我想，实现共产主义是一个非常漫长的过程，入了党就意味着责任与使命，意味着拼搏与奋斗，作为一名党的先锋队组织的一员，我会严格要求自己，用实际行动来证明自己的价值和尽到党员的责任。"

最后，奚晓将信装进信封之前没忘记写上："请爸爸妈妈告诉我，怎样做，才是一个合格的共产党员。"

一个星期后，奚晓意外地收到了爸爸的信——因为之前历来都是妈妈写信。那是奚明用了整整一个晚上写给女儿的，她看到爸爸在信中写道：

"晓晓，知道你加入了共产党，已经夜深了，爸爸却怎么也睡不着觉，就想啊，你长大了，成熟了，不再是懵懵懂懂的小女孩了，爸爸是多么高兴啊！但是女儿，你问怎样才是一个合格的共产党员，爸爸要对你说的是：共产党员的先进性，你知道是什么吗？党员的先进性表现在思想觉悟上，入党是一种觉悟的提高，对共产党的事业充满信心和忠诚的表现。我是一个老党员，你还记得爸爸常给你讲的那些抗日战争和解放战争时期的故事吗？故事里的那些英雄们都有一个相同而伟大的身份——中国共产党党员，每一个英雄的心里都有远大的理想，那就是觉悟和责任感。爸爸想对你说的是，拥有远大的理想，不是说让你成为一个多么伟大的人物，而是要当一个好人，一个真正的好人！好人是什么样的？爸爸的理解就是一个对亲人、对身边的人，乃至对整个社会有所帮助，心甘情愿为社会奉献自己的人……"

奚晓一遍遍读着信，体会着爸爸在信中每一句话的含义。奚明对女儿的教诲自然是出于一个老党员的觉悟，出于一个父亲的自豪感和对女儿的关切，然而入党，对于奚晓来说，还有着更为深远的意义：

奚晓一直沉浸在自我的世界里，守着属于自己的那片狭小天空，守着它的静美，舍不得去打破这种心灵的纯净。自从到了部队，她努力的所有理由都是害怕离开部队，或者说部队不再需要她，于是生怕自己一不小心就会像打碎精美的花瓶一样再也恢复不到原先的模样。而顺利入党终于让她可以敞开心扉，不再担心"父亲问题"对她的影响，放下了长期压在心头的包袱，打碎了近乎于病态的那种"纯净"封闭——她再也不用害怕被革命队伍"清除"，她得到了一种发自内心的敢于面对生活的勇气和力量。

入党又使奚晓开阔了视野，她就像泥土中的种子，得到了阳光雨露的滋润。

当兵以后，奚晓没有意识到在自己的身边还有那么多美好的事物，而党组织指引着她走进了一个鲜花盛开的思想花园，让她抛开了长期禁锢着的思维方式，逐步学会用全新的意识、全新的眼光、全新的角度去审视这个世界。

她懂得了共产党员的责任，渐渐认识到在这个世界上，"责任"是一种弥足珍贵的东西，它来自一个人的灵魂深处，它会指引自己去做认为重要的事，并且一定会竭尽全力，做到尽善尽美。

无论如何，在那样一个思想混沌、动乱无序的年代，入党是奚晓人生的重大转折点，犹如一只美丽的蝴蝶挣脱紧紧裹着的外壳，破茧而出，飞向了广袤的天空。

奚晓入党后不久被任命为团支部副书记。

摆在奚晓和团支部委员面前的是如何做好全队共青团员的工作，并发挥他们的作用：加强团支部的自身建设，保持共青团员蓬勃生机的精神，增强团员青年的政治意识、组织意识和模范意识。

在奚晓参加的第一次团支部会上，作为第一个女党员，她自然为充分挖掘女战士自身的潜力、发挥女战士的特长为己任，提出了建议：

"我认为，咱们团支部的工作，不能总是停留在政治学习方面。"

"你有什么想法吗？"团支部书记严志强问。

"青年团应该组织团员和青年多开展一些适合年轻人的活动，山区的老百姓生活艰苦，我们解放军应该去帮助他们……"

"怎么帮助？"

"搞活动，自筹经费，支援山区的老百姓。"奚晓回答。

"对呀，俗话说得好，'靠山吃山，靠水吃水'，我们上山抓蝎子，听老兵们说那玩意儿药店收购，很值钱的。"一个男兵提议。

蝎子属于变温动物，在低温和高温下都能存活，它胆小畏光，喜钻缝隙和阴暗温暖的环境，这些昼伏夜出的小虫生命力强，从没有疫病。蝎子的毒液是蝎子尾部毒腺中提出的毒素，乃天地万物凝固在其身上的精华物质，不仅对人体无害，还能显著地增强人的免疫能力，就其药用功能来说，蝎毒对于治疗伤风感冒之类的小病是浪费，它要对付的是癌症等绝症、难症或不治之症，是顶尖的贵重药材，所以价值不菲。

"女兵胆子小，我们可以上山摘酸枣，听说酸枣核儿也是药材。"奚晓提议。

"好，上报队领导，咱们说干就干！"

捉蝎子，谈何容易，特别是女兵，不要说捉，就是提一下都会汗毛倒立。

"有什么好怕的！咱们是军人，还能让小虫子吓住？"

"可是，奚晓，那东西有毒哎！"

"咱们要先学习捉蝎子的方法，注意，还不能把蝎子尾巴的毒刺弄掉。"

"为啥？"

"蝎子失去毒刺后就不值钱了，等于白干。我们为了山区老百姓做这样一件事，你们说，能退缩吗？"

"不能让蝎子吓住，男兵能干的，我们为什么不能干！"女兵们纷纷呼应道。

奚晓带着几个团员找到有捉蝎子经验的老兵，很快就知道了正确的捉蝎子方法：蝎子一般是白天藏在石头下、土洞里睡觉，只要翻开石头，那些小昆虫被亮光一照就不动了，是捕捉的好机会。奚晓认真地问：

"怎么捉？"

"没什么难度，用筷子夹住蝎子的身子，避开蝎子的尾巴，它会用尾巴蜇人。还要拿个玻璃瓶子，捉到蝎子以后放在里面封好，就可以了。"一个老兵介绍说。

"不会憋死它吗？"

"蝎子一时半会是死不了的。"

"蝎子晚上出来活动，捕捉更容易些。"另一个老兵补充道。

"晚上捉蝎子队里同意吗？就算同意，漆黑一片也看不见哪。"

"拿着手电筒，照着找呗。"

于是，战士们利用节假日、晚饭后熄灯之前的空隙时间，带上一个小瓶子，跑到山坡上翻石头、挖草坑捉蝎子。待捉蝎子赚到了钱，奚晓又开始带着女兵们到山上摘酸枣。

营房附近的山上酸枣树丛生，遍布阳坡，每到深秋季节，都会看到酸枣树的叶子由绿变黄渐渐脱落，一串串像小灯笼似的酸枣挂在枝头，火红火红的，欣喜地向人们报告着收获季节到了。过去，奚晓和女兵们常常自己跑到山上摘酸枣吃。酸枣的果核大、肉薄、味酸甜。酸枣树属灌木科木本植物，很难成树，长到杯口粗细便自然干枯，由根部再生嫩芽，它的枝干长满了尖尖的刺，摘取果实的时候稍不注意，就会被刺破手指。

为了说明酸枣的作用，奚晓利用赶集时特意到药店询问、打听酸枣的药用价值，然后细心地记在笔记本上讲给大家听：

"酸枣仁，就是枣核儿，是滋补大脑、生血养血的良药，主治心腹寒热，邪结气聚。久服安五脏、健身延年、补中益气、坚筋骨，为常用中药。口感酸甜适度，色泽均一，柔软细腻，生津止渴，营养丰富。"

"我们总到山上摘酸枣吃，核儿都扔了，不知道它有这么多用处。"

"据说，中国人早在7000多年前，就采集、利用酸枣核了。"

"早知道这些，不把那些'核儿'扔掉就好了。"

经过几天的努力，酸枣是摘回来了不少，可是要把皮去掉只留下"核儿"就不太容易了，姑娘们吃得"倒牙"、手捻到破皮，也剥不出多少酸枣"核儿"。

奚晓想出一个办法，拿出自己的胶鞋，把酸枣放在平砖地上用力来回回搓，效果极好，大家纷纷效仿，酸枣"核儿"倒是弄出来了，却不知搓坏了多少只鞋底。

路华又想出了一个效率更高、速度更快，也更省力的方法：用水煮。在山上找几块石头，就地架起一口铁锅，点上火烧热水再把酸枣统统倒进去，待再捞出来放到凉水桶里时，酸枣皮轻轻一搓就掉下来了，大家伙儿高兴地在山坡上跳了起来，欢呼：胜利啦！

开荒、造田

紧挨着营房院墙外的高坡上有一排土坯搭起的大棚，原是炊事班的养猪场。

刚刚转战到山区，环境的改变给队里工作带来了诸多的困扰。尽管环境恶劣，但是军队的战备工作无法选择；生活上的困难需要官兵们自行解决和改善，自力更生、丰衣足食。

山区最大的问题是吃不到菜，特别是在冬季。当储存的白菜、土豆吃完了，差不多是在三四月间，这时恰好是山里受气候、交通等因素影响而长时间吃不到蔬菜的时候。时间长了，由于缺乏维生素，战士们的身体出现了问题，首先反映在眼睛上。队领导发现，有的战士一到天黑就视力模糊看不清楚东西，而天亮后症状即消退。队长马千海发毛了，赶快找来营区驻地唯一的卫生员问：

"光线暗看不清东西，怎么回事？"

"恐怕是'夜盲症'。"其实，卫生员的医学水平只是略知一二，但这次他说得没错。

"你说什么？"

"那是因为维生素 A 的缺乏造成的，队长，我们驻地已经有一个星期没有吃到新鲜蔬菜了。"

"你给他们吃药呀。"马千海急着说。

"不是吃药就能解决的，还要吃蔬菜。"

"这季节我到哪里搞蔬菜？你赶快想想，有没有其他办法？"

于是，卫生员从集市上买了生猪肝，切成小块，拿到队长面前，说：

"猪肝这里面维生素成分高，特别是含维生素 A 最丰富，让患'夜盲症'的战士吃，会减轻症状。"

"哎呀，我说你这'土方子'管用吗？吃药不行吗？"马千海很是莫名其妙。

"药补不如食补啊，再说，大剂量的维生素 A 对人体有毒性，不可长期吃，而猪肝没有任何副作用，试试吧。"

当卫生员把猪肝给战士吃的时候，大家都恶心地摇头，特别是女兵，根本不碰，看了就想呕吐。待猪肝事情暂时过去，队领导一致认为解决部队蔬菜缺乏的问题已是迫在眉睫。

党支部研究决定，克服一切困难——种菜！

首先召开全体党员、团员的会议，然后是全队所有干部战士的动员大会。在动员大会上，队长马千海明确地告诉全队官兵，要通过自己种蔬菜补充不足，改善部队艰苦的生活条件。"学习南泥湾的精神，自己动手，丰衣足食！"这口号声激励着每个干部和战士的心。

种蔬菜的首要条件就是需要菜地，而营地附近除了山，没有一块可以用来种菜的土地，这可怎么办？

"从明天开始，我们自己垒梯田！"党员大会上，马千海作为党支部书记首先发言，"关于梯田怎么垒起来，党员同志们集思广益发扬带头作用，各区队、小组各显其能吧！"

党支部的会议结束后，奚晓与其他党员一同回到所在的区队，开始讨论怎样造田。

"山上没有土怎么解决？"有人问。

"那我们就到山脚下去挖！"有人回答。

"那要挖多少土，才能垫成田？"

"发扬'愚公移山'的精神，没有做不到的。"奚晓说。

整个队的造田工作就在战士们充满自信而又小心尝试的状态下开始实施了，垒梯田所面临的困难却是他们始料未及的。

奚晓记得那是一个清新的黎明。

她早早就起来了，开始将铁锹、镐头、麻袋等工具整理好，然后，拿出一块部队发的崭新白毛巾搭在脖子上，又在自己的鞋里面垫上些棉花；试着踩上去、感觉软软的，她嘘了口气，就等着上山造田了。

造田的队伍很早就出发了，太阳刚从苍苍墨黑的山巅后面露出来，那最初几道光芒的温暖同刚消逝的黑夜的清凉交杂在一起，让人觉得有些冷。峡谷里风正在吹，山上的树木、草丛萧瑟响着，路上除了队伍见不到老百姓，只有几只孤鸟在山间飞过。

第一块造田的地方是早已选好的——就在炊事班养猪场的前面。奚晓很熟悉这个地方，她看着被朝霞染成橘红色的一排猪舍、鸡舍，觉得在这里开出一片菜地再好不过了，喂那些猪啊、鸡鸭啊、兔子啊，吃挑剩下的菜叶子就不用走很远的路了，多么惬意。

所有女兵都和男兵们一样，开始从山坡下将已经运到山脚下的土一袋子一袋子地装好，再由两个男战士将沉甸甸的麻袋放在每个人的肩头上，然后迈开沉重的脚步一步步向山坡上的指定地点走去，到了再把麻袋里的土倒出来……往返不停。每一次，奚晓都会要求：

"给我多装些土，再多装一些……"

"奚晓，够了，明天还要干，留着点儿力气吧，别太累了。"

有几个女兵实在扛不动麻袋，便开始坐在地上喘着粗气。其实奚晓也觉得很累，走不了几步就感到扛在肩上的麻袋变得越来越重。她弯着腰机械地挪动着脚步，汗水顺着脸颊淌着，糊住了她的眼睛，待她摘下军帽，那丝丝头发早已经和汗水粘在一起。她感到疲劳从双脚钻到肉皮里、骨髓里；四肢和浑身的骨骼都变得软绵绵、轻飘飘的了。"这是不是就叫失重呢？"奚晓想着，"你是个党员，绝不能停下向前的脚步，绝不！"她咬紧牙关，继续扛着麻袋登上山坡。意念和信仰令他们撑过了那时所有的艰辛。

"奚晓，歇一会儿吧？"老班长严志强扛着一个麻袋走到她身边低声说。

"不，我还可以坚持。"

"你的脸色怎么这么难看？"

"没什么。"

奚晓的棉衣已被浑身的汗水湿透了，脸色更加苍白，其实她在忍受的是大腿内侧一种撕裂般的疼痛。她原以为咬咬牙就过去了，可是不知为什么火辣辣的疼痛却钻进她的膝盖，仿佛血液也被疼得涌了出来，"我的腿怎么了？"奚晓困惑着。

部队发的军用棉裤又肥又厚，如果棉裤外面再套上一件单军裤，走起路来就看着很笨。奚晓瘦弱的身躯穿上肥大的棉衣棉裤，走起路来感觉像只企鹅。自幼爱漂亮的奚晓对"企鹅"的形象尚可以容忍，没料到的是人瘦腿细，走路时，那肥大的棉裤在两腿之间咣里咣当，还发出"嚓嚓嚓"有节奏的摩擦声，而整日大运动量的搬砖、挖土、抬石头，不停脚地在山坡上上下下穿梭，她的大腿两侧竟已被厚棉裤磨破了大面积皮。

双腿被磨破的地方钻心般撕痛，奚晓站不住了，腿一抖，感觉自己的心突然重重地跳了一下，脑袋"嗡"的一声重重地摔在地上了。

身边的路华赶紧跑过来伸手将奚晓拉起，见她脸色很难看，满头都是汗水，便担心地责怪：

"奚晓，你怎么了？都累成这样，还背这么多土，不要命啦？"

"不要紧吧？"严志强、张小芳几个战友也围过来关心地问。

"没事儿，没关系，一个小石头绊了一下，待会儿就好……"

奚晓慢慢恢复知觉，感觉到大腿疼痛的部位先是发凉，跟着马上就是热辣辣地刺痛，只要迈步一碰就是彻骨钻心的疼痛。

一天的劳动结束了，奚晓汗湿的衣服一直贴在身上，太阳下山后天气阴冷起来，冷风通过衣领、袖口、裤脚灌进身体里，被汗水浸湿的棉衣被凉风一吹，身子就好像憋在一个硬邦邦的冰窟窿里，奚晓又冷，又疼，两腿发软，浑身不停地簌簌发抖。

　　一瘸一拐回到宿舍想脱下裤子看看是怎么了，棉裤倒是脱下来了，可是被汗水浸湿的秋裤与大腿内侧磨破的肉紧紧粘在一起，只要往下褪去一点都令奚晓疼得快要晕厥。奚晓又害怕，又感到郁闷和委屈，忽然就想起了妈妈。要是妈妈在自己的身边，她一定会哭着请求妈妈帮助的，而现在一切都是无济于事，那最多不过是给自己的精神带来一点点安慰而已！她鼓足勇气低下头看到自己腿上的伤，不禁暗自吃了一惊：大腿上的皮肉磨破，足足有半尺多长，靠最上面的地方皮已经没有了，擦破的肉露在外面，渗出的血将红色秋裤紧紧地粘在腿上，一片红糊糊、血淋淋，简直分不清哪些是血、哪些是红色秋裤褪掉的颜色！奚晓的眼泪无声地流着，她心里喊着："妈妈，妈妈……我快要疼死了！"

　　奚晓的眼泪冲刷着她的疼痛和无助，为了不让战友们看到自己的腿伤和泪水，她赶紧找出一条干净的衬裤换上，一瘸一拐到卫生所要了一些消炎的药膏和药棉，转而回到宿舍。奚晓用手指捏着药棉微微掠过尺把长的伤口，小心翼翼地抹上消炎的药膏。

　　奚晓的腿伤一直没有好，因为旧伤未愈，又添新伤。

　　部队在山区的条件有限，官兵们都是一个星期集体洗一次澡。奚晓洗澡时有意避开战友们的视线，这样竟也没有人发现她腿上的伤。只是到了夜晚，腿上的伤口还是抵挡不住灼热，开始一阵阵又痒又痛，奚晓在床上蜷缩成了一团，默默挨过分分秒秒，期待新一天快点到来。

　　奚晓没向任何人提起自己的腿伤，也从没有抱怨过劳动的辛苦，那是因为她看到路华、张小芳、何珍珍等女兵同她一样地干活、一样地卖力、一样地挥汗如雨，也一样地穿着部队的大厚棉裤，她想："她们是不是也在忍受着被棉裤磨破的疼痛坚持干活呢？"可她没有听到任何一个女战士喊累叫疼，自己是共产党员，又有什么资格叫苦呢？

高强度的劳动持续着，战士们把一袋袋土背到山坡上。造田所需的数以百吨的土用肉铸的肩膀足足扛了整整 7 天。每天最盼望的就是哨子声，因为哨子声一响就是收工的时候，每个人都像撒了气的皮球般一屁股坐在地上和石头上瘫一会儿，再拖着散了架的身子列队回到营房。

第八天是个星期天，为了要赶在雨季到来之前尽早造出第一块梯田，部队决定连续作战，放弃了周日的休息。奚晓眼圈变得乌黑，步态疲惫、体力透支，依然依靠本能和毅力苦苦挣扎、坚持着。可这时她已经觉得快要坚持不住了，心里空落落的，空得让她发颤。再看看身边战友满是倦意的面容，她一遍遍警告着自己："坚持，奚晓你绝不能倒下！"组织负责造田工作的队长马千海看着战士们一边扛着麻袋一边迈着近似于"醉态"的脚步向山坡背土，实在不忍心了，便大声下命令：

"休息五分钟！"

话音刚落，所有战士"呼啦"一声扔下了麻袋，立刻倒在了一片潮湿、冰凉的地上，队长一边看着手表，一边看着或坐，或躺在地上近乎奄奄一息的战士，眼眶忍不住就湿了。

奚晓像一摊泥似的倒在长满青草的山坡地上，早已经没有力量站起来了。

现在有了土，要想将土变为田地还有最后一道重要的工作：用砖将土围起来，以防水土流失。造田的人员分成两组：一组继续向山上背土；另一组开始背砖，用于圩田。

砖也是每个人一摞一摞搬运上去的,奚晓和女兵们被分配背砖。

奚晓每次都要求自己最少搬 10 块砖，为达到目的她还总结出了一个窍门，对女兵们说：

"我有个方法，可以一次搬运更多的砖，还省力。"

"快说，什么方法？"

"双手两边托底，让砖紧靠在前腹前胸，砖块一直顶到下巴颏儿，这样上山脚步稳，砖还不容易散。"

"是呀，多搬几块砖，就意味着少走路呢。"

"大家都试试看。"奚晓鼓励战士们。

战士们纷纷效仿，进度果然快了不少。

第一块梯田就这样造成了，它凝结着全体官兵的心血与汗水，胜利的成果极大地鼓舞了所有官兵，队党支部做出了"继续造田"的决定。

有了第一块造田的经验，"继续造田"的速度大幅度提高，可也出现了新的问题：

"麻袋奇缺，用破了很多，已经不够用了怎么办？"有人问。

"把上衣当成口袋，装满土后揪住衣角和两只袖子往肩上一扛，背上去！"有人回答。

"垒土造梯田，我们缺少砖，怎么办？"有人问。

"没有砖，就采山石代替！"有人回答。

在造田那段难忘的日子里，奚晓和全体官兵一起每天抬土、搬砖、炸石头、垒梯田，上山下山，循环往复，熬过了艰苦的日日月月，直到一块又一块的梯田拔地而起，形成了营区周围一道亮丽的风景。

一连几天都是春雨绵绵。那雨像花针，如细丝，它慢慢浸润着土地，唤醒着万物，也考验着奚晓和战友们历经千辛万苦垒砌的那些梯田。

天刚蒙蒙亮，一阵紧急的集合号吹醒了沉睡中的干部战士，雨还在淅淅沥沥地下。

"怎么啦？"冒雨跑出的战士议论着。

"同志们，"队长说，"我们的梯田因为一连几天的雨水冲刷，已经开始流失了，大家必须马上行动起来保护我们的梯田。"

于是紧接着，毫无怨言的战士们开始了"护坡"的行动。

梯田主要是靠砖和战士们就地取材在山上采集的石块垧土的，顺着山坡的走向和坡度一点点将土圈起，看上去简单，实际操作起来并不容易，毕竟山地高低不平，不比平地垒起石头那么简单。但是官兵们觉得这些问题还是能克服的。

"护坡"就不同了，必须用大块石头才能加固坡体，坚固垧土的边墙，确保坡墙不塌方且能经得住雨水冲刷。如果说垒梯田是体力活儿，那"护坡"就可算是难度较高的技术活儿了。

一堵护坡的墙斜度为 90 度，高约 1.5 米，大家面临的难题是如何将大块石头抬上去。女兵显然是指望不上了，因为即使是几个大小伙子面对大块石头也同样束手无策。奚晓跟着带队的严志强来到梯田下方的几块大块山石的地方，老班长看着一筹莫展发呆中的战友们说：

"同志们，我们不能让这些石头难住，大家一起想办法，一定完成任务。"

党员骨干们针对这个问题热烈发言：

"两个人抬一块没戏。"

"四个人一组横叉着抬。"

"刚才不都试过了吗，上台阶怎么办？"

严志强听着大家你一言我一语地出谋划策却一直沉默着，他在想着一个可行的方法，既可以将巨石抬上去，又要保护大家的安全做到万无一失，最后他说道：

"我倒有个方法可以试试，看看能不能行得通？"

"快说！快说！"大家立刻兴奋起来。

"你们看，"严志强说出他的办法，"如果在地面上竖立钢架立杆，钢架立杆顶上再架上一支横杆，说说它像什么？"

"像天平？"奚晓犹豫一下，答道。

"奚晓说得对！"严志强肯定地继续说下去，"在'天平'一头拴好石头，另一头用人工力量往下压，在压的同时转动方向，将石头送到坡上。"

大家兴奋起来，奚晓第一个举手赞成：

"老班长，这真是个好方法！"

"这不就是运用杠杆原理吗？"肖力说。

"老班长你说说，你是怎么想到的？"有人急着问。

严志强并没有一点高兴的神态，非常冷静地说：

"大家先不要高兴得太早，还不知道能不能解决问题。"

"可是我们总要实践一下呀！"奚晓一直对老班长的建议充满信心。

严志强的"天平"实际上是运用杠杆和轴心旋转的原理搬运巨石，在队领导的支持下，进行了一次次的实验，果然效果显著，奚晓看着一块块巨石运送到了山坡上，心中充满着对老班长的敬意！同时第一次明白了一个道理：知识改变命运，人的创造力是无限的，只有在实践当中发挥这种创造力，学习和运用科学的方法，才能做到一般人做不到的事情。

后来，部队为了加快"护坡"的速度，还请来了附近有"护坡"经验的农民兄弟，终于圆满完成了任务。

3月来临，春天迈着欢快的脚步来了，枯黄的山野变绿了。队里做出决定，到营地的菜地播菜种。奚晓和战友们迎着拂面的春风奔向田野，他们看到新绿的叶子在枯枝上长出来，在暖暖的阳光下硬邦邦的土地也变得酥酥软软；草色嫩绿，一朵朵叫不出名字的小花盈盈绽放，她顺手摘下一朵淡黄色的蒲公英鼓起腮帮子用力一吹，像伞一样的花瓣随风飘曳而去，奚晓心神荡漾，不由得高喊：

"啊，美丽的大自然！"

"奚晓，一惊一乍地喊什么哪？"路华笑道。

"你不知道，春天带来如此的惬意和快乐，我已经有多久没有享受到了！"

"春天都是如此，我觉得没有什么……"

"你看，远远看着杨柳杨絮，它们像不像烟雾？远处山坡绿得有如梦境一般。"奚晓微微一笑，心里知道，两年多来，她一家人的悲惨境地，即使春天再美她也无心去欣赏。而这些，路华都没有经历过，自然不能理解她心中的感慨。

"看不出来，你很浪漫呀！"

其实，与营区只有一墙之隔的菜地是全队的一处风景区，战士们喜欢这里，菜地劳动为战士们的军营枯燥生活平添了一大乐趣。翻地、播种、浇水……一天干下来，每个人双腿双脚沾满了泥，汗水浸湿了军装。这里种的菜多种多样，有黄瓜、豆角、西红柿、冬瓜、西葫芦和葫芦；山上没有水，第一年的时候是战士们用脸盆接满水、一盆盆从宿舍端到山上再找水桶拎过去的。后来大家动手围着梯田菜地挖了一条足有好几百米浇地的水渠，接通了一根水管，这才将水引到山上，结束了用盆端、用桶提的原始劳动。

当蔬菜开着各色的花在灿烂的阳光下散发出清香，五颜六色的小花点缀在绿绿的叶子之中，菜地就像是一幅美丽的图画。奚晓和路华在一个星期天到菜地转悠着玩儿，发现新长出的一根黄瓜特别长，路华兴奋地喊道：

"奚晓，快，去找一个尺子来！"

"干嘛？"

"量一量它有多长。"

二人找来尺子，最长的一根黄瓜竟有一尺长！营地的战士们都跑来围观，精心照顾的蔬菜长势如此骄人，大家流血流汗都没有白费呀。后来菜地又被"分产到户"，即由各个小组负责管理，种植、施肥和浇水。种下的菜就像自己生的孩子，不工作的时候有人天天往菜地跑，对它们细心观察、呵护有加：菜苗出土了吗？发芽了吗？芽长大了吗？芽怎样才能长大？有人说：要想菜苗长得好长得快就得多施肥，结果厕所的粪便天天被人掏干，去晚了还掏不到，没有掏到的小组铆足了劲做好准备，等待抢占第二天的"肥料"！

垒梯田、护坡、填土、种菜让年轻的战士身体力行，深刻地理解了"一不怕苦、二不怕死"的含义，他们让自己的生命闪耀着吃苦耐劳的精神和顽强的意志之光，伴随其间的，是这些可爱的年轻战士们奉献的青春和热血。

一个叫向荣的女兵，是奚晓的好朋友，她性格温和，身材纤细，总是默默无语地跟在战友身边奋力劳动，她是那种在人群之中很难被注意的人。然而就是她，超负荷的石头背在身上不幸伤了腰。山区医疗条件有限，驻地卫生所的医生将她送到燕京二五四医院，经过检查确诊为：第四腰椎前上缘骨折，向荣一下子就在病床上躺了三个月。

几个月后，向荣可以下床了，奚晓和肖力几个战友去看望她。战友们很久没有见面，病房传出一阵阵欢声笑语，奚晓问：

"向荣，你怎么样啦？看起来好多了。"

"嗯，能够正常行走了，但也落下了毛病。遇到天气不好，下雨潮湿，腰就会像万箭穿心般，疼得要命。"

"哦，能下地就好……"奚晓心疼地安慰道。

"生活能自理吧？看你还是行动不便呢。"路华问。

"早上洗脸刷牙，需要一手扶着水池子支撑着，另一只手才能完成所有动作；想弯腰提壶吧，胳膊和手是伸出去了，但再也直不起腰来。"向荣苦笑着说。

"那么，能蹲下吗？"一直皱着眉头没有说话的肖力，忽然问。

"最困难的是上厕所，蹲下去可以咬牙扶墙站起来，提裤子就费了大劲。"

战友们又难过又可惜，七嘴八舌地帮助向荣想了很多办法，希望减轻她的痛苦。这时肖力不知什么时候从外面进来，手里拿着他找来的两块硬纸壳，然后他又仔细地量了向荣的腰围尺寸，后来大家才知道这是肖力要为向荣做一个腰垫。肖力先将硬纸壳剪成与向荣腰围尺寸一样大小的两片，再在两层纸壳中间铺上棉花，用布包好，向荣坐着的时候就把它捆在后腰上，可以起到固定和支撑的作用。

后来，向荣只要腰疼的时候就绑上它，还真能减轻一些疼痛。

向荣出院了，又回到在山区的部队投入到紧张而艰苦的工作生活中。但是她的腰椎病始终没有好，又再次复发进了医院。这一次由于长时间得不到休息和最佳的治疗，又引发了腰肌损伤和腰椎间盘突出。向荣终因不能再适应部队的生活和工作而不得不离开了部队，她含着眼泪告别了难以割舍的部队和她亲密的战友们，那一年，向荣才18岁。

后来奚晓得知，向荣退伍到地方后继续与伤病抗争着，她看过中医、西医、针灸、理疗；试过打针、吃药、推拿、牵引；次数最多的是"火花疗法"，一次20针，前后共扎了上千针……最疼的是

"骶管注射"，让人无法想象她是如何忍耐下来的。

向荣不到 45 岁就退出了工作岗位，作为一名六级残废军人，面对病魔的折磨和艰难的命运，她说过这样一句话，令奚晓感动不已：

"当兵不后悔，因为我最美丽的青春，是献给了最伟大的人民军队。"

野营拉练

野营拉练是解放军各兵种、军种必须训练的重要军事科目，奚晓所在的大队和连队也不例外。这是女兵参加的第一次野营拉练：1971 年 4 月初出发，6 月上旬返回营房，历经两个月的时间。

各队接到拉练命令是在一个乍暖还凉的清晨，先是党员大会，后是全体官兵的动员大会，所有人都被队长的动员报告激励得热血沸腾。

队长马千海说：

"野营拉练是执行毛主席'备战、备荒、为人民'的指示，以适应实战为要求，全面提高军人素质和部队战斗力的一种训练形式和方法，我再通俗一点讲，就是训练部队的行军能力。"

马千海扫了一眼台下小声嘀咕的干部战士们，接着又说：

"野营拉练除了正常的野外徒步行军外，我们还要组织夜行军、强行军和长途行军三种特殊的行军方式。"

"关于夜行军、强行军和长途行军的具体内容，会后还要分组传达。"马千海接着说道，"大家知道不知道，'行军'在古代泛指'用兵'。而在今天，训练部队拉练，则要求部队成纵队，沿指定的路线有组织移动，是考验部队机动作战、集结的基本方法，我们队能不能做到'招之即来，来之能战，战之能胜'，就看在这次野营拉练中能不能经受住考验！同志们说，有信心吗？"

"有！"会场上传出官兵们震耳欲聋的高呼声。

奚晓和战友们按要求开始认真准备起拉练行军的装备，按要求每个战士的负荷为15公斤：枪支、被子、胶鞋、雨衣、水壶、挎包、洗漱用品、《毛主席语录》、2公斤粮食；男战士还要分担炊具等。

奚晓从宿舍的墙上，把她不久前从集市新华书店买的一幅《毛主席去安源》摘了下来，又找了一块三合板，将画贴好。

"奚晓，你干嘛？"路华不解地问。

"咱们带着，鼓劲儿！"

在凉风刺骨的清晨，"嘟嘟嘟"的集合哨音在营区响起，队里全体官兵集合完毕，沿着崎岖的山路在太行山区的大地上开始行进。

第一天的计划是步行40公里，年轻的战士们因为是第一次经历野营拉练，觉得挺新鲜，个个精神抖擞，几百人的队伍浩浩荡荡颇具声势。

"女兵们，同志们，"奚晓提议道，"我们唱个歌，好不好？"

瞬间，女孩子们在奚晓的带动下，歌声响了起来：

"毛主席的战士最听党的话，

哪里需要到哪里去，

哪里艰苦哪安家。

祖国要我守边卡，

扛起枪杆我就走，

打起背包就出发！"

"好不好？妙不妙？再来一个要不要？"严志强高喊起来。

"要！"

大家的情绪被奚晓调动起来，欢呼声、歌声瞬间在寂静的山谷中回荡。

部队的"拉歌"是个优良的传统，几个连队有秩序地交替唱歌，能用来提神和鼓舞士气。奚晓在这时想到"拉歌"，让队长和教导员非常高兴。

马千海伸出胳膊看看腕上的手表，指针指向 10 点半，他发现部队行进的速度开始慢了下来，便对教导员荆延州说：

"饥饿成了行军的大敌，很多人可能因为早饭没有吃饱体力开始下降，特别是那些女同志。"

"部队休息一下？"

"好，"马千海对通讯员说，"请奚晓到我这里来。"

奚晓收到命令一路小跑过来，马千海说：

"怎么样？拉练刚刚开始，困难还在后面，你是党员，要有充分的思想准备，特别是做好女同志的工作。20 分钟后部队出发，你要保证每个女同志不掉队。"

"队长，放心，我保证完成任务。"奚晓回答。

部队又开始行进了，奚晓看到很多女战士开始头冒虚汗，脚步踉跄，于是她轮流帮她们背着背包。快到中午的时候，队伍走上了一个小坡，有更多的女兵走不动了，奚晓便开始左拉一个，右拽一个，硬是把身边的两个女战士一起拖过了小坡。然后她站在路边，像个啦啦队员似的给大家喊口号鼓劲儿：

"苦不苦，想想红军两万五；累不累，想想英雄董存瑞。"

那天，不少战士看见奚晓的脸部沾满了一层的汗珠，看上去就像被雾罩住了一样，其实，这就是医学上说的"虚脱"现象，明白的人会知道，奚晓那是在咬牙坚持着。

第一天拉练结束，大家在野外宿营。

在队的骨干会上，严志强咧开嘴笑着对奚晓说：

"没想到你这个城里来的兵，又是个女孩子，还真能走！"

"当兵不分男女，上了战场不分男女，拉练也就不分男女，你们能做到的，女同志也能够做到。"奚晓不甘示弱地回答。

会上，队长强调着拉练特别注意的事情：

"野营拉练，练的就是一个'走'字。走路要靠脚，所以拉练的时候一定要善待自己的双脚。最好的办法就是在睡觉前烧一盆开水烫烫脚。如果脚上走出水疱，可以用烧过的针把水疱挑开，第二天一早一般就会收口。"

第一天的行军很多人脚上都磨出了疱，奚晓也不例外，她躺在帐篷里听着战友们议论着拉练行军。

"知道吗？老兵们都说，拉练最难熬的是头三天，过了三天以后，你的脚就不会太疼，人也不会觉得太累了。"

"为啥？"

"你就不是在走路了，而是成了'机械运动'，喏，丧失知觉了。"

第二天，行军里程 50 公里。

每个人的双腿像灌了铅一样步履维艰，两脚的血疱走起路来总像踩着小石头，一会儿双脚麻木，感觉不到疼了，可一旦停下来，便疼得钻心。"练好铁脚板"成了头几天大家相互鼓励的共同目标。

连续 5 天的白天长途行军一般都在 40 公里左右，早上 7 点左右出发，傍晚到达宿营点，在露天的帐篷宿营。所有干部战士没人掉队，没人叫苦。部队在行军途中，奚晓和其他共产党员一样，以身作则，用口号激励大家跟上队伍：

"流汗流血不流泪，掉皮掉肉不掉队！"

"苦不苦，想想红军两万五；累不累，想想革命老前辈！"

所有人赖以支撑的只有一种精神，这就是"一不怕苦，二不怕死"的革命精神。姑娘们、小伙子们不惧山高路途艰险，踩着脚下的血疱，没有人喊累，只是跟着队伍一步一步坚定地向前走。谁都明白：在艰难困苦面前，咬牙挺住才是好汉，退却投降就是稀泥软蛋。

"吃"也是野营拉练的重要内容。

出发前，各队以"组"为单位准备一顿早饭：每人一个馒头、一个鸡蛋、一块咸菜疙瘩，早餐一般是在行军路上吃。

奚晓主动向队长提出：

"让我到炊事班去协助准备全队的午餐吧。"

"你太累了，能行吗？"

"能行！我对炊事班的工作熟悉。"

自此之后，奚晓和炊事班通常是提前到达指定位置，在野外就地挖灶、埋锅造饭。几分钟工夫就挖好了灶，再架上行军锅，随着鼓风机不停地吹着，大米饭一出锅，各区队、班组便排成纵队依次经过锅灶用茶缸盛饭，然后边走边吃。大概是饿的缘故，大家伙简直是饥不择食，即使是夹生饭也觉得分外香。野营吃饭也有讲究，要以班组为单位围成一圈，一个菜盆放在中间，然后要在五分钟内"解决战斗"。

为了适应实战需要，拉练往往是大路不走走小路，平路不走走山路；恶劣天气更是练兵的好机会，不容错过。

所谓强行军，是在规定的时间内高速走完一段路程。比起夜行军来说，强行军简直难多了！奚晓记不清那天究竟是跑了 10 公里还是 20 公里，只记得在行军过程中，队长突然一声命令：

"同志们！加快速度，我们必须在 10 点前赶到前方位置！"接着整个队伍加速奔走起来：开始时队伍是飞奔前进，到后来队伍就变成一路小跑了，那最后的一段距离简直就是冲刺。很多人开始体力不支，跑得浑身冒汗，边跑边从背包带的间隙中把棉衣的扣子解开，再把头上的棉帽摘下拿在手中，大多数的战士都在规定的时间内到达了预定地点。奚晓棉衣后背基本都给汗水打湿了，在外面都能看到浸出来的汗渍。

一般在徒步行军情况下拉练行军为时速4—5公里，日行程30—40公里；急行军为时速10公里左右；强行军则为日行50公里以上，一昼夜连续行军12小时以上。

经过几天的辛苦奔波，拉练的队伍来到了山西大同，在一个叫作煤峪口南沟的地方停下来。战士们接到休整两天的命令，持续的行军使奚晓和很多女兵体力严重透支。晚饭时，队长通知战士们：明天参观大同煤矿的万人坑。

无论你的想象力多么丰富，也不会想象到"大同煤矿万人坑"的惨状：

战士们沿着一个黑洞洞的洞口一直向下走了几十米，一股阴森森的凉风迎面扑来，所有人面前出现的是一个令人惊异的"万人坑"！奚晓不禁打了一个冷战，她几乎不能呼吸，仔细观看："万人坑"洞内尸骨层叠，有的被截断双腿，有的被折断脊骨，有的被击穿头颅，有的呈向洞口爬动的姿势……

解说员的声音不时传来：

"日军侵占大同期间，残酷掠夺大同煤炭资源，从山东、江苏、河南、安徽、河北等地抓夫骗人到大同煤矿当劳工。日军实行以人换煤的政策，掠夺煤炭1400万吨，6万多名矿工被摧残致死，平均每出20—30吨煤就要死1个人。矿工在日本宪兵队、矿警队、密探队、洋狗队的监视下采煤，渴了只得喝点井下的脏水。即使矿井出现异常也仍被逼着下井，出了事故只抢机器不救人。劳工死后被抛尸荒山野岭，造成白骨累累的'万人坑'，大家眼前的这个'南沟万人坑'，死难矿工达6万多人，是大同万人坑中最大的一处……"

奚晓的泪水一直模糊着双眼，不知是哪个女兵发出了"呜呜呜"的低声哭泣。跟着解说员的声音，奚晓挪动着脚步，继续听着讲解员讲述着一段段悲惨的故事，战士们少了平日的喧闹，奚晓停留在一件血衣前，却不敢正视。

在纪念馆内，大家看到一张张矿工被欺压的照片：矿工吃的是窝头、黑豆饼和发霉的"兴亚面"；盖的是薄薄的麻袋片和水泥纸袋；病了不给医药，爬不起来就让拉尸队抬着扔进"万人坑"；大同的野狼、野狗肥得流油，是"万人坑"把它们喂肥的……

奚晓觉得，坑里的每一块骨头都在向她无声地倾诉，倾诉着同胞们饱含着血泪的悲惨命运，她的眼前浮现出矿工背着一筐筐煤炭猝然倒地的情景，耳边响起了日军如狼似虎般咆哮的声音，她的身子不住地发抖，感到要窒息了。

参观"万人坑"的那天中午，很多战士一口饭都咽不下去。

终于在拉练第十天的中午，队长马千海告诉全体官兵：

"接到命令，今天晚上的宿营地将进入村庄，在这里为时两天。"

大家欢呼起来，特别是女兵们：

"太好了，连着三天都睡在帐篷里，我们连衣服都不敢脱，今天总算能好好地睡上一觉了！"

"能洗澡就更好了……"

"想得美，能用干干净净的清水擦擦身子就知足了。"

"可算见到老百姓啦！"

刚刚开碰头会回来的奚晓急急忙忙过来了，说：

"同志们，集中听我下面要说的话，队长命令：部队到达宿营地以后要立即展开群众工作，做到'三净一满'。"

"什么是'三净一满'？"

"街道干净、庭院干净、房间干净，水缸要'满'。"奚晓说，"这些地区是革命老区，这里的群众对待人民子弟兵有着深厚感情，我们解放军就是当年的红军、八路军，要保持部队的光荣传统，绝不能给子弟兵丢脸。"

奚晓说着，虽然她知道老百姓对人民子弟兵是多么爱戴，乡亲们对人民解放军是多么欢迎，可是真实情景还是大大超出了所有人的想象。

傍晚时分，部队来到一个村庄，村里的老百姓似乎早就接到了通知，人群呼啦啦地伫立着等在村口，那切切盼望的神情真像是见到了当年的八路军一样，村民们热情地争着让年轻的战士们住到自己家里去。

"姑娘，走，跟大娘回家！"一个五六十岁的大娘不容分说，热情地拉起奚晓的手就走。

"大娘，还有我们哪！"路华、张小芳也叽叽喳喳地走过来。

"好好好，都跟着大娘走吧！"大娘"呵呵"乐着笑开了花。

奚晓和另外四个女兵跟着大娘走向街边的一处土坯房外，那里用树枝做的栅栏围砌着一个院子，堆着柴和一些杂物。大娘将5个女兵带进屋内，这是农村最常见的那种分东、西两间屋子的房子，中间的堂屋是做饭的地方，分别有两个灶台。大娘将女兵领进东屋，屋子里暖暖的气息迎面扑来，洗脚水早已经烧好：4月的山区依然很凉，老乡们为了省柴早就不烧炕了，但是为了这些小女兵，乡亲们还是将炕烧得暖暖的！奚晓几个人一眼就看见炕上还放着一堆花生和大红枣……

"快坐下歇歇，村长早就说部队要来了！"大娘热情地说，"早盼着你们哪。"

"大娘，给您添麻烦了。"奚晓懂事地说。

"别这么说，过去八路军打鬼子那会儿，常在俺们家住。"大娘的话语里带着感激之情。

奚晓环顾着屋里：那时太行山一带的农村百姓家里都没有电灯，而是点煤油灯。在奚晓她们睡觉的东屋里只有一盏煤油灯，在初春这个漆黑的夜晚，那忽忽悠悠的火苗还是能把整个屋子照亮。奚晓看到土坯墙上还挂着一个分辨不出颜色的很旧很旧的相框，在那些发黄的旧相片中，看到有身穿不同历史时期军装的军人照片，就随口问道：

"大娘，这相片里穿军装的人是谁？"

"这都是当年在俺家住过的！"大娘用粗糙的手自豪地指点着，"这人，是当年出去参加红军的；这人，参加了八路军……他们现在在什么地方，就不知道了。"

奚晓对大娘肃然起敬，她盯着照片上的人想着：这些镜框中的军人可能有些早已牺牲了……但在这个革命老区，老百姓还保留着他们的照片，保留着对革命军队的美好思念，可敬可佩。

第二天一早，待鸡叫两遍，几个姑娘迅速跳起来按照分工忙了起来。遵照部队下达的"三净一满"的标准，她们把街道、庭院、房间打扫得干干净净；奚晓和路华将水缸挑满了水。看着这些懂事乖巧肯吃苦的姑娘们，大娘越瞅越亲切，觉得自己好似突然回到了往昔——这就是当年那些八路军们！

到村里宿营的第二天，队长马千海通知干部、党员开会，他说：

"今晚我们要组织一次夜行军。"

到了夜间 12 时许，一阵"嘟嘟嘟嘟"的哨声把大家从睡梦中惊醒，所有人都以最快的速度穿衣、打背包，然后携带着所有的装备集合。队伍集合完毕就出发了，基本走的是农田，田埂很窄，夜间不允许打手电筒，一路上坑坑洼洼的，走起来颇为困难。

夜行军期间，部队还组织了传递口令的训练，由队长在队伍的最前面发出一条口令，然后再逐个往后传递。在奚晓的记忆中，女兵们传递口令的结果还是很不错的，没有出洋相。说是夜行军，其实就是在田间走上10来公里的夜路，将近两个小时后部队又返回原地，大家打着手电再悄悄地找到借住的老乡家中继续睡觉。

最令奚晓难忘的是，这个村子真的很穷，它地处山区，生产条件比较落后，除了产八棱海棠、怀来鸭梨外，粮食生产量很低。"风吹石头跑，大姑娘不洗澡，一天三顿小米还吃不饱"，就是这里的真实写照。在野营拉练之余，部队还有一项重要的任务，就是开展群众工作："走一路，红一线"——也就是向群众宣传革命，为群众做好事。

大部队又要出发了。大娘将鸭梨、红枣、花生，甚至煮熟的鸡蛋使劲往奚晓和几个姑娘的挎包和军衣口袋里面装。

村里有个孤儿，炊事班的肖力住在他家，当部队离开时，那孤儿拉着肖力的手放声大哭。

那一次的春季野营拉练，奚晓的部队先后徒步穿越3个省、十几个县。为减少对途经当地群众的打扰，部队经常夜间行军、走山路；即使是通过村庄时也一律保持静默、尽量不用军号。部队途中休息大多都安排在野外，但因队伍人多，有些群众还是知道部队来了，便都带着热水、花生、红枣、煮熟的鸡蛋长途跋涉来慰问过往的部队。

那种军民鱼水之情、舍命相护的温情，奚晓至今回想起来仍会思念和感慨万分。

成长的眼泪

中国，经历了文化大革命的乱世。

乱世破坏了国家经济，损害了经济结构的协调关系，使得作为一个农业国的中国，农业不仅无法支持其他经济部门的发展，连自身发展都出现了问题。消费资料的生产空前短缺；能源工业生产不能满足生产消费的需求；服务业也日趋萎缩。特别严重的是，原有经济体制中的一些弊端，如：不讲经济效益、平均主义发展到了极端，不仅国有企业"躺"在国家身上，集体企业、甚至作为生产力"主力"的农民也"躺"在国家身上。

在这样严峻的局势下，平原省委、省政府如奚明一样既有领导经验，又熟悉经济工作的老干部们很快就官复原职，重新走上了领导岗位。省府大院的"革命"局面在迅速改变，虽然看不到奚明等一批新到任的高层领导干部有什么太大的变化，倒是苑动力等造反派们的嚣张气焰不见了，变得谦卑起来。

省府大院的奚明走出牛棚的那一刻，心情竟是异常的平静，似乎早就料到这一天的到来，这种平静甚至连他自己也感到奇怪。很快，他就感到了有些不习惯，特别是苑动力，他脸上那种骄横和蔑视的神态不见了，奚明又看到似曾相识的恭敬眼神，不同的是，这种目光带着躲闪的意味。

从牛棚回家的路因为下雨而变得泥泞不堪。路面的积水被过往的车辆碾得飞溅起来，带着泥浆砸到行人的身上。已经到了秋天，气温骤然下降，奚明看到路人都打着伞，缩着脖子，匆匆地走着。他没有伞，于是淋着雨，慢慢走着，也不管周围莫名其妙的眼光。

"老奚同志，你被'解放'了吗？真是太好了。"

"老奚，我就说嘛，你怎么会反党、反社会主义？"

"奚部长，出来啦？"

"咳，等到今天不容易啊，受了多少罪哦！"

众人向奚明打着招呼，还有人走过来和他握手，而奚明这时只是"唔、唔"地点头支应着，却不想和任何人说话。因为长期的关押生活，使他习惯了孤独，这时有人突然对他说"你自由了"，他却不知道该怎样享受这自由，他丢失了的灵魂，还需要时间重新捡回来。

的确，心灵上的自由之根是需要浇灌的，要时间、要努力，甚至要生命。他现在感受着躯体的自由，心情被冰火两重天的感觉充斥着，奚明觉得他依然没有获得彻底的自由。躯体的自由只是要让人们去尝遍百味——而这场"大革命"已经让他饱尝了；现在的他很清楚自己需要的是一个脱离了躯体的灵魂，因为只有灵魂的自由才能让他能够对某些人、某些事用全新的眼光去审视。奚明怀疑，自己虽然看到了，但是并非就看清了；看清了也非看懂了，看懂了并不能看穿了。比如：如何评价自己身上的"罪名"？那些是不是"罪行"？如果不是，苑动力等造反派们的革命，有什么意义？

总之，奚明还是想不明白，他再也不想提起自己的那些挣扎、寂寞和痛苦，还是交给时间慢慢淡忘吧；那些伤口，时间久了就会慢慢长好。他知道，人生要经历很多苦痛，只是并不是所有的苦痛都可以呐喊出来。

因为没有接到造反派的通知，师芩打开门的那一刻惊得嘴巴张开却说不出一句话。奚明见妻子眼睛睁得大大的不说话，笑了笑说：

"怎么啦，不认识了？"

"你，回来了……"师芩看着憔悴的丈夫，泪水怎么也止不住地流，再也说不出一句话。

就在奚明官复原职一个月后的一天，他办公桌上的电话急促地响了起来，这是燕京的长途电话。电话的那一头，一个洪亮的声音传来：

"老首长，祝贺您哦！"

"你是……"

"我是甄建民呀！听不出来了吗？"

"建民，是你呀！哎呀，我说听着耳熟呢。"奚明马上想到自己的一双儿女，声音哽咽了："我要谢谢你哦……在那样的情况下，你帮了孩子……建民，谢谢你……"

"老首长，谢我干什么，如果不是你，我甄建民就没有今天，也帮不了孩子们。"甄建民真挚地回答，接着话题一转，说："老首长，我有一事相求呢。"

"什么事？"

原来，除了奚晓所在的技术队需要长年驻扎在山沟外，另外还有两个业务队因备战的需要，要经常往返于燕京的大队和山沟营地之间。山区交通极其不便，每当战士们执行任务或者探亲归队时，一旦遇到暴雨或大雪天，就不能进山，给部队安置探亲家属和工作都带来很大的困难，大队总部一直希望能在安定市区建立一个"中转站"，虽然与当地政府有关部门进行过接洽，但这个愿望始终没有实现。

甄建民作为大队的上一级机关领导，又分管作战训练，自然知道这个"中转站"的重要性，他得知老首长奚明已经官复原职，高兴之余就主动出面，为其直属单位疏通"中转站"这件事情。

奚明为部队在安定市区很快就找到了一处适合建立"中转站"的独立小院，对于作为地方政府抓经济工作的主要领导来说这不算什么难事，自己曾经也是军队的一名老战士，能为部队解决一些困难，是应尽的责任。

天黑了很久，摆在桌子上的饭菜师芩已经热了好几回，却还不见丈夫回家。她知道，自从奚明恢复了官职，就没日没夜地投入了工作，尽管在关押期间，腰、颈椎、腿都落下了伤，一到阴天就会疼得直不起来，可他仍然一天不落地到办公室忍着痛处理烂摊子。

师芩轻轻地叹了口气，无奈地拿出女儿的信借着台灯读着，那是今天刚刚收到的。在师芩的心中，有着对奚晓无限的挂念，两年多了，女儿在那样一个穷乡僻壤的山沟里，不仅入了党，还从甄建民处知道奚晓是部队培养的女干部。师芩多次对从不喜怒形于色的奚明说：

"你恢复工作这么长的时间了，咱们应该去部队看看晓晓，也不知道她怎么样？"

"好，找个时间吧，这几天实在太忙……"奚明每次都如此回答。

不行，无论如何也要丈夫答应去部队看女儿，否则，她自己也要单独前往了！师芩正想着的当儿，奚明便回来了，又是一句话没有说便坐下来闷头吃饭。师芩看丈夫吃饭的样子就知道他一定又饿得不轻，心疼地嗔怪道：

"天天饿成这样才知道回家，你不是年轻人了，也不知道爱惜自己的身子。"

"太多的事情都堆在一起，需要处理啊。"

"难道就缺你一个人？能干完吗？"师芩眼睛里含着泪水，急切地说道，"你是晓晓的爸爸，也知道，每次女儿来信都说，'想爸爸妈妈，想爸爸妈妈'……过去你被关押不能去，现在你能去了，却又拖着不去……"

奚明放下手中的碗，看了看妻子难过的样子，说：

"好吧，答应你，咱们一块儿去看看女儿。"

白天的山沟里，一大群女兵跑到一片长满向日葵的山坡上。向日葵已经熟了，低垂着圆圆的头，在灿烂的阳光下懒懒的像是等着姑娘们采摘。奚晓和女兵们哈哈笑着，收获着自己的果实，然后一起回到营房。下午，女兵们先将葵花籽取出，晾干后，再支起大锅自己炒熟，吃起来格外香！

还沉浸在收获果实喜悦之中的奚晓忽然听到有人喊她的名字：

"奚晓！"

"到！"

"马上去队办公室，队长叫你。"

奚晓喊了一声"报告"后，听到里面一声"进来"，便推门进去。屋子里所有坐着的队领导都笑眯眯地看着她，奚晓有些拘谨，在给领导们敬礼后呆呆地站在门口，听队长说：

"奚晓，来来，坐下。"

看见奚晓坐下，队长马千海站起身，从桌子上拿起一份文件递给奚晓说：

"你先看看。"

奚晓接过文件，看到这是大队政治处下发的一份干部任命的红头文件，上面赫然写着各队被正式任命为排级干部的人员名单，奚晓来不及查找自己的名字，便抬头看着队领导，心中涌出一股激动。

"奚晓，你是咱们队提拔的第一个女干部，知道这意味着什么吗？"教导员荆延州很严肃地问道。

奚晓一时不知道该如何回答，她不知道该点头还是该摇头，于是说：

"请队长和教导员指示。"

"首先，你是一名共产党员，现在，经上级领导批准，提拔你为我们队的一名女干部，从今天开始，你更要带头执行党的政策和党的纪律。"荆延州说道，"我们党选拔的干部，一直是以德才兼备选人用人的，要求既具有坚定的政治立场、高尚的道德品质，又要具备较强的领导能力和较高的工作水平，就是我们讲的德才兼备，是站在民众的立场上，体现最广大人民的根本利益。"

"我觉得自己距离党组织的要求相差还很远。"奚晓很认真地说。

"这次提干是根据你的表现和成绩，通过走群众考评路线和组织的审查后决定的，我们对于那些忠于党的路线方针政策、工作成绩突出、善于团结同志的战士及时提干，就是为了部队的建设，也为了让德才兼备的同志真正得到重用。"马千海说道。

"我会努力学习，提高思想和工作水平，做一名德才兼备的好战士，请组织考验我。"

奚晓并没有想到自己这么快就提干了，她不知道自己是否能够做得更好，只想真心诚意地得到队长和教导员的帮助和指导。

其实，大队政治处对于奚晓等基层部队的一批年轻战士提干的会议持续讨论、筛选了好几次，虽然干部的任免在部队是每年都要进行的工作，但是做出决定之前，领导班子和组织、干部部门都是极其慎重和负责任的，审查和决定非常严格。

甄建民作为上级主管领导，曾经对大队班子成员说过一段话：

"干部任免应坚持正确的原则，结合其自身的情况和干部的情况做到既坚持德才兼备又不求全责备，既坚持论资历又不唯资历，既讲台阶又不唯台阶。应该说，培养和选拔能够担当重任的德才兼备的优秀年轻领导干部，一直是党的一项重要战略任务，也是我们义不容辞的责任。"

基于此，荆延州对奚晓说：

"金无足赤，人无完人，今后你就大胆工作，勇于挑重担子，做出表率来证明自己。组织信任你。"

提干后的奚晓变得更加积极、更加成熟。她知道，在自己生命历程中融进的每一朵浪花，每一组旋律，每一句叮咛，每一声欢笑，每一个足印，都铭刻着部队党组织对自己关爱的深情，这种深情与父母和亲人给予她的有所不同，绝不仅仅是呵护，更多的是教导和信任。

星期天，奚晓照旧去炊事班帮厨，快到中午的时候才同肖力一起从集市回到营房。还没来得及把一筐筐菜和副食品搬进食堂，就听见通讯员气喘吁吁地跑来：

"奚晓，你可算回来了，我跑了好几趟，腿都跑断了！"

"干嘛？你腿断了，关奚晓什么事？"

"哎呀，奚晓，你爸爸妈妈来部队啦！"

"你说什么？真的？"

"骗你干嘛，队长找你哪！还有你爸爸妈妈，在队部……"

"快去吧，别管这里了。"

"谢谢你，肖力！"奚晓撒腿就向队部跑去。

到了队部门口，奚晓定了定神儿，喊了声"报告"便推开门，队长、教导员等都在队部里，奚晓一眼就看见她日日夜夜都在思念着的爸爸妈妈，但是她没有忘记自己是个战士，没有忘记军人应有的礼节，她不再是个不谙世事的小姑娘，于是非常规矩地给队长等领导敬礼，然后又给爸爸妈妈敬礼。队长马千海笑着问道：

"奚晓，快进来，你看看，爸爸妈妈大老远来看你，你却这么晚才回来，干什么去啦？"

"报告队长，和炊事班到集市采购去了。"奚晓回答着，然后转身向着爸爸妈妈看过去，眼睛忍不住一阵阵发酸，泪水像要控制不住："爸爸、妈妈你们好……要是知道你们来，我就不出去了。"

奚明和师芩也站起身，看着女儿微笑，他们凭着职业革命家的眼光一眼就看出了女儿身上的变化。晓晓高了，瘦了，白皙清秀的脸上是一种坚韧和成熟，没有了从前的稚嫩和羞涩。奚明转身对队长、教导员说：

"感谢部队，感谢你们对奚晓的培养、教育，让她成为了一名真正的战士。"

"她自己的努力才是主要的！还有就是您的家教好，虽然是干部子女，但是她没有干部子女身上惯有的'骄娇二气'。"教导员荆延州接道。

马千海转移话题，说：

"首长，您是甄建民副部长的老领导，他电话里一再嘱咐我们，要好好接待，您能来这里，是我们队的光荣！"

"哦，我再也不用避开谈到爸爸的话题了！"奚晓想着、听着队长和教导员与爸爸谈话，为爸爸感到自豪。

屋里充满了喜气洋洋的气氛。

军队是一个讲传承的地方，自始以来有一个不成文的规矩：凡是上级首长来到部队，于公于私，就是吃窝窝头、小米饭加咸菜，其驻地领导也要陪着首长们共同进餐，以示对革命前辈们的敬意。

所以在奚晓的队里，通常有领导干部来探望队里子女的时候，队长、教导员都会出面热情接待，当然，对奚明、师芩这样的老首长也绝不例外，队里准备了丰盛的午餐。

奚明、师芩被队领导一群人簇拥着，奚晓跟在他们后面向食堂走去，连队食堂坐落在山包上，战士们排着队陆续走进食堂，奚晓跟爸爸一行人吸引了很多官兵的目光，议论纷纷：

"谁呀？怎么奚晓也在那里？"

"奚晓的爸爸呀，听说是省里的一个大官呢。"

"从来没有听奚晓说过呀？"

"说的是呀……"

奚晓隐隐约约听着不远处战友们的议论，看到大家投来的羡慕目光，感到自尊心得到了极大的满足。她也有一个引以为豪的"老革命"爸爸！心中长期的压抑似乎随着爸爸的到来一扫而光，真是扬眉吐气！这时，她看见爸爸向队长说了一句什么就朝她走了过来，说：

"晓晓，你不要跟着了，回连队吃饭去吧。"

"啊？为什么呀？"奚晓正在发热的头上好似被泼了一盆凉水，她愣住了，忍不住喏喏道："爸爸，你们吃饭后就要走了，我想同你和妈妈多待会儿……"

"你回连队吃饭，部队接待爸爸妈妈，你去不好。吃完饭咱们还有时间，再好好坐下来说话。"

"我不回去！队里接待来队的家长，别的战友都是跟着爸妈一起进餐的。"奚晓拒绝。

"别人我不管，但是，你不行！"奚明斩钉截铁，不容分说。

"怎么我就不行？"奚晓急了，"难道我跟着你们吃一顿饭都不可以吗？我又没特殊化。"奚晓感到爸爸这样做不仅让她在战友面前丢了脸，还伤害了她的自尊心，压不住气恼地争辩埋怨。

"因为你是党员、是干部！你不能用招待的费用。"或许奚明是分管财政的领导，对任何事都非常认真，于是坚持说，"你要带头做表率。"

"爸爸，你……"奚晓的眼泪哗啦啦就淌了下来，她哭着跑回宿舍，饭也没吃，用被子蒙上头躺在了床上。爸爸的话伤了她的自尊心，那种不容分辩的严词更似利剑，冷酷地砍伤着她对父亲的思念之情。

一会儿，师芩先来到了奚晓的宿舍，看到趴在床上流泪的女儿，劝说道：

"晓晓，妈妈有话对你说。"

见女儿还在哀怨、抽泣，不吭声，又说，"你还不了解你的爸爸吗？他可不是小题大做，他一直都是这样的公私分明，从不会因为你是他的女儿就没有了自己的原则。你爸爸这么做，是因为爱你、严格要求你，你认真想一想，是吗？再说，你什么时候见到你的爸爸不坚持原则？"

奚晓听着妈妈的劝告，似乎意识到了些什么。她在想，当造反派诬陷爸爸的时候，爸爸宁可挨打、挨骂也不会承认自己反党、反社会主义，因为那是爸爸的原则。的确，她不可能改变爸爸的原则立场。奚晓隐隐感到自己错怪爸爸了，她看到了爸爸见到她的那一刻充满父爱的眼神；也感到了爸爸不让她跟着吃饭那种坚定和断然的态度。妈妈没有说错，爸爸爱她，对她要求的标准已经不单纯是对女儿，而是对一位共产党员。

想到这里，奚晓心中的闷气一下子消去不少，可是依然不能对爸爸那种冷酷严词的态度释怀，于是便有些撒娇似的对师芩说：

"妈妈，我懂你们的原则了……但是，爸爸……态度不好，必须向我道歉！"

"是呀，态度不好，我们让爸爸道歉。"

师芩完全理解女儿的撒娇之态。母女正说着话，奚明也来到了奚晓宿舍。他见女儿撅着嘴还在生气，与妻子相互对视了一下坐了下来，说：

"晓晓，爸爸来啦。"

奚晓却既不看爸爸，也不搭话。师芩见状赶忙缓和着气氛，说：

"晓晓，你看，妈妈给你带什么来了？"

奚晓见妈妈从旅行袋里取出一条白底小碎花的纯棉秋裤，赶忙接过来喜欢的翻过来掉过去地看着，嘴里不停地说：

"妈妈，太漂亮了，我现在就换上，我的秋裤都是化纤的，一点都不舒服，而且还掉色。"

"穿上吧，妈妈按你的尺寸买的。"

奚晓立刻脱下化纤秋裤，换上了带着妈妈爱心的纯棉秋裤，上下左右看着。这时，师芩出于做母亲的本能，一眼发现了女儿双腿间的伤痕，忍不住问奚晓：

"晓晓，你腿上的伤是怎么弄的？"

"哦，是部队造田时，被磨的……没关系，已经好啦。"奚晓满不在乎地说着。

"怎么会磨成这样啊？"

听到女儿的解释以后，师芩的泪水立刻就流下来了。奚明坐在一旁也看到了女儿腿上的伤，却皱着眉头，一言不发。

沉默了一会儿，奚明见女儿还是撅着嘴，就笑着逗她说：

"哎呀呀，嘴撅得那么高，能拴小毛驴啦！"

奚晓听到爸爸这句话，知道这是爸爸在找话题哄她，无限委屈的心情又被勾起来，"哇"地一声趴在桌子上又哭了起来。

"你看你，腿伤得那么重都能挺过来了，现在就因为一顿饭这点小事，还哭鼻子呀？"

"爸爸，不是因为一顿饭，同你们一起进餐是部队允许的事情，我没有违反军纪，为什么不让我去？"

"你为什么要去呢？"

"为什么……为……为了吃好吃的……"奚晓没有想到爸爸会这样问，倔强的她和爸爸较劲，就是不愿意说"想多待在爸爸妈妈身边"这样缠绵的话，于是随口回答。

"啊哦，那好，等你回家的时候，爸爸给你做很多很多好吃的！"奚明呵呵呵地笑了，温热的大手摸摸女儿的头，哄着，心里感慨着，"不管女儿长到多大，在外面有多坚强，在父母身边却永远都是个孩子！"

奚晓最终还是被爸爸的温情感动了，止住了哭泣。

丈夫和女儿谈话的时候，师芩默默想着心事，忽然插话对奚明说：

"老奚，给晓晓换一个部队吧？"

见丈夫不吭气，就又问奚晓：

"给你换一个地方当兵，好不好？"

"不行。"奚明忽然接道，态度坚决，连让奚晓说话的机会都没给。"腿上有点伤就换地方？那艰苦的地方谁愿意留？晓晓，部队培养你入党、提干，不能当逃兵，对吗？"

"可是，这里整日种地、站岗，既然他们部队有学习技术的去处，我们让女儿学技术，这也是革命工作呀。"

"晓晓，种地、站岗与学习技术都是组织的安排，如果有机会，爸爸当然要支持你学习技术，但是这样的机会完全是靠自己把握的，不是爸爸妈妈给你的。"

"我懂，爸爸妈妈，你们放心，我哪儿都不去，绝不当逃兵！"

傍晚时分，再长的思念也留不住时间，爸爸妈妈走了，短短几个小时的相聚令奚晓恍如梦中。

亲情对于奚晓来说，是黑夜中的北斗星，当她追逐目标时，容易忽视它的存在；直到有一天不辨方向、迷失了路，微微抬头，那北斗星便会指引她迈出坚定的脚步。亲情还是一道港湾，当生命之舟缓缓驶入，这里没有狂风大浪，让她可以在此修补创伤，再次扬帆。

军队不是铁板一块

何珍珍出身军人家庭，父亲担任着军区领导职务，备受父母的呵护和周围人的仰慕。与奚晓不同，她自幼没有受过一丝一毫的苦难和委屈，她漂亮、直率、敏感、任性，而且虚荣心很强。

奚晓入党、提干以后，紧接着，路华、张小芳等一批同时参军的战友们也都陆续入了党。虽然何珍珍也向组织递交了入党申请书，但至今没能如她所愿，很多人发现何珍珍变得有些沉默寡言，会常常一个人发呆。

"需要找何珍珍聊聊。"奚晓对负责女兵工作的副教导员包德宽提议。

"可以，你去找她。"

"包副教导员，我是找她几次了，可是珍珍不愿意和我多谈。"奚晓有些为难。

"好，有时间我找她谈谈。"

一天天的紧张工作、训练和劳动，何珍珍感到自己的每一根神经都要崩溃了，光是艰苦的生活、工作环境就已经令她难以忍受了，而如今更加让她不能释怀的是，她感到身边一个个同来的战友都在慢慢地疏远她，不知道是因为她们都入了党、提了干而让自己的心理产生了距离感，还是大家看不起她而有意回避？她有些后悔自己过于骄傲、张扬的态度。

何珍珍的漂亮和家庭的背景一直是队里所有人的焦点，几个男孩子也常常围着她转，这使何珍珍的虚荣心得到了很大的满足，内心有着极大的优越感。但是随着时间的推移，小战士们逐渐长大，思想不断趋于成熟，何珍珍发现仅凭家庭背景和漂亮脸蛋儿已经不足以赢得人们的注意。大家的目光投向了新的目标，那是类似奚晓一样默默无闻，甚至在何珍珍看来有些傻里傻气的战士们身上！过去习惯被爱的感觉已经消失，她感到了一种被抛弃的恐惧。

就在此时，包德宽出现在了何珍珍的人生之中。

包德宽是个蒙古族的干部，也就是有着这样一个出身，他得以留在军队。他身材魁梧匀称，四方大脸总是红扑扑的，一双细细的眼睛总是眯着看人，特别是看女兵的时候目光更加犀利，好像是一种"审美"的目光。虽然他负责全队女兵的事务，但是很多女兵并不喜欢他。

一天，路华对奚晓说：

"奚晓，包副教导员的家属来队了，是个美人儿呢。"

"真的呀！"奚晓说。

果然，第二天一早，奚晓在教导员荆延州的办公室就见到了包德宽的妻子，一身黑色衣裤，身子还是显得有些发福，白胖胖的脸上长着一双美丽的大眼睛，高高的鼻梁下面是红红的嘴唇。奚晓看见这个女人马上就判断出是包德宽的妻子，因为队里只要有外人来，不出半天就都会知道。她瞥了一眼女人，只见这张美丽的脸庞满是泪水。

"奚晓，有什么事？"荆延州问。

"您要的团支部的工作总结已经写好了。"奚晓递过总结，满心疑惑地走出教导员的办公室，"美人儿刚来队，怎么就那么伤心呢？"

下午，关于"包副教导员打老婆"的传言已经满天飞了。

"咋回事儿？"奚晓想起美人儿满是泪水的脸。

"包德宽太不像话了，他竟然打自己的老婆，而且是揪着头发在地上拖！"张小芳愤愤不平地斥责。

"怎么可能？"奚晓大吃一惊，摇着头。

"哎呀，奚晓，我们很多人都看到啦！"肖力也证实。

奚晓看到老班长皱着眉，一言不发。

"不像话……"奚晓嘟囔一句，包德宽原本和蔼可亲的形象立刻在她心里大打折扣。

其实，包德宽的内心，非常失落。

包德宽出身于一个牧民家庭，母亲早亡，父亲用羊奶把他养大。20世纪60年代初国家"自然灾害"时期，家里生活维持不下去了，已经18岁的包德宽便报名参了军。部队虽然艰苦，但是包德宽却感到比他的家乡不知要好多少倍！他肯吃苦、有毅力，又识文断字、能说会道，很快成了连队的骨干，入党、提干，顺风顺水。

包德宽的成绩，特别是少数民族干部在部队凤毛麟角，他成为部队重点培养和提拔的人才，然而在得知上级领导对他的欣赏和培养后，本来就没见过大世面的包德宽个性开始迅速膨胀，开始随意顶撞职位不高的基层领导和平级军官。他其实不懂，尽管那些职位不高的基层领导和平级军官并没有掌握他升迁的"生杀大权"，却有着"人言可畏"的潜在危机，于是包德宽的政治生命走到了终点，如果他不是少数民族干部，大概早已经"解甲归田"了。

继续提拔已经不太可能，包德宽到了结婚的年龄，他于是娶了家乡所在的县城里一个做小学教师的姑娘，虽然妻子面容很美，可包德宽并不满意，总觉得她土里土气。

女兵的世界给包德宽寂寞的心打开了一扇门，那些城里姑娘，特别是家庭背景显赫的姑娘的一举一动、一颦一笑，与他过去所见、所接触过的村姑们相比，竟然那么的不同和令他心动。

何珍珍早就进入了包德宽的视线，不仅由于她漂亮的面容、直率的性格，更重要的是她显赫的家庭背景。每当何珍珍向他请假回家，他都会毫不犹豫地满口答应，还会说上一句"路上小心"或"代我问候你的爸爸妈妈"；他会有意识地照顾何珍珍，让她不必去干艰苦、劳累的工作；会在何珍珍与战士们发生矛盾时有意祖护她……

如果说包德宽刚开始在何珍珍身上动心思是出于讨好她以达到在军区首长处得到提拔和关注，那么后来的想法就变了，因为他很快就发现何珍珍思想简单而又爱慕虚荣，眼下看着周围一同参军的战友纷纷入党、提干，这个女孩子的情绪波动很大，特别是当他几次找何珍珍谈话后，更加清晰地感受到这姑娘的魅力：坐在何珍珍身边闻到她身上散发出幽幽的清香简直就让他晕眩……

包德宽越来越频繁地找何珍珍单独谈话，许诺何珍珍入党的要求，似乎很有耐心地告诉她该如何去做才能尽快实现自己的愿望：

"何珍珍，你今后要少说话，多做事。"

"嗯。"

"你要多接近奚晓，因为她现在负责女兵工作，在党支部讲话有分量。"

"嗯。"

"还要答应我……"

"什么？"

包德宽色迷迷的眼睛盯着何珍珍，她立刻明白了包德宽想要她答应的是什么了。何珍珍的悲剧就在于急于入党；还在于她情窦初开、对情感的无知。过去她曾经苦恋着大院一起参军来的方仲歌，但是方仲歌除了和她打打招呼外最多是聊聊天，却从来没有用包德宽这样的目光看她、欣赏她，是包德宽给了她得到"爱慕"的满足。

二人就这样开始秘密约会。何珍珍的虚荣心害了她。

何珍珍发现，自从有意识地接近奚晓以后，她觉得奚晓并不是她过去所了解的样子：不爱讲话，就知道傻里傻气埋头干活。

包德宽为了让何珍珍有更多的机会接近奚晓，有意安排何珍珍与奚晓组成"一帮一，一对红"，一起去燕京执行任务——将一份思想工作总结交到大队政治处。临行前的头一天，他嘱咐何珍珍"一定要向奚晓提出自己入党的要求，要让她同意，并帮助你"。

第二天一清早，两个年轻的姑娘上路了。一路上两人欢声笑语，深深呼吸着满山满谷带霜的新鲜空气，感到精神抖擞。奚晓向一个高坡跑了几步，笑着、叫着：

"珍珍，你快来看！"

"你跑那么快干嘛，看什么呀？"

"看日出！我站在这地方十几次看见太阳升起，感到每一次在面前出现的都是一个新的世界，充满神奇的日出！"

奚晓的脸被日出的霞光染红，她向前伸开双臂闭上了眼睛，做了个深呼吸状。何珍珍也跑上山坡学着奚晓的样子。两个女孩子美丽的剪影烙印在大山里。

完成任务后，二人在公共汽车站等候，准备乘汽车返回部队。汽车站人很多，一辆车来了，周围的人们一哄而上，奚晓和何珍珍被远远挤在车门外。这时只听身后一声叫骂，所有人都回过头看，她们还没反应过来，只见两个男人抱在一起扭打且嘴里不干不净地骂着。汽车开走了，奚晓从两个男人的叫骂声中知道是因为挤公共汽车而引起，随着周围看热闹的人越围越多，两个厮打的人谁也不肯停下手。危险的事情发生了，这时其中一人挣脱出来顺手从地上拾起一块砖举起向另一个人冲过去，围观的人全都目瞪口呆！危险之际只见一个女兵冲出人群，从举着砖头的男人身后死死抱住，人群见状都嚷嚷起来：

"解放军，小心！"

"哎呀，你们看在小女兵的面子上就别打了。"

"这女孩子可真够愣的，不怕被砖头打着吗？"

这女兵是奚晓，她死死抱住男人的腰，男人回头看见一个清秀文雅的女兵抱着自己便也不禁吃了一惊，举着砖头的手不由自主地就停在半空。奚晓见状赶紧腾出另一只手压住男人的胳膊向下，嘴里不停地劝道：

"大哥，消消气，快消消气……"

另一个男人借机逃走了，拿砖头的男人也扔掉了手里的砖头，一场无谓的流血事件被奚晓平息了，围观的人群称赞着：

"看看人家姑娘，多勇敢。"

"不愧是解放军！"

何珍珍从一开始就全蒙了，她的心狂跳着呆呆站在原地不知所措，事后醒悟过来才气急败坏地对奚晓说：

"你这是干嘛呀？不要命啦！"

"别生气，珍珍，我怕他们打坏了……"

"难道就不怕打坏了你吗？"

奚晓不吭气了，但是当时确实没有想到自己会受伤，事后她也有些后怕。

那天回营地的路上，两个姑娘说了很多很多的话，奚晓第一次讲述了她在参军前探视父母、打架、到棉纺厂做工的经历，一会儿悲伤，一会儿笑。何珍珍没有想到身边这个文静的女孩子、这个天天吃住在一起的奚晓竟然有着这样不堪回首的经历，不由感慨着：

"奚晓，真没有看出来，你受过那么多苦！怎么挺过来的呀？"

"其实，那时年纪小，倒不知道什么苦，更多的是无助、害怕。"

"我参军前，从来就不知道什么是无助、害怕。"

"是啊，我们处境不同，其实，比无助、害怕更可怕的是孤独、寂寞和失落。"

"哦？"

"不过，参军后就没有这些害怕的东西啦，这么多战友，真好。"

"可是，奚晓，我怎么和你相反，现在我的心里空洞洞的，感觉到好像全世界都抛弃了我，孤独、寂寞、失落将我压得喘不过气来，我好想逃，逃到另一个世界去。"

"珍珍，你是不是太悲观了？"

"奚晓，咱们一起到的部队，你们进步那么快，入党的入党，提干的提干，剩下我成了落后分子。"

"珍珍，你的进步也很大呀，千万别泄气。"

"奚晓，今天一天，我了解你很多，希望你把我当朋友，帮助我，我想入党……"

"好，一言为定，你要加油！"

从那天和奚晓执行任务以后，何珍珍果然有了很大的变化，她没有了漫不经心的工作态度，变得积极起来；和大家在一起的时候一改过去的紧张关系，讲话不再那么刻薄不让人，也开始虚心听不同意见。总之，进步了。

在队党支部讨论新党员名单的时候，奚晓和包德宽为解决何珍珍的入党问题据理力争，特别是奚晓作为团支部副书记，她的意见举足轻重，终于说服党支部的所有委员。后来又经过了支部大会全体党员的表决，何珍珍终于入了党。

一晃，何珍珍入党已经三个多月了，她的心里藏着一个不能告人的秘密：她不清楚对包德宽的感情是出于在自己入党问题上他所进行努力的感激，还是对这位体贴、善解人意的男人产生了爱情，总之，何珍珍对包德宽的依赖和情感越来越难以割舍了。

包德宽多次对何珍珍表示："我一定会离婚，永远在你身边。"这的确也是他的真心话。然而，他知道自己在走钢丝，何珍珍的父亲一句话就能将他清除出军队，死无葬身之地！他自己也根本不相信何珍珍的父亲会同意将女儿嫁给他这样一个微不足道且又离过婚的下级小军官；所以他必须给自己留条后路，不能轻易离婚。现在能做的，也只有死死抓住何珍珍不放，才可能给自己争取更多的筹码，去争取一线的生机。

而何珍珍常常与包德宽私会，已经陷进不可自拔的境地。她相信包德宽是真心爱她的，甚至单纯地幻想着：等到包德宽离了婚，"我让爸爸把你调到领导机关去"，她多次对包德宽自信地承诺。

哥们儿方仲歌

时光荏苒，奚晓在部队已经度过了四个春秋。她入党、提干，每一天都有新的收获和进步，她告诫自己：永远都不会放弃自己的努力，要在解放军的大熔炉里淬火、锤炼，让自己更加坚强，追求自己不悔的理想，不认输，不止步。

荆延州拿着一份大队发来的通知，来到马千海的办公室。
"老马，你看看，让谁去好？"
"是什么？"
"选拔我们队优秀青年干部的培养对象，到大队参加团以上干部的'马列主义理论'学习班。"
"哦，好事儿呀。"

"可是，谁去？我们是派严志强，还是奚晓？"

"奚晓吧。"

"这是咱们队唯一的一个名额。"

"奚晓是队唯一的女干部，与严志强相比，还显得稚嫩些，加强一下思想理论方面的学习，会成熟得更快，严志强还有机会。"

奚晓没有想到，这难得的学习机会竟会落在自己头上，她多年的夙愿就是有机会去读书，爸爸在牛棚读书的情景常常出现在脑海，爸爸的声音也常常在耳边响起："读书是养心。知识上的富有可以得到心灵上的满足，读书可以不断认识自己的无知，是获得智慧的方法。以后，你有时间也要多读书，接受新知识……"

看着站在那里发愣的奚晓，马千海笑了，说：

"奚晓，这次送你去学习，不管是对你现在的工作，还是以后的进步，影响都将是很大的。理论学习的重要性不用我多说你也知道，只有认真阅读了马列主义原著以后，才会深切地理解马克思主义理论，才能充分吸收这一思想理论宝库的养分。"

"队长，放心吧，我一定好好读书学习，绝不辜负队领导对我的信任。"

就这样，奚晓被选派到华海军区，参加团以上干部的"马列主义理论"学习班。对于奚晓来说，这是一个标志着她命运重大转折的新起点。

奚晓每一次从山沟到燕京，看着那林立的高楼大厦、宽阔笔直的马路、人流涌动的商场，都觉得自己是"土包子进城，不知该迈哪条腿"；虽然想停下脚步好好看看大都市的景色，却知道时不我待，要赶紧去军区报到。当她满头大汗地赶到目的地时，已是下午。

"怎么这么晚才来报到？人都到齐了，还以为你们队放弃了呢。”负责报到的人说。

“我们驻地在山区，通讯不方便，接到通知就马上来了。”奚晓答道。

“二楼左手第五间房，这是钥匙，拿好。”那人看着奚晓衣服上还粘着土，点点头。

“谢谢。”

让奚晓意外的是，竟然一个人住一个房间！自从离开家她就再也没有享受过独自一人的空间了，“太奢侈啦！”奚晓高兴地扔下手里的所有东西一下子倒到床上舒展身体，躺下仰看着雪白的天花板，“啊，多好呀！”能够在这样舒适的环境读书、学习，是她做梦都不敢想的事，可是自己的文化水平太低，文化大革命之前在学校里学的知识能应付这里的理论学习吗？她心里开始有些不安起来。是啊，这里是“马列主义理论”的学习班，那些理论知识自己能不能读懂？读不懂怎么办？无功而返吗？不，不行！她想起自己对队长的承诺，绝不能退缩，不管怎么说既然来了就只能前进，“开弓没有回头箭”，奚晓一骨碌从床上蹦起来，握紧双拳晃了几下，自言自语说：

“奚晓，可不能泄气，冲呀！”

第一天上午的课程刚刚结束，奚晓到食堂吃饭时忽听有人叫她的名字：

“奚晓，是你吗？”

“你……”奚晓侧头看，就愣住了。

“不认识啦？我是方仲歌呀。”

“哦，‘才子’方仲歌！真没有想到在这儿遇见你。”奚晓意外惊喜，呼喊起来。

“呵呵呵，”方仲歌被奚晓的样子感染着也笑了，神秘地说，“是不是有种'他乡遇故知'的感觉？"

"嗯，是呀。你们队让你来参加学习？"

"对啊，要不然我怎么会在这里呢？自从我调到业务3队便经常在外面执行任务，一晃，我们快三年没见过面了吧？"

"哎呀，要感谢我们队让我来学习，你知道我的文化水平比你差得很远呢，你要好好帮助我呀。"奚晓的眼睛里闪着真诚。

"我说奚晓，你怎么总是一副'好孩子'的形象啊？一点儿也没有变，还是在山沟的样子，你要改变自己才好。"方仲歌摇着头说。

"怎么变？"

"一是外在形象，二是思想内涵。"

"听不懂……"

"第一，这儿不是在你的山沟，没看见这里的女兵有几个像你一样总是穿军装的？休息时去友谊商店买几件合身的衣服，女孩子嘛。"方仲歌自认为和奚晓是老朋友，便热情地提议。

"买便衣吗？我觉得还是算了，我是来学习的，又不是和人家比穿衣服的。"

"好吧，先不说穿衣服。我要说的第二，是提高思想内涵，不要总是认为自己不如别人，那不是谦虚，是缺乏自信心。我告诉你奚晓，来这里参加学习班的人才济济，都在暗中较劲，但是最后能不能取得好成绩，不是靠谦虚，而是看有没有自信和坚持。我告诉你，只要拥有坚定的自信心，一定能学好。"

"嗯，你说的有道理。"

"所以，你改变外在的形象，比如穿穿漂亮衣服，也是提高自信心的一个要素。"

听方仲歌的话题又回到了买衣服，奚晓撇撇嘴，笑着摇摇头。

紧张的学习生活开始了，这是奚晓第一次系统地学习马克思列宁主义理论，开始读这些博大精深的理论时的确让奚晓吃不消。每一次讲课，尽管她作了大量的笔记，但是书中那些晦涩、生疏的词语，深奥、新奇的论述，她依然不能一次听懂读懂，她开始体会到方仲歌讲的"自信心"的重要。于是别人读一遍，她读两遍、三遍……直到彻底理解和明白。因此，挑灯夜战是常有的事情。

知识，为奚晓打开了一个新的世界。

在学习班第一阶段"马列基本理论"的学习结束时，按照学习班的要求，奚晓写出了题为《浅谈对马克思理论和哲学体系的三个来源》的学习心得，其中对德国古典哲学的代表黑格尔的辩证法、费尔巴哈的唯物主义，对英国古典政治经济学的英国的亚当·斯密、大卫·李嘉图奠定的劳动价值论，对空想社会主义的主要代表法国的圣西门和傅立叶、英国的欧文等理论逐一剖析、论述，得到了学习班领导和讲师们的好评。

学习班第二阶段以"马克思主义理论、毛泽东思想与中国共产党"为主要内容。

奚晓作为一名共产党员，在此期间系统地学习中共党史，熟悉了解党在各个历史时期所经历的挫折、取得的经验教训，收获颇丰。

奚晓觉得在学习班不仅系统地学习了马列理论；同时深刻了解了共产党人在中国当代史中的贡献；还间接地学习了社会史、文化史，拓宽了自己的视野，提高了理论水平。

一年的紧张学习就要结束了，方仲歌对奚晓说：

"这次学习，听你的学习发言就知道你进步很大，我问你，是不是有种脱胎换骨的感受？"

"嗯，我觉得脑袋一下子开窍了，世界之大，知识之广博，要学的东西实在太多。"

"这么说，你对自己的学习现状还满意？"

"还算满意吧，反正和过去不同了，人都在变，你说对吧？"

"人都在变，说得好，我一直就认为人要想提高自己，读书和学习是唯一的途径。奚晓，你在学习班读的书还少，如果有兴趣我建议你多读些名著，包括中国的和外国的。"

"哦？我读过中国的四大名著，家里有那些书，但是有些读不懂，比如《红楼梦》，我比较爱读《西游记》，呵呵呵。"

"哦，读些国外的《战争与和平》《牛虻》《安娜·卡列尼娜》《基督山伯爵》《呼啸山庄》……总之，很多。"

"可是，到哪里找到这些书？"

"我的朋友那里有，我可以帮你找呀！"

"好呀，谢谢你方仲歌，我又要说在读书上比你差得很远呢，要好好帮助我呀！"

"奚晓，现在你超过我了，我认为你会变得越来越完美……"方仲歌欲言又止，其实他自己也说不清楚为什么会在奚晓面前有说不完的话。

"不，你提到的完美其实是根本不存在的，整个人生，还包括世界、宇宙，都谈不上完美。所以人才会需要不断思考、奋斗、追求进步。"

"嗯，有些哲学味道，那么奚晓我问你，你今后有什么追求吗？"

"我们这一辈子的追求是什么？你能告诉我吗？如果我说，有史以来多少共产党人都在追求建立新中国，那之后还要继续追求吗？或者是追求'共产主义'？而我总觉得这些个目标太高、太遥不可及了。我说不清自己究竟要追求什么，但是我知道因为人类是有理想和目标的，因此追求肯定是永无止境的，对吗？可是现在咱们脱离现实奢谈追求什么的，没有太多的实际意义。"奚晓摇摇头。

"那么，你什么也不做？"

"不，只需要做此时此刻应该做的。"

一贯自信、能言善辩的方仲歌被奚晓的话说得无语、愣神儿了，"这小毛丫头几日不见，须刮目相看了。"他心里想。

奚晓和方仲歌在军区"马列主义理论"学习班毕业后，全都留在了机关，在大队政治理论学习辅导小组担任理论辅导员工作，具体职责范围是负责全大队干部战士的马列主义基本理论学习，结合大队实际情况制订计划、编写教材，讲授基本课程等。

方仲歌果真给奚晓抱来一大堆古今中外的优秀作品，在那个"文化灾荒"时期，这些作品都属于"禁书"，奚晓如获至宝，下班就把自己关在屋子里。她穿越了时空，徜徉在故事的时代和情节之中，享受着她最为惬意平静的美好时光。

那是公元1976年1月，周恩来总理与世长辞。同年4月的清明节，北京天安门广场的一场政治风波搅乱了奚晓的平静。

清明节的傍晚，奚晓躺在床上翻着手中的书，忽然听到半导体收音机里传出播音员的声音，又是在批判所谓"中国当今的大儒"，已经一连几天了。军区有人私下议论着，"那个大儒就是周恩来总理"，奚晓困惑地想着，周总理尸骨未寒就要遭到批判吗？是真的吗？她感到心中很不舒服，伸手关上半导体收音机坐下来继续看书。

"嘭嘭嘭"，急促的敲门声响起，奚晓打开门，只见方仲歌神色紧张地问：

"奚晓，干什么哪？"

"看书……你怎么了？慌慌张张的。"

"别看书了！快去广场看看吧。"

"怎么啦？"

　　"你真是'不食人间烟火'！燕京民众和学生在广场集会悼念周总理，听一些到过广场的同志说，很多的悼词、诗歌、文章都指向了'中央文革小组'，或者说声讨矛头指向江青、张春桥、姚文元等人……"

　　二人穿着便衣来到了市中心的广场，那里的景象对于奚晓来说只能用"震撼"来形容了。雪白的花、花篮、花圈几乎覆盖了广场，一眼望去人山人海黑压压的一片，长长的街道上，自发赶来悼念周总理的人群排满了十里长街，它就像一条长龙，前边看不见头、后边看不见尾。

　　还有就是动人心魄的悼念文章和诗词，奚晓和方仲歌不约而同地拿出身上带的小本子，一会儿的工夫就记满了。

　　"方仲歌，这些诗词、文章写得太好了！"奚晓心里有说不出的感慨。

　　"可是，咱们回去却不能说，太遗憾了。"方仲歌摇摇头。

　　"我觉得人民群众的心声不会被忽视的，历史一定会记住这一天，你相信吗？"奚晓望着眼前的一切，久久沉思着……

　　这就是历史上那次的著名"政治风波"。

　　接着中国发生了天翻地覆的变化，一个接一个的事件让国人目不暇接：周恩来和朱德去世后，毛泽东去世；同年10月6日，华国锋、叶剑英、李先念、汪东兴等发动"怀仁堂事变"，兵不血刃，"四人帮"倒台……至此，文化大革命宣告彻底结束，预示着中国一个新的历史时期的到来。

　　然而，文化大革命摧毁了正念，也使人们不同程度地丧失了对共产主义的信念。这种"过去"被摧毁，"未来"又被丢失的中国，处在了一个巨大的转折时期。在青年一代之中，玩世不恭和逃避现实之风流行，那些对过去发生的一切既不忘记也不宽恕的"文革"

幸存者，已把中国从一个世界上最具理想主义的国家变成了一个最为现实主义的国家。

也是在这样的历史背景下，奚晓接到命令：她被任命为教导员，正营级，即刻赴任。于是奚晓打好行囊，回到了在山沟里她的老部队。

又见狼牙山

又见狼牙山。

奚晓背着行囊停下了脚步，她抬头望了一眼通向山中军营的那条弯弯曲曲的土路，路两边是一株株她在队里时同战友们种下的松柏树，它们摇曳着身子好像在向她问候。"你们已经长高了。"奚晓自言自语说着，掏出毛巾擦了擦脸上淌下来的汗水，便在路边的一块大石头上面坐了下来，然后取下背着的军用水壶咕嘟咕嘟喝了几口，想着："啊！奚晓，你回来了！真是世事难料哦。"

四年前，奚晓跟着大部队离开燕京走进山沟也是踏着这条路，那时她还是个乳臭未干的"娃娃兵"；四年后，她再次离开燕京踏着同一条路进山，所不同的是她现在已受命担任了这个营地的基层领导——技术队教导员了。

身份不同了，责任感也就不同了。说实话，奚晓心里很是不安，尽管她经历过了军旅生活的磨炼，通过一段时间的学习，有了较为坚实的政治理论水平，也具备了一定的管理工作经验，可是毕竟自己22岁的年龄太年轻，教导员的工作又是那么重要和烦琐，自己能不能胜任？能不能担起组织上交给的"担子"？特别是"四人帮"的垮台，部队的政治教育方向有了非常大的变化，战士们的思想受到社会变革的巨大冲击异常活跃，如何开展做好政治思想工作，她心里还是没底。

"奚教导员，没想到这么快就来啦？"队长郑振山迎着奚晓伸出手握着，高兴地说，"昨天刚刚接到大队通知，觉得还要过几天才到。"

奚晓看着眼前这位三十多岁比自己早到半年的队长，对自己很和蔼地笑着，也受到感染，说：

"你好！军令如山呀，再说，这是我的老部队，轻车熟路，说来就来呗！"

"好好好，"郑振山一面伸手接奚晓的行李，一面喊道，"通讯员，通知炊事班，加个炒鸡蛋，给奚教导员接风！"

不一会儿，副教导员包德宽，老班长严志强，战友路华、张小芳、何珍珍、肖力等都来了，队部里立刻传出一片欢声笑语，奚晓说：

"你们都好呀！"

一群人围着奚晓问候着：

"奚晓，你这是衣锦还乡啊！"包德宽笑着说。

"太好了，奚晓，咱们以后又能在一起了。"张小芳和路华搂着奚晓的肩膀叫着。

"你们还叫奚晓？该尊称'奚教导员'啦！"肖力打趣着。

"对，'奚教导员！'"张小芳笑着，"哎，说说你这两年怎么样？在政治处干什么？"

"你们别缠着她了，话留着以后说，让教导员先休息吧。"队长郑振山劝阻道。

"老班长，"奚晓见严志强在一旁只是笑，一直没有讲话，就问，"你好吗？"

"奚晓，你不知道吧？老班长的调令下来了，要到大队政治处去了！"

"是吗？我刚来你就要走了，还想着让老班长多指导我哪。"

奚晓真诚地说，"可是还要祝贺你！"

基层教导员的工作很具体，干部战士的政治学习、思想教育、团支部活动、业余文化安排以及女兵的管理要面面俱到，奚晓是个有责任心的人，经过几天认真的思考，她对自己的工作职责做了详细的计划。她认为部队大部分都是年轻人，就如毛泽东所说，青年好比早晨八九点钟的太阳，潜在的能量是无限巨大的，其中蕴藏着敏锐的社会批判力和惊人的创造力。

奚晓向队长郑振山表述她的工作意见时，说：

"战士们的身上有积极向上的力量和潜能，如果正确引导开发，可以使他们产生进步的巨大动力，在新的历史时期加强和改进思想政治工作，既是社会进步、时代发展的迫切需要，也是我们军队的艰巨任务。"

"唔。"郑振山点点头表示同意。

奚晓接着说：

"战士们的成长过程离不开现实的一切社会关系，因而我们在加强思想政治教育过程中，必须注重外部社会的形势变化，帮助他们增强适应能力和认识能力，增强军人保卫祖国的社会责任感。"

"说说你的意见，想怎么做呢？"

"从提高干部战士的整体素质入手，我想起在军区理论学习班的时候，教官经常会问学员们理论与实际工作的关系，就是说在处理问题的时候，理论应该怎么联系实际？当时学员们虽然对'理论联系实际'听起来不陌生，但是谁都说不清。"

"教官怎么说？"

"教官只用一句话就说明白了，就是从'是什么？''为什么？'到'怎么办？'来进行思想理论的分析，从而找到解决的方法。"

奚晓感叹，"我们队的政治学习和思想教育不能只是停留在读报纸、念文件上，要从干部战士遇到的具体问题出发，有针对性地去解决各类不同的实际问题。"

"有道理，你在'马列主义学习班'没有白学那么多理论啊，奚晓，你也制订了一些具体的计划吧？"

"队长，我做教导员没有一点经验，又年轻，请你今后多指导和帮助我。"奚晓把自己精心写好的《关于思想政治工作的计划》交给郑振山，"请提宝贵意见。"

奚晓开始履行教导员的职责。在抓部队的思想建设和政治学习中，注意结合干部战士中存在的具体思想问题，从"是什么"入手，引导大家分析问题与问题之间的关系；对自身存在的每个问题进行"为什么"的思考，学会判断是与非的能力，让思想教育不脱离实际；然后找出"怎么办"的方法，在学习过程中不是停留在读书、念报纸的层面上，而是结合自己的实际情况。

与此同时，结合队的实际工作任务，在各个班组开展"技能比武""岗位练兵"，再把所学知识应用到实际工作当中，干部战士们的思想、技术水平快速提高起来；队里的新战士多，奚晓组织党团员开展了"一帮一，一对红"活动，特别要求党支部、团支部起好模范带头作用，要求每一个共产党员和共青团员必须坚持"思想工作落实到每一个士兵"的原则，始终把军队"为人民服务"的目标作为出发点和落脚点，让年轻的战士感受到组织的关心、爱护和帮助。

山沟里，文化生活贫乏，奚晓支持团支部组织丰富多彩的业余活动以丰富生活、陶冶情操，让团员青年通过各种各样的活动，树立正确的人生观和价值观。

这个队除了奚晓认识的少数老同志外，大部分是新兵，而且都是年轻的战士，年纪轻轻的奚晓本来在很多人的眼中就是个"孩子"，现在回到她熟悉的部队，开始组织党员、团员、青年战士们做她曾经做过的很多事情：上山"捉蝎子、摘酸枣"，为救灾筹款；增加种菜品种和养猪、鸡鸭的数量，改善生活；继续造田既锻炼了战士的意志，又为今后多积累可使用的土地面积。

功夫不负有心人，奚晓很快就和新老干部战士们打成一片，得到了官兵们的尊敬和喜爱，在官兵眼里，她不仅是教导员，也是朋友。

俗话说，铁打的营盘，流水的兵。

这天，奚晓接到何珍珍的调令，在意料之中却又感到有些意外；这是因为在比较艰苦的基层部队，类似何珍珍一样家庭背景好的战士不是被调到城里物质条件好的部队，就是被保送成为"工农兵学员"进学校去读书。何珍珍在基层连队已经快五年了，算是"奇迹"了，然而奚晓依然觉得有些蹊跷，因为她知道何珍珍与包德宽的特殊关系是她迟迟没有离开山沟的原因之一。她找到了何珍珍，递过去调令问：

"珍珍，为什么突然就要走？"

"奚晓，有些事你不知道，"何珍珍哭起来，"我和家里闹翻了。"

"怎么啦？"

"奚晓你别问了，我真羡慕你有个好爸爸，相信你，关心你。"何珍珍失神的眼睛望着天空，"我爸爸从来就不会关心我，他没有文化，除了会打仗什么都不懂！"

"珍珍，你说什么呀？是你爸爸要你走的？"

"是，他断送了我的爱情。"

"爱情吗？"

"咳，奚晓你不懂，等你恋爱了就知道了……"

　　事后，一头雾水的奚晓听路华和张小芳说，才知道是何珍珍与包德宽的事情被何珍珍的父亲知道了，结果父女大吵一架，何珍珍爸爸将女儿调离了。奚晓为何珍珍走了、她少了一个朋友很伤感，但同时又感到一丝安慰：珍珍总算没有出什么事。

　　然而包德宽就不同了，最终他还是出了问题。

　　这天奚晓到食堂吃饭，发现周围的人对着一个年轻白净的女兵沈樱指指点点，感到很是诧异，坐在身边的张小芳对她说：

　　"奚晓，有个事情不知该不该向你反映？"

　　"什么？"

　　"你没有发现包德宽最近有什么变化吗？"

　　"什么变化？"

　　"当然，你是教导员了，大家不愿意在你面前说三道四，可是咱们是一起来的，是朋友，我必须告诉你，劝劝沈樱那个女孩子。"

　　"到底是什么？"

　　"男女关系，你真的没听说？包德宽和沈樱谈恋爱哪！奇怪吧，一个有妇之夫，先是对何珍珍虚情假意，现在又盯着这女孩了，这不是在耍流氓吗？"

　　"你说的是真的？"

　　"千真万确！"

　　奚晓愣了，她怎么也不能相信这件事是真的。可是对于张小芳反映的情况，她又暗暗进行了一些调查了解，感到事情确实有些棘手。工作的责任心告诉她，这件事她应该向队长通报才对，于是考虑一番后她对郑振山说出了自己的想法：

　　"我觉得包德宽毕竟曾经是我的老领导，又是队领导，首先应该找他确认，不管有无此事，也应该给包副教导员敲敲警钟：不要犯错误。"

在得到队长的首肯后奚晓找到包德宽，单刀直入地问道：

"包副教导员，队里在传你和沈樱的事情，是真的吗？"

包德宽先是大吃一惊，但接着马上镇定下来，语调不高但愤怒地说道：

"这是谁在嚼舌根子！没有的事，奚晓，你相信吗？告诉你，说这样的话要有证据！你是教导员，可不能偏听偏信，告到大队我也不怕……"

"包副教导员，你是我的老领导，我很尊敬你，现在我也不是以教导员的身份和你谈话的，不过是听到队里有同志们议论，给你提个醒儿。"

"哼，什么议论？完全无中生有！"包德宽仍对奚晓大喊。

"没有就好。"奚晓被包德宽的辩解完全弄蒙了，她没有料到会是这种结果，怪自己没有领导经验——这样处理事情是不是太简单了？来找包德宽是不是个错误？她转身出去了，边走边想，思考着解决这类问题还有哪些有效的方法。

"我刚才去问包副教导员了。"奚晓看郑振山疑惑地看着她，有些沮丧，"关于他与沈樱的事，没想到包副教导员冲我发火了。"

郑振山想了想，答道：

"是啊，没有真凭实据……不过你做了该做的，先放放再说吧。"

"我完全是为了他好。"

"可你以为包副教导员会领情吗？"郑振山黑着脸想了想说，"不过，你倒是应该和沈樱谈谈，给她提个醒儿。"

奚晓觉得队长说的有道理，应该去听听女孩子怎么说，再有针对性地去做工作。作为教导员，她必须随时掌握每一个干部战士的思想动态，让他们保持高度的积极性和努力工作的态度，杜绝和预防不良行为的发生，完成好大队交给的各项任务。

　　于是，奚晓找到沈樱。那名女战士低着头只流泪，却一言不发。奚晓很是无奈，她没有恋爱过，怎么也想象不出"爱情"竟有如此大的力量，可以让人在其中迷失，她苦口婆心地说：

　　"事情在队里闹得满城风雨，影响多不好？包副教导员有爱人，这你是知道的，千万别糊涂，这样会害了自己的。"

　　"教导员，你说我该怎么办……"

　　"女孩子应该自尊自爱，你自尊才会得到别人的尊重！你从一个工人家庭出来，参了军，知道这有多么不容易？要懂得珍惜。别忘了，你是父母的骄傲和全部希望，千万不能走错，一步错，步步错啊！"

　　奚晓说这些话时想起了自己的爸爸妈妈，句句出自真心，这些话的确让沈樱感动。她向奚晓保证，绝不再迷失自己，将把全部的思想和精力投入到战备工作中去。

　　事情就这样不了了之了，但树欲静而风不止。

　　不知不觉地，奚晓在山沟又度过了四个春秋。

　　置身在教导员的职责里，奚晓早已远离了当战士时候的那些单纯和闲情逸致，每天忙碌在繁杂的工作中，发觉时间全部被琐事占用了、时时刻刻精神紧张。她好想放下所有的一切，彻底地放飞一下自己的心情，到深山野林再次爬上高山之巅，感受那壮观的日出……

　　在青年战士们中间，处处可见奚晓的身影，队里很多年长一些的老兵觉得她似乎不是教导员，倒像是个"孩子王"。

　　营队驻扎在远离大城市的深山，这里就是一个小"世界"。生活方面的吃喝拉撒，事无巨细，不仅如此，还要完成繁重的军事任务、思想教育工作，确保每个干部战士的人身安全、不出重大事故……奚晓每天被一大堆的事务缠身，焦头烂额，完全失去了自我。幸好身边有一位善解人意、全力支持她工作的队长郑振山，奚晓心中将他当作一位可敬的"兄长"，累了、难了、有问题了，郑振山总会及时出现；而奚晓对队长的任何安排也是不折不扣地给予配合落实。

"一老一少"两个搭档，心往一处想，劲往一处使，队里工作搞得有声有色，连续三年被大队、军区司令部评为"先进基层单位"。

政治处冰火两重天

机遇往往是在不经意时到来的。有人认为实现自我的"机遇"是命运带来的，只需坐享其成便是；而对于另一些人来说，却可以把最平常的"机遇"转化成一次人生的转机。所以不能认为"机遇"是命运，命运之神没有这个力量，"机遇"是靠自己把握的。

奚晓就属于后者。

在大队所属的各队教导员当中，奚晓的工作成绩是出类拔萃的，还因为大队缺少女干部，因此"机遇"悄然到来了——奚晓被调到大队政治处协助政治处主任的工作。分配的工作范围十分琐碎：教育、宣传、组织、干部、计划生育、与地方联系，等等。

不久的一天，路华来到军区办事，于是她顺便来看奚晓。两个朋友见面分外高兴，路华一一回答奚晓的询问，不知不觉便到了中午，路华对奚晓说：

"奚晓，你得带我去吃好吃的，你知道咱们山沟里伙食吃的是啥，队里的同志们说，'只要到奚教导员那里，她一定会让你打牙祭的！'更不用说咱们是朋友啦！"

"那是当然，说吧，想吃什么？"

"红烧肉、木须肉、回锅肉、梅菜扣肉……"路华翻着眼皮还在往下数。

奚晓还没有听完就笑道：

"路华，你一餐饭吃那么多的肉，想把自己撑死啊？"

"撑死也值！"

二人大笑起来。吃完饭后，待奚晓送路华到车站，路华忽然说：

"看我这记性，奚晓，知道吗？包德宽出事了！"

"怎么了？"奚晓惊问。

"你走了以后，他乱搞男女关系的毛病又暴露出来了，有人发现在一次全队会餐时，包德宽在饭桌底下拽沈樱的手，还不时摸沈樱的大腿，你说多恶心！"

"啊？这也太过分了吧！我在队里的时候曾经为这方面的事找包德宽谈过，他坚决否认了……"

"还否认什么呀！包德宽偷偷带着沈樱一起到十公里外的农村乡镇卫生站去打胎，不仅队里已经满城风雨了，大队也派人去调查了，搞得现在东窗事发。"

"天啊，这不是害人吗，包德宽太缺德啦！真给咱解放军的名誉抹黑！"奚晓还是大吃一惊。

路华走了没两天，奚晓就听到包德宽被处理的消息。

对于包德宽的人品，奚晓是有所了解的。过去他千方百计接近何珍珍，可到最后也始终没有离婚，何珍珍的父亲很快将女儿调离了，包德宽算逃过一劫。可他现在仍不思悔改，把好端端的一个女孩子弄得做了人工流产！想到此，奚晓气愤得久久不能平静。大队党委经过研究请示，得到批准，对包德宽做出了严肃处理，不久，一纸命令将包德宽打发回了内蒙古。

这件事对奚晓的震动很大，她看到了人的两面性，世界上，事物一分为二的自然法则无处不在，凡事不能用简单的"好""坏"来判断。她曾经单纯地认为：人，只有"好人"和"坏人"之分，比如：苑动力那样的造反派，是"坏人"；而在解放军里，都是"好人"。可发生在"好人"包德宽与女兵何珍珍、沈樱之间的事让她忽然感到，自己曾经以为十分了解的这些战友竟成了陌生人！她醒悟了，必须重新认识自然法则下的人性，奚晓自此知道了人的两面性格与内心世界复杂的程度是无法估量的。最不确定的因素就是人！用"好人"和"坏人"区分人的类型，是多么幼稚！

如果说奚晓在基层连队生活的真实体验令她开始对社会、对人性有了一些初级阶段的思考和认知，那么到了政治处，特别是担任了政治处副主任以后，才是奚晓真正走向成熟的开始。

到政治处后，奚晓不仅遇到了最好的大队领导，得到了充分的信任和锻炼的机会；也有幸得到周围战友的善待，在她最困难时鼎力相助，令她刻骨铭心，终生难忘；她经历了很多人都没有经历过的磨炼，学会了坚强和忍耐；她付出了追求知识的不断努力和勤奋，增加了聪明才智；她置身于权力、欲望、名誉之间，学会了识别"是与非""善与恶"，懂得了坚持和宽容。

与此同时，奚晓也为自己的无知、幼稚，甚至是软弱，付出过代价；也对不能违背和抗拒的现实，帮助不了身处困境的战友而深深自责和心痛几十年……

大队政治处原来的主任名叫霍勇，是一个老政工，在野战部队工作时就一直从事政治工作，有十来年丰富的基层政治工作经验。

霍勇最骄人的成绩就是曾经在唐山大地震时率领部队第一个赶到灾区，几天几夜冒着生命危险、忍受着饥渴酷暑和死人的恶臭，奋发抢救被埋在废墟里的人。霍勇以身作则，以强有力的政治思想工作动员、鼓舞部队战士抗震救灾，发挥了大无畏的革命精神，出色地完成了救援任务。事后，鉴于霍勇在救灾中突出的表现，军党委给予他荣记三等功。甄建民觉得霍勇是个人才，准备将他选调机关，恰好发现技术大队政治处主任一职空缺，霍勇于是顺理成章地被提升为大队的政治处主任。

霍勇长期在连队从事政治思想工作，这是因为连队的兵源多是农村入伍、中等文化水平多，且是清一色的小伙子，管理起来相对简单。而技术大队不同，兵源当中很大一部分是来自城市和军队院校的毕业生，干部、战士都担负着一定的专业技术工作，甚至有的技术队干部多于战士；特别是野战部队的连队里没有女兵，而这里漂亮的女兵满目皆是。所有这一切，对霍勇既是一个新课题、新挑战，也是一次严峻的考验。

霍勇不愧是"老政工"，熟悉党的政策和军队的各项规定，做起干部战士的思想工作来轻车熟路、得心应手，加上能言善辩，聊天中你已经不知不觉被他说服。而且霍勇有一个特长，他特别会"看人"，即察言观色。上自领导，下至士兵，只需一句话、一个眼神，他便能判断出这个人的喜怒哀乐。这对于他尽快进入角色、熟悉手下的工作人员和工作带来很大的优势，在他的努力下，政治处的工作也渐渐有了新的起色。不久，霍勇又一跃成为大队的副政治委员，跻身于大队领导的行列。

人都是有私心的。无论是谁，身上总是存在这样或那样的不足，掌握权力的人也不例外，所以西方政治学假设人性原本是"恶"的，这一点在霍勇身上体现得尤为充分。

霍勇的精明能干总是能给人一种正人君子的印象；他说出话来有条有理，娓娓动听，很受大队主管领导的重视，被干部战士们佩服和尊敬；可是有一条需要注意：就是你不能得罪他，因为你的冒犯会使他铭记在心、将你当成"异己"而受到无情的报复。奚晓就是从霍勇身上第一次认识了官场，体会了官场上人与人之间没有硝烟的战争。

严志强调任大队政治处主任，被奚晓等许多官兵认为是意料之中、顺理成章的事情。老班长以自身良好的思想、道德修养、为人的品质赢得了所有人的一致好评。不言而喻，在人们的心里，都认为良好的人品比一百种能力都更具有价值。

奚晓是在老班长严志强任政治处主任半年后调到大队政治处协助工作的，她觉得跟着老班长干，心里踏实，非常高兴，在之后共同生活战斗的日子里也发生了许许多多的事情，证明老班长确是善解人意和雪中送炭的战友。在政治处，与奚晓工作接触最多的两个领导：一个是政治处的主任"老班长"严志强，另一个是主抓大队政治思想工作的副政委霍勇。

霍勇是"冰"，严志强是"火"，奚晓在这里饱尝了"冰火两重天"的滋味。

对奚晓来说，离开了山沟到了大城市机关的政治处，也不过是工作环境和工作职责的改变，她依然受军队的政治影响和组织纪律的约束，一如既往按部就班地执行上级交下来的各种命令和任务。

奚晓有过父母受冲击时自己受歧视的经历和感受，因此她知道做人要有分寸、要懂得收敛。她不敏感于"人情世故"，她的率真令她很快就与政治部的干部战士打成了一片，对严志强交给自己的工作一丝不苟地认真完成。霍勇也很欣赏奚晓，尤其喜欢她勤奋好学、做事心细、责任心强，当然还有就是听话。

大队党委对奚晓很是重视，因为她是大队建制以来第一个进入大队领导机关、担任机关部门领导的女干部。大队长、政委以培养新生代的眼光和大胆使用年轻人的魄力在工作实践中培养奚晓，信任、放手、压担子。于是奚晓不仅负责政治处日常的工作，还担任大队团委书记、大队党委委员以及机关党委书记的职责。在大队领导的培养、教育、提供锻炼机会的关怀之下，奚晓渐渐成熟起来。

纪律是军队的生命，古今中外莫不如此。奚晓的大队秉承了军区留下的老传统，即无论是开会，还是组织活动，必须按照规定时间，提前到达指定位置。

按照此习惯，凡是有大队机关会议，各个部门与会人员都会提前几分钟到达，召集会议的部门、其领导和人员就更要早于大队领导提前到达会场。这天，当奚晓提前来到会议室时，看见霍勇已经坐在首长位置上了，她还没有坐稳就听见霍勇说道：

"政治处的人，为什么晚到？你们不该给其他部门做出表率吗？"

奚晓偷偷瞄了一下四周，只见严志强低头不语，而其他人的目光全投向了自己！她不由得心中一怔，抬头看看霍勇正在用不满的眼神儿盯着她，这是在说自己呢，于是小声哼道：

"我……我没有迟到哦……对不起。"

"记住，不管是几点开会，会议的准备工作和人员要走在领导的前面。"霍勇很是严厉地说道。

"是……"奚晓又小声应道。

没过几天，大队又召开"基层政治思想工作座谈会"，奚晓记住了上一次开会的教训，早早到了会场，没有想到霍副政委又已经坐在首长席了，只是这次还有很多处室的人没有来，再看看严志强也没有到，奚晓暗自松了口气。然而她没有想到的是，会议刚开始霍副政委第一句话就是：

"上一次会议我已经强调过了，政治处要做出表率，不能晚到，怎么这次又走到了领导后面？今天我不指其他处室，就批评政治处，为什么让领导等你们？"

奚晓看着严志强一言不发，霍副政委连续两次当众批评政治处，一定是哪方面对政治处不满意了，或者说，严志强或奚晓做了让霍副政委不高兴的事情。

严志强自然看事情比年轻的奚晓透彻，对于霍勇这样喜欢下属遵从、驯从、依从、服从的领导，他唯一的选择就是沉默。有人说：面对强势，弱势一方本能的会选择顺从；还有人说：面对强势，因为不想总被刺伤，所以相安无事的唯一办法就是伪装。

奚晓也给自己找到了解压的办法，那就是：把这口气憋在心里，让它成为提升自己的一种力量。

"四人帮"倒台后，中国在一天天发生着巨变，举国开始了大规模的经济建设，市场经济对人们的思想、生活产生着深远的影响和冲击，对于物质的需求剧增，铺张浪费、讲排场等一些不正之风也刮到了部队，甚至改变了很多人一生的轨迹。

这一年，大队应征入伍的新兵全部是来自燕京和西仓的城市兵。新兵连训练结束刚分到基层连队不久，就发生了一起打架的事件。起因是这些燕京和西仓的城市兵本来就相互看不起、不服气，于是在一件小事情上先是动嘴，接着动起了"拳脚"。就在燕京兵和西仓兵的混战之中，一个西仓籍新战士被打成胳膊骨折，进了医院。

奚晓急忙向主抓政治处工作的霍勇汇报：

"霍副政委，技术队汇报，刚来队的新兵打群架，问题严重的是——"奚晓给霍勇敬礼后，接着说，"其中一个战士被打伤，很严重。"

"什么？打群架？"霍勇急了，"赶紧送医院啊。"

"医院去过了，胳膊骨折，已经打上了石膏。"

"糟糕！打群架的都是哪里的兵？"

"西仓的和燕京的兵。"奚晓说，"我们大队从来就没有出现过类似打群架的事情，影响太坏了，霍副政委，您看怎么处理？"

"严志强回来没有？"

"没有，这次他下连队的时间长，大概还要十几天才能回来。"

"嗯，通知他争取早些回来，奚晓，这件事就由你负责，马上全面将事情来龙去脉调查清楚，向大队党委汇报。"

"是。"奚晓敬礼，转身出去落实了。

霍勇最近有点烦，因为大队机关都在风传，说这次提拔干部接政委班的人选不是他，现在"祸不单行"，又冒出了战士打群架的事情，真叫人烦透了。按照规定，新战士刚到部队，就被打成骨折，这可是严重的政治事故啊，他作为主抓政治思想工作的副政委，能说没有一点关系吗？他琢磨着，现在招来的新兵越来越不好管了，特别是很多的城市兵见多识广，这些兵甚至比他这个副政委，还能说，懂的事还要多；更棘手的是，这些士兵中不乏有令人羡慕、不可小觑的家庭背景：知识分子、有钱的个体户，还有军队、地方领导干部家庭的子女，想到此，霍勇心里一惊：这些打架的小兔崽子里面，有没有军区领导干部的孩子？

奚晓在第一时间就已经完全了解了战士打架的起因，并且调查清楚了参与打架战士在连队中的表现。

那个被打伤的战士送进了医院，除了确诊为胳膊骨折外暂无其他大碍，奚晓让队里通知了受伤战士的家长做好接待的准备；然后将动手伤人的"首要分子"关了禁闭。而这个打伤人的战士的父亲是部队上级部门的领导，不仅与大队有工作上的关系，还和领导相互认识。奚晓明白，受伤战士家长的到来无疑会给部队处理这个事件增加难度和压力。但是，这件事影响太坏了，不仅牵扯双方战士家长，还涉及军队和地方的关系；最要紧的是如果处理得不好，会直接影响解放军在老百姓中的声誉。

大队长、政委责成副政委霍勇直接处理"打架斗殴"事件。在霍勇召集大队司、政、后各部门领导的紧急会议上，就"如何处理动手打人致伤的战士"的问题上，产生了分歧。司令部副参谋长击案如山响，首先发言：

"太恶劣了，竟然把人打成了骨折，必须严肃处理！"

"还有，被打战士的家长到部队了，住在招待所，说，好端端的孩子，刚到部队就被打成这样，以后落下残废怎么办？部队必须要给家长一个合理的交代。"

"影响太坏了！严肃处理，以示警诫。"

"可是，这个战士自己也被打了，还有，这个兵的父亲是咱们部队的一个部门领导……"

"嗯？是谁？"霍勇担心的问题还是来了，他转过头，看着一言不发的奚晓，说，"奚晓，说说你的想法，你们政治处什么意见？"

奚晓想了一下，说：

"这件事情确实严重影响了解放军的声誉，影响了军民关系，我个人认为，大队应该要依法处理这件事；但是是否要考虑对新战士以教育为主，我们领导也有责任，没有管理好。"

"我们有责任？这防不胜防的事，怎么负责？"

"是呀，最近，军区党委一再要求：新时期军队致力于国防现代化建设的同时，自觉服从和服务于经济建设这个大局，对部队进行密切军政、军民关系，巩固军民鱼水深情的教育，而这样群殴还造成受伤，真有人问解放军就这样教育战士吗，我们怎么回答？"

有人表示同意奚晓的意见。

"奚晓，你说得具体一些，怎样依法处理，还要以教育为主？"

"首先，打人致伤是一定要严肃处理的，无论有什么理由；其次，被打的人也应该得到救治和赔偿，我们已经及时对伤者进行救治了，如果打人者对被打的战士给予一些经济上的赔偿，会不会可以缓和受伤战士家长的气愤情绪？"

"怎么赔偿？给钱吗？"

"是的，双方家长协商吧，赔偿也是打人方取得受害方谅解、化解矛盾的一种解决方法。"

"我觉得这样处理不行，像这样打人下重手的兵，是害群之马，部队应从重严惩。"

"对，判刑，只有判刑才能惩一儆百，才能给受伤战士的家长一个交代！"

"如果双方家长能够对此达成协议，被打伤的战士得到经济上的赔偿，既有利于受伤战士治疗养伤，也给打伤他人的战士提供一个改过自新的机会，一举两得，不仅平息了矛盾，也挽救了一个刚刚走上社会的年轻人，况且双方都动了手。"奚晓仍然坚持，但已感到她似乎没有支持者了。

"这算什么处理意见？"霍副政委不解地说，"这不是花钱买平安吗？"

"可是，"奚晓仍固执地说，"依法处理不是只有判刑一种方法，还可以给他纪律处分，等部队的复员工作开始以后让他离开部队就是了。如果送交保卫部门，这个战士就有可能被追究刑事责任，他的档案里面就会永远留下污点，今后到了地方怎么办？"

"其他部门是什么意见，都说一说。"霍副政委舒展了眉头，他觉得奚晓"教育为主，化解矛盾"的意见有可取之处，至少对其家长有个交代。霍勇想，不给予"判刑"，只送"劳动教养"是否更好一些呢？可是除了奚晓，几乎是群情激愤，大家都坚持"从重处理"，而奚晓的意见显然让霍勇对处理结果有了一个基本折中的方案：劳动教养。

奚晓清楚，党的基本原则是民主集中制，包括"个人服从组织""少数服从多数""下级服从上级"，大队紧急会议讨论的结果是：将打人者移送劳教所，接受劳动教养。对于这个决定，奚晓虽然还是有点想不通，但她不仅是少数、下级，作为个人，也必须执行党的纪律，服从组织的决定，别无其他选择。

劳动教养的处理决定最终还是下达了。党委决议下达这天，霍勇特别对奚晓说：

"奚晓，'劳动教养'是大队党委研究决定的，你们政治处要时刻注意维护这个统一决定，懂吧？"

"我懂，我会服从大队党委的决定。"奚晓对霍勇的一番特别嘱咐感到有些莫名其妙，但也没去多想。

霍勇自然有他的考虑与顾忌。那名战士的父亲确实是军区某部的一个部门领导，虽说职务并不高，但是与大队有工作联系，彼此之间虽说熟悉，但也并不密切。现在他的儿子惹出了如此大祸，大队偏偏又让自己负责处理；如果考虑关系，不处理他的儿子，对受伤的战士及其家长不好交代，也不能严肃军纪，还可能落一"官官相护"的口实；可是对一个刚刚参军入伍的新战士、部队后代、独生子女，送去劳教，这对一个不满 18 岁的年轻人一生的影响，特别是他在部队工作的父母，其打击和触动的程度可想而知。此时霍勇顾虑的，其实还有另外一个原因：自己面临着大队政委一职的提拔，如果这个战士的父母对大队的决定不满意，会不会给自己接政委的班带来阻力呢？

霍勇不愧为野战部队培养出来的干部，他以无畏的精神抛弃了自己的杂念，不顾一切地对此事加以严惩，留下铁面无私的口碑，他对部下说：

"这件事情的本质不在于小孩子打架，而在于维护军队的形象和严肃军队的纪律。"

同时，霍勇当然也想到打人战士的父亲一定会来找大队为儿子说情，他已经想好了应对的准备。

霍勇再次找到奚晓，重申了"政治处要时刻注意维护大队的这个统一决定"的要求，他看出奚晓并没有意识到他话里面的含义，便不禁提高声调说道："政治处的工作，就是要做在一切工作的前头，勇于挑担子！"

经常会听到一些关于"人际关系复杂性"的议论：被他人称为有着"复杂关系"的团体的人，他们自己其实并不觉得他们所在的团体有什么"复杂"可言。奚晓正是这样，后来发生的事情，让奚晓多多少少明白了"人际关系复杂性"在现实中，其实不以人的意志来决定，而是时刻存在的真理。

大队党委对打人战士做出"劳动教养处理"决定的第二天，打人战士的父亲果然来到了大队。先是大队长、政委亲自出面接待，然后由直接处理"战士打架"事件的霍勇单独向战士的父亲通报事情的来龙去脉。霍勇做完了介绍，通报了大队政治处提出并上报的"劳动教养"的处理结果之后，那名战士的父亲脸色铁青，一句反驳的话未说，马上提出：

"我要见一见政治处的领导。"

霍勇一脸严肃地抓起电话，口气严厉地说：

"奚晓，领导要见你，你就在办公室等……"

"哪个领导？"奚晓一时没反应过来。

"哦，军区机关来的领导，关于政治处处理战士打架的事情，你要好好汇报。"

"是。"

奚晓刚刚放下电话，那位怒火万丈的父亲便推开了她办公室的门，不容分说对奚晓就是一通呵斥：

"谁给你们政治处这么大的权力？你们'劳动教养'的处理结果是不是太过分了，孩子还小，以后让他在社会上怎么做人？"

奚晓站在办公室中央，一言不发地看着这位情绪难以平静的父亲，听着他厉声地指责，她从心里为这个父亲感到悲哀：可怜天下父母心啊！又感到诧异，"劳动教养"的处理决定明明是大队党委决定的，怎么会是政治处的权力？忽然间奚晓明白了，霍勇为什么要一直叮嘱她"政治处要维护大队的统一决定""政治处的工作，就是要做在一切工作的前头，勇于挑担子"。霍副政委不愿得罪人，政治处成了他躲避矛盾的挡箭牌。

其实，奚晓并未怪罪那位父亲，谁的父母不是望子成龙，哪个父亲看到儿子有牢狱之灾还能无动于衷呢？尽最大可能挽回儿子的政治生命，这是人之常情。

那名打人战士的父亲发了一通火，刚刚离开政治处，霍勇就来了，急火火地对奚晓说：

"赶快！你们抓紧时间马上把人送走。"

打群架的风波终于尘埃落定。

几天后，严志强从基层的连队回来了，奚晓对他说起战士打群架，以及前前后后处理事件的经过，不解地说：

"这件事情本来是党委集体的决定，怎么却说成是政治处的意见，害得咱们被那位父亲骂了一通，稍有头脑的人都清楚：大队如果不同意，政治处哪有权力决定呢，况且我始终都不同意'劳动教养'这样的处理决定。"

严志强不以为然地苦笑着说道：

"奚晓，记着这句话，黑夜给了我黑色的眼睛，我却用它寻找光明。"

奚晓在政治处时还曾经处理过一件事，让她始终不能释怀；几十年过去了，想起来那人那事，仍能引起她心中一丝隐隐的痛。

政治处有一位李干事，踏实、能干，人品也好，是政治处的骨干，也是组织重点培养选拔的人员，可是谁也没有想到，一场"灾难"会降临到他的头上，不仅彻底让他断送了前途，更严重的是，摧毁了他的精神，那赖以为革命事业而终生奋斗的信念。

李干事的老家在偏僻的农村，一家三代单传，到了他这代，"不争气"的老婆偏偏只生了一个女儿，"断了根"，夫妇二人想再要一个儿子，无奈国家计划生育政策规定一对夫妇只能生育一个孩子，李干事是部队干部，政策对他来说就像孙悟空的紧箍儿牢牢地箍住了他，不能越雷池一步。

实事求是地说，李干事是个努力工作、认真负责、无可挑剔的好人，大队领导和政治处领导都给予他很高的评价，周围的同志们也佩服他的工作能力和责任心。可是，李干事内心深处的一种不安越来越强烈地冲击着他的心灵，原因并不复杂：他想要再生一个孩子。有一次，李干事对奚晓说：

"奚主任，我想转业。"

"啊！为什么？"奚晓大吃一惊。

"家里没有劳动力，我老婆一个人带着孩子，日子挺难的……"

"有什么难处，你就对我说，看看能不能帮你。"

李干事欲言又止，没有说出自己心里真正的想法，奚晓压根儿想象不到他内心的痛苦是多么难以摆脱。

李干事心里清楚，奚主任即使知道了他的心中所想也不会赞同，况且城里人也体会不到在农村，三代单传到他就"绝了后"的那种悲哀——这简直像被判了死刑一样绝望的感受。这并非是他思想狭隘，而是一种社会现实，"男子从属于家族，女子从属于男子"的传统观念所致。中国社会多少年来，特别是对农民而言，儿子，才是家中的主体，不仅是劳动力，还是支撑家庭经济来源和传宗接代的精神支柱。

此时的奚晓却无从知晓，她只是惊讶：这么优秀的年轻人，一个即将被组织重用、提拔的干部苗子，前途一片光明的年轻军官，怎么会有离开部队、转业回农村老家的念头？真是有点捉摸不透。

不久，奚晓接到政治处分管计划生育干事反映的情况：李干事的老婆怀上了二胎！"超生"——这在全国贯彻计划生育政策走在前列的燕京市可不算是小事，况且又是在军队，引起了一场不大不小的"地震"。先是组织找李干事谈话，希望他劝说妻子去做人工流产，李干事低头不语，他想不通。后来大队负责计划生育的干事亲自到了李干事的老家，希望当面说服他的妻子，结果无功而返。李干事为此坚决向组织提出转业的要求，可是不仅没有得到批准，还受到了严厉的批评：一个共产党员在计划生育的基本国策面前，怎么能不坚决执行呢？

负责计划生育的干事不辞辛苦再次赶到了李干事的老家。这次却吃了闭门羹，他的妻子干脆回了娘家，连人影儿都没有见到。

大队两级组织开始轮番做李干事的思想工作，可谓苦口婆心。李干事含着眼泪对奚晓说：

"主任，我真的努力过了，不仅我老婆想不通，现在全家都埋怨我无能，连自己的老婆和'儿子'都保护不了。"

当奚晓听李干事诉说"那可是一对双胞男孩儿啊"时大吃一惊：

"你那么肯定是一对男婴？"

李干事说：

"是真的，主任。"

奚晓心里很是难过，不知道用什么语言来安慰李干事，只觉得这时已经不需要再向他讲任何道理，事已至此，放在谁的身上都是撕心裂肺的痛。

后来，在大队负责计划生育的干事多次努力下，终于通过当地乡政府出面找到李干事妻子的娘家，又是一通不厌其烦的苦口相劝，最终带着李干事的妻子到医院做了引产。那时一对双胞胎男婴已经六个月了。事后李干事回到部队，却再也没有了往日的工作激情，好像完全变了个人，到了年底他再次提出转业申请，很快被批准了。

后来，大队将这件事情作为计划生育工作的模范事迹予以总结，负责计划生育的干事受到表彰和嘉奖。可奚晓却怎么也高兴不起来，她从未觉得这是政治思想工作的成绩，只是军人执行"命令"而已。多少年来，奚晓只要想起这件事，就会忍不住苦苦探寻它的答案：个体权益与整体利益发生冲突时，牺牲个人利益，是否就是最佳和唯一的途径？奚晓常常试图从人道、人权、感情上看待此事，无一例外觉得此举很残忍。从理性上说，军人、党员应该不折不扣执行党的规定，但从人性上说，她实在同情那李干事。如果他失去了唯一的女儿，成了空穴老人，内心怎么会有幸福可言？

无论奚晓有多少同情之心，也无论她作为女人有多少伤感，都无力改变国家计划生育的政策。一个严峻的问题是，当国家利益高于一切的时候，个人的得与失都显得那样苍白和微不足道。

要上大学

张小芳来了。一进奚晓的办公室，就双手抱着老朋友大喊着：

"奚晓，想死你啦！亲爱的，你还好吗？"

"小芳，恭喜你啊！能有机会上大学多好，你不知道大队多少人眼红？"

"谢谢你，多亏你在政治处为我说话，我才能参加高考，否则我也没有今天。"

"不用谢我，这是你自己努力的结果，知道我多么羡慕你啊！"

"说真的，奚晓，你的理论水平比我们都高，怎么不参加高考试试？"

"身不由己哦……"奚晓苦笑着摇摇头。

的确，这已经是一个变革时代，是知识经济、信息技术一日千里的时代。眼见张小芳、方仲歌等一大批战友陆陆续续走进了大学的校园，就连弟弟奚海，也是学业有成，几乎称得上是一名俄语专家了，奚晓总会感到焦躁与不安。

自从全国大学恢复统一招生以后，关闭 10 年之久的高考大门终于在一个涌动着春意的季节里重新打开了，中国重新迎来了尊重知识、尊重人才的时代。自从奚晓看着第一批考生把握命运的机遇、如愿走进大学，她的心便开始激动，也向上级领导提出参加高考的要求，却被"工作需要"的理由一次次拒绝了。奚晓只剩下了读书的渴望，她渴望走进学堂，渴望坐在教室黑板前面聆听老师的教诲……学习文化知识，是她跟上时代、提高自身修养、增长智慧和能力的唯一途径。

张小芳的离开，再次扰乱了奚晓的心，上大学读书成了她可望而不可即的梦想。

"老班长，"奚晓找到严志强，认真地说，"我想去上学。"

严志强看着奚晓，问道：

"你觉得上学的想法现实吗？我理解你，一起来的战友很多都上学了，奚晓你怎么会无动于衷？可是你要知道，你不是个普通士兵，难道撂挑子不干了？就算你去向上级申请，结果会得到批准吗？"

"这就是我苦恼的地方，老班长，我想，生命都是平等的，上天不会因为谁身份特殊而开恩，任何人生命的最后结果都一样。所以人在活着时应该把握自己的命运，做自己想做的事，我愿意选择上学读书，而不是在这里当主任。"

"只要穿上了军装，你就已经没有选择了，'服从'就是军人生命的全部。你是一个老党员、老战士了，难道不知道？"

"我该怎么办？心里像长了乱草一样。"

"其实，当主任也并不妨碍你读书学习呀！我倒是认为，你可以考虑读'夜大''电大''自学函授班'等，既不耽误工作，也了却了自己读书的心愿，一举两得。"

"嗯，是个好主意，"奚晓高兴地点着头，却又马上又发愁起来，"可是政治处那么多的任务，而且我们还要经常下部队，哪里有什么业余时间去上学？"

"你忘了我们常说的一句话啦？"

"什么话？"

"有条件要上，没有条件，创造条件也要上！我会尽全力支持你读书的，咱们努力做好了该做的每一件事，至少也对自己有一个交代。"

"老班长，谢谢你的建议，我会认真考虑……"奚晓感动地说。

在严志强的支持下，奚晓调动了所有的干劲和坚韧不拔的精神头儿，一口气报了党校的政治经济学、中国语言与逻辑大学的函授、北京高等教育自学考试"党政干部专业基础课"课程，以及商学院的马列主义经济理论研究、政治经济学、西方经济学、金融学、企业信息管理、国际贸易等专业学习。

那是一个被中国人誉为"文化复兴"的时代。知识，是一种既新奇、又时尚的理念，是一个人内涵和深度的象征，各种各样的书籍开始在书架上出现，知识的流行蔚然成风。各种形式的考试成了那个时期必经的人生洗礼和重要内容，考得好的将有机会成为"社会栋梁"，没考好的则不会被社会重视。那个年代，在所有莘莘学子心中，考试的重要性是不言而喻的，成千上万的考生眼睛都盯着全国大学和大学教育的文化课，用"千军万马齐挤独木桥"来形容那个时代的学生，毫不过分。

奚晓当然也不例外。白天，她有做不完的工作，只有利用节假日和晚上通宵达旦地啃书本，自从开始读大学课程，她便没有了属于自己的时间；边工作、边读大学的学生比单纯在大学校园里读书的学生更加艰难。

最难熬的是酷暑，教室里没有空调，没有风扇，坐在凳子上几个小时听课不动，裤子早被汗水浸透，粘在油漆面的凳子上，臀部被油漆染污却浑然不知；严冬没有暖气，奚晓恨不得把自己装在棉被里再去听课，穿得像个"皮球"，尽管好笑，但那时四肢冻伤的学员大有人在。

每逢星期六，营区大院都会为官兵们放映电影，在篮球场边上的一座楼房的墙上高高挂起银幕，干部战士们就会坐在银幕前的小板凳上观看影片。奚晓的宿舍里只有一扇窗，而有窗的那一面恰恰就是挂银幕的那堵墙，所以每到星期六放映电影，奚晓既不能开窗，更不能开灯。

那么，要读书怎么办？奚晓住的宿舍楼有一条狭窄的走廊，走廊的一角部位是厕所和洗脸间。水管发出滴滴答答有节奏的滴水声，来苏水和一种难闻的气味弥漫在空气中，整个楼道只有这个地方亮着一盏 15 瓦的灯泡。奚晓走到灯下打开教科书，发现也就只有在这个地方才能够看清书里密密麻麻的文字。于是这里就成了奚晓周六读书的地方，无论是冬天冻得手脚发僵，还是夏天被蚊虫叮得浑身是包。她顾不了这些，只有翻书和膝盖上钢笔在纸上沙沙写字的声音。奚晓熟悉了洗脸间那昏黄的光，她甚至心存感激有这样一个地方可以让她看书、背考题。

奚晓的文化课在文化大革命的动乱中彻底荒废，仅读了一年的初中。重新拿起书本，加入到求学的大军中去完全不是一件轻而易举的事。在通读马克思《资本论》的时候，那些生僻的词汇、晦涩的文字、枯燥的概念，都让她费尽了心力。为了记住书中的那些理论、概念、问题，奚晓想出不少学习的办法：她用彩笔将一道道复习题写在镜子上，每天照镜子的时候就会看到那些题；还会将复习题写在玻璃窗上，每天开窗通风就会看到，就再复读一遍；最简便有效的是把复习题记在小纸条上，放在兜里，只要有一点儿空隙时间，她就会取出来读一读……

"文革"让像奚晓一样的年轻人失去了读书的机会。在最应该读书的年纪，他们到工厂做工、上山下乡、到部队当兵……虽然那时的奚晓没有忘记学习，但是可供读的书太少，也没有一个学习的氛围，如不是曾经在军区"马列主义学习班"学到一点点政治理论，自己的知识层面就似一片荒芜的沙漠。

下班了，奚晓从食堂匆匆拿了一个馒头就直奔开往商学院的公共汽车站。待挤上公共汽车，她在车上一边啃着馒头一边拿出书来复习，没有注意到身边一个 30 岁左右的女人一直注视着她。那女人见奚晓专心致志的样子，便打断她说：

"你是在商学院读夜大吗？"

奚晓抬头，有些意外：

"咱们认识吗？"

"咱们是在一个班呢，我也是在商学院读研的，几次上课都见到过你，咱们班只有几个女同学，容易记，看你上课全神贯注，下课拎包就走，没有来得及说上话哪，没想到咱们有缘乘坐一趟车。"女人笑着也不等奚晓回答，说了一大堆话。

"这么巧，咱们是同学哦。"

"你家在附近吗？"

"不，是单位。"

"啊哦，你是首钢的吧？一看就知道是大单位工作的人。"

"唔……你在什么单位？"奚晓发现自己没有穿军装，笑了笑反问她。

"我在机床厂政工科，以工代干，要不怎么会选择读商科？你也是政工干部吧？"

"差不多吧。"

后来，奚晓知道这个女人名叫葛一鸣，是个"老三届"的学生，父亲是机床厂的总工程师。"文革"后，在陕西插队的她以照顾父亲、家庭困难为由回城，到父亲所在的工厂当了工人，她插队时入了党，表现好，文化程度高，就被选到厂政工科。

葛一鸣后来成了和奚晓在商学院读研时最谈得来的同学。在后来的许多年里，奚晓还会经常想起她们之间的谈话。

一个烈日炎炎的盛夏的星期天，中午课间休息时，二人在商学院的院子里散步。操场北面有一排引人注目的丹枫树，一株株高大的丹枫树枝繁叶茂，犹如覆盖着院落的一片红云，有的高大挺拔，像旌旗飘扬；有的纤细娟秀，似鲜花朵朵，愈发显得艳丽可爱，风韵动人。

奚晓闭上眼睛，坐在郁郁葱葱的丹枫树下，听着树上知了的鸣噪，放松着连续听课的紧张神经。她仿佛回到了童年，和莉莉坐在那棵大槐树的阴凉里……这时，葛一鸣打断了她的思绪：

"咱们的课程是'满堂灌'，老师恨不得把一本书的内容都在一堂课上讲完，真累死人了，记笔记手都要失去知觉了。"

"咱们经历了那么多的动荡坎坷，这学习机会来之不易，所以，坚持吧。"

"奚晓你看，班上什么人都有，听课人的年龄参差不齐，有兄弟、姐妹，还有父子同进一个课堂，学生之间的阅历也相差悬殊，现在中国的大学恐怕是世界上最奇特的大学了。你说，这是一个国家的悲剧，还是喜剧？"

"不管是悲剧，还是喜剧，反正无论男女老少在课堂上都是如饥似渴地听讲、作笔记，课外，所有时间都用来读书，现在的学生可以说是空前绝后的用功，充满竞争的氛围！应该说是国家腾飞的新起点或转折点吧？"

"不仅是国家和时代的转折点，更是许多人一生的转折点——千百万人命运的转折点，国家开始重视文化教育，也将改变我们的命运，对吗？"

"对，一个特殊的思想解放时期，自己何去何从、怎样发展，这些都是应该认真思考的问题。"

"怎么样，奚晓，你想找到答案吗？那么，加油学习吧！"

一边工作一边上学读书的奚晓疲惫不堪，她常常用爱迪生的一句名言："天才是百分之一的灵感，再加上百分之九十九的汗水"

来激励自己；信守着人的成功与否不是取决于"天才"和"平庸"，而是付出多少汗水和坚持；也会想起战国时期著名的政治活动家、出身寒门的苏秦和孙敬立志苦学、常常读书至深夜"悬梁刺股"的典故……奚晓相信，学习中遇到很多的难题，通过勤勉顽强的精神和不懈的努力，一定可以百尺竿头更进一步。

在以后的 16 年期间，奚晓牺牲了 700 余个星期天，陆续又在中华全国律师函授中心、外贸进出口班、刑法学读书班系统地学习了法律、哲学、中共党史、逻辑学、高等数学、写作、文学概论、国民经济管理概论、中国近代史、科学社会主义、自然科学、世界地理等课程，并获得国家大专院校毕业证书及函授证书。

读书，带给奚晓数不胜数的辛酸、痛苦和磨难，但也圆了她从小以来"看一个更大的世界""学习知识"的梦。仔细计算一下，奚晓自"复读"以来，竟凭着自己的毅力，学习了诸多的专业知识，参加全国性机构组织的 6 次考试，考试科目达 50 多门。

青春无悔

有一种说法叫作"人越努力，越幸运"。对奚晓来说，她就是那个幸运儿，原因很简单，她遇到了她人生的师长——严志强。

大队政治处是部队政治思想最基层的领导部门，政治思想工作是政治处一项最重要的工作，一刻也不可脱离基层连队，因为政治处就是为连队服务的。为此，政治处上自主任，下至每一个干事需要经常深入基层，要保持着下连队的工作作风，而且一去就是十天半个月。

以前，每当奚晓接到下连队的命令时，总是打起背包就出发。但自从参加"函大""商大"的学习以后，情况发生了变化，主要是时间忽然无法安排了，奚晓开始为难起来：因为下连队、到农场劳动等的时间与自己"听课"的时间发生了严重的冲突。每当遇到这种情况奚晓总是既焦急又沮丧。有一次，她对严志强说：

"主任，最近咱们政治处经常去外地执行任务，我已经足足有两个月没有去听过课了，再有两天马上有两门课要考试，现在老师正在讲考前复习题，可是后天我又该出发了，真是急死人！"

"要去山里甘泉吗？"

"是啊。"

"考试准备得怎么样了？"

"拼命死记硬背呗！因为应付考试是必需的，这种'临阵磨枪，不快也光'的办法，用了也不止一次了，还挺灵的。"

"那我去吧，你留下看家，按时去参加考试。"

"可是主任，你刚从内蒙古回来呀？"

"没事，自学高考一年才一次，这次错过不是就又得等明年了，等不起。"

"真的吗？大队领导特别是霍副政委能同意吗？"

"没关系，我去找霍副政委，他会同意的。"

严志强替奚晓下了基层，奚晓也很争气，一口气通过了两门全国统一考试。

在边工作边学习的期间，奚晓并不总是那么幸运，有一次，她"惹"了霍副政委不高兴却觉得自己没有错，所以已经做好了接受批评的思想准备。

"奚晓，明天星期天不休息，由你带队，组织人员去农场割麦子。"霍副政委命令着。

"是。"

奚晓放下电话就想哭，无论如何也没有料到霍副政委是用这种办法"修理"她的！她晚饭也没有去吃，就一个人坐在办公室里想心事：

"去农场，那么星期天的考试怎么办？他又不是不知道，这不是明摆着给我穿小鞋吗？不行，我不能放弃！有苦就悄悄地吞下，有酸就静静地品尝，有泪就往心里流，我要用军人钢铁般的毅力去面对，独自伤感于事无补，可是又该怎么办呢？"

严志强推门进来，看见坐在暗中的奚晓，马上说：

"咦，奚晓，怎么没见你吃饭？"严志强说着，从口袋里掏出两个红皮鸡蛋递给奚晓，还是热乎的。"今天是你的生日呢！"

"哦？我都不记得了，主任……"刹那间，奚晓的眼泪再也控制不住地流淌下来，刚才还下定决心要坚强面对，却被老班长的细心关怀所融化，委屈一股脑倾泻出来。

"怎么啦？"

"霍副政委明知道星期天我要去参加考试，还要我带队去农场割麦子。"

"明天你去参加考试，我带队去农场割麦子。"

"不行，霍副政委知道了，不仅认为我没有服从命令，你也会受批评。"

"我到农场还有其他工作上的事情，咱俩去一个就可以啦，我去向霍副政委说清楚。"

"老班长……谢谢！"奚晓由失望、痛苦再到惊喜，鼻子又是一阵发酸，感激的泪水"哗"地流了出来。

"好啦，去吧，别多想，好好复习，好好考试，优秀的成绩是靠你坚持不懈的努力、百折不挠的进取换来的。"

"有了你的支持和帮助，才是我能坚持下去的动力。"奚晓抹了抹泪，便又去看她的书了。

军人的纪律和军人的职责，她要求自己没有说"不"的权利。奚晓反反复复想过：我不能放弃追求学业，更不能放弃军人的生涯和荣誉，这种辛苦的维系是她无怨无悔的选择！

奚晓本来就在山沟里工作生活了八年，了解基层连队生活的艰苦和文化娱乐活动的单调贫乏，每次随大队领导或亲自带队下基层从没有怨言。每当看到盼望和欢迎机关首长到来的连队官兵，她都会感动。

一次，她要去的基层连队在内蒙古锡林郭勒盟的二连浩特大草原，同去的有司令部的一个老参谋、通讯员、政治处最年轻的干事何星，一行4人。

草原是平静的，有辽阔和苍茫作为它骄傲的资本。奚晓曾经到过草原，她一直认为草原是有灵性的，那片沃土几乎无须睁开眼睛看看来客，就能断定所有人必定会被它的壮美所倾倒。

奚晓一行驱车在草原上飞驰时，被惊动的只有身后飞起的些许沙尘。眺望那"天苍苍，野茫茫"的草原，生命的绿色尽情挥洒着，嗅着泥土与青草混合成的芳香，远处雪白的羊群悠闲地穿梭在蓝天与绿色的草原之间……没有到过大草原的人，很难透彻地领悟这诗画一般的境界。军事参谋是草原的常客，见景生情，大喊：

"停车，快停车！"

4个人跳下车，站在草原，那一望无际的草原反衬出他们躯体的渺小，奚晓感慨着：

"你们看，草原，是一幅天禅之画，被大自然信手勾勒出来，让人如醉如痴，草原之美是在于它的辽阔、自由、奔放。"

"奚副主任，说得好！我无法表达心情，就唱支歌赞美草原吧……"

参谋的话音没落，何星扯起了嗓子已经唱了起来：

"美丽的草原我的家，

风吹绿草遍地花……"

参谋不示弱，显然歌唱的水准比何星略高一筹：

"蓝蓝的天空上飘着那白云，

白云的下面，

是那珍珠般的羊群……"

汽车开始颠簸起来，听着车轮碾轧石子的咔咔声，奚晓不知道还要多久才能够到达目的地，通讯员递过水壶说：

"奚副主任，喝点水吧，要不要停车休息一会儿？"

"谢谢你，赶路吧，"奚晓接过水壶喝了几口便问司机，"天黑之前能到目的地吗？"

"应该可以，大概傍晚可以到达营地。"

"你辛苦啦！"

奚晓看着窗外，坐了一天汽车的她的确太累了，来之前由于忙于补课和考试严重睡眠不足，现在两个眼圈直发黑。忽然她的脑海里出现了一句话：

"生存还是毁灭，这是一个值得考虑的问题。"

哦，这是莎士比亚笔下的丹麦王子哈姆雷特说的，奚晓觉得自己现在身心疲惫的处境就像是"生存还是毁灭"。她想起方仲歌曾经说过"每个人身上都有哈姆雷特的影子"的话。是的，哈姆雷特从一个孩子成长为一个英勇的斗士，经历了一个痛苦的转变过程，如果一个人的内心是软弱的、不坚定的，那么，让他变得坚强的一部分原因可能来自身处的环境：因为适应和改变环境的过程，是每一个人都必须经历的。这也就是哈姆雷特的形象如此具有社会意义和引起人们喜爱的原因吧。奚晓痴痴地想着，感到心中的郁闷和身体的疲劳竟在渐渐地消失，于是对何星说道：

"何星，都过中午了，饿了吧？带什么吃的没有？"

"面包，主任，早就饿了，"何星边说边把书包里在燕京买好的果子面包取出来递给了奚晓，伸着脖子对前面说：

"司机同志停车歇会儿吧，开饭！"

奚晓边吃面包，边自言自语着：

"果子面包可真好吃！何星，问你个问题……"

"问吧，主任。"何星嘴里塞满了面包。

"人们怎样才能有面包吃？有衣裳穿？"

"买去呗！"

"不全对，通向面包的小路，蜿蜒于勤奋劳动的沼泽之中，通向衣裳的小路，从一块无花的土地中穿过，都需要勤奋与艰辛的历程。就像我们的青春、我们的理想，还有生命的意义，乃至于人类的生存与发展……全都包含在坚强和勤奋中。"

"哎呀，奚主任，吃面包就能引出你这么多思想哦，你说的太深刻、太有诗意了！真不愧是政治处的人。"司令部的参谋笑道。

傍晚时分，汽车终于到达了目的地。队长是和奚晓同一批入伍的兵，因此彼此之间很熟悉，也很随意。老战友一见面，很热情地说：

"几天前就听说你们要来，很高兴奚大主任到我们这里指导工作！"

"快别拿我开玩笑了，你们是专业技术人员，我是来向你们学习的。"奚晓笑着说，"队长同志辛苦了，我什么时候听你'上课'呢？"

"看看，到底是主任会说话，说什么'上课'？是'汇报'工作好不好？你今天路上辛苦了，先休息，工作的事情明天再汇报吧？"

"别！本来因为参加考试就来晚了，先把该做的工作说完吧，要不然我睡觉都不踏实……"

草原的美丽是无与伦比的，但是生存环境的艰苦也是难以想象的。

在那里作业的基层连队生活条件艰苦，根本不可能为奚晓一人准备帐篷——她只能同一群小伙子们同住一个帐篷里。晚上她要等战士们睡熟了，才会蹑手蹑脚摸进帐篷，在靠近帐篷口的行军床上和衣睡下。从作业地区返回驻地时每个人浑身都是土，如果是夏天便还多一身臭汗，通常大家都会洗洗涮涮，而奚晓却不能，只能躺在那里睁眼到天亮。

最让奚晓感到为难的还不是睡觉的问题，而是上厕所。一天下来，无论多么干渴，她基本做到不喝水或少喝水，不仅严格控制吃饭的量，也绝对不进粥、汤一类稀的东西——因为她"怕"上厕所。

草原上的牧民们从来就不知道"厕所"为何物，野外作业的战士都是男人，就地"方便"完全无所谓。而奚晓要想"方便"可不容易：一马平川的草原，视野太辽阔了，白天恨不得要走出二里地才好就地"方便"。冬天顾不得滴水成冰的寒冷；夏天也顾不得成群蚊虫的叮咬，草原的那些草并不高，奚晓半蹲下来一个不小心，屁股就会被尖尖的草扎得生疼……每次"方便"后无一例外，她总是长长地舒一口气，似乎感觉某种"苦难"终于过去。

一天夜晚，奚晓又起来上厕所，她拿着小手电在伸手不见五指的黑暗中摸索着，朦胧的月光下看不到几颗星星。天空并非纯黑色，倒是黑中透出一片无垠的青蓝，一直延伸向远方……周围寂静无声，这种寂静总能让奚晓回想起在"文革"中，自己和弟弟度过的那一个个恐怖的夜晚。

就在她刚刚半蹲下时，一个黑影"忽"的一下从不远的草丛里跑过去，奚晓顿时紧张地起了一身鸡皮疙瘩，慌忙起身，跑回帐篷。

天刚亮，何星见到奚副主任站在帐篷外，望着远处，问：

"奚副主任，这么早起来啊？"

"嗯，睡不着了。"

"是不是没有睡好啊。"何星知道被子潮湿自己盖着都不舒服。

"睡好了，对了，何星，昨晚我好像见到一只白色的狗……"

"什么？"

"狗呀，就从那地方跑走了。"奚晓用手指着不远处的草丛。

"奚副主任，那是草原狼，狗是跟随牧民走的，你看附近哪儿有牧民的蒙古包？那狼可能是出来觅食的，你要多加小心。"

"我的天！"奚晓后怕，不由得打了个哆嗦。

何星年纪轻轻却能懂得和理解奚晓的难处，就说：

"奚副主任，你天天不喝水怎么行呢？身体要出问题的，别担心，你要'方便'的时候，就叫我，我给你站岗。"

一句话，让奚晓感动得眼泪差点儿掉了出来。

以后，奚晓夜里出帐篷上厕所就叫上何星，而何星就像自己的亲弟弟一样跟着她、保护她，这份战友爱、兄弟情让奚晓一直牢记。

回到大队的第二天，奚晓就听到一个传言：政治处的主任严志强被宣布转业了。这个消息竟如晴天霹雳，太出乎意料了。

后来，奚晓听到大队的很多议论，一是说，严志强是霍勇在提拔政委上的强有力对手，俗话说"一山不容二虎"，严志强年轻资历浅，不是霍勇的对手；二是说，地方机关到军队挑选优秀的青年干部充实地方，严志强作为德才兼备的人才，被部队推荐到了地方机关工作；三是说，因为一封"匿名信"而引发的后果……

总之，不久，严志强转业了，他悄无声息地走了，待奚晓再次见到她崇敬的"老班长"，那已是十年以后了。

就在严志强转业不久，关于奚晓提政治处主任的消息不胫而走，可是没有几天，又悄无声息了。

一天，奚晓在军区遇到了何珍珍，两个好朋友相见自然有着说不完的话：山沟的日子、战友们的情谊、分别后的境况，也谈到了包德宽……最后，何珍珍对奚晓说：

"奚晓，知道吗？我听到很多议论，说是军区到大队考察干部时，曾经要提你任主任一职，可是副政委霍勇带头向军区反映，说你'不尊重老同志、干部子女傲气'等等，结果大队政治处主任一职就那么一直空着。"

"他想怎么说，就怎么说吧。至于我嘛，提不提主任还不是一样地干活儿？"

"不是我说你，不会讨好领导也罢了，可你说话也不要太直接，咱'宁得罪十个君子，也不能得罪一个小人'，你看，老班长不就是被霍勇挤对走啦？"

"你为什么这样说？不是推荐到地方的吗？"

"什么推荐，是借口，其实是因为匿名信呀！"

"唔？"

"从军区转到大队的匿名信，揭发霍副政委利用职务便利以权谋私，大队长、政委都找霍勇谈话了！可是他说有人陷害。"

"谁陷害他？"

"是呀，他说，从写匿名信的水平来看，不是一般人能写得出来的，像是那些滨海来的兵，每个队都有他们的人，而且担任骨干的不是少数，为首的人就是严志强！你知道，大队领导最反感'搞小团体'了。"

"哦……"

"严志强这批兵虽然都是骨干，却经常给霍勇工作提意见，于是霍勇认为就是他们写的匿名信，正好赶上地方向我们要干部，就趁机让老班长转业了。"

"真是如你所说，那老班长真是太冤枉了！但是珍珍，我们以'崇仰真理，为人正直'的原则说话、做事，如老班长那样，人生不会有错。"

奚晓的青春，就像是一场大逃亡：她匆匆逃往终点，亲人、朋友、敌人等各种角色的存在让奚晓在逃亡的路上不那么寂寞；事业和努力，让奚晓在逃亡路上忙忙碌碌；而青春，就是生命中的一个过客，匆匆地就被抛在了逃亡的路上……

当奚晓不再年轻，她回望自己的青春：伤痕累累，绵绵悠长，寂寞怅惘，却又似锦繁华。

3

特殊的"战场"

　　1992年,小平同志"建立和发展社会主义市场经济"南巡讲话之后,改革开放正式掀起了新一轮的高潮。自20世纪80年代中期,军队为了服从国家经济建设的大局而开始减少经费,不足部分需要军队自筹解决,而进一步的改革开放使部队办工厂、搞公司、开展生产经营的积极性甚为高涨。这虽然为部队解决了一些困难,但由此也引发了不少的矛盾和问题。当奚晓走进"商战"这个诡谲、陌生的领域,在这个没有硝烟的战场上,她见过、经历过了太多的诱惑、角逐与厮杀,越过了无数个危难与陷阱,她如麦田里的穗子般饱满,沉淀着成熟。

军队"三产"

　　自从严志强走后，奚晓开始全面负责政治处的工作，主任一职空缺。她失去了一个支持她、理解她的领导，失去了一个忠实可靠、无话不谈的朋友，无论从精神上，还是从工作上，奚晓都陷入了低谷。

　　奚晓觉得，岁月就像一条河，左岸是无法忘却的回忆，右岸是青春年华的思考，而河的中间是飞快跃过的无数伤感的浪花。人世间真正属于自己的美好东西并不多，在这个世俗世界里，学会用一颗平常的心去对待周围的一切，不计较得失，也许会少许多伤感吧？可是，在那些早已逝去的时空里，生活有着太多的无奈，奚晓无法改变，也无力去改变了。

　　政治处的工作，依然是一如既往的繁忙，井然有序的枯燥。

　　那是一个秋高气爽的星期天，奚晓和丈夫去看电影《高山下的花环》。这部电影讲述的是 1979 年中国对越自卫反击战中一个连里解放军战士们的故事。连长梁三喜的妻子玉秀在老家即将分娩，梁三喜却因为放不下连队的工作始终推迟归期。具有讽刺性对比的是，赵蒙生凭借母亲的高干身份，一心怀着曲线调动回城市的目的，决定暂时下放连队——他就这样来到了梁三喜的连队。接到开赴前线的命令时，梁三喜因一再推迟回家探亲而失去了最后的机会，赵蒙生却在此时接到回城的调令。这令全连战士们哗然，于是赵蒙生在舆论的压力下同连长和其他人一起上了战场。在激烈的战斗中，这些有血有肉、人性突显的战士们接连为国捐躯：雷军长唯一的儿子"小北京"牺牲，因为说错话得罪领导而一直得不到提升的靳开来为了给战友们止渴去砍甘蔗，却不慎踩到了地雷而牺牲，连长梁三喜则为了掩护赵蒙生而壮烈牺牲……战后，在清理战友的遗物时，梁三喜留下的一张要家属归还战友 620 元钱的欠账单令赵蒙生和所有人震惊不已。梁三喜的母亲和妻子玉秀用抚恤金和卖猪换来的钱，还清了三喜因家里困难向战友们所借的债。在影片的最后，欠账单把人们内心对这些"最可爱的人"的崇敬推到了高潮，底下观众们看到这里几乎全都落泪了。

伴随着秋天萧瑟的氛围和悲秋的感伤，奚晓从电影院出来的时候，眼睛已哭得通红。她一整天都觉得郁郁寡欢，对丈夫说：

"你看，牺牲了的连长口袋里留下的竟是一张欠条，好让我心酸。"

"这不就是咱们军队、军人生活的真实写照吗？"丈夫安慰她道。

"一点儿也没有错，我在连队时，就看到好多生活困难的官兵；到了政治处以后，又知道那些家属没有随军，还留在农村，欠债度日真是挺普遍的。"奚晓想到了自己生活中接触过的"梁三喜"和"玉秀"们。

"要是让我上前线，还真得把欠的账和你交代清楚，人死账不能死，对吧？"丈夫开玩笑逗她说。

"你别这样说……"奚晓听了又开始伤心。

电影《高山下的花环》不仅让奚晓在悲哀中沉浸了很长一段时间，也对她在不久后调入军区后勤部的"生产经营办公室"起到了激励的作用，她的人生又经受了一次巨大的动荡。

此时，正值 20 世纪 80 年代中期，国家开始集中所有财力发展国民经济。而军队"削减经费"、服从国家经济建设的大局则成为必然。这个时期，正是西方军事从机械化向信息化发展的一个跨越性时期，而中国军队建设是怎样的呢？

1980 年，再度出山的邓小平视察解放军各军种、兵种和科研部门，看到的是一支技术落后、臃肿不堪的军队，于是深感军事改革之迫切。可是因为没有军费，改革无从谈起。

中国人民解放军的军费开支从 20 世纪 80 年代历年递减，军费占 GDP 的比例从 1976 年的 4.5% 降到 1996 年的 1.0%。1985 年军费总额仅 192 亿人民币，但是养活的军队人员数却超过了 320 万人，"养军"的平均费用还不如台湾地区和韩国。1985 年，中国开始对军队进行大规模精减、整编，裁军 100 万，尽管如此，军费依然严重不足。军队经费除了发给官兵的薪金和津贴外，没有新装备的研发、兵器生产以及训练经费等。生活费不够，就由各部队"开源"来弥补开支缺口。

这不，解放军某师负责财务的副部长李进几天都不敢露面，这是因为政治部有部门异常愤怒地把他告到了师长那里——非要讨个"说法"。师长对政治部的怨气和委屈心知肚明，却无奈地为李进辩护着：

"我说肖副主任，咱们师的经费有限，李进他们财务部门也无能为力啊！"

"可是，我们宣传科的预算还有 100 多元哪，师长，你说我们电影放映队那个大喇叭用了好几年——它一会儿响，一会儿不响，早就应该报废了，没有办法再修理了，战士们对放映队意见很大！"

"这些事，师里面都知道，知道了……这样吧，你先回去，我找李进问问。"

李进被找到师部，师长问：

"宣传科的政工费还有多少？"

"127 元。"

"要不，先给他们吧？肖副主任找了我好几次了，看来躲不过去啦。"

"可是师长，咱们正在修家属来队的宿舍，那几间屋子夏天漏雨、冬天漏风，怎么能住人？早就打算修，一直没有钱，这不，我们财务处好不容易积攒了一点经费，现在才修了一半，钱就不够了，可是能动用的钱，账上没有，上级又不拨付，只好卡点宣传、学习的经费来补充，师长，你总不能让施工停下来吧？"

"咳，一分钱难倒英雄汉啊！可是我要怎么和政治部交代？人家想要给电影组添置一个高音喇叭，对自己的'家底'很清楚呢，恐怕你说没钱了，人家根本不信。"

"当初，也是师里决定集中所有钱修房子，要我们财务部门想办法，别让宣传科花掉这笔钱。他们给我交买高音喇叭的报告时，我就告诉他们说，你们的钱已经不够买个喇叭了。"

"他们咋说的？"

"他说不对啊，上次财务月报上还说我们宣传科有 100 多元钱。"

"不愧是政治部门，真是门儿清啊！"师长憋不住笑了，"这样吧，你们想收回'谎言'不可能了，向人家做个检讨吧？"

李进想了一天，只好硬着头皮找政治部肖副主任说：

"主任啊，实在对不起啦，是助理员把账搞错了，你们的钱真的不够买高音喇叭了，我向主任您检讨……"

事后，李进忍不住对后勤部长抱怨道：

"咱们部队没钱，到了急用钱的时候，绞尽脑汁卡部门的经费，明明人家账上还有钱，却找借口不让人家花，不客气地把钱转入师预算外收入科目，咱们还要为此与各部门捉迷藏、低声下气作检讨……想想我们后勤部门真是可怜！"

其实，部队经费极度缺乏是普遍存在的，不是只有李进他们一个师。在野战部队，那时一个团长可以自由支配的钱，一年也就只有几千元。其他的训练费、政工费、装备维修费等都是专款专用；工资、伙食费等是按人头分的，即使团长也无权在里面开支，哪怕一盒烟钱；如果上级来人，也就是让炊事班加几个菜，然后由团长签字从几千元里报销。

进入20世纪80年代中期，军队的现状有了一些改变，但是从未发生过的很多问题也随之而来，从社会分工的意义来说，军队干了不该由军队干的事情——"经商"。

事情源于军委领导出于当时军队经费严重匮乏的实际状况，提出一个计策："自我发展，自我完善。"此后，部队办工厂、搞公司、开展生产经营的积极性甚为高涨，开始是部队的后勤保障部门抽调一小部分人员广开财源，安置部队家属；后来发展到军队更多部门参与经济活动。几乎各部队团以上单位都成立了"生产经营办公室"，兴办各类工厂、贸易公司，之后又挤入流通领域进行经商。

奚晓所在的部队，也受到巨大的冲击。而她没有想到，自己之后竟然成了为扑灭这场熊熊燃烧的"经商之火"的"消防员"。更让奚晓无法预料的是，在此之后的"商场"所经历的一次次的凶险、诡谲、意外和斗智斗勇的纷繁事件，让她不断磨炼和成长，令她的生命之河愈加丰富开阔，蓬勃有力，最终大放光彩。

几天来，军区后勤部"生产经营办公室"主任兼书记李进一脑门子的"官司"，忙得根本无暇分身、焦头烂额。他看着桌子上的一份份报告和各种各样的财务报表，一筹莫展。回想刚刚奉命调到这里搞生产经营时，竟是那么地信心满满。

李进在部队从基层的司务长开始做起，到团财务股长、师财务科长、后勤部部长，一直主抓财务工作，直到被军区后勤部千挑万选出来并委以重任，成为部"生产经营办公室"主任兼党委书记，组织上看重的是他既有责任心又懂财务管理的能力。那天，李进的老领导问他：

"李进，你来说说，对生产经营有什么的想法？"

李进思考了一下，回答：

"首长，我对于经营什么都不懂，在基层连队时只是坚持开荒生产，养猪种菜，改善部队生活、自给自足；不是获取额外利润，生产成果主要用于部队生活需要。到了团、师以后，财务上面也只是遵照规定和首长们的意图工作，对经营不通。"

老领导听后点点头，评论道：

"目前的形势是，部队需要经费，而军费严重不足，就说咱们营区里的那个澡堂，地方小、喷头少，脱换的衣服就只能放在长条椅上，结果经常有战士穿错了别人的衣服和鞋子。现在很多单位都在抓生产经营，叫作'自我发展，自我完善'，你这里也不能落后呀。你看，地方上没有当过兵的人，总以为军队工资高，其实呢，我看军队干部家庭工资普遍低于城市干部家庭的平均收入。现在我们搞生产经营，主要是为了增加部队所需要的经费，改善官兵们的生活条件以及部队业余文化活动的条件。"

"您说的太好了，军队太穷了，特别是基层部队环境那么艰苦，需要得到改善。"

"是哦，军队太穷了，你这个'财务官'体会得恐怕最深刻吧？"

李进苦笑了一下，说：

"不怕首长笑话。我在团里、师里当财务股长、科长时，部队没有别的财源，总要动脑筋临时动用其他部门可以动用的机动经费，为此，常常和司令部、政治部打'嘴架'……"说罢他自己不好意思地笑笑，接着说：

"当然，财务部门有首长做靠山，争的是整体利益，所以也不怕他们有点意见。"

首长也笑了，接着收敛了笑容，又说：

"这种小动作也只能争个千儿八百的，多了是不行的。"

"可不是嘛。"

"中央领导提出'四化'总得有先有后，军队装备真正现代化，只有国民经济有了比较好的基础才有可能实现。所以'军队要忍耐几年才行'，但是不能以此成为不重视军队建设、降低军人生活水平的借口。这也是为什么把你调到'生产经营办公室'搞生产经营。只能成功，不能失败。"

"是。"

军队要忍耐，这一忍就是 20 年。不仅造成了军队建设和中国国防建设严重滞后，而且贯彻要"忍耐"的方针令军费减少，不足部分需要自筹解决。于是，以营利为目的、弥补经费不足的生产经营在军队逐步发展起来。

领命的李进，热血沸腾，凭着他的热情、责任心和懂财务等优势，业绩显著，很快就打开了局面。

他负责的"生产经营办公室"业务上不仅管理着企业，而且业务范围涉及煤炭开采、进出口贸易，同时与地方加强合作，而地方对军队生产经营也给予了大力支持，包括一些优惠政策，"生产经营"不仅在形式上，也在共同利益上形成了军队与地方并存的局面。虽然在一个时期得到了较为丰厚的利益回报，但也埋下了隐患。

事业开始的时候，还算一帆风顺，慢慢地，李进感到局面有些失控，特别是在与地方的经营活动中，出现的问题渐渐多了起来：比如由于经济利益的驱动，用人不当；特别是有些干部法制观念淡薄，签订合同不利，造成上当受骗还吃哑巴亏……这些都给军队利益带来了损失。

眼下，就有一件事让李进头疼不已——一个叫郭平山的商人与他们做生意失败，欠下了部队整整 150 万元未还。虽然历经半年的追讨，却仍无结果。这件事令李进非常恼火，他不允许自己直接领导的"生产办"发生任何经济亏损，这对不起军队、党组织对自己的信任。

他已经为此好几天茶饭不思，晚上躺在床上一想到这件事就翻来覆去地睡不着觉：

"150万哪，这可是我们近一年辛辛苦苦为部队积攒的全部'血汗钱'！……这可让我怎么向上级交代？"

"……它就这样无影无踪打了水漂了？真是心有不甘，心有不甘哪！可是现在又有什么办法呢？……"李进一门心思琢磨着，心想一定要赶快把这件事解决。可是眼下，那个郭平山似乎人间蒸发般，连个影子都找不到。

郭平山是山东人，早年来到北京打拼。他从送啤酒开始干起，因为勤劳肯吃苦，没有多久就有了可观的积蓄。然后他拿出所有赚的钱，在工商局注册了一家公司，自己当起了老板，开始做起了各种生意和买卖。他通过一些生意上的朋友渐渐认识了军队搞生产经营的一些人员，其中就有"生产经营办公室"李进手下的一个叫尹大柱的人。尹大柱和郭平山二人在酒桌上谈得十分投机，一拍即合，不久便轰轰烈烈地做起了"生意"。

可是，终归商场如战场，人算不如天算。军人本来是舞刀弄枪上战场、面对面与敌人厮杀打仗的，而在一窍不通、处处布满陷阱的生意场上却根本玩不转，甚至看不到"对手"在哪里，自己直接就成了对方眼里的"靶子"——结果可想而知，150万元的周转资金一去无回，打了水漂——真是一场损失惨败的仗！

紧要关头，一个人的到来不仅挽回了部队的损失，扭转了李进、尹大柱被动的局面，还使得"生产经营办公室"在部队声名大噪。

这个人就是奚晓。

郭平山案

当奚晓接到调入军区后勤部"生产经营办公室"的命令时，除了感觉难以置信，脑子里更多的是茫然和矛盾。对于一个全新的工作环境和陌生的工作任务，她想安静地思考一下、理一理思绪，却无论如何也平静不下来，心里像有七八十个辘轳在旋转。

面对这个工作调整的命令，奚晓其实是有着很多疑虑和担忧的：人在面对自己长时间所处的"舒适区"以外的新挑战时，第一反应总是抗拒和恐惧。人们说勇敢的人并不一定是面对前方毫无惧色，而是害怕却仍然选择前进。奚晓此时也一样感觉有点不知所措，比方说，她觉得自己完全不懂什么是生产经营；她担心自己一不小心掉进"虎口"、便没有脸面再面对部队的培养。她也听说，现在市场竞争多么残酷，人心多么叵测，简直防不胜防；最重要的是，她觉得她所担负的并不只是个人的事情，而是整个军队的——她的责任心不允许她给部队造成哪怕一点点损失，她想确定百分之一万的保票。

可是，世间又有什么是可以真正打保票的？世界瞬息万变，不变的是，唯有用坚强的进取精神和超群的淡定与智慧去面对一切。奚晓想了好一阵子，骨子里的上进心和不服输的闯劲儿让她不断为自己打气、叮嘱自己必须强大起来。无论有多么忧虑和恐惧，她也不希望还没输给任何人之前就输给了自己。于是她决定要勇敢接受挑战。

几天来，奚晓都在不停地思考，她想着这一步一旦迈出去了，那就是自己人生的一大步。她同时决定自己必须利用一切时间继续读书深造，用知识武装起自己的头脑，要能从理论的高度去认识、理解和把握将要面对的经济工作。

"我还要去上学。"奚晓对丈夫说。

"为什么？不是去做'生意'了吗？"丈夫放下手中的《解放军画报》，好奇地问。

"所以要学习，学习关于经济、法律、管理方面的新知识。"奚晓快速简短回答。

"哈哈，这是好事，需要我为你做什么吗？"

奚晓听了忍不住笑了出来，脱口而出道：

"陪读，两个人一起读书不累。"接着又开玩笑般地说：

"你不是喜欢摄影吗？也去报个专业点儿的班，提高一下你业余摄影的水平吧。"

"好。"丈夫回答得却很认真。

第二天，奚晓果真"喊里喀喳"地报了有关法律和企业信息管理的大学函授教育课程，开始新一轮啃书本的挑灯夜战。接受挑战就此开始，一个坚定的决心背后却是无数漫长和实实在在的付出。

现实中，如果说政治工作对于奚晓来说是属于部队"精神建设"的层面，那么，在"生产经营办公室"则完全不同，可说是部队"经济建设"的层面，走进这个诡谲、陌生的领域，奚晓即将面对的是一个个诱惑和巨大的挑战。

"生产经营办公室"坐落在后勤部大院一角，是一幢与外界一墙之隔的独立三层的灰色小楼，原先这里是警卫连的宿舍，只有中间的一个进出口，楼的四周是荒草，被踩出通往院子的一条土路将这幢不起眼的小楼与外界连接起来。也许是大院太大且部门多，也许这是一个新组建的部门，很多人并不知道"生产经营办公室"到底是干什么的、在哪里。奚晓四处打听，终于找到小楼的时候，还是被它的破旧、好像是被"遗忘的角落"的景象感染，"这是个什么样的单位哦？"她看到楼门涂的绿色油漆脱落很多，露出了暗黄色的木头，楼的前面一堆一堆的建筑垃圾随处皆是，其中大多是钢筋、破砖烂瓦等；靠近小楼的北边围墙处，建了一个土厕所，还有一块菜地，不时闻到一阵阵臭味。

走进楼道，里面像是在装修，一声声"哧哧啦啦"的电锯和"咣咣"的锤子声震耳欲聋，整个小楼好像都在颤抖着。奚晓挨个看着每一扇门上贴着用纸写的处室名称：业务处、办公室、生产企业处、财务处……

"这里真乱呀。"奚晓心情十分不佳。

最终，奚晓找到了"生产经营办公室"主任兼党委书记李进的办公室，在门口大声喊了声"报告"！声音却被电锯和铁锤的声音吞没了。屋里没有应答，她用手拍拍门，然后小心翼翼地推开了虚掩着的门，走了进去，一股暖风迎面扑来。

这是一个有着里、外间的办公室，奚晓进到外屋，没人。她看看四面墙因为长久没有粉刷，已经变成了灰色，由于天气寒冷，两扇并排的窗户紧闭着，屋子中间有一个用废弃油桶做的炉子，里面的火很旺，火上烧着一大壶水，正"呼呼"地冒着气，靠近窗户的地方，是一排办公桌，几把椅子，地面扫得干干净净。

而里屋的门关着。

这时，奚晓听到里屋传出了大声的说话声，像是在抗拒电锯和铁锤的巨大噪音，于是也只好大喊道：

"喂，请问里屋的人，能出来一下吗？"

"谁呀？"随着一声高喊，里屋走出一个人来，是尹大柱，他看见奚晓便一脸迷惑地站住了，"你找谁？"

"哦，我叫奚晓，刚才敲门，喊'报告'……"奚晓比画着，大声解释。

"啊！你就是奚晓？快请进吧！"尹大柱一边说，一边冲里屋喊着，"书记，奚晓来了！"

"哈，奚晓来了啊？"随着一声高喊，李进和其他几个人快步从里面出来，"欢迎啊！看看，我们这里装修，旧貌换新颜……欢迎你的加盟！"

"书记，您好。"奚晓敬礼。

"奚晓啊，早就盼你来呢，工作头绪太多、太乱，我现在是顾了东，顾不了西，知道吗？'生产经营办公室'这个地方，军事、后勤干部居多，就是缺少你这样有知识、有文化，还有军队政治工作经验的人才呢。"

"书记，您过奖啦，我现在只是您手下的一个兵，人才可不敢当。"奚晓笑笑说。

第二天一早，奚晓就被叫到李进的办公室。一进门，奚晓看见大柱哭丧着脸，坐在李进对面，她怔了一下，似乎猜到叫她来，大概是出什么事了。

"生产经营办公室"亏损的那150万款项，尹大柱全力追款而毫无结果的事情，在后勤部系统内传得沸沸扬扬，很多人都知道，奚晓也有耳闻。

果然，不出奚晓所料，李进黑着脸开始说话了：

"奚晓，请你来，是想要你协助大柱为部队追回一笔欠款。"

"唔。"奚晓点点头。

"大概你也听说了，那笔欠款多达150万元。数目这么大，时间又拖了这么久了，看起来，想要追回的难度会很大的……"

"书记，我会竭尽全力完成任务，只是希望了解一下详细的情况。"

"好，奚晓，我相信你！"李进很高兴，又对尹大柱说，"你向奚晓详细介绍一下情况吧，然后你们商量一个解决方法，写出报告交给我。"

离开书记的办公室，奚晓问尹大柱：

"这郭平山是什么人？"

尹大柱比奚晓早几年入伍，一直做后勤工作，虽然二人相互认识，但不在一个部门工作，彼此并不熟悉。奚晓当时在军区已经有些名气，当尹大柱知道奚晓调进"生产经营办公室"后，不以为然，觉得政工干部搞经营，比他恐怕还要"外行"。

"郭平山是山东人，"尹大柱回答着奚晓，"过去也是穷苦人家孩子，到北京后开始做酒的生意，他精于盘算，几年发展下来，'顺'得有点冲昏头脑，于是开始自以为是起来；加上这郭平山生性豪气爽朗、为人大方，朋友又多又杂，结果被所谓的'朋友'给骗了。"

"被骗的也包括我们的150万元吗？"

"是的，这小子本来文化水平就不高，更别提法律知识了，人到了这个时候肯定就该上当受骗、吃亏倒霉了。因为他上当了，直接导致不能按时偿还我们的这150万元。"

"唔，这样啊。"

"奚晓，你不知道啊，因为这事，我着急上火得快要崩溃了，找过他无数次，可他一直拖着未还。"尹大柱似乎快要急哭了。

"你先别急，让我好好想一想。"

"奚晓，这回领导安排你参与追款，我真是高兴，知道吗？告诉你……"

"什么？"

"要求领导派你来帮助我们一起啃这块'硬骨头'，还是我的主意呢！"

"哦？"奚晓笑了，"为啥？咱们并不熟悉呀。"

"哎呀，凡是知道你奚晓的人，都夸你有头脑、有水平，而且人聪明、肯吃苦，有你参与，成功的把握就多了很多呀！"尹大柱虽心存疑惑，但也不乏真心的赞扬。

"谢谢你们对我的信任哦，咱们共同努力吧。"

整整一天，奚晓把自己关在办公室里，反反复复翻阅着大柱提供的部队与合作方，即欠款人郭平山之间，所有的项目来往的合同书、文字资料、手稿等；还有财务上收付款的各种凭证、票据；对欠款人郭平山的财务还款能力以及目前经营状况进行详细分析、了解、判断；再有就是郭平山本人生存的现状。

尹大柱不知奚晓葫芦里卖的是什么药，一天都没见到她人影，这天上班正在发呆，就见奚晓笑眯眯地出现在了眼前，他一下子跳了起来：

"奚大主任，一天没有见到你啦，哪儿去了？"

"大柱，'知己知彼，方能百战百胜'啊，我仔仔细细看了你给我的那些材料，包括对郭平山做生意手法的分析，正想找你商量呢。"

"啊……真是名不虚传，你是个有心人哦……"尹大柱这才感到奚晓做事风格的确与众不同，不由得感慨了。

奚晓并没有察觉尹大柱的变化，说道：

"郭平山几年暴富起来，头脑发昏，自以为是，不择手段，上当受骗、吃亏倒霉自然是正常和难免的。所以，被人所骗那是郭平山本人的问题，他有权利，也应该去向欠他钱的人进行追讨赔偿，但这绝不是郭平山拖欠我们钱款的理由，不能让部队为他承担损失，大柱，是不是这个理儿？"

"没错。"

"所以，按照合同的约定，郭平山必须足额履行约定，将钱偿还部队。"

"可是，各种办法都用了，就差去'抢'他了，没用的。"

"按照过去的追债办法，事实证明没有效果，为了尽快挽回国家的财产，我们得改变一下套路……"

"你说，你说。"

奚晓觉得尹大柱毕竟是位老同志，自己在他面前有点指手画脚，还有点班门弄斧之嫌，可是眼下奚晓顾不了那么多了，便说出经过一天的思考想出来的办法：

"我们要债就像打仗一样，一是战略战术；二是战机；三是稳、准、狠，哪样都特别重要。"奚晓相信直截了当对大柱说出自己的思路，他会理解。

"嗯，有道理。"奚晓的话打动了尹大柱，他不停点着头。

"第一，战略战术上，不能硬来，要尽量感化他、说服他，让他从内心愿意把钱款主动交给我们，如果相反，郭平山会'死猪不怕开水烫'；第二，一定要抓紧战机，速战速决，因为与他合作的、讨账的'朋友'肯定不是只有我们；第三，稳、准、狠，就是看准时机，要给他一定的压力，不留余地，但是要讲究方式方法。"

"太好了，奚晓，咱们现在立刻行动吗？"尹大柱边说边往外走，"我去叫人！"

"等等，现在关键是要知道他到底有没有钱，你多久没有见到郭平山了？"

"大概有半个多月了……"

奚晓看着尹大柱走出去，忽然有一种隐隐的不安。她琢磨着一天以来，看到郭平山与"生产办"签订的两份合同，还有郭平山提供的与其他公司签订的未能履行完毕或者还未兑现的几份合同，感到郭平山做事盲目随意，警惕性不高，草率有余；再加上郭平山文化水平低，并不依法办事，估计他身上的经济纠纷和债权债务少不了。如果真是这样，他一定早已经被追债的公司或债权人盯上了，迫使他躲藏起来，那么，不仅很难再找到他，而且讨回150万元也成了泡影。想到这里，奚晓不禁倒抽了一口冷气。

"奚晓，"正在此时，尹大柱气喘吁吁快步进来着急地说，"坏了，郭平山出事了！"

"你说什么？"

"他被刑事拘留了！"

令奚晓最担心的事情还是发生了，而且刑事拘留比躲藏跑路更难办。

原来，这个郭平山是在奚晓介入追款150万元前的一个月，因涉嫌投机倒把罪，被检察机关刑事拘留，因为尹大柱对追款万念俱灰，很长一段时间没有联系郭平山了，因此对郭平山被刑拘一事并不知晓。

"奚晓，怎么办？"

"这可真是雪上加霜啊。"奚晓喃喃自语着，意识到郭平山被拘留，给本来就艰难的追款之路增添了巨大的障碍，能跨过去吗？一种万分沮丧的情绪涌上心头，奚晓的自信心甚至一时有了动摇。

但只是一瞬间，奚晓的这种动摇就消失了，"明知山有虎，偏向虎山行"才是自己的风格，她在困难面前什么时候退缩过、放弃过？于是，她对尹大柱发狠道：

"不行，'仗'还没开始打呢，咱们不能就这样认输！"

第二天一大早，奚晓和大柱、老毕三人换下军装，驱车10公里，风尘仆仆地赶到郭平山在燕京的公司所在地。公司的院子与一条距离街道不远的小巷相连，走进去的时候，有如迷宫的感觉。

他们绕过一个小门，看见里面有一排似乎塌败的平房，十室九空，满目疮痍，各个房间全是"铁将军把门"，上着锁。奚晓用手遮住阳光，趴在窗户上向屋里张望，里面的家具等物品都被搬走了，室内全是蜘蛛网、灰尘；地上的蚂蚁、蟑螂等开始筑巢；白墙已被一些微生物的菌类染成黑绿色，屋里散发出的一股股发霉的味道，让她作呕。

尹大柱苦着脸，失望地说：

"咳，公司已经没有往日生意红火时的热闹景象啦，我们这趟怕是白跑了。"

三人在院子里转了好一会儿，冷冷清清不见一个人影。

"常言道'登高必跌重'，这郭平山真是应了'树倒猢狲散'的说法了。现在我们找不到他的下落，追款就毫无希望。"奚晓应道。

"奚晓，怎么办？只好回去了？"老毕问。

正当三个人一筹莫展时，忽然，房后的某个角落里轻声传来一句"谁呀"的问话声，他们同时扭头看过去，竟不知道该怎样回答。

"你们是谁呀？"一个瘦小的老头儿不知从哪里冒了出来，见奚晓他们不吱声，就继续问着，"从哪里来的？"

"老人家，这是郭平山的公司吗？"奚晓第一个反应过来，心中一阵惊喜，赶快接话道，并快步朝着老人走过去。

"……是，你们是什么人？"老人警觉着问。

"哦，我们是郭平山的朋友呀，大爷。"奚晓嘴甜，赶忙回答。

那老人先是疑惑地上下打量着大柱和老毕二人，眼睛又转向话语亲切、笑容可掬的奚晓，他似乎更喜欢这位穿着一身绿色作训服（注：军人在训练和作战时穿着的服装）的年轻漂亮女人，于是面对着奚晓问：

"你们是部队上的？"

"是呀，大爷，您知道郭平山在哪儿吗？"奚晓想极力打消老人的戒备。

"我们怎么能找到他？"大柱紧接着说。

"他……被带走了。"

"被谁带走了？什么时候带走的？"老毕大声问。

"……"

"大爷，别急，慢慢说，我们或许能帮上什么忙呢。"奚晓道。

三个人六只眼睛齐刷刷盯着老人的脸，这是他们大老远跑来的唯一希望了。

"跟我来。"老人依然看着笑眯眯的奚晓说着，便转身向一个房间走去。奚晓三人紧跟着进了门，那老人拉开抽屉，从里面拿出一张纸，递给奚晓。

奚晓连忙接过来，一字一句念着上面的字，后面的落款是：宣河市检察院。

三个人全傻了，都感到了问题的严重性，面面相觑了好一会儿，奚晓见那老人面无表情地看着他们，于是说：

"大爷，谢谢您啦。"

告辞的时候，奚晓没忘了向老人鞠了一躬。

回来的路上，三人的心情都很糟，尹大柱忍不住先开口：

"接下来怎么办？"

一直沉默的奚晓说道：

"郭平山的下落总算弄清楚了，我们事不宜迟，要进一步了解郭平山涉案的程度和现在的状况，寻找一切可能的机会，追回我们的损失。"

"要了解郭平山的情况，谈何容易，必须要与宣河市检察院取得联系才行啊。"大柱一脸为难地说。

"是啊，难，我们对地方检察机关并不熟悉。"老毕随声附和。

"不熟悉也要硬着头皮去！你们看这样好不好？我们先向书记汇报并提出下一步解决方案，希望组织协助我们联系宣河市检察院：了解情况，只有取得地方检察机关的协助支持，才有可能争取到更多挽回损失的机会。"奚晓果断坚定地说。

"行，看起来，只有你提的这一条路是最可行的！"尹大柱至此，已经开始钦佩奚晓的能力和工作水平了。

落实追款的具体方案报告很快得到了"生产办"党委的批准。

宣河市检察院距离燕京的路程不算太远，如果遇到天气好又不堵车，那么，两个小时就能到达。早上6点，奚晓和尹大柱、老毕坐着单位派出的车向宣河市出发，一路上，奚晓无暇顾及沿路的风景，脑海里想的全都是郭平山的事情。

奚晓一遍遍琢磨着、考虑着一个特别棘手的问题，即此次到检察院要达到的目的。

很显然，郭平山被检察机关采取限制自由的强制措施，一定是郭平山与某些国有机构和人员在经营或经济往来中，发生了涉嫌违法犯罪的行为，否则，检察院不会直接受理郭平山的案件和问题。而之前，宣河市检察院从未与部队接洽过，也就是说，郭平山的被关押，与"生产经营办公室"亏损的150万元的款项没有关系。

那么，奚晓考虑：应该如何请求宣河市检察院协助部队挽回150万元的经济损失呢？见到检察院的领导和办案的同志，怎么说明来意？如何表述才合情合理，才能得到同情和帮助呢？检察院对于军队的150万元损失，又会持什么态度？如果郭平山的问题很严重，关个半年一年的或被法院判了刑，那么找回损失岂不是根本无望了？

一路的冥思苦想，欲罢不能。

检察官也有情

8点钟刚过，奚晓一行在检察院传达室办理了登记，不一会儿，检察长办公室的一位年轻人客客气气地引领他们上楼，进了一间大会议室，又送过来三杯茶水然后就出去了，再也没有见到人影。

过了近二十分钟的时间，进来一个衣着笔挺的人，满脸疑惑地打量着眼前的这三个人，自我介绍说：

"我姓巴，是办公室的副主任，你们解放军来检察院有什么事吗？"

"我们来是因为一桩案子的事……"奚晓回答。

"什么案子？"巴主任没等奚晓继续说下去，便打断问道。

"是关于郭平山的案子，"奚晓连忙答道，"我们知道现在他已被你们拘押了……"

"郭平山跟你们什么关系？"巴主任又一次打断了奚晓的话，直截了当地问。

"郭平山拖欠部队的钱。"奚晓索性一针见血地回答，直视着巴主任，等待再被问。

巴主任对奚晓的回答似乎很意外，低头想了一会儿，说：

"这样吧，我一会儿还有个会，你们下午来吧。"然后，环视了一下眼前的三个人，便匆匆离开会议室。

三人无可奈何地走出了检察院的大门，看看表只有九点多钟，奚晓有些茫然，来的路上想了那么多希望求得同情的理由和话语，分析了那么多可能的结果，但却没有料到，什么话还没有说，就被宣河市检察院"请"了出来。

"怎么样？给咱们坐冷板凳的结果太出乎意料了吧？"老毕摇摇头，抱怨道。

奚晓看看两个同伴垂头丧气的，觉得现在自己首先不能泄气，于是鼓劲儿说：

"就算坐坐冷板凳，也知足吧！不管怎么说检察院的领导接见我们了，也知道了咱们的来意，不能太挑剔了。"

"可是，那个巴主任根本没有兴趣听我们讲情况，这不是明摆着打发咱们嘛。"

"重要的是我们并没有被拒之门外，他不是说'下午'吗？那我们最多下午再跑一趟呗，'抓住一切时机和希望'不是事先的计划吗？我们现在要做的是想一想，下午该如何干脆利落地与巴主任'摊牌'！"奚晓一口气说完，心态也随之平和了下来。

"对！可是这会儿刚刚9点多，到下午2点还有5个小时哪。"尹大柱说，"要不回燕京？"

"回燕京再折返回来，除了吃顿午饭什么也干不了，纯粹是瞎折腾，浪费汽油，还消耗司机的体力，总之不值得。"老毕反对道。

"奚晓，你的意思？"尹大柱问。

"在距离检察院不太远的地方挑一家餐厅吧，打发等待的时间，不回燕京了。"奚晓做出了最后的决定。

"呵呵，才9点多，咱们这吃的是早饭还是午饭呀？"尹大柱摇头苦笑。

"反正餐厅也不能不让进，咱就早进晚出，细嚼慢咽地吃呗。"奚晓说。

"哦，你这是'蘑菇战术'，懂啦！"尹大柱调侃起来。

终于"蘑菇"到下午 2 点了，三人从餐厅出来，准时来到检察院，传达室的人看见他们又来了，笑着说：

"解放军就是准时啊，甭登记了，进去吧。"

他们按照上午的路线上了楼，路过巴主任办公室时，奚晓有意放慢了脚步，她悄悄地从门缝望进去，看到巴主任坐在桌前写着什么，于是赶忙甩甩手示意大柱和老毕止步，指着那扇门低声道：

"快停下！巴主任在这里面哪。"

奚晓说完，调整了一下情绪，一点儿没有犹豫，敲响了门。

"请进！"巴主任头也没有抬。

"巴主任，又来打扰您了。"奚晓推门的一瞬间，马上从巴主任那发愣的眼神里看出了他的惊讶和意外。

"你们没走啊？"的确，巴主任原以为早已顺利将 3 人打发回了燕京。

"您不是说让我们下午再来吗？"奚晓却很认真地答道，"希望向主任汇报一下我们的来意，也请主任理解和支持我们的工作。"

"好好好，请坐吧，我还有个急事要处理，你们就在这里等吧。"

奚晓笑了笑，"好，谢谢！"习惯性的用军人表达敬意的方式，双脚后跟"啪"地并拢，给巴主任行了一个"注目礼"。

巴主任出去了，房间里又留下奚晓、大柱和老毕，三人心领神会地不由相互交换了一下眼色，老毕双手向外一摊，又耸了一下肩膀，做了一个无奈的手势：

"瞧，这冷板凳还要继续坐下去呀。"

"那就'坐'等呗。"尹大柱无奈地打趣着。

听着墙上的钟表"嘀嘀嗒嗒"枯燥的响声，奚晓默不作声地坐在椅子上，尹大柱烦躁地不时在房间里来来回回踱着步，老毕则闭目养神，三人此时的心情没着没落，除了等，别无他法，好像在等待着"宣判"一样。

当钟表的指针移动到了 4 点多钟的时候，门"吱呀"一声推开，巴主任终于进来了，奚晓三人不约而同地齐刷刷站起身来，那巴主任见状，略显有些歉意。

"哎呀，你们怎么还等着哪！"巴主任脱口而出。

"不是说让我们在这等您嘛。"奚晓不卑不亢地回答。

"咳，真对不起啊，我的事情太多，让你们等这么久……"巴主任抬起胳膊看看手表，说，"……今天时间有点晚了，要不然，你们明天再来吧？"

"好的，谢谢您。"奚晓尽管知道这又是在搪塞，但临行前，依然给巴主任举手敬礼。

巴主任或许是对奚晓他们军人风范的敬慕，或许是他与三人几个回合的"较量"下来感受到了对方百折不挠的意志，再或许是自己心存一丝丝的歉意，这一次，巴主任亲自把奚晓一行人客客气气地送到了楼梯口，望着三人离去，他忽然感慨起来：

"看起来，解放军真较劲，是不一般的人。"

两天以后，奚晓一行再次驱车到了宣河市检察院，情况几乎和前一次没有两样，那巴主任好像知道三人的坚定意志，干脆不再露面，让一个普通工作人员出来应酬。奚晓看出了检察院的巴主任是以种种理由和方式对他们的来访进行推托，她脑子里飞速地转动着：这样与之周旋下去会毫无结果，怎样才能脱离僵持的困境？搬救兵？

奚晓拿起电话，拨通了一位被她称为"大哥"的电话号码。

这位"大哥"名叫张子健，他一直在商场摸爬滚打，不仅人品得到了很多人的尊敬和信赖，而且还具有丰富的生活阅历和经验、冷静的头脑和对事物准确的判断力，是奚晓心中崇拜的"偶像"。

"大哥，您有空吗？需要见您一面。"

"奚晓啊？好久没有你的消息了，忙什么呢？"

垂头丧气回到燕京，奚晓如约很快见到张子健，哭丧着脸说：

"大哥，我遇到'坎儿'了……"

"呵呵呵，还有你奚晓迈过不去的'坎儿'吗？"

"别逗我了，是真的！"

"唔，说说看。"

奚晓将郭平山的案子，以及几天来到宣河市检察院的经过，一五一十告诉了张子健，最后说：

"喏，就是这样，宣河市检察院把我们'晾'起来了。"

张子健非常认真地听完，对奚晓说：

"其实，你一直做得很不错，地方检察院的案子堆成山了，'多一事不如少一事'的道理你应该懂，他们只会在自侦或公诉的范围内办案，你们的事情对他们来说，就是节外生枝，所以'晾'你们不奇怪。"

"那怎么办？国家的财产就这样没啦？"奚晓又急又气。

"别急，你想啊，那巴主任一直很客气，也没有把你们拒之门外，说明你的工作没白做，已经给他留下了很好的印象，所以我想，你们只差最后'一哆嗦'了……"

"什么'一哆嗦'？"

"联络感情啊！不要干什么都是一副公事公办的样子，懂了吗？"张子健神秘一笑。

张子健的分析和启发，顿时让奚晓心里豁然开朗，竟然孩子般一下子跳起来，把张子健'晾'在了原地于不顾，就一边往外跑，一边喊：

"我明白了，走啦！谢谢你呀，大哥！"

奚晓想好了，她立刻找来大柱和老毕，要听听他们的意见，所谓众人拾柴火焰高。

"咱们需要改变进攻的'策略'，"奚晓开门见山地说："是不是不该空手去找宣河市检察院的巴主任？"

"你的意思是送东西啊？"老毕没懂，哼了一声说，"又不是走亲戚……"

"老毕说对啦，就是'走亲戚'！咱们拉近和他的'感情'，取得信任，什么话就好沟通了。"奚晓神秘一笑说。

"啊呀，说得对哦，我说吧，还是奚晓的脑袋瓜子聪明！看来我们肯定是不该空手去找检察院的巴主任！"老毕明白奚晓的话，立刻脱口而出表示赞同。

"其实我也想了，看你们没那意思就没说。"尹大柱慢吞吞地说。

"好，那就商量带什么东西吧！"老毕急道。

三人又沉默了，一会儿，奚晓打破沉寂，笑着提议：

"大柱，你在部队搞生产经营，是老三产了，有经验，你说说呗？"

奚晓和老毕都看着大柱，大柱喃喃答应着：

"好，让我想想……"

半个小时后，奚晓走进了李进的办公室。

奚晓将这几天的工作进展情况做了详细的汇报，然后提出：

"李书记，我们下一步的方案是想，尽快从做'朋友'的角度，与地方检察院进行接触，如：送些军队的小纪念品、找机会说说家常话……给人家以亲切感，寻找新的突破口。"

李进高兴地听完奚晓的汇报，不禁称赞说：

"奚晓，你们这么几天不辞辛苦地与宣河市检察院接触并且初步打开了局面，工作有了进展，这太好了！对你们口头表扬一次！"

"那么，我们还有个要求，就是希望李书记提供一些活动经费，行吗？"奚晓直接问。

"好吧，你们先把下一步的工作方案，以及落实、推动这些工作方案所需要的款项及用途，提出具体意见报告，要动钱，是必须经过党委研究的，不过，鉴于你奚晓的工作成效，我就先斩后奏，给你们拨500元，怎么样？"

"李书记，有您的支持和信任，我们将全力以赴，完成任务。"

奚晓从李进办公室出来，这会儿尹大柱正在左思右想，按奚晓的要求，给巴主任他们究竟送什么才好呢？最后，他对奚晓说：

"奚晓，我想好了，咱们军队也没有钱，更没有送这东西的开支，但是快过'八一建军节'了，咱们下属的农场肯定要杀猪，到农场搞些新鲜的猪肉怎么样？拥政爱民、军民一家人嘛！"

"嘿，好主意，就新鲜猪肉了！"奚晓笑了。

"八一建军节"的前一天，奚晓和大柱跑到后勤部直属的农场，拉了一麻袋大米和刚宰的半扇猪肉。为了保证肉的新鲜，他们马不停蹄从农场直奔了宣河市，见到检察院的巴主任，不容他推辞和无论怎样解释，硬是把一麻袋大米和半扇猪肉"丢"给了检察院。

事后，巴主任对奚晓说：

"你们军人可真够实诚的。"

"我们也知道那些东西拿不出手，过建军节嘛，就算会餐吧。"奚晓嘴上说着，心里却有些酸楚，这米、肉虽少，可我们已经竭尽全力了，部队太穷，又有什么办法呢。

"你们什么都不用送，在不违反法律、纪律的前提下，我们能帮肯定帮，明天你们到我的办公室来吧。"

第二天，奚晓和尹大柱、老毕第四次到宣河市检察院。奚晓抬

头望着检察院那高高的、充满着神圣而又神秘的大门，有一种从未
有过的使命感，她想，这也许是最后的一次机会了，没有退路，只
有勇敢向前走！

　　进了巴主任的办公室，巴主任客气地请 3 人坐下后，一脸严肃
地对奚晓说：

　　"既然来了，你们就说说具体情况吧。"

　　奚晓简单明了地向巴主任陈述了郭平山如何让部队蒙受经济损
失的情况，然后直奔主题，果断地说：

　　"巴主任，郭平山所欠的 150 万元属于国家财产，我们作为军人，
奉命执行追款的任务，不能不为部队挽回这笔很大的经济损失啊！"

　　"我听明白了，我给你们联系法纪处，具体案件归他们负责，
你们现在就去。"巴主任边说边拿起了电话，"法纪处吗？关于郭平
山的案子有这样一个情况……"

　　巴主任放下电话，又对奚晓说：

　　"你们就到法纪处吧，有什么问题可以再来找我。"

　　奚晓对巴主任友好的态度以及事情的突然转机有些意外却又
大感欣慰，她如果今天穿着军装，一定会给巴主任敬个军礼以示感
谢的。

　　出得门来，奚晓对尹大柱、老毕说：

　　"巴主任的出面协调，使我们找郭平山追款的事终于又向前迈
了一步，不管下一步结果如何，我们都要继续前行，这是挽回 150
万元损失的唯一突破口。"

　　非常幸运的是，他们找的法纪处长是一名部队转业干部，曾经
在空军某部机关任保卫干事。同为军旅生涯的经历，彼此交流起来，
之间少了隔阂，且多了许多共同的语言。

　　法纪处长对视他为战友的奚晓、尹大柱、老毕三人说：

"郭平山的案子比较复杂，是被另一桩案子牵扯出来的案中案，更多的内容也不便对你们多说，检察院正在侦查之中。"

"那么，你看，郭平山所欠我们的款该怎么办？"老毕问。

"咳，至于你们部队的损失，能不能在现阶段得到解决，真是很难说呀。"

奚晓观察到法纪处长有难言之隐，就转移话题问：

"听口音你是燕京人，家在哪里呀？"

"是燕京人，家住在空军大院。"

"工作和家两地，多有不便呢，很少回家吧？"

"一周至少回两次，反正也不算远。"

"两次？"

"我燕京还有工作，在一所院校给学生们教授法制课。"

"啊，太好啦，我遇到老师了！"奚晓马上接道，"你在哪所院校？哪天、几点上课？"

大柱和老毕在一旁不知所然地听着奚晓和那法纪处长的对话，睁大眼睛看着这两个人，一头雾水。

"你问这些干什么？"法纪处长对奚晓笑了。

"去听你教授的法制课呀！"奚晓很是认真地回答。

从检察院出来，尹大柱对奚晓说：

"你这是搞啥名堂呢？"

"你想啊，我去听他讲课，一来是学习法律知识，增强法律意识，二来可以与这位法纪处长多联系，增进感情。"

两个月后的一天下课以后，法纪处长对奚晓说：

"你到检察院来一趟，有事。"

功夫不负有心人，奚晓终于等到了收获"果实"的这一天，她预感到法纪处长约请她的将是"喜讯"，虽然她不确定会得到怎样的帮助，但肯定的是一定对追款的工作进展大有益处。

奚晓一行再次踏进了检察院熟悉的大门，因为常来脸儿熟，传达室的人免去了审查单位介绍信、登记、来人接等一切烦琐程序。

果然，法纪处长一见到他们，就说：

"经请示上一级领导同意，检察院对你们提出的问题，要我们尽力给予协助。"

"谢谢！谢谢你！不过,郭平山的问题到底有多严重?"奚晓问。

"这郭平山涉嫌与一个国有事业单位内部人员的经济犯罪有关联，在侦查中，发现了郭平山的投机倒把行为，检察院现在已经冻结了郭平山公司的全部资金账户，扣押了部分物品，郭平山本人已被刑事拘留，现在检察院看守所羁押。"

"这下完了，看起来咱们的钱追不回来了。"老毕又开始垂头丧气了。

"还有，郭平山的案子已经由我们这里移交到下一级检察机关了，如果你们需要，我可以帮忙，介绍你们过去。"

法纪处长一直把奚晓他们送到大门口，临别时非常真诚地对奚晓说道：

"奚晓同志，你不用再跑那么远去听我讲课了，我很理解部队领导和你们维护国家利益的心情，也为你们的责任心和诚恳所感动，以后，如果你们在基层检察院遇到什么问题，仍然可以来找我，都是老朋友啦！对吗？"

在返回的路上，奚晓、大柱和老毕都意识到了追款的路还很长，道路艰难。

"我们可谓是'过五关斩六将'哦。"

"再难走的路，也得走下去。"

"小车不倒只管推！"

一路上三人自嘲着、调侃着，更多的是打气、相互鼓励着继续追款的坚定信念，因为他们明白，这是任务，再难也得上，绝不允许退缩。

基层检察院负责承办郭平山案子的检察官姓常，很巧，也是一名部队转业干部。常检察官在部队时，从事财务工作，转业后在公安局工作了一段时间，后来自学法律，调到了检察院，被选任检察官。这是一个性格十分爽快的人，十几年的部队生涯令他对部队有着深厚的感情和留恋。因为常检察官在部队做过财务工作，对于郭平山给部队造成如此之大的经济损失十分愤慨，他明确表示说：

"你们放心，只要在法律允许的范围内，我会认真对待部队方面提出的所有意愿。"

"常检察官，我们有幸遇到你，真太好了，谢谢！"

"同为军人，一家人不说两家话。"

奚晓听了心里暖暖的，觉得在这漫长的、布满迷雾和陷阱的追款路上，总算又看到了一点亮光。

至此，经过艰难和不懈的努力，检察院方面的工作已经完全沟通，并得到了理解。但是，下一步的行动是什么？怎样让检察院对追回 150 万元提供有效的帮助呢？奚晓觉得，她必须要见到郭平山，只有在郭平山身上才能找到答案。

"对，事不宜迟，向检察院提出约见郭平山。"想到此，奚晓立刻叫上老毕和大柱又一次找到检察院。

想通过检察院见到郭平山，谈何容易？申请、报告、研究、批准……多个请示、报批环节及程序。虽说奚晓、大柱、老毕和常检察官已经成为了好朋友，每个人都曾经有过一段不寻常的经历和故事，四个人常在一起回忆在军营的那些难以忘怀的经历和往事，加深了之间的战友真情，但是在奚晓提出要面见犯罪嫌疑人的问题上，常检察官仍然坚持按照规定办事。

又是两个月过去了，约见郭平山的事却一直没有进展。

这天，奚晓、大柱和老毕约常检察官喝茶。期间，尹大柱问：

"常检察官，我到'生产经营办公室'之前是通信兵，老毕是工程兵，奚晓官最大，是政治处主任，你在部队一直做财务工作吗？"

"不是，最先是在野战军，很苦哦。"常检察官说，"说心里话，我每次见到你们，就好像又回到了军营。"

"我知道你是真心实意在帮助我们，"奚晓说道，"郭平山的案子拖着，我们见不到郭平山，150万元去向至今不明，郭平山自己又不会主动向检察院交代此事，这样下去，如果他就此规避了部队的这150万元，那么我们就再也追不回来了。"奚晓据理力争地再次向常检察官提出要见郭平山的要求。

"好吧，我再试试，明天就向领导转达你们的要求。"常检察官听完奚晓的话，不住地点着头回答。

郭平山的案子交到常检察官手里的第三个月，终于有了实质性的进展。检察院同意奚晓三人代表部队到看守所和郭平山会面。三个人听到这个消息都非常高兴。

奚晓说：

"这是我们面对面说服郭平山主动偿还部队欠款唯一的机会，太难得了，有什么要事先考虑到的，一定想周到了，做到万无一失，马到成功。"

"你说吧，我们俩都听你的。"老毕回答。

奚晓想了想，忽然问尹大柱：

"这郭平山爱吃什么？"

"烧鸡。"

奚晓从挎包取出200元钱塞给大柱，说：

"大柱，你去买一只烧鸡，再买上两条云烟。"

"郭平山这小子就是一只白眼狼，坑苦了咱们部队，烧鸡喂狗都不给他吃！"老毕一时没有理解奚晓的意图，有点想不通愤愤地说。

"奚晓，这200元钱应该由公家出，不能让你掏腰包呀。"大柱看着奚晓手里的200元钱，不知道是接好还是不接好。

凯旋

上午10点，奚晓三人来到看守所，办理完手续后，走进了一间指定的小房间。

小房间里面只有1张桌子和3把椅子，两把椅子靠在通往楼道走廊门的一边，椅子前面摆着一张破旧桌子；在桌子的对面，还放着1把椅子，显然是给郭平山准备的，在那把椅子的后面有一扇小门，是供被羁押的犯罪嫌疑人进出使用的。

奚晓三人谁也无心说话，静静地等待郭平山的出现。

随着一阵"踢里踏拉"的脚步声，郭平山佝偻着腰，面无表情地走了进来。脸颊还能显出曾有过的微胖痕迹，但看起来十分疲惫，头发已经被剃光，衣服上都是褶皱。他抬头看见了尹大柱，眼里闪出了一丝惊喜，刚想说什么，发现大柱身旁的奚晓和老毕，于是张了张嘴，将话吞了回去。

"你坐吧。"老毕冷冷说道。

"是，是，部队领导你们坐。"郭平山有些惊慌。

奚晓和老毕坐了下来，大柱站在他们身旁。

"郭平山，"奚晓淡淡地，但是却略显关切地说，"我们代表部队领导来看看你，身体还好吧？"

"好，好，谢谢领导。"

"听大柱说你爱吃烧鸡，我们给你带来了。"奚晓回头示意了大柱一眼。

"给，快吃吧，还是热乎的呢。"大柱马上将一个纸包放在桌子上。

"是专门给你买的，吃吧。"奚晓边说边一层层打开了纸包，并且善意地对郭平山点点头。

郭平山简直就是受宠若惊，太意外了！他眼睛里立刻闪出饿狼般的光芒，盯着那酱红色、散发着诱人香气的烧鸡，不觉咽了一下口水，他移过目光，迟疑地又看了看对面的奚晓，似乎在确认眼前的一幕是不是真实的。

郭平山在与部队做生意时认识尹大柱，因此之间很熟悉，但却是第一次见奚晓和老毕，他觉得眼前的这个漂亮的女人似乎很和蔼沉静，看不出对自己有一丝的恶意；倒是她身边的那个男人一脸的冷峻。郭平山此时此刻除了意外，更多的是感动，他不知所措地看着对面的 3 个人，又禁不住看看桌子上面的烧鸡，一时僵在那里。

其实这是奚晓打的一场"心理"攻坚战，她知道这半年多对于郭平山来说，是从天堂掉进了地狱，从一个吃香喝辣、前呼后拥的人上人，到完全失去了自由的犯罪嫌疑人，郭平山已经没有了以往的自负和尊严，这个时候他的心理防线既是最弱的，也是十分警觉的；如果对他施压，直接提出索要欠款，很可能会使他产生"死猪不怕开水烫"的心态，一切的努力将"流产"。如果仍然将他作为朋友真诚对待，尊重他做人的尊严，这反倒是这时候的他所最需要的。

到了此时，老毕才恍然大悟，看出来奚晓买烧鸡的用意，双方"心理战"胜负的战局明显，奚晓略胜一筹。

奚晓不动声色，对郭平山点了一下头，示意他——可以吃。

郭平山的口水早已经"飞流直下三千尺"了，他全然不顾奚晓3人惊愕的眼神，像一只快饿死的狼扑向"猎物"，撕下一条鸡大腿用脏手拿了就往嘴里送，伸长脖子"吧唧吧唧"地一通猛啃，送到嘴里的肉还没有经过细嚼，就囫囵吞下肚去，吃得满嘴是油。一会儿工夫，郭平山把整只烧鸡吃了个精光，就连鸡头、鸡屁股都吃得干干净净，只剩下一堆鸡骨头……他一边吃，一边不断摇头晃脑地重复一句话：

"过年啦！过年啦！"

看着郭平山那种感到无限的满足，边说边大吞大嚼，鼻中呼呼有声，嘴下风卷残云的吃相，奚晓和两个同伴张口结舌。

奚晓一开始看着郭平山饿狼吃食的样子很想笑，他整个头都像要扎进烧鸡里去了，她感慨："哇！原来吃东西也可以吃得这么凶猛无比、所向披靡啊！"可是，当桌上就只剩一堆鸡骨头的时候，郭平山抬起头，用感激的眼神望着她的时候，她却无论如何也笑不出来了，心里竟有些酸楚、怜悯。

进食是人类的一种原始行为和需求。极度的饥饿必然引发对食物的极度渴望，这种渴望是如此强烈。人对物质的热情源于饥饿以及物质的匮乏，而对丰足的渴望走到极端，就是贪婪与挥霍！郭平山就是这样一个走过了穷—富—穷之路的人。

老毕点燃了一支烟递给郭平山，郭平山接过烟狠狠地接连吸了两口说：

"我知道部队领导来找我干什么。"

"干什么？"

"我欠部队的钱。"

"欠多少？能还吗？"

"我一定还，等我出去了……"心虚的郭平山说到这儿抬眼看了一下奚晓。

"郭平山，你有诚意现在就想想怎么还。"奚晓略微加重了语气，"这是国家财产、军队资产，是百分之百赖不掉的，你不要心存一点侥幸。"

她停顿了一下，看着郭平山，觉得这个时候必须给郭平山施加压力了，于是加重了语气继续说：

"我们能找到你，能在这见你，就说明我们有很多办法，你尝过了失去自由的滋味，知道自由的可贵，不用我多说吧？"

奚晓看到郭平山脸上闪过一阵踌躇和失落的神色，知道她的话产生了作用，继续说：

"你也知道，我们是把你作为朋友，真心来看望你，但是我们还是要明明白白地告诉你，这150万元是军队的财产，这个窟窿一天补不上，就一天没有完，部队是绝不会放弃的。现在你已经陷入两宗案件，不希望再罪加一等吧。你好好想想，还有什么办法可以还上部队的这笔钱？"

郭平山最后的"心理防线"被奚晓彻底击垮了，他忽然说道："我还有一些东西你们要不要？可以抵债吗？"

"什么东西？"奚晓乘胜追击，连忙问。

"有车、有酒。"

"车？酒？"

"是啊……但都被检察院拉走了。"

"乱讲，检察院都扣押了怎么能给我们？"尹大柱急问道。

"不是的！不是的！"郭平山连忙摆着手，急切地压低了声音。

"你什么意思？"奚晓追着问。

"这些被扣的东西与我现在的案子没有关系，"郭平山极力说明着,"是可动用的个人财产,值一些钱。"

这句话让奚晓心中不免一阵窃喜,不动声色地问道:

"你还欠谁的钱?这些物品肯定都是你自己的吗?"

"首长,你们待我好,也没有加害我,我也是个爷们儿,不会再做对不起部队的事,我向你们保证,那车、酒都是我自己的东西。"

为谨慎起见,奚晓又仔细地询问了一些问题,然后确认道:

"郭平山,你愿意主动向检察院说明,对我们部队的欠款以物抵债吗?"

"我愿意,是我对不起部队,对不起朋友……你们,你们都是好人……"

"好,谢谢你郭平山,谢谢你的配合,希望你说话算数。"奚晓点点头,站起身对郭平山说,"郭平山,我们还给你带来两条烟,不知看守所允许不允许你带进去?"

郭平山惊喜交加,连声说:"可以,可以!"

大柱掏出烟,放在了桌子上。

郭平山接下来的举动,再一次让奚晓和老毕、尹大柱目瞪口呆。

只见郭平山先是把两条烟拆开,再把烟盒里的烟卷倒在桌子上,将一半的烟卷从胸前的领子口塞进上衣,烟卷被堵截在了腰间;然后,他拿起捆烧鸡的绳子,扎住裤腿,再将另一半烟卷从裤腰里放进去,掉到两边裤脚里。郭平山忙活了一阵子,收拾完了,抬起身子冲着奚晓、大柱和老毕诡谲地笑了笑。

"这小子,可真有他的,瞧那烟卷藏得,如果不注意,还真看不出他身上藏着那么多的东西。"老毕头摇得像个拨浪鼓。

"哼,他鬼得很。"大柱应道。

从看守所出来后,奚晓一直都没有吭声,不知怎么,她看到郭平山如此活着,感到很不舒服。

郭平山吃鸡、塞烟卷的一幕，经过了多少年以后，奚晓仍然历历在目。她有时会想，郭平山如今怎么样了？可以肯定的是，他的生活再狼狈不堪也得过下去，对于一个触犯了法律的人来说，生活就是在劫难逃。

会议室的党委会已经开了整整一个上午，参与会议的党委成员对奚晓汇报郭平山"以物抵债"的问题，激烈地发表着不同意见。

"郭平山欠的是钱，要东西干嘛用？"

"什么破玩意就把我们打发了，不同意！"

"为什么不要钱？我们可以等案件结案。"

"郭平山欠款事实清楚，就在账上挂着呗，我们如果同意了以物抵债，万一'物'不够抵债的数额，以后有人说我们'贱卖国家财产'咋办？还不如在账上挂着。"

李进皱着眉头一言不发，他在仔细听完奚晓的汇报后，对不同的意见，心里反反复复进行着权衡、分析和判断，最后说：

"这么长时间了，关于郭平山的欠款问题终于有了进展，现在，奚晓同志提出了'以物抵债'这个重要议题，大家知无不言，言无不尽，很好。奚晓，我想听听你对同志们的发言，谈谈自己的意见。"

奚晓镇静地看着情绪激动的各位党委成员，尽量让自己的语气平和，表述清晰，希望能把意见完整地讲出来，她说：

"郭平山'以物抵债'是目前我们唯一可以变现（现金），挽回150万元经济损失的解决方案。现在，检察院以郭平山涉嫌'行贿、投机倒把'两项罪名羁押，根据法律规定，郭平山被冻结的资金，要经法院审理后，才能发还或动用。郭平山本身并没有多少'流动资金'，如果再扣除国家税收和银行贷款，已所剩无几，而且案件审理的程序，有一审、二审，从时间上来看，还不知等到猴年马月，所以，最后我们拿不到一分钱的可能性相当大。”

奚晓的发言结束，会议室里鸦雀无声，就连平时最爱挑刺的人也保持了沉默。

“好！”李进击案而起，“奚晓讲的已经很清楚了，我们必须面对现实！党委会委托你们3人戒骄戒躁，巩固战果，尽快落实（以物抵债）。”

郭平山“以物抵债”的方案终于通过了，奚晓从会议室走出来，站在院子里，阳光洒在身上，她仰起头，舒展着疲惫的身体，长长地舒了一口气。

为了使“以物抵债”的方案不落空，为了早一天追回损失，在奚晓的建议下，她和老毕、尹大柱连续几天对常检察官打起了“车轮战”，那常检察官也是重战友情义之人，积极从中斡旋，你来我往，只争朝夕。

好消息接连而来，常检察官正式通知部队：

“郭平山被扣押的部分物品与本案件无关，经检察院核实后决定发还部队。”

这天，奚晓、大柱和老毕的脸上挂着这段时间以来从未有过的喜悦神态，经历了多少个夜不能寐的日日夜夜？受了多少次的委屈和冷遇？有过多少回不辞劳苦的奔波……然而，这一切的一切都过去了。

奚晓想，他们凭着一往直前、不抛弃、不放弃的坚韧，打赢了这场“战役”，所有经历过的那些煎熬、委屈、疲惫，又怎么能和取得胜利的喜悦相比呢？

从检察院拉回物品的那一天，整个后勤大院人的眼球都定位在了“生产经营办公室”那幢三层灰色小楼上，楼前一辆辆汽车进进出出，人来人往，像过节一样热闹，赶来看稀罕的人们瞪大眼睛议论着：

"这是大部队刚刚打赢了一场战役，凯旋啊！"

"快看，车上面拉的都是战利品！"

拉回来的有：车、酒，还有部分家具，小山一样堆满了整整两个篮球场，"生产经营办公室"的官兵倾巢出动，忙着搬运，李进更是乐得合不拢嘴，握着奚晓的手使劲抖着：

"奚晓，不简单，太不简单了！你是'巾帼不让须眉'啊！"

"书记，奚晓这回可是立了大功，怎么犒劳她？"听得出来，老毕由衷地赞扬奚晓。

"犒劳，一定犒劳！这样，老毕，你现在把拉回来的酒打开几瓶，让我和奚晓痛饮庆功酒！奚晓，你看怎样？"边说边歪着头，看着站在一旁微笑的奚晓。

"算了吧，书记，你明明知道人家奚晓滴酒不沾……"尹大柱接道。

"哈哈哈……"所有人都大笑起来。

经过财务人员清点和初步估算，全部物资加在一起"变现"后，基本折抵欠款了：

加长"130"货车7辆；

小轿车2辆；

山西名酒竹叶青450箱；

还有大大小小的桌、椅、凳……

残疾车的风波

1991年底，在中央军委召开的扩大会议上，对于军队搞生产经营出现了极为强烈的反对意见，时任军委副主席的张震在发言中指出：

"要充分认识搞生产经营对军队的危害。"

1992年1月，张震又亲笔给一位军委领导写信，信中特别分析了军队搞生产经营的弊端，再次建议军队应该"吃皇粮，开正门"。不然，认真查一下，"不知多少人要犯错误！"

1993年10月30日，《中央军委关于整顿改革军队生产经营的决定》正式下发：要求对生产经营实行集中统一管理，军以下作战部队不再从事经营性生产，现有企业由各军区、军兵种集中归口，统一管理。

同年11月3日，全军生产经营工作会议在京召开，张震代表军委讲话，指出军队生产经营的得失利弊，讲问题比讲成绩篇幅多了一倍，他提高声音说："军队必须遵纪守法，依法办事，防止各种腐败现象的发生，从历史教训看，军队经商是走向腐败的重要原因！"张震副主席讲了淮海战役中的一个例子：

"战役之初，蒋介石决定放弃海州、连云港，让第九绥靖区的国民党部队退守徐州，如果敌人集结在一起，仗就很难打。当时徐州'剿总'总司令是刘峙，他在海州开着几个盐号，为了一己私利，将国民党部队退守徐州的军事机密告诉了自己盐号的经纪人，结果，弄得满城风雨，解放军得到了这个情报，抓住战机，迅速打下了徐州。所以，这个例子告诫我们，军队经商必然会引起内部的腐败，而腐败的军队都是没有战斗力，必然要打败仗的！"

那天，奚晓参加了李进传达"全军生产经营工作会议精神"后，她想了太多的事情，特别是军委副主席张震那句"军队必须遵纪守法，依法办事，防止各种腐败现象的发生"的警示，让她感受良多。自从到了"生产经营办公室"，她看到有些问题是不应该发生的，可就是因为不懂法、没有严格按照法律规定办事情，以致造成签订合同有漏洞，工作起来变得被动。所以，坚持"遵纪守法，依法经营"的原则，对于"生产经营办公室"来说，显得格外重要。

因此，熟悉、掌握法律知识，以便运用法律武器指导、解决生产经营中的民事法律问题，成为奚晓学习的又一个目标。她毫不犹豫报名参加了国家高教委和司法部举办的法律专业函授教育和考试，她坚定地认为，这些法律知识，是她在"商战"这个看不见硝烟的战场上的"铠甲"和"武器"。

向郭平山追款的事情，转眼就过去 3 个月了。在这相对平静的 3 个月里，奚晓有足够的时间去啃"法律"的条条款款了，桌子上堆满了书，她头埋在里面，一看就是半天儿。

连续一个星期发烧，奚晓为完成一篇关于《民事侵权诉讼地域管辖权的确定问题》的课题绞尽脑汁，顾不得去看病。看书时一声声咳嗽着，病情好似加重了，在丈夫心疼地催促下，不得不去医院看医生了。

或许是被外面的凉风一吹，头脑注入了清新的空气；或许是忽然熙熙攘攘的医院环境，替换了啃书本、爬字格的压抑；再或许是她自己几天的努力该有了收获的"灵感"，总之，就在等待护士叫号就医的时刻，一直困扰着她的"课题"如何完成结束语的部分，突然闪现在脑海，文思泉涌，奚晓觉得血往脑袋里冲，强烈地想要将结束语内容写下来，生怕转念就忘记了。她习惯性地摸一摸上下衣口袋，糟糕！因为匆忙出门看病，没有带笔，心急火燎的她"腾"地站起来，只有一个念头：找支笔！她挤进挡在医生诊室门口，围着护士的人群，堆着笑脸说：

"护士同志，你的笔能借我用一下吗？"

那护士抬头莫名其妙地看了奚晓一眼，又看看自己手里的笔，不无疑惑地说：

"干嘛？没看见我用着哪！"

奚晓讪讪离开，又怕又急，怕的是如果不赶紧写下答案，就会忘记；急的是此时在哪里可以马上找到笔，她心神不定地在医院的走廊来来回回转着圈，忽然，想起在挂号处的窗口有提供给就医的人填写信息的笔，她立刻三步并作两步，到了挂号处，一眼就发现那窗口放着一个小得不能再小的铅笔头，奚晓扑了过去，将那只有两公分的铅笔头紧紧攥在手里，如获至宝。她坐在挂号处的窗口边，取出自己的病历本，捏着小笔头，把想到的问题一一记下，直到写满密密麻麻两页病历纸之后，才终于松了一口气。

回到医生办公室，快到中午下班时间，门前已经没有了病人，而奚晓的"就医号"也早过去了：

"对不起，护士同志，我晚了……"

"你干嘛去了？怎么搞的？都叫了好几遍了！"护士没好气地数落着，顺手递给奚晓一支体温表，"先量一下体温！"

奚晓仍沉浸在完成"课题"的喜悦之中，5分钟后，只听那护士大呼喊道：

"39.1°啊！"

这时，奚晓才觉得一阵的眩晕，头疼欲裂。

生活，还在继续。

奚晓爱静，业余时间除了去听法律课、读书，不愿意扎堆"聊天儿、侃大山"，但是，她却有很多的朋友，特别是当朋友们遇到解决不了的问题时，自然都会想到找奚晓"解围"，不光是出于对奚晓人品和能力的信赖，更重要的是大家公认她有比较丰富的经验、智慧和责任心，只要奚晓答应的事情，总能以事实为依据，以法律知识为武器，迅速解决问题，走出困境。

那时，由于地方经济薄弱，安排随军家属就业有困难，相当一部分家属要靠部队办的工厂来安置，军办家属工厂确有一些搞得较好，不仅解决了经济困难，也使军队干部思想得以稳定和安心地工作。军委副主席张震提出了"部队以安置家属子女就业为目的创办的家属工厂，似也应允许少量保留"的建议，使全军部队的家属工厂，保留了1800多个。

"生产经营办公室"的干部陈洪斌，是奚晓的同事，李进将他调到下属家属工厂担任厂里的党支部书记。

陈洪斌是1962年入伍的老兵，为人忠厚老实，埋头苦干，是公认的老黄牛式的干部，李进调他到家属工厂，就是因为厂里基本都是随军家属，俗话说，三个女人一台戏，女人多的地方，事儿就多，李进对他说：

"陈洪斌，你脾气好，又当过政工干部，有耐心，有经验，家属工厂就交给你啦！给我管好一群妇人们，还要加强工厂的思想管理，开展利国、利军、利民的生产经营工作。"

"我不行……和战士们在一起习惯了，管一群妇女……我可不行！"陈洪斌心里没底。

"我就看你行！"李进不容分说。

果然，李进没有选错人，陈洪斌去了半年，工厂就有了新的起色，他团结职工，抓思想，促生产，不仅为工厂创收，给国家上交了利润和税收，增加了工人的收入，逢年过节还时不时慰问一下后勤部大院的食堂，送一些肉呀、蛋呀、鱼虾呀、水果呀……陈洪斌声名大噪，成了大院里人人皆知的生产模范和英雄式人物。

人们常说，"天有不测风云，人有旦夕祸福"，正当陈洪斌带领全厂职工一帆风顺地大干特干的时候，一件意想不到的事情发生了，陈洪斌被人告了，竟然还说他是"诈骗犯"！

　　国庆节的前一天，一个残疾人冒死在军队大门口突然冲出拦截了部队首长的汽车，卫兵急忙上前劝说，无济于事。首长从被拦截的汽车上走下来，对卫兵说"不要阻拦他"，又走到那残疾人跟前问，"有什么事？慢慢说。"

　　"陈洪斌是诈骗犯！"

　　"哦？"

　　"状"一下子就告到了军区首长那里，这个残疾人的极端行为，一方面博得了很多不明真相人的同情，另一方面，也把陈洪斌推到了"违法乱纪"的风口浪尖。军区首长自然十分重视，指示李进：

　　"查，一定查清楚，无论什么人，只要是有'违法违纪'行为，严惩不贷！"

　　李进急了，叫来陈洪斌，急赤白脸地问：

　　"老陈，你搞什么名堂啊？"

　　"咳，我真没有想到……但是请领导相信，我没有'诈骗'人。"陈洪斌有口难辩，急得快哭了。

　　"到底怎么回事儿？"李进诧异地问道。

　　"……"

　　事情的起因，还得从陈洪斌的女儿说起。

　　陈洪斌的独生女儿从小患小儿麻痹症，双脚不能正常走路。由于陈洪斌过去常年工作在内蒙古的基层部队，很少回家，基层干部的薪水又低，女儿的腿脚疾病始终也没有治好，妻子常常抱怨：

　　"女儿的病，耽搁了，错过了最佳治疗时机。"

　　陈洪斌说不准是不是因为自己只顾忙于工作而或多或少耽搁了为孩子治病，心里自责觉得亏欠女儿。

　　女儿渐渐长大了，但是一直是拄着双拐走路，到了18岁的时候，也没有找到工作，幸好女儿是个很懂事、坚强又乐观的姑娘，瞒着父母每天站在街头发广告，最后找了一份抄抄写写的工作。

陈洪斌心疼女儿，和妻子商量：

"咱们给女儿买一辆残疾轮椅车吧。"

"可我听说残疾轮椅车需要量身定做，不是说买就能买到的。"

于是，夫妻二人找材料、翻报纸，打电话联系厂家订车，然后给银行汇款，最后，接到厂家通知后，到火车站取货，一辆崭新的残疾轮椅车摆在了女儿面前，陈洪斌高兴地对妻子说：

"残疾轮椅车替代了拐杖，就好比鸟枪换了炮。"

"是啊，女儿再也不用架着胳膊挂着双拐一蹦一跳地走路了，出门收送材料也方便了很多，总算为女儿做了件好事。"

就在陈洪斌对女儿的自责刚刚平复，还沉浸在"赎罪"后的快感之中，女儿使用了不到两周的残疾轮椅车就暴露出了问题，有的功能不适用。女儿死活不肯再坐残疾车，自己又挂上了刚刚丢弃的双拐。陈洪斌一下子没了辙，原以为拿出省吃俭用的钱给孩子解决了一个大难题，谁知这车成了摆设。

陈洪斌一刻也不敢耽搁，马上联系厂家说明情况和理由，提出退车。

谁知厂家负责销售的经理说：

"车可以调整、改动，就是不能退。"

"为什么？"

"这是量身定做的轮椅车，退回来卖给谁？"经理强调说。

陈洪斌为了给女儿买这辆残疾轮椅车，花去了整整一千块钱，这对每个月薪金只有一百三十块的陈洪斌夫妇来说无疑是花尽了血本。陈洪斌觉得厂家销售经理的话也是有些道理的，当初这车是根据女儿的一些条件特别定做的，退回去又有谁能用呢。陈洪斌尤其后悔自己购车过于急躁，在不懂残疾车功能使用又没有向有经验的人事先了解清楚的情况下盲目定做，其后果只能自己承担。

陈洪斌经过反复思考，想出来一个一举两得的办法：卖掉家里这部残疾轮椅车，再买一辆送给女儿。于是，他起草了一份"转让残疾车"的声明，打印了30份，然后，跑到火车站、长途车站、公共汽车站等人口流动量大的场所贴了出去。

别说，这个方法还真有效。一周后有人循着"转让残疾车"声明中的电话号码，打来了电话，电话里的人对陈洪斌说：

"我要买这辆残疾轮椅车。"

"行，什么时间来？"

"明天。"

第二天，如约来买残疾轮椅车的是个中年男人，也就是后来拦截部队首长汽车，状告陈洪斌"诈骗犯"的那个残疾人。

陈洪斌是政工干部，从指导员、教导员干到副政治委员，再调到部队的"三产"。部队的政治工作归根到底就是做人的工作，多年的工作习惯让陈洪斌养成了对人对事仔细观察、认真思考的习惯，特别是思想工作不留死角。他看见那残疾人坐在自己的残疾车里，下肢只到膝盖，膝盖部分皮肤光滑，陈洪斌看得出来，是老伤了，于是，他仔细问道：

"是给自己买吗？"

"是。"残疾人道。

"你原来坐的这台车不是挺好吗？"

"嗯，我想换一台。"

"买了新的，旧的怎么办？"

"就想买个新的用，老的还没考虑怎么办。"

陈洪斌第一印象觉得残疾人还老实，但他不敢掉以轻心，心里琢磨着，自己因为买车没经验，已经吃了亏，卖车可不能再吃一次亏了。所以在"为什么又换新轮椅车"的问题上，反复问了那残疾人好几遍，直到自己放心为止。

而那个残疾人知道了陈洪斌是一名部队干部，兴奋地连连说："想不到您是军人哪！我对军人很崇拜。"

总之，陈洪斌到底是个老实厚道之人，残疾人买车的坚定态度和连连奉承终于让他放松了戒备的心态，二人交流放松顺畅，话题越谈越投机，竟好像是很多年没有见面的老哥儿俩。

其实，那残疾人的用心是希望陈洪斌将那一部崭新的车能"便宜点"卖给他，很快他就达到目的了，陈洪斌觉得应该帮助这个兄弟，看到他的残腿，就像看到自己残疾的女儿一样。有了这个基础，有关价格问题、运输问题，统统没有阻力。

陈洪斌将残疾轮椅车以850元的价格转让给残疾人；购车发票、产品说明书、保修单据全部随车转交；陈洪斌负责办理托运，送回残疾人老家；残疾人一次性支付850元的转让费。

第二天上午九点，残疾人早早来到陈洪斌住的家，正值夏季天气闷热，陈洪斌一大早就用凉水泡了一个大西瓜，拿给残疾人解凉食用。细心的陈洪斌依然坚持对残疾人说：

"你一定要再次坐着残疾轮椅车，到院子外面多转一转，如果你觉得不合适，改主意了，我不会有意见的。"

残疾人拗不过，在他的家人陪同下，又到院外面转悠了一大圈。

"这车我要定了。"残疾人没有任何犹豫。

残疾轮椅车就这样卖了，看起来很顺利，双方皆大欢喜。

送走了残疾人，陈洪斌大大地舒了一口气，虽说里外里不到两个月就亏了200块钱，但是想到不但帮助了别人，还有了850元钱，可以很快给女儿再买一辆新的残疾轮椅车了，心里的愁云一下子被吹散了。

然而，陈洪斌还是高兴得早了点。

两个月后的一天，陈洪斌突然接到了残疾人打来的电话，说来说去一句话：

"退车。"

陈洪斌这一段时间正忙着帮女儿选择残疾轮椅车，残疾人要求退车的这个电话，就像一根大棒子打在了陈洪斌头上，让他不知所措，找不到北。"为什么？这是为什么？心都掏给了对方，亏着卖了车，有发票为证，这到底是怎么啦？"陈洪斌百思不解。

其实，令他没有预料到，狼狈不堪的事情，才刚刚开始。

很快，那残疾人带着车来找陈洪斌了，当面提出：

"退车。"

陈洪斌自是不肯答应：

"我们之间都是说好的，当初，我一再建议你慎重决定，你态度坚决表示不会反悔，为此我还降了不少钱卖给你，现在你已经使用残疾轮椅车两个多月了，又要退车，是不是太没有道理了？"

两个人话不投机半句多，那残疾人一不做二不休，干脆坐在陈洪斌家的院子里，从上午到中午，再从中午到下午，就是不肯离开，左邻右舍见状全都是丈二和尚摸不到头脑，议论纷纷，指指点点。

陈洪斌百般无奈，拿着军官证找到驻地派出所，讲清情况请求警察的帮助，派出所需要维护所管辖区片儿居民的安全，好说歹说劝走了残疾人。陈洪斌的家人和居住的院子刚刚安静下来，那残疾人就转移"阵地"，到了军区大门口，状告军人陈洪斌"诈骗"百姓钱财，于是就发生了前面说的事情——强行拦截部队首长汽车的事件。

陈洪斌是个"死要面子活受罪"的人，又不愿麻烦他人，就默默承受那残疾人的折腾，直到接到军区首长"查清事实，严肃军纪"的批示，他这才意识到事情的严重性。当李进询问此事时，他详细向组织做了汇报。李进有些挠头，说：

"对方是个残疾人，是社会上的弱势群体，我们处理不仅要慎重，还要得当，派谁去解决好呢？搞不好会激化军民矛盾……如果，安排一个女同志去处理，显得更'柔'一些，比男同志更适合。"

陈洪斌马上说："书记，那就让奚晓出面，行吧？"

"嗯，好，"李进点点头，"奚晓头脑清晰，思维缜密，做事严谨，讲话和气又切中要害，就让她去！"

李进找来奚晓，对她说：

"有个棘手的事情，要你去处理一下。"

"什么棘手的事？"

"陈洪斌转让残疾轮椅车，被说成'诈骗'的事，你知道了吗？"

"有些耳闻，具体不详……"

"你看看，陈洪斌是入伍24年的老同志了，荣立过两次'三等功'，年年被评为'优秀共产党员'，从来没有违反纪律的事情发生。这次转让残疾轮椅车的事件影响这么大，一个残疾人把'状'都告到了军区首长那里了……"

"是陈洪斌被残疾人告了状？残疾人大闹部队机关、拦截车辆我也有耳闻，现在才知道原来这事与陈洪斌有关。"

"说的就是啊，大家都觉得事情蹊跷，实在不可思议，陈洪斌可能是被冤枉了。"

"他始终小心翼翼，忠于职守，是个踩死个蚂蚁都害怕的人，哪里有胆子敢去骗残疾人？这怎么可能！"

"也许是与什么人结'仇'了吧？"

"我坚信他不会去'诈骗'什么人，像他那样的老实人，也不太可能与人结仇。"

"奚晓，军区首长对此事很重视，处理不好，会影响解放军的声誉和军民关系，你代表部队出面，解决一下此事吧。"

"是。"

奚晓接受任务后，感到与残疾人打交道确实要面对更多、更复杂的问题。她又感到这件事很棘手，对方是残疾人，人们眼中的弱者，一旦处理不当，激化矛盾，出现不好的后果，不仅陈洪斌不能摆脱麻烦，还会给解放军的荣誉和形象带来负面影响，这份责任对她来说确实很重。

另一方面，奚晓心里很愿意帮助陈洪斌摆脱困境，她始终认为陈洪斌平时严于律己，公私分明，家境又十分清贫，是位"好好先生"。

经过思考，奚晓决定要赶快做好两件事情：一是，联系陈洪斌和残疾人双方当事人，弄清事实的真相；二是，控制事态的恶性发展，找出解决的办法。

狭路相逢智者胜

陈洪斌的妻子是个土生土长的燕京人，没有正式工作，还有一个残疾的女儿，住在燕京的一条叫作"东西交民巷"胡同的一处大杂院里，陈洪斌的岳父岳母与女儿的一家三口同住，挤在不足四十平方米的两间小平房里，一大家子人已经在这里度过了几十年的时光。

在燕京，这座饱经风霜的千年古城，无数条纵横交错的胡同星罗棋布，共有七千余条，浩繁的围绕在皇城周围，大部分形成于中国历史上的元、明、清三个朝代。胡同的名称五花八门，有的以人物命名；有的以市场、商品命名；有的以燕京土语命名，什么文丞相胡同、砖塔胡同、耳朵眼儿胡同、帽儿胡同、丰富胡同、棉花胡同、金鱼胡同、闷葫芦罐胡同……最长的胡同是东西交民巷；最窄的胡同要数钱市胡同，宽仅 0.7 米，稍胖点的人得屏住呼吸才能通过。奚晓对燕京胡同名字的古怪，早已司空见惯，虽然搞不清楚那些胡同名字的含义，但想必都有许许多多的动人故事发生在里边吧。

费了好大劲儿，奚晓才找到了陈洪斌的家，她朝着大杂院的深处探索前行，看到这是一个老城的二进院，这些老房子都有年头了，一式的墙体斑驳，有些都能感觉摇摇欲倒了，里面住满了不同行业、不同职业的普通老百姓。奚晓问一位老太太：

"老人家，陈洪斌家在哪儿？"

"往门里走，西拐直对的那个屋就是了。"老太太比画着。

奚晓从一个小门进入，通过一条狭长的巷子，越往里走越觉得昏暗，她走到老太太指的屋子门前，刚要敲门，陈洪斌恰巧走出来，他先是一愣，立刻高兴地说：

"哎呀，是奚晓呀，你是怎么找到这里的，快请进。"

奚晓笑着说：

"知道你坐在了火山口，我没有耽搁时间吧？"

"没有，没有，"陈洪斌连忙说，一边沏茶倒水送到奚晓面前，"喝茶……屋里光线太暗，大白天只能开着灯，让你见笑了。"

奚晓看看悬在屋顶上那并不太亮的灯，就断定也只是 15 瓦的灯泡。房子太潮湿，空气中总弥漫着一种霉烂的味道，还有木板门窗，见证了古屋的百年风霜。她心中压抑，突然涌起一种苍凉感，她曾经见过的一些老房子，也如眼前的同样破败，住在里面的普通老百姓都过着同样艰苦的生活，恐怕都有过"人鼠同宿"的经历吧？

"老陈，"奚晓进入主题，"你把事情的来龙去脉仔仔细细讲一遍。"

陈洪斌"咳"了一声，开始滔滔不绝讲述起来，说到被当成"诈骗"的委屈时，痛苦地低着头，难过得说不出话来。

奚晓仔细听完讲述，说：

"要证明你没有'诈骗'，就要先将你购那台车的原始发票拿出来，以证明你所讲的真实性。"

"奚晓，我说的半句假话也没有啊。"陈洪斌急了。

"老陈，我信你，但是解决问题不在于信不信，而在于讲事实、讲证据，用大家都一目了然的证据证明事实。"

"唔？"

奚晓看到陈洪斌一脸茫然，耐心说道：

"你转让残疾轮椅车的事情，从头到尾双方都是口头行为，你呢，又把发票和所有手续统统交给了残疾人，所以，你的手里没有发票，就不能说清楚残疾车的合法来源，即是你买的，没有合法手续证明，你卖车就成了违法行为……明白了吗？"

"是这样哦。"陈洪斌似乎有些明白了。

"我们如果手里有了购车发票，就有了残疾轮椅车合法来源的这一关键证据，你转让残疾车是你的权利，也是合理合法的行为，这样，对你尽快摆脱困境，就多了一份可靠的保证。"

"太好啦，奚晓，我就知道你有办法！"陈洪斌兴奋地大声说道。

"现在，能找回发票吗？"

"很难，那些发票随车都给了那个残疾人了，我要了几次，对方都不给……是不是就没有办法证明这部车是我买的了？"陈洪斌又垂头丧气起来。

"所以，对方才借此说你是'诈骗'，对吧？"

"是呀。"

　　"这样吧，"奚晓仔细想了想，说，"首先，咱们与厂家负责销售的经理取得联系，就以'购车发票丢了，需要补办'为由，要求厂家补开一张发票。"

　　"这么长时间了，厂家不会给补开发票了吧？"

　　"不联系怎么知道行不行？"奚晓立刻打通了厂家的电话，又很快找到销售经理，提出要补开发票。

　　其实，这时候奚晓担心的，不只是厂家同不同意补开发票，还在于即使同意补开了发票，但让你等上个十天半个月的，也是无可奈何的事！

　　在电话里，奚晓态度十分诚恳，语气非常客气，她提出两点具体建议：

　　"经理同志，这件事确实给您添麻烦了！您看，补开发票的事情，能不能这样啊？一个办法是：由厂家重新补开一张发票，由我们买方支付该张发票的税钱；二是：售出的那台残疾轮椅车厂里财务会有做账留存，复印一份，加盖公章就可以。究竟怎样解决起来更方便，由您来选择，好吗？"

　　或许是奚晓真诚的态度和建议的可行性，或许是陈洪斌为人做事善良忠厚，打动了厂家的那位销售经理，他出乎意料地说：

　　"解放军同志，当初老陈（洪斌）是要退车，可我没有同意，那是因为我们的残疾轮椅车全部是量身定做的，退回来我卖给谁去呀？"

　　"是呀，是呀。"奚晓随声附和着。

　　"可人家老陈不愧是解放军，也没再找我们，他真要是跟我没完没了，那也是麻烦不是嘛！我同意你后一条建议，复印个发票盖上厂章，这事好办。"

　　"那么，能尽快将发票给我们吗？"

"三天内，我一定把盖好章子的发票复印件邮寄给你们。"

销售经理的态度让奚晓感到松了一口气，于是对陈洪斌说：

"常听人们说，'吃亏是福'，我看用在你身上再恰当不过，那位销售经理说，敬重你的为人，愿意协助尽快把发票寄来。"

"真的呀？我怎么都不会想到日后还会有求于厂家的事情……"

果然，不到三天收到了盖有公章的发票复印件。

之后，奚晓觉得该要"会会"残疾人，与他交换意见了。

这天，那个残疾人又到军区来了，被卫兵挡在大门外，安置在接待室。奚晓接到通知后，连忙赶了过去，在军区大门口的值班室里，奚晓动之以情，晓之以理，同那残疾人谈了整整 3 个小时，最后奚晓用严肃的口气对残疾人说：

"先生，关于你反映陈洪斌'诈骗'钱财的事情，我们已经做过调查了解：第一，残疾车是陈洪斌通过合法渠道，正规生产厂家购买的，手续齐全；第二，当时，是你主动找到陈洪斌要求购买转让的残疾轮椅车，你情我愿，没有发生任何强求和胁迫；第三，陈洪斌好心地不仅将新车降价卖给你，还掏钱帮你办理了托运，而你用了两个月后，说退车就退车，连个退车的理由都没有。现在，你到部队控告陈洪斌'诈骗'，他骗你了吗？用什么骗你的？"

奚晓看残疾人低下头，一言不发，继续说道：

"部队有严明的纪律，如果说陈洪斌欺骗了你，部队绝不袒护他，会严肃处理的；但是如果你反映的情况与事实不符，部队也会保护自己的干部，维护他的名誉。"

奚晓没有忘记最后强调，也是最为重要的一句话：

"我说了这么多，如果你仍然觉得残疾轮椅车买卖的事情不可调和，就直接到人民法院，通过法律途径解决，如何？"

"那你说怎么办？"残疾人终于让步了。

"我听陈洪斌说过，你们是朋友，对吗？"

"是……"

"是朋友，有什么事都可以商量着解决啊，你离开这里以后，我们共同来解决这件事情，怎么样呢？"

最终，奚晓说服残疾人离开了军队机关驻地。

第二天，陈洪斌带着奚晓到残疾人住宿的旅店去看望，那残疾人对陈洪斌有说有笑，俨然像个"老朋友"，令奚晓感到异常，只听残疾人说：

"我想明白了，不再折腾了，这不，已经买好返回的火车票，好大哥，你就原谅老弟我这些天不冷静的行为吧。"

一向头脑清醒，原以为会有一场讨价还价"舌战"的奚晓，倒被那残疾人一百八十度转弯的表现和一番话搞得一头雾水，莫名其妙。

"似乎事情就这样平息了，解决了……"奚晓向李进汇报时，自己仍不相信事情竟是这样的结果。

而李进却很高兴，责成办公室向上级机关做了口头和文字汇报。然后，对奚晓说：

"好好好，你为陈洪斌取得证据，还了陈洪斌一个清白，用摆事实，讲道理的方法，做通了那残疾人的思想工作，让他主动离开了部队大门口，消除了不明真相的老百姓的猜疑和不良影响，稳定了局面，大家的工作又回到原样，很好呀。"

"书记，可我觉得事儿没那么简单，总感到哪儿不对劲，还没完……"

那陈洪斌见到奚晓，简直不知道说些什么话才好。奚晓看得出来，陈洪斌对她心怀着敬意和感激，也并不在意得到他的赞扬。只是此时，她想到了陈洪斌的简陋残破的家，想到他残疾可怜的女儿，想到他被指"诈骗"时焦头烂额的状态，心里充满对这老实人的怜悯，忍不住对李进说：

"这个陈洪斌太倒霉了，老天对他真是不公平。"

一晃两个月过去了，春节马上就要到来了，恰好天空飘起了纷纷扬扬的雪花，大雪覆盖了整个燕京城。

家家都在兴高采烈地准备年货，大街小巷挂起了红灯笼，回荡着玩雪孩子们的欢笑声，还有时不时一阵阵的鞭炮声划破街区和胡同的宁静。

那是个星期六。奚晓办公室里一阵急促的电话铃声响起，电话的那一头传来陈洪斌带着哭腔的急促求救声：

"奚晓，奚晓，他又来了！"

"谁？残疾人吗？"

"是，是他，就在我家院里，来了好多人……怎么办？"

"老陈别急，记住，你和家里人千万不要出屋子，我马上就过去。"

奚晓放下电话，穿好外衣，装上一些钱和军人证，立刻奔出房间门。临行前，先到李进办公室报告，又和身边的人匆匆打招呼：

"我的预感没有错，残疾车、残疾人的麻烦事又卷土重来了。"

办公室一下子就炸了窝：

"真的吗？怎么会毫无征兆啊？"

"而且再有两三天就是春节了，这不是让人措手不及嘛！"

"哼，恐怕等的就是这个时间吧！"

奚晓在奔往陈洪斌家的路上，脑子里快速地分析着：听陈洪斌焦虑和紧张的口气，可以断定，那个残疾人直接去找陈洪斌，已经摆出一副打架的声势，似乎要闹个"鱼死网破"，不达目的绝不罢休，看来这次残疾人是有备而来，来者不善。

"那么，他这次为什么不直接去军区闹了呢？"奚晓给自己提出了一个问题。

奚晓如同解答试卷的问题一样，思索着：

——残疾人开始找部队想要达到的目的只有一个，那就是给部队施加压力。部队一旦怕影响不好、怕闹事就会给陈洪斌施加压力，混淆视听中达到退车换钱的目的；而在闹事后，残疾人明白了，部队已经查清了陈洪斌买车卖车的全部过程，再到部队告状闹事、通过部队施压陈洪斌已无济于事。既然找部队无望，又咽不下这口气，索性就直接找陈洪斌，还是找到他的家闹事，这是抓住了陈洪斌善良可欺的一面。陈洪斌没有了部队出面，就有可能"就犯"。

"所以，这次残疾人没有到部队去讨说法，因为他知道是白费劲儿。"

想到此，奚晓感到自己的压力忽然减轻了不少。现在一群人到陈洪斌家摆起了"龙门阵"，一副"你不退我钱，我也让你过不好年"的蛮横耍赖嘴脸，其实这也说明了那个残疾人实际是山穷水尽、无计可施，在做最后的挣扎。

一路上，奚晓反复斟酌着几种解决问题的方案。

在去陈洪斌家的路上，她连着打了两个电话，为应对各种情况的发生做好必要的准备。

一个电话打给转业到公安分局，分管治安工作的战友，奚晓在电话中说：

"如果发生侵犯军人或其亲属人身权利的事，或者影响到居民大院的安全和秩序了，你马上来哦。"

那战友很爽快地说道："没有问题。"

另一个电话奚晓打给了老朋友方仲歌。他大学毕业后转业到了地方,已经在司法部直属的律师事务所干了几年的律师工作,被人们昵称为"包公"。

"包公"方仲歌行动迅速,几乎和奚晓前后脚到了陈洪斌家,本来就不宽敞的大杂院里面,已经被黑压压的人群围了个水泄不通,人群里有残疾人带来的,也有外头跟着进来看热闹的,还有原本就住在大杂院里的邻居们。

奚晓简单地向方仲歌介绍了事情的来龙去脉后,说:

"这些人就是闹事来了,并没有一点道理,陈洪斌又太老实,根本无力应付这些人,而我势单力薄,所以,请你来最重要的是帮助我先稳定这个混乱的局面。至于那残疾人的工作,由我来对付。"

"好!我是律师,可以代表陈洪斌出面,与他们正面交锋,放心。但是现在,你最好配合我,一起劝阻那些围观的群众离开。"

"行!"奚晓点点头,又说,"既然残疾人带来的人是恶意闹事的,那么,我们在气势上一定不能软弱,邪绝不能压正。"

"那当然。"方仲歌点头答应着。

"但是,我们最后处理问题的原则,还是要以调解为主,哪怕做出些适当的让步,但绝不可'恋战'。"

"说得对,尽快平息,防止事态扩大,行动吧。"

说时迟那时快,方仲歌几步穿过人群,站在了陈洪斌家门前,"啪啪啪!啪啪啪!"拍着手掌,大声说:

"大家安静,大家安静,听我说。"

这方仲歌相貌堂堂、一表人才,再加上 1.82 米的个头,显得鹤立鸡群,他的大嗓门和果断的话语一下子压倒所有人的声音:

"我是这家主人的朋友,你们谁找他有事?就来跟我说吧。"

院子里一下子变得鸦雀无声,不知是被方仲歌的气势吓住了,还是本就不关自己事,没有人出声。

奚晓见状马上大声说：

"好啦，不是住在这个院的人也别围着了，就快过年了，家家都忙着准备年货呢，不是这院的就都请回吧。"

一些看热闹的人左顾右望，再看看闹事的残疾人等也没有人应声，也觉得没啥看头，人群里于是有人说道：

"人家解放军女干部说得对，快过年了，家里的事情还有一大堆呢，咱们就别在这里凑热闹了，走吧，走吧。"

有人开始陆陆续续向院子外面走。

这时，方仲歌接过奚晓的话，继续强调说：

"左邻右舍的邻居们，咱们都得过个安稳年，安全年，是不是？现在有些不是这个院的住户，真要是出了事，凡是在此围观的人，多少是要负责的！"

话音一落，又有一些人离开了小院，剩下的基本就是院里的邻居了。

"邻居们也先回自个儿的家吧？院里的事交给我们处理好不好？"奚晓接道，看着邻居们各自回屋后，立刻走到残疾人面前问：

"你到底想干什么？闹事吗？看着陈洪斌老实、好欺负，是吗？"

"退车。"残疾人身旁一个小平头恶狠狠地抢话说。

"闭嘴！"奚晓用更加严厉的口气冲小平头喝道，"在这儿你没有资格讲话。"

残疾人见状，竟一时说不出话来，奚晓上前，凑近他耳边又一字一句地说：

"我受陈洪斌领导的委托，代表部队现在回答你，你不是一直找部队要说法吗，好！我下面说的话，你要仔细地听清楚：第一，陈洪斌购买的残疾轮椅车手续齐全、合法；第二，陈洪斌在转让残疾轮椅车过程中，没有任何隐瞒和强迫；第三，陈洪斌新买的残疾车只收了你八成的钱，没有骗钱；第四，是你主动找上门来买的车，查过手续，试开过车，有这个院子里的邻居作证。陈洪斌不欠你的！听明白了？"

"……"

"陈洪斌也有一个残疾的女儿，他很同情你，将你当作朋友，买的新车没有超过两个星期，就减去150元转给你，还出钱为你办了托运，对不对？"

"对……"

"你买车时，陈洪斌反复提醒过你'车可以不买，买走就不能反悔'，可是你呢？车买回去，用了两个多月了，才说要退车，又没有退车的理由，你说说，做人怎么能这样没有良心呢！你今天还带着人包围老陈的家，威胁不退钱不走人，这是不讲道理。"

"我……说不过你，你和陈洪斌是一伙的，反正他'骗我钱'……"

奚晓知道残疾人已经理屈词穷了，便不与他讲道理了，语气平静地说道：

"你看这样好不好，不如我们上法院，通过法院审理，由法庭来判决，看是陈洪斌'卖车骗钱'？还是你背信弃义，以退车为名讹钱？"

残疾人和跟随他一起来闹事的人，被奚晓这句声音并不高的话震慑住了，大眼瞪小眼，干脆谁也不吭声了。

奚晓觉得，最后"摊牌"的时机到了，说：

"看你，腿脚行动不方便，大老远来一趟不容易，但是无论你想去法院起诉，还是想回家，我都会送你去，你决定吧？"

"我不去法院……"

"那就是回家？"

"嗯。"

"这就对啦，你回家的火车票钱和饭费我来出。"

说着奚晓从口袋里掏出 200 元钱，很严肃地说道：

"你既然决定不去法院，自愿同意回家，很好。这 200 元你拿好，给我写个收条。但你也要记得，从今天起，这辆车的事，再也不能找陈洪斌的麻烦了，听明白了吗？"

"听明白了。"

"不反悔？"

"不反悔。"

于是，在大杂院里的雪地中，残疾人与陈洪斌达成了书面调解协议。天快黑的时候，奚晓和方仲歌送走了最后一个人——残疾人。

直到这时，奚晓才发现，自己在雪地里踩来踩去已是一整天，脚上的鞋完全湿透了，被一层冰雪、稀泥包裹着，已经分辨不清颜色了，脚在湿漉漉的鞋里冻得没有了知觉，根本不听使唤。她在地上不停地踩着，想恢复知觉，但是又似千万根钢针刺在双脚上面一样，疼痛难忍……

奚晓对方仲歌感激道：

"谢谢你，今天多亏你帮忙。"

"咱们谁跟谁呀，不用谢，有事说话，随叫随到。"

二人道了别，奚晓出了胡同口，走到大街上，路上已经空无一人，只有寒风在空气中徘徊，她浑身冰冷，不停地哆嗦着：

"这鬼天气咋这么冷啊！"

但这些疼痛、寒冷都比不过奚晓心中的喜悦、温暖。她赢了，帮助了朋友，维护了解放军的荣誉，消除了激化军民关系矛盾的一大隐患，她真的可以放心了。

第二天一早，奚晓在军区的院子里遇到了陈洪斌，他匆匆忙忙走过来，心有余悸地问奚晓：

"奚晓，辛苦你啦……那事情真的彻底解决了吗？残疾人一伙会不会再来……"

奚晓看着老实善良，甚至有些可怜的陈洪斌，肯定地说：

"放心吧，老陈！残疾人不会再来找麻烦了，相信我。"

"真的吗？"

"你想啊，一辆崭新的 1000 多元钱的残疾轮椅车，他实际上是 600 元就买到了手，这么划算的买卖，那残疾人再笨，也算得清这笔经济账，他绝不会再回来。退一万步，就算他再来，你手里握有调解书，他也推翻不了。"

"太好了，太好了！"陈洪斌眼圈湿了，掩饰不住激动地说，"奚晓，我们一家人邀请你和'包公'方仲歌律师到家吃顿饭，表示感谢之情……"

"都是战友，真的不用客气，只希望你们一家三代人，能够从惊恐和痛苦中，恢复到往日的平静，好好过日子，就是最好的感谢啦。"

时间，证明了奚晓的这一判断，残疾人再也没有来。

而陈洪斌经历的这一场"劫难"，付出了惨重的代价，不仅仅是经济上的损失，更主要的是精神上的折磨。就在这件事过去了很长时间后，他依然很认真、很真诚地对奚晓说：

"奚晓，你知道吗，我在经历过残疾轮椅车的事情之后，真正受到的教育是什么吗？"

"是什么？"

"我们政工干部不懂法、不'依法办事'就什么工作也做不好。"

"说得对，老陈！所以，一个政工干部除要熟悉掌握党的路线方针政策，努力加强理论和专业水平学习外，还必须学习一定的法律知识，这样有利于我们提高逻辑思维能力、辨别能力和判断能力，把思想政治工作做活、做细、做扎实，不走和少走弯路。"

久别重逢

1984 年 10 月，十二届三中全会召开，系统地提出和阐明了国家经济体制改革中的一系列重大理论和实践问题，确认"我国社会主义经济是公有制基础上的有计划的商品经济"，这是全面进行经济体制改革的号角。经过多年的实践，形成了全方位、多层次的开放格局，改革开放是"强国之路"，得到了全国人民的拥护，成为共识。

改革开放在政治、经济、文化、精神道德上，带给中国翻天覆地的变化，使中国日益融入世界经济和主流文明之中，但同时社会深层的矛盾逐渐显露出来，比如贫富之间的差距逐渐加大，人与人之间在精神层面上的距离也在拉开。

光阴似箭，日月如梭。

商战，奚晓在这个没有硝烟的战场上，见过、经历过了太多的角逐与厮杀，越过了无数个危难与陷阱，结识了不少政界、经济界、企业界、金融界、文化界等领域的专业人才。她再不是最初那个简单稚嫩的小战士，已如麦田里的穗子般饱满，沉淀着成熟，是李进手下沉着、稳重、干练的团队骨干，出色地完成了无数大大小小的任务。

燕京的金秋，艳阳高照，是奚晓最爱的季节。

"叮叮叮"桌上的电话响了，里面传出了一个似曾相识的声音：

"请奚晓同志接电话，谢谢！"

"我是奚晓，你是……"奚晓的脑子里迅速搜索这个声音的主人。

"你就是奚晓?"电话里传来一阵呵呵呵的笑声,"晓晓! 猜猜,我是谁。"

"哎呀! 不会吧……你不会是……莉莉吧?"奚晓疑惑着试探问道,但可以肯定绝不是部队的人,因为周围的战友们没有人知道她的乳名。

"没错,我就是莉莉呀! 晓晓,总算找到你啦!"莉莉还是那样急急的腔调,不等奚晓说话,又道,"我爸爸生病住在省医院的高干病房,我去看他时,没有想到奚伯伯就在他隔壁的病房,俩老头为一盘棋的输赢,争得面红耳赤,太巧了! 师芩阿姨告诉我,才知道了你的一些近况和在燕京的电话。亲爱的,你好吗?"

"我好,还好……莉莉,真是你哦,你好吗?"奚晓意外得有些语无伦次,"我们有二十多年没有见面了吧?"

"22 年了,晓晓,我是出差来燕京的,住在白天鹅酒店,因为马上要和头儿们出去办事,咱们约晚上见面吧? 好好聊聊,怎样?"

"我去酒店找你。"

"一言为定,对了,下班就来,别吃饭,我请你。"

"不,你来燕京应是我做东的,咱们晚上见!"

"晚上等你。"

这天一下班,奚晓便开着 "生产经营办公室" 那辆半新不旧的 212 吉普车前往莉莉住的白天鹅酒店。这是地处燕京东大街有着 20 层楼的一家酒店,其豪华程度,在当时为数不多的五星级酒店中,颇具知名度。

推开旋转的玻璃门,眼前展现的是一个装潢奢华的巨大空间,天花板上华丽的水晶吊灯,每个角度都折射出如梦幻般的斑斓彩光。空气中弥漫着香料和咖啡的气息,酒店设计以金黄色为主色调,弥漫着浓郁的异国风情：法国的青铜、水晶装饰，意大利的音乐喷泉，一曲悠扬婉转的卡农钢琴曲似有若无地荡漾。

奚晓乘电梯上楼，敲开了莉莉的房间，她一眼就看出，这是间国际水准的寝室，一流的家具用品，富丽堂皇的回廊，金箔的装饰，由内及外无不彰显优雅高贵的奢华气派。

莉莉刚刚洗过澡，趿拉着拖鞋，穿着浴衣，头上裹着一块大大的毛巾，便向奚晓扑了过来，拉着她的手，兴奋异常地说：

"晓晓，快让我看看你，变成啥样子了？"

"老了呗。"奚晓笑道。

"天哪！晓晓，岁月怎么在你的脸上一点儿也没有留下痕迹呢？还这么年轻漂亮，还比小时候多了成熟女人的风韵！穿的衣服也得体，我原来想象你一个当兵的，肯定是裹着军装的老古板，就像咱爸咱妈那样子的……"

"嘻嘻嘻，哪里还年轻漂亮，身着便服随便一点，再说来这种高档酒店，还是不穿军装的好。"

奚晓见莉莉边说话，边穿衣服，接着说：

"莉莉，你可是变了，没有了小时候的狂傲和天真了，但还是那么精神。"

"还狂傲、娇气和天真什么呀？我自从和爸爸妈妈去了干校，就如同下了地狱，父母成天挨批斗，我受不了歧视，就去了内蒙古生产建设兵团，放羊、种地、挖渠，一干就是 5 年，每月只有 5 元钱的工资，成了地地道道的贫下中农了。"

"后来呢？"

"后来，恢复高考，上了大学，毕业后分到报社做了记者，也兼做编辑，喏，直到现在。这次就是同主编一起到燕京，采访几位重量级的企业家的。"

"莉莉，你是记者呀？人称'无冕之王'呢，真了不起。"奚晓从心里为莉莉高兴。

"别说我了，你呢？我们去餐厅吃饭，边吃边说，快和我说说你……"

她们绕过蜿蜒而上的旋转阶梯，最终到了藏在酒店角落的一处德式餐厅。原来，酒店大厅飘溢着一丝一缕的清凉咖啡气味和酒、肉浓郁的香味，都是它所惹的"祸"。几张浅褐色的欧式雕花桌椅陈列在里面，满目所及，皆是棕红与暗黄色的浮华格调，每张桌子上都摆放着一个白色的瓷花瓶，花瓶里红色的玫瑰柔美地盛开，与周围的幽雅环境搭配得十分和谐，吧台的壁柜上排列着形形色色的德国啤酒。

服务生走过来，礼貌地招呼奚晓和莉莉，将她们引领到一处安静的角落。她们各自要了一份七成熟的牛排、土豆泥和面包，奚晓因为要开车，拒绝了红酒。

奚晓在莉莉不停的追问之下，从当纺织工人说起，当兵、入党、提干、搞政工，一直到奉命去了"生产经营办公室"。和少年时代一样，说到伤心处，莉莉和她一起难过；说到成绩和进步，莉莉和她分享着快乐。

"'逝者如斯夫'，都过去22年了！你还记得我们小时候和'大肥猪'打架的事吗？"奚晓笑着问。

"怎么会忘呢！想一想，我们那时多么单纯啊！"莉莉感慨万分。

两个人开心地笑了起来，沉浸在回忆往事的欢乐之中。

奚晓又转了话题，像是自言自语，又像是对莉莉道：

"你们报社住在这样高档的酒店，要花很多钱呢。"

"报社是事业单位，一直是这样，因为经常出差，又是属于上层建筑领域，代表各级领导的'喉舌'，很受重视，所以，记者外出采访时候，从来不会在吃住方面降低标准，而且实报实销。"

"看得出来。"奚晓点点头，问，"王叔叔身体还好吗？为什么住院？"

"'离休综合征'呗，很多老干部们差不多都退下来了，我老爹也离开工作岗位了，国家搞经济建设，他懂经济，还总想对刚提拔上来的局长指手画脚，人家不听，他就生气，这不就上医院'泡病号'去了，害得新局长一趟趟往医院跑，去探视！那新局长原是他的部下，你说，这老头儿想什么呢？也不吸取文化大革命的教训，还是那么较劲。"

"呵呵呵，都成了'老小孩儿'了！"奚晓忍俊不禁，"我爸爸也一样啊，离休以后对中央下发的每份文件都一字不落地看完，还圈圈点点地批注意见，遇到来家探望他的继任领导，总要提些建议，我妈妈怎么说他也不听，还振振有词，说是'对党负责'……"

"咳，他们那一代人倒也真是为党、为国家无怨无悔地贡献了一辈子，从来不计较个人得失，穷得叮当响，是中国历史中出现的地地道道的一批没落的'精神贵族'哦。"

"现在已经看不见他们那样的人了……随着社会环境的变化，国家政策允许'一部分人先富起来'，追逐利益、金钱，丧失道德、人性的人太多太多。"

正说着，有一男一女走进餐厅，穿着十分讲究，颇具气势，二人刚一走进餐厅，立刻就吸引了很多就餐人的目光，莉莉对奚晓说：

"看，那个男人是我们这次采访的民营企业家之一，在深圳办的企业，特别有钱，属于中国新兴的'贵族'阶层，后来，他又在香港介入房地产，便有了香港人的身份。对了，他提议与我们报社合作，投资建立记者站，做企业文化的事情。"

"很不错呀，那女人是谁？"

"秘书，不过我觉得他们关系不一般，不太像我爸爸的秘书那一类。"

当话题谈到了"挣钱和经商"的社会问题时，奚晓和莉莉之间却有了明显的不一致。

"晓晓，我这次采访企业家，感触很多很多，觉得过去自己白活了，看看那些发财致富的新贵们，花钱如流水，令人惊叹！再看看自己，整天为他人'做嫁衣'……"

"莉莉，你现在不是很好嘛！记者身份，受人尊敬，"奚晓笑着说，"喏，出差能住这样好的酒店，这可都是平民百姓羡慕的。"

"羡慕有啥用？我属于无产阶级，兜儿里没钱啊！"

"可是，我们活着，做事情，不只是为了钱呀，莉莉你刚才说，咱爸咱妈的那一代人是'精神贵族'，我倒觉得值得咱们去学习呢。"

"我宁可向那些成功的企业家学习呢。"莉莉不以为然地撇撇嘴。

"也难怪，现在有很多企业家，他们发家路径基本上是相似的：出生于社会底层；很聪明，也很刻苦；从小都有强烈的出人头地的欲望。他们也具有差不多同样的性格特点，无非是凭借着聪明、勤奋、大胆、敏锐的商业眼光，以及种种灰色手段，从草莽之中迅速崛起，成为腰缠万贯，令人刮目相看的富人。"

"所以，他们活得比我们强。"

"也不尽然，他们一旦失败，比我们惨。"

奚晓给莉莉讲了郭平山从贫到富又到贫的故事，莉莉听后说：

"这位新贵族的毁灭有些可惜了。"

"是，郭平山的失败在于两个方面：一是，他的个性太张扬，缺少及时反省和修正自己，所以一直走到了悬崖边上，最终从悬崖上坠落下去；二是，也是最重要的，他是个'法盲'，没有文化，触犯法律是必然的结果。总而言之，你所说的'贵族'称谓不是有了钱，就可以当的。"

"不说贵族了，说一件我的事。晓晓，你帮助我分析分析，"莉莉用手指了指坐在不远处就餐的企业家和女秘书，说，"那个女人对我说，要我投资两万元参与他们搞房地产开发，一年之后，可以获利20万！我准备投资，那可是10倍的回报呀！"

"莉莉，你给我打住！你并不了解他们，还有他们的企业，千万不可轻易相信这种事情，那两万元可是你辛辛苦苦积攒下来的！"奚晓不由得提高声音说道。

"大小姐哎，人家是港商，大企业家！"

"那是他们自己说的，你调查了吗？你亲眼看到他们企业的规模了吗？"奚晓不容分说，打断莉莉的话，质问着。

莉莉被奚晓问得哑口无言，仍不死心地喃喃着：

"女儿学钢琴，就要考中央音乐学院了，每周的钢琴课、视唱练耳、乐理课，钱花得像流水一样，快花死我了，真是缺钱哦……"

奚晓看着自己的闺蜜好友，叹了口气：

"那你也不能往'陷阱'里面跳啊！这样吧，莉莉，你明天约那秘书，就说我想咨询投资的事情。等我们搞清楚他们投资的具体项目、操作方式和收益回报的期限，你再掏钱，行吗？"

奚晓实际是想证实自己的判断,告诉好朋友：多年接触"商战"的经验告诉她，一般来说，不是通过合法方式而主动向他人索取钱款的人，无论标榜的身份如何，基本上都得先打个问号。而莉莉对"商战"没有一点儿经验，那里面的"陷阱"比比皆是，都是以巨大的"利益"为诱饵的。

第二天，奚晓如约到了白天鹅酒店，莉莉和那位女秘书已经在等她了。简单的礼节性介绍后，女秘书便滔滔不绝讲起了投资收益的前景，奚晓一言不发，眼睛盯着女秘书，听得很仔细。莉莉倒是饶有兴致地问这问那，女秘书说道：

"我们老板明天就要回香港了，啊呀，企业离不开他，你们最好今天就交钱办理投资的手续，半年结一次息，一年之后，连本带息获利20万！"

奚晓站了起来，微微一笑后对女秘书说：

"就谈到这里吧，我还要跟莉莉商量商量。"

看着女秘书姗姗离开，奚晓收敛了笑容：

"莉莉，你不要相信这个投资项目！"

"怎么啦？为什么？"

"虽然我没有见到那个企业家，但是这个女人十有八九是个骗子。"

"你凭什么说人家是骗子？"

"先说一个细节，你没有发现她今天依然穿着昨天的衣服？既是富商，应该非常注重仪表，衣着也是十分讲究的，他们针对不同的对象、场合每天都会穿戴不同的衣服和首饰，这不仅是礼节，更是社交的需要和身份的象征；还有，我发现在她的衣领处，有一条细细的线头；作为一件高档服装的生产商，生产的服装绝不可能出现这个现象，可以断定，她身上的名牌服装是仿造品。"

"唔，这我还真没有注意到，晓晓，你还是那么心细如发。"

"为什么她要穿'名牌'？"

"显示身份？"

"不错，让你觉得她有钱，通常是骗子迷惑人的手段之一。"

"唔。"

"最重要的是，她第一次见到我就迫不及待地催着投钱，而且还是区区两万元就向一个陌生人伸手，真正的企业融资是要按照国家金融管理规定去筹集资金的，他们可以向银行贷款，也可以发行企业债券，当然也可以通过民间借贷，可是这个女秘书连份项目文件说明和投资的书面协议书都没有，我们是借钱给他们，还是参与他们的项目投资？她都没有说清楚。再说了，两万元一年之后，就回来 20 万，这个企业要赚出多少钱，才能偿还投资人的本息啊？到时候还不了怎么办？他们用什么来保证？"

"他们最早也是大陆的人，靠白手起家的，也许不是那么严谨和正规，可也不至于是骗子呀……"

"但是，起码的规矩得有啊！他们是不是真的企业家先不说，莉莉，我倒建议你提高警惕，与你们领导汇报一下，防患于未然为好。"

"咳，晓晓，我供女儿学习，仅凭工资，经济上是捉襟见肘，现在啊就羡慕……有钱人，我想也许这个投资是条'财路'呢。"

莉莉的固执己见，让奚晓很是无语。

从白天鹅酒店回家的路上，奚晓心情有些沉重，她不知道莉莉听不听她的劝告，也不知道该怎样帮助自己的好朋友。"可怜天下父母心"的感慨又一次涌上心头，她理解莉莉对女儿的付出和心情，因为，自己的女儿也在慢慢长大……

奚晓和莉莉同属于文化大革命时期的老三届，被突然拔离学习文化知识的土壤，这些还未长熟的秧苗连中学都没毕业，肚里仅有的一点浅薄的知识，还远不能依凭它而自立谋生和辨明人生。她们是中国一个历史时期的流浪儿，然而，这个流浪又不是自由的，很多如莉莉一样的人，必须在豪言壮语的掩饰下，毫无准备地抛掷了青春年华，以父母的牵挂、情感的迷误、文明的退化为代价，盲目书写着他们生命的篇章……

改革开放，从某种意义上说，使追逐物欲、金钱成了时代的主题，当那些"共产主义的崇高理想"灰飞烟灭时，"老三届"一代人的灵魂刻着两个印记：一个在天空飞翔，那是从父辈身上带来为理想献身的"贵族"精神；一个在地上奔跑，那不仅是社会迫于他们必须重新谋生的"欲望"——赚钱，更是不甘于被历史抛弃的抗争。

一个人的追求和行为，是属于社会的，奚晓和她的家也不能逃离。

奚晓知道，父亲追求的是"为崇高的共产主义理想而献身"，女儿追求的是"青年人的个性独立和自我发展"；而她却与父母和子女的追求和行为，都有明显的差异：

"你好好学习，做革命事业接班人。"父亲如是说。

"我好好学习，不做革命事业接班人，要做一个科学家。"女儿如是说。

每当奚晓听到爷孙俩这样南辕北辙的对话，想笑，又感慨：

"中国历史前进当然需要知识，需要科学家，但科学家最终还是要把学习到的科学文化知识，用于国家和人类。所以女儿哦，姥爷说的'为理想而献身'的精神没有错，不管你今后是做'革命事业接班人'，还是做'科学家'，现在都要好好学习科学文化知识。"

奚晓那刻在灵魂之中的两个印记，让她能充分理解自己的父母和女儿，并且成了填补这两代人代沟的中介，这就是时代造就的奚晓一代人，是他们让这个社会上的老人和年轻人不至于势不两立。

夫妻二人对这个如花似玉的女儿倍加珍惜，但绝不溺爱。无论工作多忙多累，奚晓都会抽时间与女儿相处、沟通，关注女儿身心的健康发展。她认为，培育女儿最重要的，是让她明白：有自尊才能"成人"，有自信才能"成才"，有责任才能"成功"。

后来，奚晓的女儿以优异的学习成绩和坚韧的意志力，相继读完了大学、研究生，毕业后就职于一家国际著名的金融机构，从事金融分析的工作。

一代年轻人长大了，他们渐渐地知道：父母不是完美的。在逐渐成长的过程中，父母不是自己获得知识、正确认识真理的唯一来源，甚至，有很多人早已经推翻了父母在自己心中的权威性，会说：

"他们老啦，思想过时了……"

奚晓经历过，她的女儿也正在经历人们所谓的"青春的反叛期"。即使如此，有一点奚晓的女儿是清楚的，她对奚晓说过：

"父母的爱，是世界上最神奇、最无私的爱，是我力量的源泉，是我前进的动力，你们给了我无条件的关注与支持，教我知道了人的生存与'爱'的意义：学会爱护、尊重他人，学会接纳、包容他人，那就是源于父母对我无私的爱和接纳！尤其是在面对危难的时候，给了我勇气和力量，这就是父母最强大的地方。"

智斗假"行长"

近几天里，李进都在考虑着利用地方经济和资金优势，因地制宜，挖掘潜力，扩大"三产"的规模，逐年提高经济效益，以增加部队的经济收入，解决军队、国家因财力不足而带来的经费和军需供应困难。这天，在每周例行的工作会议上，他再次对下属们强调：

"我们扩大'三产'的规模要快，所以，要与有经济实力的企业加强合作，说白了，大家'八仙过海，各显神通'，在不违反国家各项法律规定的前提下，找财路！"

一石激起千层浪，大家立刻纷纷议论起来：

"现在，有钱人太多了，找合作伙伴不难。"

"很多财力雄厚的企业、金融公司都希望与我们部队合作呢！"

"有多少钱，才算得上实力雄厚？"

"那还用说，多多益善呗！"

没过几天，"生产经营办公室"迎来了两位陌生的"贵客"——深圳某国有银行的行长吕一民和他的助理小何，是部队一位退休的领导介绍他们来与部队洽谈合作的。

人们都还记得1979年，邓小平注意到南海边的一个小渔村，就在这里"画了一个圈"，深圳成了中国具有多种优惠政策快速发展的第一个经济特区。"神话般崛起座座城，奇迹般聚起座座金山"，是当时对深圳的真实写照，成了人人瞩目的地方，特别是经商人，谁不想到深圳分一杯羹或淘一桶金呢？对于"生产经营办公室"来说，深圳某国有银行这块"香饽饽"竟然送到了嘴边儿！李进立刻指示负责"三产"的所有相关领导：

"一定要热情接待。"

自从奚晓连续几次成功处理了部队与地方之间发生纠纷的棘手问题，出色地完成任务、荣立了两次三等功以后，特别受到书记李进的信任。每当遇到与经济、法律有关的问题，李进总是要找来奚晓，希望听听她的意见。这次全体班子成员出动，接待深圳贵客，李进特意找来奚晓：

"奚晓，你和地方打交道经验多，又与政府官员、企业界、金融界有联系和交往，今天与深圳××银行协商合作的会议，你也一起参加。"

"是，书记，你不参加吗？"

"嗯，'三产'的负责人全部要去参加，我部里有会，不能参加了，但是奚晓，这个会议很重要，我让你去，是为了听你的汇报意见。"

"明白。"

之后，负责"三产"的副书记率团队破例将深圳××银行的吕一民行长、行长助理小何，请到楼里只接待首长用的小会议厅，视其为上宾，按照部队接待客人的老习惯，沙发前的茶几上摆着一碟花生、一碟瓜子、一盘苹果和茶水，因为这次是接待深圳来的贵宾，又额外多加了一盘新鲜的荔枝。

在座参与会议的，全部是生产办的领导班子成员，属最强阵容。奚晓从李进办公室出来，急急忙忙带着本子和笔，一溜儿小跑到了会议室。她轻手轻脚进去，环视周围，一屋子人谈得正热闹，便找了一个靠角落的地方坐了下来。

会议室里的军人中，奚晓最年轻，数她的军衔最低，也只有她不是领导班子的成员，奚晓深知自己的位置，一心抱着学习的态度，只想做一名努力学习的学生。这个会议室并不算很大，奚晓得以近距离打量这两位银行家。

副主任很客气地问道：

"请问行长怎么称呼？"

奚晓听行长操着一口东北口音，作自我介绍：

"我姓吕，叫吕一民。"

接着，是副主任向行长介绍在座的各部门领导。奚晓打量着那吕行长，个头不高，身材偏瘦，白色衬衫上打着一条劣质的花色领带，灰色肥大的西服穿在身上显得有些晃晃荡荡，黝黑的脸上一双小眼睛透着机警的眼神观察着迎接他的领导们，不住地边俯身握住每一位领导的手，边说：

"谢谢，谢谢，谢谢！"

"请问，这位是……"副书记看着跟在吕一民身后的一个年轻男子问。

"这是我的助理，你们叫他小何就行了。"吕行长回答道。

"欢迎你们！"大家纷纷表示着。

"感谢首长，感谢你们热情的款待，万分感谢……这次我们来，是想和部队……"

"不急，吕行长，不急，先坐下喝口水。"副主任先请深圳的贵宾入座。

奚晓觉得这位吕行长有些掩饰紧张，坐在简易的沙发上，不停地抖腿。

副主任站起身，说：

"大家欢迎吕行长讲话。"

"这么地，首长，先听我唠几句。"

一阵掌声过后，吕行长端起茶杯喝了一口水，大概是为了润润嗓子，稳稳神儿。接下来，操着东北口音开始侃侃而谈，从邓小平南巡、招商引资开始，然后大谈创新路、求发展、促繁荣的思路：

"我们××银行为适应经济发展的要求，采用新策略，构建新组织，开拓新市场，通过与你们合作，将在战略决策、业务流程等方面为部队提供服务。我们的合作目的是，直接拓宽业务领域，拓展业务范围，使双方利益最大化……"

在座的人其实都不太熟悉吕行长关于银行业务的知识，就算是临时"恶补"恐怕也来不及，坐在一旁的奚晓根本找不到头绪，可以说一点儿没有听懂。她紧紧盯住吕一民，又看看身边的各个领导，会场被热情洋溢的气氛所笼罩。面对一个来自深圳特区的"财神爷"，每个人都盼望合作双赢的前景，吕行长更是意气风发：

"时间就是生命，效率就是金钱！这是我们深圳人的口号。"

"是呀，深圳的胆魄、勇气、精神已经走在全国的前头了。"大家附和着。

"部队的领导们有什么打算？可不能落后呀！"吕一民的语言颇具煽动性。

"嗨，我们是军队，主要任务还是战备训练……"有人这样说。

那深圳吕行长一口的东北口音让奚晓很是觉得别扭，虽然一套理论说得有鼻子有眼儿，让人也挑不出什么毛病。可是，为什么自己左看右看，总觉得这个吕一民有些不对劲儿，难道是他的东北口音？是他作为金融家的"气质"过于肤浅？到底是什么呢？

会议仍在热烈继续进行之中，奚晓却走神儿了。

她想起曾经跟在张子健大哥身边，目睹过一些"国"字头企、事业单位领导人的风采，他们总是显得不卑不亢，待人礼貌有分寸，身上带着自尊自信的大将气质；也想起工作中见过的一些大型企业的负责人、成功的企业家，他们所焕发出的那种超凡的魅力，思维敏捷、谈笑淡定的风度；甚至还想起了从贫到富，又从富到贫的郭平山所具有的一种内在的沉稳和坚定。

这一切都是"标准"，而在吕一民身上毫无踪迹。

一个领导人的魅力，在于他特有的气质，这种气质对所有人都有吸引力。这是一种内在的人格，是内在修为而成的，是良好的内在素质的外显方式。奚晓可以肯定，眼前身为一个深圳国有银行的吕行长，缺少的正是这样内在的东西。

"这个行长除了一张口带有浓重的东北地方口音外，没有任何可以让人记住的风采，他真是深圳××银行的行长吗？是不是自己太多虑了？"奚晓问自己。

首先，奚晓尽力说服自己：

第一，20世纪80年代的深圳，是中国改革开放的窗口和试验田，如大鹏展翅直上九重天。改革创新充满活力，对外开放更是以特有"包容"的胸怀，融入了来自五湖四海的从业人员，吸引汇集了无数海内外各领域优秀人才到那里创业打拼，自然也少不了东北同胞。所以，在深圳，讲话南腔北调实属正常，不一定就要说广东话。吕一民操东北口音，也不能证明他没有在深圳工作；第二，现在，确实有很多的成功人士都是草莽英雄，不能只看吕一民跷着二郎腿抖、没有风度、讲话水准不高，就否认他的作为深圳某银行行长的身份；第三，虽然他对双方合作的具体内容说得非常空洞无物、缺少实际内容，感觉是在敷衍，但是或许不过是行长的一种 "讲话技巧" ⋯⋯

奚晓紧绷的神经开始慢慢舒缓了下来，轻吐了一口气。

这时，吕一民开始围绕着 "与部队合作" 的话题，绕起了圈子。

奚晓听来听去，又感到了不得要领，觉得既然谈双方合作，那么银行在合作中的作用到底是什么？部队一方又能干什么？为什么总是言之无物、敷衍空洞的道理？作为国有独资的一行之长，为何说来说去只讲大形势，而没有任何实质性、可行性的合作内容和建议？不坦荡，不真诚，也不明智。她看看分管生产的副主任，津津有味地听着，时不时插句话，期待着吕行长能 "将大量资金投入部队'三产'"，还对吕行长投去敬慕的眼神和微笑。

奚晓的心又一次悬了起来。

"最好考验一下这吕一民！" 奚晓决定试一试，她努力寻找着自己觉得可疑的蛛丝马迹，趁着吕一民一句话说完、端起水杯仰头喝水的时候，突然开口问：

"吕行长，请教您一下，现在深圳 ×× 银行职工的结构和待遇，与内地有什么区别吗？"

吕一民正在侃侃而谈双方合作大好形势的兴头上，被奚晓这突然抛出来的问题问得丈二和尚摸不着头脑，停顿了一下，吞吞吐吐地答道：

"哦，区别？没有什么区别⋯⋯"

奚晓听了吕一民的回答，心里 "咯噔" 一惊，回答错误！

她判断，如果真如吕一民所说，×× 银行属于深圳最早一批进行改革的商业化银行，那么众所周知，按照银行改革的管理条例来说，虽然深圳与内地的银行同属国家管理的企业，但是深圳目前对职工实行"聘任制"，实行的是"货币化工资"，而内地银行的职工依然享受着国家发的"基本工资"，身为一行之长竟然对此一无所知？竟然还说"没有区别"！太可疑、太滑稽了吧？

奚晓正欲再问一个问题，却瞥见副主任投来不满的眼神，制止道：

"奚晓，多听听吕行长讲！"

奚晓自知人微言轻，资历短浅，确实不该在如此班子成员全部集中的场合抢了领导们和贵客的话语权，于是只得作罢，已经张开的嘴只好闭了起来，脑袋里有着无数个问号在旋转。她想了想还是不甘心，于是站起来，拎起暖壶走到吕行长身边，趁着弯腰倒水的工夫，小声对吕一民说：

"雷侯（你好），磊航桨（吕行长）！"一句地道的广东话。

"啊？"吕行长仰头茫然地看了一眼奚晓，没有听懂，没有接话。

奚晓越发感觉眼前的这个深圳××银行的行长大概是个冒牌货。"雷侯"（你好）二字，在广东使用频率极高，但凡去过广东的人，不但听得懂，也都会说广东腔的"雷侯"（你好），吕行长既是在深圳工作，竟然完全听不懂！

也许是因为奚晓经历了世间太多的变幻和起起落落，对社会事物的异常反应，有着比其他人更深刻的理解、警觉和敏感，就像一只装了雷达的兔子，特别是当遇到可疑的事情，她会不自觉地立刻"触电"，多想几个"为什么"。

奚晓回到座位上，已经完全控制不住自己的疑惑了，心中又生一计，于是转头使用"错误"的提问，开始试探行长助理：

"何助理，你们是深圳总行还是深圳分行啊？"

"深圳总行。"

"哦，分行下面就是分理处吧？"

"对……"

副主任扭头看看奚晓，流露出不满的眼神，意思分明是："奚晓，你不要再说话了！"

奚晓对副主任歉意地笑了笑，她明白副主任不满意自己向行长助理的问话，是认为她在"出风头、喧宾夺主"。但是，她却一点也不怪副主任，心中反而涌出一股快感和兴奋，"狐狸的尾巴终于被我抓住啦"！奚晓心跳加快，可以百分之百地确定，这两个人不是深圳××银行的行长和行长助理，因为，何助理对金融机构编制方面常识性问题的错误回答，再一次暴露了他们虚假的身份。

奚晓是如何判断的呢？很简单，第一，奚晓问，"是深圳总行？还是深圳分行？"如果是银行界内的人，一定会习惯地纠正，并准确告诉你，"是设在深圳的——总行，或者是深圳分行"。因为，国有四大银行的总行，在其全称的前面，并不冠以"地域"名称，不可能叫"北京总行""上海总行"，或者是"深圳总行"；第二，奚晓问，"分行下面就是分理处吧？"正确的回答应该是，"分行下面是支行，支行下面才是分理处"。说者无知，听者有意，这些问题，作为总行的行长助理，是绝对不应该出现这种常识性错误的。

"他们是谁？干什么来了？"奚晓开始被这个问题纠缠。

吕一民此时很是自鸣得意，他觉得这些军人的头脑太简单，太容易被忽悠了，看起来，他的话已经引起这些"大兵"们的兴致，会场的气氛完全被煽动起来了。他此行的目的只有一个——达到与部队紧密性合作，如果拿到协议书和军队授权的"委托书"就大功告成。那可是一块金字招牌，在"商海"中有了它，只要会用、用得巧，巨大的利益就会滚滚而来。

的确，吕一民不是深圳某国有银行的行长，当吕一民看见会场议题完全被他所掌控了，时机已经成熟，他马上顺势推舟地说：

"首长，我提个建议，我们好好合作一把？"

"怎么合作？"

"我们的优势是有资金，还有大量融资的渠道，今后，部队的工厂、农场用钱，包在我们身上！"吕一民扫了一眼接待室里的各位领导煞有介事地说。

会场气氛再一次热烈起来：

"这太好了，我们发展生产、扩大再生产都需要资金。"

"合作方面很多，部队能批出盘条（圆钢）、马口铁（镀锡的薄铁皮）、退役汽车，我们都能做……"何助理进一步说明。

"吕行长，你们银行想怎么做？说说具体方案。"

吕一民停顿了一下，机不可失，便直接向领导们提出了要求：

"部队跟我们签个合同，下个委托，其他事情部队领导就不用费心了，都搁俺们来操作，完事后，保证部队的利益，让你们满意。"

接待室里突然安静下来，鸦雀无声，可能是吕行长刚刚许诺的那句"将大量资金投入部队'三产'"，不过是空穴来风而令人失望？也可能是初次见面，吕一民就提出要签订合同，一时半会儿不知该如何表态？过了好一会儿，分管生产的副主任才回过神儿来，表态说：

"我的意见啊，部队的生产经营主要是搞好'三产'实体，合同呢，就先不要签了，可以先委托吕行长帮助我们联系一些业务，以投资扩大军队的'三产'，怎么样？"

吕一民知道事不宜迟，立刻趁热打铁翻出了底牌：

"委托？……不能口头说呢，首长，得给俺们一份书面'委托'，俺们帮着部队联系业务，没有'委托'没有说服力。"

"好……"副主任犹犹豫豫着答应。

至此,奚晓终于明白这位吕一民不可告人的意图了:他们来到部队,就是为了千方百计要和部队扯上关系,利用部队的名义和某些政策上的优势,达到他们谋取经济利益的目的。

奚晓的"第六感觉"尤其准确且犀利。

可是,接下来的问题,奚晓却犯了难:该怎么把自己的判断告诉领导们呢?我们连他们的真实身份都不清楚,怎么能轻易委托他们呢?如何才能阻止他们,怎样避免上当受骗呢?

她想提醒领导,话到嘴边又咽了回去,刚才已经惹得副主任不高兴了,举目看看满屋子气氛轻松,主人与客人谈笑风生,她一时竟没有了主意,一种无奈充斥心间。

副主任抬起胳膊,看了看手表说:

"时间真快,吕行长,中午就在我们这吃顿便饭,招待不周多包涵。"

站起身,转过脸又对在座的一位领导说:

"与吕行长合作的具体问题,吃完饭你们再接着谈。"

部队为深圳来的贵客准备了颇为丰盛的午餐,此时的奚晓,着急、不安,使得她紧紧盯住吕一民,欲罢不能。

饭已经吃到一半,李进从军区开会赶回来了,他兴高采烈地走到吕一民面前,捧起酒杯,向吕一民敬酒,以示合作的诚意:

"吕行长,我给你敬酒!"

奚晓见李进的酒杯碰过去时,那吕一民却吓了一跳,受宠若惊地赶紧起身,脸上闪过一丝不易觉察的惊慌和畏惧;他没有站稳,身子一歪,手中的酒杯立刻呈四十五度倾斜,一杯酒瞬间喷洒了出去。

吕一民掩饰着自己的失态,不由自主地瞄了一下紧紧盯着他的奚晓，解嘲道：

"首长，部队的热情，让我激动得拿不住酒杯啦！"

在座的人在一旁诚挚地缓解尴尬：

"哎呀，没事，没事。"

"来，来，再满上。"

"酒洒地上，留有余香。"

"哈哈哈……"

这一瞬间，奚晓的心感到的是悲哀，那是真相被蒙蔽，可自己人却浑然不知的无力；那是要给军队带来损失，绝对不可向里跳的火坑啊！但她却阻止不了，只有无奈。

绝不留后患

午饭结束，吕一民酒足饭饱，发红带紫洋洋得意的脸上已经显出醉意。一位领导带着吕一民两人去办公室，落实副主任的"具体问题再接着谈"的指示。

奚晓很知趣，她故意走在最后，心里清楚分管生产的副主任是绝对不会让她参加双方"谈判"的，所以再不说出问题，就没有机会了。她见李进走出餐厅，几步小跑追了上去，说：

"书记，我心中有些疑问，必须马上向您汇报。"

"唔？"

奚晓将自己的疑惑和发现的问题和盘托出，看到书记沉默不语，又接着说：

"书记，给我们并不了解的人出具'授权委托书'是有很大风险的，再说，四大国有银行总行的行长就相当于副部级干部了，你看这位吕一民，他哪有半点像？还有他的助理，讲话漏洞太多，特别是谈到具体合作的方法、条款时，一点谈不到点子上……如果这两人不是深圳××银行的，就是骗子，如果骗子手里拿着我们的'委托书'，引发出任何触犯刑律的问题和经济纠纷，后果不堪设想，我们'生产办'是要承担法律责任的！"

奚晓就像放鞭炮似的，一口气把要说的话讲完，才长长出了口气。

李进默默不语，只点了点头。

其实，李进对不熟悉、未经过了解就与部队合作的地方人等，也有一定的警惕性，只是因为这是副主任的老领导介绍的客人，就没有多想，而奚晓的分析和判断，让他意识到了事情的严重性，开始觉得这张"委托书"如果就这样交给吕一民两人，确实有些草率。但是，此事毕竟是副主任的决定，他要给予充分的信任，而奚晓个人意见也未必是对的……

"奚晓，这样，你赶紧去找副主任，让他先到我这儿来一趟。"

"是！"奚晓只有一个心愿，委托书不要被拿走。

可是，奚晓还是晚了一步，当她赶到办公楼，见副主任送吕一民的黑色桑塔纳轿车刚刚起步，那吕一民的手伸出车窗外摇摆着，脸上带着满意的笑容。奚晓木头人一样站在楼前，眼睁睁看着吕一民心满意足地拿到了部队给予的"生产经营授权委托书"，想着上面肯定加盖着大大的红色军队印章，心中不禁焦虑，快步走到副主任面前：

"副主任，书记找您。"

二人到了李进办公室，副主任问道：

"书记，找我？"

"'委托书'给他们了？"

"给了。"

"带走了吗？"

"带走了。"

"有些问题，"书记站在窗户前看着窗外，像是自言自语，又像是说给主管生产的副主任听，"这两个人的来历我们不能只听他们自己说，副主任，你说呢？"

"嗯？书记，您的意思是……"

"我们'委托书'给得有些草率了。"

"那……怎么办？"副主任不满地看看奚晓，认为一定是她对李进说了什么。

"奚晓，你能把'委托书'追回来吗？"李进没有看副主任，问奚晓。

"我尽全力。"奚晓看了一眼有点发蒙的副主任。

"……怎么，吕一民有什么问题吗？"副主任喃喃地对李进说着。

"我们慎重一些总是没错的，如果能证明吕一民的身份，我们再拿出'委托书'也不迟嘛！"李进劝说。

一直没有吭气的奚晓，这时建议：

"书记，我们通过总部的财务结算中心，联系××银行总行，可以核实一下吕一民两人的身份。"

"奚晓，你马上联系，一旦查实深圳××银行无此人，立刻追回'委托书'。"李进立刻命令。

"是。"奚晓应声跑了出去。

核实的结果很快反馈回来，深圳××银行果然没有姓吕的行长，行长助理不必说也是假的。到了这个时候，副主任终于低头不语了。领导班子才意识到问题的严重性，李进对奚晓说：

"那么，奚晓，能把'委托书'追回来吗？"

"我马上就去。"

通过这件事，领导班子才意识到，军队参与地方的经营，首先要站在法律的角度去思考问题，由于军队特殊的地位，有些地方企业和个人想通过各种关系，甚至假冒身份来骗取信任，如果草率行事，没有进行分辨和识别，军队就有可能成为不法分子扰乱社会主义市场经济秩序的避风港，这会给部队带来巨大损失和不良影响，后果不堪设想。

奚晓费了一番周折，终于找到了一个能联系吕一民的电话号码。她首先查了电话簿，确定这个电话号码的区域，然后，顺着号码拨了过去，里面传来一个男人慵懒的声音：

"这里是平安招待所，找谁？"

奚晓惊得差一点就脱口而出："这不是吕一民的电话吗？怎么是招待所？"但是，她把这句话咽了回去。

"咱们平安招待所的具体地址告诉我好吗？我过去找朋友，谢谢啦。"

"噢，瓶子胡同 14 号。"

"好嘞，谢谢。"

奚晓赶忙把地址在小本子上记了下来，向李进做了汇报，说：

"吕一民的联系电话是一家招待所，还不确定他们现在是否还在那里。"

"简直就是胡闹！这样的人怎么介绍给我们！奚晓，你马上去……什么胡同来着？"

"瓶子胡同 14 号。"

"对，瓶子胡同，还有，奚晓你不要自己去，带上司机，遇到什么情况随时与我联系。真是乱弹琴！"

刻不容缓，奚晓直奔瓶子胡同。

这是一片环境较差的区域，奚晓透过车窗，看到远处空旷的地上到处是淤泥，随处可见的木材和石板七零八落地堆积着，一台台高大的挖土机、吊车静静停在那里，似乎都在提示着这里正在"建设中"，司机不停地向路人打听着：

"劳驾您，瓶子胡同在哪儿呀？"

有人摇头，也有人东指西指地提供瓶子胡同的位置，奚晓和司机好不郁闷：

"这吕一民竟然住在这么难找的地方！"奚晓嘟囔着。

在人们的指引下，汽车终于停在了一片住宅区前，奚晓跳下车环视四周，都是灰色、砖红色相间的一片平房，没有商业区的繁华，也没有高楼林立，毫无疑问，就是一片"贫民区"。于是，她对司机说：

"车开不进去了，就停在这里，你在车上等我！"

"我跟您一起去吧？"

"我先进去探探路，你就留在车上，以防万一。"

交代完司机，奚晓开始寻觅"瓶子胡同"的具体位置。就在她七拐八拐地转着圈儿，抬头赫然发现了"瓶子胡同"蓝底白字的标示牌，它藏在一处灰色瓦房旁的电线杆子后面，走进了胡同，里面曲里拐弯，看不到尽头。

14 号是一座红砖的二层小楼，楼的门前挂着"平安招待所"的招牌，牌子底下还有几个小字：地下一层。

总算找到瓶子胡同 14 号了。

走进筒子楼，楼里静悄悄，好像空楼没有人住一般，奚晓突然后悔没有带着司机一起来，可是既然都到门口了，也只好硬着头皮找下去。

平安招待所设在地下一层，奚晓在楼道暗淡的光线下，沿着箭头的标示，手扶着墙小心地挪动着脚步，一股阴凉气息扑面而来，那无声的静令奚晓感到了阵阵恐惧，她想象不出这个昏暗、散发着潮气的地方，与深圳某国有银行的行长有半毛钱的瓜葛！她忽然想起了莉莉的报社住宿的白天鹅酒店，相比之下，仅凭出差住宿、餐饮的档次和水准来看，"难道一家银行不如一个报社？难道一位深圳行长不如一个记者？"

奚晓走到地下一层，看见走廊里有一个散发出灯光的窗口，还未等她走近，窗口"忽"地探出一个男人的脑袋，他好奇地打量着奚晓：

"找谁？"

奚晓被吓了一跳，但是马上听出，这是电话里那个慵懒的声音，是上午接她电话的那个人，于是定了定神儿，说：

"我找吕一民，他在吗？"

"吕一民？"值班人翻着登记本，"哦，那边2号房。"

总算没有白来！奚晓暗自庆幸着，快速走过去，"嘭嘭嘭"敲响了门。

"谁啊！来了！"

门"吱呀"一声开了一条缝，"行长助理"小何站在门口，从门缝里，奚晓看见吕一民盘着腿，靠在一张双层床的下铺位，抽着烟，上身大背心，下身大裤衩，与西装革履的吕一民判若两人。屋子里面乌烟瘴气，充满劣质的烟草味儿，奚晓一口气被呛住，不由得咳嗽起来。

"是你？"何助理看见奚晓，一脸的惊奇。

奚晓站在房间门口，感到了对方那射在自己身上冷冷的警觉目光，再一次后悔没让司机跟来，如果这俩人心怀不轨，报复自己怎么办呢？一个女人能应付吗？会有怎样的后果？她不敢想下去了，头皮发麻，舌头好似打了结，一时说不出话来。

奚晓努力让自己镇定下来，退？已经不可能，只有"进"了！于是，她尽力控制着语调，回答说：

"是我，吕行长在吧？"

那"行长助理"小何虽然开了门，但是并没有让奚晓进屋的意思，这时，吕一民闻声站起身来，向门口走过来，双方就这样暴露在彼此面前——短兵相接、六目相对，全都意外地瞠目结舌。

吕一民的眼睛里闪着警觉、诡异和不解的光，他没有忘记在部队会议室，就是这个女军人提出"职工住房"、总行、支行、分理处那样尖锐的问题，让他险些暴露身份，现在，她怎么竟然追到了这里？其实吕一民做贼心虚，也害怕奚晓，于是皮笑肉不笑地问：

"解放军同志，你怎么找到这儿的？"

"这不是您留的地址吗？所以很容易找到。"

奚晓从刚才的惊愕中很快恢复过来，尽管后脊梁骨直冒冷汗，但骨子里军人的坚强倔犟和责任感又令她下定决心，必须完成任务！

奚晓迅速搜索着要回委托书的最好解释和理由，她知道吕一民不会将好不容易搞到的委托书轻而易举地交出来。

想到这里，奚晓开始用显得轻松、热情的口吻说：

"吕行长，领导们叫我来看看你们，一是，你们远道而来，有什么需要我们帮助的一定要告诉我们，千万不要见外；二是，看看你们住的地方怎么样，是否住到我们部队的招待所，在那儿吃住和用车都方便。"

奚晓一番话果然奏效，吕一民听罢先是愣了两秒，然后赶忙堆起笑容道：

"好说，好说！解放军同志，怎么还站着哪？快请进……进来坐……"

　　"吕行长，怎么样，搬到我们招待所去住吧？离得近，谈起事儿来也方便。"

　　吕一民到这会儿心里踏实了许多，也连忙客气起来：

　　"不用不用，我和小何住在这里就好，让部队领导费心了，费心了。"

　　"吕行长，其实，是李书记让我来的，他听了汇报后觉得我们还有另外一个项目，很想和你们银行合作呢！"

　　"是吗？另外一个项目？"

　　"是有关在立林地区建一座厂房的项目，如果可以的话，我们领导想请你们再过去一趟，当面再细谈。"奚晓立刻接道。

　　"行啊，这叫作'好事成双'吧！"吕一民心里一阵惊喜，连连点着头答应。

　　奚晓见吕一民不再疑惑，马上抓住他的心理，接着说：

　　"'生产办'的领导还会打电话给你的，领导们意见是：双方可以先签订一个书面的合作意向书，这更有利于双方开展工作，这比部队只单方给你们一个没有实际内容的委托书效果更好。"

　　"对，对，签一份项目合作合同好。"

　　"那么，吕行长，部队的委托书我现在先拿回去，其实，你知道现在的生意人都是很精的，即使你手里有委托书，人家没有见到部队的人，恐怕也做不成事。"

　　吕一民觉得奚晓说的合情合理，他本来就是想和部队签个合同，达到紧密的合作，只凭军队一张"委托书"确实显得单薄，遇到问题时，没有部队出面配合，的确很难成事。他转身从床头柜上的公文包里取出"生产办"的"委托书"递给了奚晓：

　　"好！你说的对，有道理，有道理！"

　　奚晓接到"授权委托书"的那一刻，心好像跳到了嗓子眼，激动得哆嗦起来，她唯恐吕一民突然看穿自己，再收回那份委托书，便尽量使自己保持平静，不急不慢地接过委托书，彬彬有礼地寒暄道别：

"吕行长，我们再见啦。"转身蹀步走进楼道。

"再见，再见！"

听见身后的房门"嘭"一声关闭，再爬上一层台阶，奚晓确认身后没有人，这才三步并作两步跑出了楼房，如受惊吓的兔子一般，撒丫子就向胡同口奔跑起来。

奚晓终于把军队开出的"授权委托书"安安全全带回了生产办，交到了李进手里。

有尊严地活着

奚晓"瓶子胡同历险记"的事件结束后的一天，她又接到莉莉的电话，莉莉已经调来燕京，二人相约在昆仑饭店见，当对莉莉说起此事时，奚晓后怕道：

"莉莉，你不知道，当时我紧张得脑子一片空白，就剩下害怕了。"

"多危险哦，晓晓，你很聪明，可有时候呢，做事情冒冒失失的，'傻'得简直不可理喻！"莉莉发狠道。

"当时也没想到那么多，怕部队有损失，只想把委托书要回来。"

"以后，千万不要去冒险，你一个女人，势单力薄，闯进'狼窝'，又是在地下室里，要是万一遇到不测怎么办？那才是'叫天天不应，叫地地不灵'呢！"

"好好，我记住了，以后再遇到这样的事，我拔腿就跑，呵呵呵……"

"还笑！不会有以后，以后即使有这样危险的事情，至少你不能一个人前往。"

"不说这事儿了，"奚晓转了话题，"对了，你找我有事吧？"

"晓晓，我好像上当了。"莉莉眼泪就要流下来了。

"啊？怎么回事？"

半年前，莉莉最终没有听奚晓的劝告，没能经受住那港商及其女秘书巨大的"利益回报"的诱惑，贸然拿出自己所有的积蓄去投资。开始的几个月，那女秘书还和莉莉保持联系，后来，电话越来越少，甚至根本找不到人，莉莉的心里有些发毛，担心自己的血汗钱打了水漂儿，情急之下坐上火车到深圳找到那个港商。港商和女秘书的热情款待和一番解释，让莉莉松了一口气，不仅放了心，又鬼使神差地往银行卡里再汇了一万元投资款。之后，莉莉思来想去就后悔了，想了一夜没有合眼，才想到找奚晓出主意：

"怎么办？晓晓，我前期的投资还没结果，再加上新存的钱，万一有个闪失，就是血本无归了……"

奚晓听完莉莉投资的经过，看着好朋友失神的目光，她轻轻地责备着：

"莉莉，为什么你就是不听我的劝告呢？"

"晓晓，我以为这个公司是在历届省领导、市领导、宣传、公安、工商等部门保护下生存发展下来的。他们有工商执照、税务登记。不仅我们报社，很多杂志社、出版社都为这个'集资项目'做了宣传，如果不是受到保护，那些出版物也不会在新华书店公开发行啊？我是做新闻出版的，所以认定这个项目是政府支持的，有政府出面支持和扶持的企业还能不放心吗？可是半年了，结算'分红'一分也没有，愁死了，我该怎么办呢？"

"政府扶持的企业也不是就进了保险箱，企业经营得好与坏，还是要看企业自身的发展啊。"

"那我现在咋办？昨天又入了一万元呢？"

"这个银行卡是不是连接着港商的资金账户？哦，我是说，银行卡是港商帮你办的吗？"

"是呀，当初要了我的身份证复印件呢。"

"莉莉！你现在必须听我的！立刻去银行，取出你昨天存的一万元，可能还没有那么快被划走，存折里面还有多少钱，要全部取出来，现在就去，其他事回来再说。"

"知道了，晓晓，我遇到骗子了吗？"

"是不是骗子，不能轻易下结论，有的企业开始经营还发展得不错，但随着规模扩大，或投资失利，或资金链断裂，都有可能造成企业亏损，当然也有从亏损企业发展到行骗的，结局一定很惨。"

"可是还有政府官员出面……太可怕了。"

"那是在利益的驱动下，官商勾结的非法集资，形成了一个既得利益集团，莉莉，可不能再糊涂哦。"

"我现在才知道，咱们父母那一代廉洁自律的官员是多么值得尊敬！"

"好了，莉莉，你赶快去银行取钱吧，还有，最好将这个卡做'销户'处理。"

"为什么销户？"

"回来再告诉你。"

莉莉很快到银行将自己卡里面的钱全部取出来，然后，提出办理"销户"的要求，银行的职员在柜台里面翻看了好一会儿，对莉莉说：

"您带身份证了吗？"

"带了。"

"带户口本了吗？"

"哦？没有，销户还要户口本啊？"

"是的，您下次再办吧。"

"好吧。"

第二天，莉莉带着身份证、户口本，又来到银行，可是，银行卡依然没有能够销掉，这次银行的工作人员告诉她：

"过几天再来。"

莉莉心里很是纳闷，销个账户，还要等几天，呀呀！银行的事怎么这样烦琐？又一想，反正自己的一万元已经取出来，卡里也没钱了，去它的吧。两星期过去了，莉莉将银行卡销户的事情忘得一干二净。

这天，莉莉从广播里听到了一个令她震惊不已的新闻：她参与的投资项目是个大大的骗局，那"港商"携集资款潜逃，现在公安部门正在缉捕涉嫌诈骗的"港商"和参与诈骗的相关人员。

莉莉崩溃了，正发呆之际，电话响了，她听到里面传来奚晓的声音：

"莉莉，听到广播了吗？"

"上帝！我果然遇到大骗子了，晓晓，要不是你的果断提醒，及时取出了银行那一万元钱，还不是又白白地损失了啊。"

"别自责了，'销户'办完了？"

"还没有……"莉莉还沉浸在惊恐中，如梦呓般回答。

"为什么？"

电话里的奚晓显然急了，她生气的腔调吓了莉莉一跳，便将在银行"销户"的经过说了一遍，最后漫不经心地说道：

"怎么生气啦，晓晓？银行办事太啰唆，反正账户里也没钱，我忙着呢，就没有再去管它，今天你不提，我都忘了……"

"莉莉，你怎么总是这样大大咧咧、糊里糊涂啊？那账户如果不及时销掉，要给你自己惹麻烦的，我看，你上当受骗还是太少！"

"有那么严重吗？"

"你等我，我马上跟你一起去银行。"

奚晓跟着莉莉来到银行，有4个银行职员坐在柜台的窗口里面，莉莉走近一个窗口，刚要开口，奚晓拦住她，走过去说：

"请你给这张卡办理'销户'。"边说边将莉莉的银行卡、身份证递了进去。

坐在窗口的是接待过莉莉的那个工作人员，她看了一眼银行卡和身份证，说：

"今天办不了销户。"

"为什么？"

"这是你的卡和存折吗？"

"是她的，"奚晓拉过莉莉，"她已经来过几次了，为什么不能办理销户？"奚晓用犀利的目光看着那个工作人员的眼睛，"请叫你们的负责人来。"奚晓不容分说，像是下命令。

不一会儿，一个四十岁左右的女人走到窗口，说：

"有什么问题吗？"

"有，您是这里的负责人吗？"

那女人不回答奚晓的问话，坚持说：

"你们有什么问题，就对我说吧。"

奚晓见那女人不正面回答自己是不是负责人，断定她不是银行的领导，于是坚持说：

"我们只想跟这个银行的负责人讲话。"

"我们领导不在，开会去了。"

"那好，我们等！"奚晓知道，一个银行网点属于最基层的办事机构，负责人不可能不在。

银行柜台里里外外的人，全都投来惊异的眼光，事态发展显然对银行十分不利了，女人知道今天遇到"硬茬"了，不是好打发的！便转身走了，不一会儿，一个男人出现在奚晓和莉莉面前，这才是银行的负责人，说：

"同志，有什么问题，咱们到里面说……"

几个人走进一间"业务洽谈室"，负责人异常谦恭地对奚晓和莉莉说：

"你们要办什么业务？跟我说，我是这里的经理。"

"我们是来办理银行借记卡销户的，已经来过几次，都没有办成，我们想知道这是什么原因。"奚晓看着经理停顿了一下继续说道，"储户到银行存取自由，开户销户自由，对吗？请问，这张卡销不了户，是有什么问题吗？如果你们银行不能做出合理的解释，又不给予办理销户手续，我们只有向有关部门去反映情况。"

"哦，是这样啊，你们看这样行不行，明天，明天你们再来，我亲自盯着办理这张卡的销户手续，行吗？"

"好，那就明天，我们上午来办！"

"好好好，没有问题。"

莉莉从始至终都是懵懵懂懂的，看着奚晓的一言一语、一问一答，清醒而冷静，不失礼貌，却句句说得有理有据，无可挑剔。银行经理什么都没解释，就同意明天办理，让她十分困惑，跟着奚晓糊里糊涂走出银行，迫不及待地问：

"晓晓，经理怎么连句解释的话都没说，就答应了？"

"莉莉，你知道他们一次次地拖延不办'销户'是为什么吗？"

"银行手续多呗。"

"哼，不是手续多，是问题多。"

"咦？"

"有的房地产开发商因为资金短缺，会利用内部人员、亲朋好友的身份，胆子再大的就利用掌握的公民身份证，以他们的名义与自己公司签订虚假合同，这些合同其实并不具备真实交易的基础。然后，串通银行内部人员，提供虚假资料，最终以个人住房按揭的合法之名，套取银行信贷，再用于房地产投资。"

"啊？怎么这样！"

"你的'账户'名下很可能就有假按揭住房贷款呢，所以银行不愿给你销户。"

"不销户对我影响大吗？"

"风险当然大！有一天你有可能就成了被告，成为欠银行贷款的债务人，虽然你有理由将自己从案件的纠纷中择出来，但时间、精力、名誉都会受到影响，窝火加麻烦。"

"明白了。"

"你知道吗，莉莉，现在不仅仅是一些官员经不住诱惑，做了权、钱、色的俘虏；而且银行内部也有个别人经不住金钱的引诱，参与'恶意套贷'，危害性更大。"

"哦，是这样啊！若我的账号不注销，就可能被不法分子利用？你这么一说，我才知道你怎么这样着急了，后患无穷。"

"莉莉，全国有多少因国家改革而致富的人？其中有遵纪守法的，也有以身试法的，鱼龙混杂，我看这家银行迟迟不给你办理'销户'就不得不防啊！"

"幸亏有你了，晓晓，可是现在的人太复杂了，怎么防哦？"

"莉莉，还记得半年前，你曾经嘲讽父母那些人，是'没落的精神贵族'吗？"

"当然记得，怎么啦？"

"这些'精神贵族'永远不会欺骗、坑害人，你不认为当下所缺少的正是像我们父母那样的人和道德吗？"

"是啊，现在谁还会记住他们那样的'精神贵族'？现在很多人只以贫穷和富有来理解'贵族'的含义，那就是住别墅、买保时捷、打高尔夫，就是挥金如土，就是对人呼之即来，挥之即去。"

"实际上，这不是'贵族'，这是'暴发户'。在很多人的意识里，富、贵是画等号的，但事实上是两回事儿。富，是物质的，贵，是精神的；'贵族精神'的境界不是金钱，而是自律和荣誉。莉莉，事情已经过去了，不要再自责了，以后有什么事需要帮助，一定先找我。"

"晓晓，谢谢你的安慰和开导。事情做错了，永远没有回头的路，它像一个时时缠着的噩梦，我经常在夜里哭，无法原谅自己的愚蠢。"

人的高贵之处，那就是干净地活着，优雅地活着，有尊严地活着。奚晓和莉莉所说的官商勾结、腐败现象，已备受老百姓的深恶痛绝。可也有例外，在奚晓的朋友里面，就有这样的人——"老班长"严志强、朋友龙韦炜。

奚晓帮助家属工厂的装修公司，为了一个"竞标"项目连着跑了好几天，依然没有结果。

她一直在想一个人——严志强。自从他转业到了地方，凭着正直和才干，一路升职，是眼下的这个"竞标"项目单位要害部门的主要领导。而这个项目的负责人，恰好又是严志强的下属，如果请老班长出面协调，部队会不会"竞标"成功，得到这个项目？然而，奚晓心里没数，因为她很清楚严志强的为人：谨慎、通达、诚实、讲原则。在商品社会的环境下，从不会为名所累、为利所驱、为欲所惑。

奚晓、尹大柱、陈洪斌一行3人，来找严志强：

"奚晓，你是'无事不登三宝殿'，说吧，找我啥事？"

"为了一个项目的'竞标'，找你帮个忙吧？"奚晓开诚布公地说明来意。

"唔，我不负责这个项目，不过听说找上门来的公司有很多呢。"

"所以，老班长，你是这个项目单位的上一级领导，又熟悉我们，是否可以帮助推荐，也算是'好风频借力，送我上青云'吧？"

严志强把奚晓介绍给了项目的负责人，说了一声："你们谈。"人就离开了，奚晓不以为然，可同去的尹大柱担心起来，道：

"奚晓，你那个老班长怎么也不帮忙说说就走了？"

"在这样的关键时刻，'竞标'项目单位的领导稍微地倾斜，都会导致人为的不公平、不公正，老班长就是那样的人，不要说这个项目不是他直接参与拍板，就算是，他也不会为了咱们改变'竞标'的硬性标准。"

"我们会不会白跑一趟？"

"那难说，碰运气吧。"

其实，此时的严志强也感到对不起奚晓，他知道这次"竞标"的激烈，并且包含着巨大的经济利益。人情关系、利益关系、亲朋关系，每一层关系，都像一道坎儿，纠葛着他的灵魂和良心。但是，他不会利用职权谋取眼前的现实利益，"修身、齐家、治国、平天下"这条古训，一直是他做人的操守，他不能违背。同时他也深信，奚晓懂他。

"竞标"没有成功，但是丝毫没有影响奚晓对老班长的尊敬以及他们之间的友谊。

　　说起对老班长的尊敬，就不得不提起龙韦炜，他也是值得敬佩的战友之一。

　　一天，奚晓意外地在网上发现了一个她熟悉的名字——龙韦炜，"是他吗？"仔细看网上的内容："龙韦炜，×× 大学法学教授、博士生导师、人权研究中心主任，法学院学生最受爱戴的老师……"奚晓再看看旁边龙韦炜的照片，心里不由得一阵惊喜，是他！

　　说到龙韦炜，奚晓的眼前就会浮现起在山沟时候，常见的一个情景：一个小马扎，一个精美的小半导体录放机伴随着龙韦炜孤独的身影——他总是静静地坐在小马扎上伏在床前，不是咿咿呀呀地念外语，就是做无数的数学题，从不被外界的嘈杂声所干扰。

　　奚晓的心中涌出一股冲动，有一种强烈的想要见到这位老战友的愿望，这其中有年轻时那美好的印象，也有对龙韦炜从事法律教学与法律专业学科研究的敬重，还有，毕竟自己的工作常与法律方面的事务打交道，这将是多好的老师啊！奚晓遗憾，多年部队紧张的工作和繁杂的事务，让自己失去了与很多老战友、老朋友的联系，她决定弥补。

　　奚晓和肖力终于见到阔别已久的战友龙韦炜，他除了头发上增添了些许白发，依旧是淡淡的微笑，挺拔的身板，沉稳的步伐，似乎一切还是原来的样子。

　　三个老战友谈得很开心。奚晓没有想到，那个中国顶尖级的学术人才竟然就是自己的战友，奚晓不禁为有这样的战友而感到骄傲。

　　"我离开部队后，这么多年你做什么？"

　　"从基层到机关，先为部队'三产'提供法律服务，部队不经商后，负责善后和处理遗留问题，说起来，还和你从事法律的研究领域有些关系呢，所以，还希望今后得到你的帮助。"

"也许会让你失望了，倒是你们在一线从事司法工作的案例，对我们搞研究的人有帮助，我的专业与你的工作还有很大的不同之处。"

"我懂，法律是个庞大的系统，我们工作中需要的法律知识，在它面前只是一个'点'而已。"

这是两个老战友之间的真诚相处和对话。

奚晓觉得，或许，朋友就是这样，在思想这扇门的两边坐着，各有各的生活，各有各的世界。正是看似冷漠的思想这扇门，通向彼此的灵魂深处，传递着最珍贵的友情，让自己在人生的道路上收获一笔无价的财富。或许，龙韦炜就是这样的朋友吧？

告别了龙韦炜，一路上奚晓和肖力的话题竟然还是龙韦炜。战友们不知道，龙韦炜竟连个手机也没有！但他的办公室电话，家里的电话却向你公开。

有谁相信，以龙韦炜现在的地位、名望，他会没有手机？龙韦炜不只没有手机，他甚至从不接受有偿的授课或辅导。奚晓知道像龙韦炜这样的水平，如果是在具有国际业务的律师事务所，他的年薪报酬都会是在千万以上，但他却没有这样选择。是他特立独行的个性使然？还是他对物质生活的淡然？奚晓说不清。

在这个物欲横流的社会里，类似严志强、龙韦炜这样追求精神的完美、坚持个性原则的人还有很多很多，他们是奚晓喜爱和尊敬的人。即便在一些问题上，他们没有支持自己，甚至是反对自己，但奚晓知道，凡是有原则的人对任何人都是诚实的，他们处事光明磊落，严于律己，不为私利。所以，奚晓愿与有原则的人相处，哪怕是相争；因为他们重视荣誉，重视道德，是具有"贵族精神"的一类人。

从这个意义上来说，"贵族精神"不是以政府官员、企业家、

银行家等社会地位决定的，更不是用钱可以买来的。奚晓以这样的
理念，判断所有的人，对待所有的事情。

4

军人的忠诚

20世纪90年代末，党中央、国务院、中央军委做出了"军队、武警部队和政法机关不再从事经商活动"的重大决定，军队生产经营得到了有效的遏制，自此，特定历史条件下的产物——"军队经商"彻底退出了历史舞台。作为军队的一名法律捍卫者，奚晓参与解决过数不清的法律事务，风雨兼程。一路走来，奚晓明白，一名法律工作者承担着国家、军队赋予的"依法办事、依法治国"的使命，她不能停下前进的脚步……

不能支取的存款

自 80 年代中期以来，国家集中财力发展经济。军队也为了服从国家经济建设的大局而开始减少军费，并自筹解决不足部分。从这时候开始，部队经营性生产逐步发展起来：办工厂、开矿山、搞公司……这虽然为部队解决了一些困难，但也引发了不少矛盾。其实从部队被允许进入民用领域从事商业活动开始，就已遭到军中很多老同志的强烈反对。军委副主席张震将军就是其中一位，他曾多次痛心而又尖锐地说：

"一直到现在，仍然有一些同志对生产经营有利的一面看得比较多，对其产生的危害看得比较少。这是一种危险的思想倾向。如果部队继续大规模地从事经营性生产活动，各级都想着经营赚钱，就会腐蚀军心，涣散斗志，败坏风气，削弱战斗力。任其发展下去，甚至会自毁长城，改变我军的性质、宗旨，影响党和国家建设大局啊！"

一语千钧。

中央军委领导层因此开始意识到，军队经商非得刹车不可。于是在张震将军的主持下，遏制部队经商从撤销野战军经商部门开始，进行全面整顿，经过清理，军队生产经营盲目发展的势头得到了有效、坚决的遏制。

1998 年 7 月，党中央又明确做出"军队、武警、政法机关不再从事经商活动"的决定。至此，军队如潮水般的商业活动开始"退潮"，并最终退出了"商海"。

这是一个星期天，奚晓难得不需要加班，和丈夫两个人准备在家度过一个轻松惬意的周末。她一边收拾房间，一边对丈夫说：

"你听说了吗，现在军委命令下来了，军队停止经商了。"

"是嘛，早该如此了，高层终于清楚地认识到军队经商是'得不偿失'了。"丈夫高兴地回应道。

奚晓笑了笑，说：

"尽管说军队生产经营弥补了军费不足，解决了部分部队建设中的实际困难，并在国家经济建设中起到了积极的作用，但由此带来的负面影响也是很明显的。"

"你觉得有哪些？"奚晓丈夫感兴趣地问。

"主要是牵扯领导精力、影响履行职责；与民争利引发军民纠纷；特别是拜金主义和享乐思想的蔓延，影响和腐蚀了军队的思想作风，损害了军队的形象，削弱了军队的战斗力。"奚晓边想边说。

"那这样的话，你们生产经营部门怎么办？"

"当然是执行党中央、国务院、中央军委'撤销'的决策了！全军各级领导很重视，我们也不例外，就把它当作一项严肃的政治任务执行呗，哪里有什么选择？军区已经成立了'生产经营清理办公室'，李进当头儿，他要的第一个人，就是我。"奚晓话语中透露出自信和骄傲。

"看来你又该忙了，你学的那些法律知识倒是有了用武之地。"丈夫欣赏地看看奚晓。

"谁说不是呢，善后工作中涉及的法律问题会很多很多……"

"依我看，准都是一些擦屁股的事儿！"

"司法是内核，和军队一样，是权力的核心，大到政权，小到我们，没有谁会轻易放弃这最能保护自身的武器。"

果然，不久之后，奚晓被组织安排到军区"生产经营清理办公室"工作，负责处理军队生产经营撤销和移交后遗留的善后问题。

与此同时，奚晓还先后在军区司法办"法律顾问处"、总部司法局"法律顾问处"兼做律师工作，为部队所辖的基层连队提供法律咨询服务。

报到那天，奚晓特意起了个大早，风风火火赶到"清理办"，她是奉命到"生产经营清理办公室"接受任务的。她要精神抖擞地面对这份新的挑战。

李进就是这"生产经营清理办公室"的领导，是坚持向上级领导要求把奚晓"拉进来"的伯乐。他倒是毫不含糊，见到奚晓后"扔"给她的第一件工作就是"硬战"——那就是被基层企业局喻为"老大难"的问题"追款"。

"怎么样，奚晓，有没有信心？"这是李进见到她的第一句话。

接着，李进不容奚晓犹豫片刻，又颇具威严地说：

"一定要帮部队把款追回来。"

需要追款的企业局，是永定市某部队对外进行经济活动的一级单位。企业局在南山市商业银行存了一笔八百万元的定期存款。没有想到，这笔存款到期后，企业局派出财务人员前去取款，却被南山市商业银行顶了回来。

"为什么？"奚晓不解地问向她报告情况的企业局财务干部。

那干部哭丧着脸回答：

"不知道，银行给的理由是：企业局的这笔存款现在还不能支取。真是莫名其妙。"

"那么，以后你们就没有再找银行吗？"

"怎么没有找啊，我们前后又到南山市商业银行交涉过几回，可每次都是白跑一趟，无功而返。再后来，企业局党委经过慎重考虑和多次研究，决定以部队名义形成公文，直接向南山市商业银行的上级主管部门反映了情况，上级部门领导很重视，还安排人员听取了企业局的当面汇报。"

"嗯，后来呢？"

"后来，就石沉大海了，再没有给我们任何答复。"

"有没有找过行里的主要领导——行长、副行长们，他们怎么说？"

"上哪儿见啊，人都找不到。"

"从你们第一次去取款，遭到拒绝，至今有多久了？"

"从我们局领导找到你们'清理办'时，这笔定期存款超过应该收回的期限小一年，到现在，总共有一年多了。"

奚晓详细了解了这笔定期存款的经过后，又问了财务干部关于南山市商业银行的一些基本情况，包括企业局财务人员每次去见的什么人，特别是银行接待人员拒绝兑现八百万存单的解释和理由。

整整几个小时，没有得到片刻喘息的奚晓，到中午已筋疲力尽，她想躺一会儿，但是脑海里却不停想着银行不予兑换存款的理由，竟是"存款还不能支取"，这个解释令她百思不解。于是干脆又爬起来，去看桌子上的几页纸——奚晓手里只有企业局提供的两张纸，那是企业局仅有的两份证据：一份是企业局的八百万元入款的"银行进账单"回单；另一份是南山市商业银行出具给企业局的一年期"定期存款存单"。除此之外，企业局手里并无任何与这笔存款资金相关的书面合同和文字说明。

奚晓反反复复看着手里的这两份单据，冥思苦想；从表面上看，这两份证据的真实性，应该是准确无误、合法有效的：首先，企业局存入银行的八百万元资金，划款凭证不会错；其次，南山市商业银行出具的定期存款存单，票据标准、印章清晰，也不会错。

奚晓脑子里飞快搜索着人民银行对定期存款支取方式的有关规定，她试图发现这其中的端倪：单从银行存款业务上来讲，这是一笔显然高于活期存款利息回报的存款，期满后可领取本金和利息；可现在，银行方面为什么全然不顾"定期存款"到期以后，存款人可无条件全额支取本息利率、并可一次结清的规定？为什么左推右拖、拒绝企业局提取这笔资金呢？问题到底出在哪儿呢？

奚晓回到家还在冥思苦想，晚饭都没有吃好。丈夫看着吃饭都心不在焉的奚晓，打趣逗她说：

"我就说吧，善后的事不好办，不容易呦！"

奚晓听罢却只能无奈地笑笑：

"如果事情简单好办，大概就不会需要我们来善后了。可见，法律是解决问题的核心，经济行为时时刻刻都离不开法律啊。"

晚上躺在床上，她还在思索着这不可支取存款中的种种问题和不完美的逻辑，不知不觉进入了梦乡……

第二天，奚晓早早又来到"清理办"。李进刚到办公室，奚晓就随后跟了进来。她知道李进和企业局局长是同乡，两人关系不错，便开门见山地说：

"书记，我要去趟企业局，然后再到银行看看，请您派车送我到永定市吧。"

"好，"李进点点头，他虽然信任奚晓，但深知任务的艰巨，于是又关切地问道：

"找回八百万，你有多少把握哦？"

"还没有完全的把握。"奚晓实话实说。

令奚晓觉得奇怪的是，在这张一年期的定期存款存单到期后，银行既不否认这笔存款，也不予办理到期存款的支取，又不做出任何文字说明和理由，这根本不符合常理。其中难道隐藏着什么？这八百万存款里面一定有企业局不知道的秘密！再加上对企业局来

说，银行的金融业务太专业了，他们不会清楚里面林林总总繁杂的
条款——所以即便只是存款、取款这么简单的金融活动，也只能被
动地接受。

这一瞬间她忽然感到，要回这八百万存款就像要攀登一座高山，
即使要爬到最高的山顶，自己一次也只能脚踏实地先迈出一步，这
便是她首先要去银行调查真相的原因。

这一天下午四点，奚晓带着企业局的一名会计驱车80多公里
悄悄来到南山市商业银行的营业厅。他们事先没有联系、没有预约，
更没有去找行里领导。

"奚主任，我们为什么这么晚去？是不是应该事先与银行领导
打个招呼？"企业局的会计困惑地不停提问。

"没有必要。"奚晓没有多回答，坐在车里沉思。

这是一家国有银行，是企业局来过几次都无功而返的南山银行，
其难度、不可知因素可想而知，奚晓刻意选择了在银行下班之前来
办理业务，是考虑这个时间要办的事不易被拖延，而且不给银行留
出上报下推来回推诿的空间。这是她不能说出的理由。

这座城市的建筑很陈旧，南山市商业银行宏伟的大楼矗立在一
片灰色的、土里土气的低矮房屋中间，显得格外刺眼。偶尔路过的
人，会向那里投去好奇与羡慕的眼神。

"您好，我们来办理单位到期的存款，请问谁负责办理？"奚
晓进门快步走到值班经理的柜台，客客气气地问道。

"单位存款？到期了吗？"这是个四十多岁的男人，接过奚晓
递过来的定期存款存单的复印件，只看了一眼，就说道：

"哎？怎么是复印件？这可不能办理。"值班经理又疑惑地看
了一眼奚晓，不客气地说："要原件。"

"哦，我们带着原件呢！"奚晓诚恳地解释着，连忙示意企业

局会计将证件递给值班经理：

"请您先帮我们核对一下期限，存单原件和其他需要的手续迟些一并提交。"

"好，你们先等一下。"值班经理接过定期存款存单的复印件，转身进了柜台里。

奚晓将企业局的定期存款存单的复印件拿给银行的值班经理去核查，是有她的深层考虑的：自己虽然现在不知道，也不可能知道存单里的秘密，但有一点是清楚的：那就是这张定期存款单的原件，是部队最重要的"武器"，打赢这场战全靠它了。自己要像保护生命一样保护好它，不到最后看到胜利的那一刻，是绝不会轻易拿出去的。

过了一会儿，值班经理手里拿着那张存单复印件从柜台里匆匆走了出来。

"你们这张'存单'现在还不能办理支取。"

"为什么？"

"这是一笔委托贷款，用款人还没有还款。"

"什么？委托贷款？！"奚晓马上扭头看了一眼企业局的会计，会计的表情也是一脸的茫然。

"等等，等等，经理同志，您刚才说，我们的这笔定期存款是一笔委托贷款？"

"对呀！"

"您有什么依据吗，比如合同、协议什么的，因为我们两个都是新调来单位不久，过去怎么办理的业务，我们确实不太熟悉。"奚晓看着值班经理的眼睛，恳切地解释着。

值班经理看着眼前这位部队女干部漂亮的眼睛里闪烁着诚恳祈盼的目光，顿时放松了所有的戒备：

"这个当然有，有《委托贷款合同》啊。"他毫不犹豫地给予了答复。

"这不可能！……"企业局的会计几乎要喊起来，被奚晓一个手势压了回去，赶快问道：

"您能让我们看一眼吗？"

"是呀，经理同志，我们的钱即使现在不能取，也得知道原因吧？"会计跟着说。

"这……可以吧。"值班经理又看看奚晓，点点头，转身进了柜台里面。

这时，奚晓心中暗暗慨叹，怎么存款变成了委托贷款？不出自己所料，事情果然没有那么简单！

"给，你看吧。"值班经理从柜台里出来，手里拿着一张纸，也是一张复印件，随手递给了奚晓。

奚晓心中不禁觉得挺好笑：嘿！我交给他一张存单复印件，是因为原件只有一张，它是唯一能够证明企业局存款的证据，所以交给银行去查询实在不放心也不信任，万一存单原件一去无回，那部队八百万存款的性质可就说不清了。可是眼前这位值班经理"大人"给自己看的《委托贷款合同》不知何故竟也是张复印件！

奚晓盯着委托贷款合同复印件，思绪飞速转动着：这是银行原本就已经准备好等着"应战"企业局的？还是银行方面也有同样想法，不愿意直接提供《委托贷款合同》原件呢？难道银行也怕我"抢"走《委托贷款合同》原件不成？

只是一瞬间，奚晓忽然明白了一件事：这张《委托贷款合同》也一定是银行极为重要的"秘密武器"！正是因为"它"的存在，银行才一而再，再而三拖延，且如此理直气壮地不予办理支取八百万元的存款；并且还是因为"它"，造成了南山银行的上级领导机关对企业局反映的问题从一开始的重视，到后来没有下文的尴尬局面。

奚晓礼貌地向值班经理提出：

"同志，我带走这张《委托贷款合同》的复印件，可以吗？"

值班经理看看挂在墙上的钟表，上面的指针已经划过了下班的时间，开始不耐烦起来，回答说：

"恐怕不行。"

"您看，我是刚刚调到企业局工作的，不了解八百万元存款的具体情况，又从来没有见过这《委托贷款合同》……"

奚晓也看看墙上的钟表，又看看身边的会计，二人眼神相对，那会计恍然大悟，终于明白了奚晓选择快下班时间来银行的奥妙，不易察觉地微微一笑。

"你们回去找嘛！"值班经理仍旧不耐烦地说。

"哎呀，军队是'铁打的营盘，流水的兵'，企业局人多事杂，原来的人走了，不知道能不能找到呀！再说，不过是个复印件吗？既然我们人都来了，带回去也好向领导交代嘛……"

"现在不行，我要请示领导，都下班了，明天吧。"值班经理虽然还在拒绝，但是奚晓已经感到他的语气不再强硬，而是觉得为难。

"那么，好吧！我们这么远来了，既然银行不提供这张委托贷款的复印件，你就兑现我们的存单吧，我们不会离开，你可以随时报警，我们正觉得有冤无处说呢！"

这值班经理或许被奚晓的执著感动，或许被奚晓绵里藏针的"敲打"所震撼；或许下班时间已经过了，无心再纠缠下去，再或者一纸复印件算不得什么……总之，他犹豫了一下，终于将《委托贷款合同》的复印件交给了奚晓。

奚晓带着这张《委托贷款合同》复印件和会计走上回永定市

的路。经过不懈的努力，奚晓终于迈出了要回八百万的第一步。回程的路上，她的心情却坏到了极点，虽说没有白来一趟，拿到了《委托贷款合同》的复印件，然而奚晓明白，如果委托贷款的事实真的存在，这对企业局的打击将是致命的。往后追款的路不知该有多难，奚晓甚至不敢再往下多想。

企业局的党委会上，气氛异常严肃，企业局长手里抖着奚晓要回来的那份《委托贷款合同》，异常愤怒地向与会的人要答案：

"你们说说，这是搞的什么名堂？"

会议室一片寂静，在座的党委会成员没有一个人出声。好一阵子，有人打破了死一样沉寂的气氛，提出了质疑：

"我们不是存款吗？委托贷款是怎么回事？"

一石激起千层浪，会议室立刻热闹起来。

"是呀，存款怎么变成贷款了？"

"这影响我们收回八百万的存款吗？"

企业局长面对莫衷一是的议论，站起身，把目光转向奚晓，宣布说：

"同志们，负责此次追款的奚晓同志，已经与银行方面有了接触，对这笔款项进行了初步的调查。现在，针对大家的问题，请她为我们解释一下。"

"好的，"奚晓抬起头说道："我们这次去银行办理存单支取，银行再次不予办理兑现存款，这是我早就预料到的。但重要的是，我们从银行意外拿到了一份《委托贷款合同》，而这就是银行不予兑付八百万存单的原因。"

"为什么？到底什么是委托贷款？"一个党委成员问。

看到众位的疑惑，奚晓就党委委员们提出的问题，开始逐一作简单扼要的说明：

"单位存款，好理解，是指根据法律规定，将单位的货币资金存入银行或非银行金融机构，这就形成存款。而定期存款是指存到一定期限，再支取本金加利息的一种存款方式。委托贷款，则是指委托人提供资金，由银行（受托人）根据委托人确定的用款人，代为发放的贷款。"

"哦，那么，是银行把我们的钱用了吗？"

"银行在委托贷款中，只起到监督用款人的资金使用，并协助收回贷款的角色，银行不承担用款人到期不能偿还贷款的责任。一旦出现用款人到期不能偿还贷款，所有的风险责任，委托人自己必须独自承担。"

哗……党委会成员们开始在底下议论纷纷：

"我们企业局到底存的是什么钱？"

"是谁把存款办成了委托贷款？……"

"所以我们的钱是不是就要不回来了？"

……

奚晓体会到了在座的人员急切、无助的心情。显然，行伍的军人"经商"，吃了大亏还不知道对手在哪里——真是应了"英雄无用武之地"这句话，她心里不禁哀叹了一声，继续说下去：

"具体到我们，也就是说：企业局的这笔八百万元资金如果确认是存款，南山市商业银行就必须马上给予支取兑现；但是如果这八百万元资金是委托贷款，就需要实际使用这笔钱的'用款人'先将这八百万元贷款还给银行之后，银行才能再还给我们企业局。"

"银行确定我们的八百万就是委托贷款吗？"

"毫无疑问，银行认定这笔八百万元资金的性质，就是委托贷款。目前的形势是：实际的用款人到期后，没有将八百万元贷款还给银行，所以银行根据'先收后划、不得垫付'的规定，也没有将资金返还给企业局。"

奚晓解释完了，再看与会的党委委员们，一个个大眼瞪小眼，哑口无言，全傻了。

局党委会结束后，企业局长将奚晓请到了自己的办公室，眉头紧锁，焦急地问：

"奚晓同志，你怎么看待这件事？"

"一笔款进到银行，银行却给办理出'标的物'相同，但行为性质完全不同的两笔业务：'存款'是存款业务，'委托贷款'是中间业务，它们在责任承担上完全不同，我认为这里肯定有问题。"

"谁有问题？我们内部？还是银行？"局长面容严峻。

"这，一时还说不好，但是，我相信存款的事实。"

"为什么？"

"因为我反复问过财务处，企业局没有收到过高额利差，与银行也没有约定过利差。倒是觉得银行对那份《委托贷款合同》遮遮掩掩，怪怪的……局长，您知道，现在，有的银行与企业受到各自利益的驱使，规避国家法律，绕开公司之间借贷禁令，违法进行变相贷款。"

"奚晓同志，我没有听明白，你能不能再解释一下？"

"哦，是这样的。根据我国法律和有关规定：企业之间禁止相互借贷并收取利息，一切信贷活动，必须由银行统一办理。"

"哦。"

"可是，在现实中，企业通过银行贷款是非常困难的：手续严格，程序多。在这种情况下，有的银行就会与有资金的单位协议，给予它们高出存款的利息，将其存款作为委托贷款发放，同时委托贷款的风险责任由银行承担。只有在这种情况下，才有可能出现一笔资金既有存单又办理了委托贷款。"

"银行为什么要这样做?"

"银行可以收取手续费;银行人员也会借此完成存款业务指标;再者,银行去搞体外循环。当然,也不排除这之间有勾结、欺骗的违法行为。"

"照你这样说,原来是银行把我们蒙在了鼓里……"

"局长,我想现在的问题是,企业局握有银行给出具的存款存单,而银行手里有与企业局签的《委托贷款合同》,存款与委托贷款到底哪个有效?这笔款项到底隶属于哪一种性质?"

"嗯……"局长点点头,陷入沉思。很快他又抬起头看着奚晓:

"奚晓同志,那我们下一步该怎么办?最坏的结果是什么?八百万元可不是小数字,要是这笔资金收不回来,可是没法向上级党委和同志们交代啊!"企业局长满脸阴郁。

"局长,您不用太着急,让我回去好好想一想,特别是那份《委托贷款合同》,看看能不能从中找到突破口?我们要是能够推翻委托贷款的事实,那么,取回八百万就有希望了。"

"能推翻吗?奚晓同志,请你一定想想办法,这件事就托付给你啦!"企业局长有些激动,满怀期待地说道。

离开局长办公室,奚晓直奔财务处,她需要详详细细地了解这笔八百万元资金存到银行前前后后的全部过程。

破解局中局

党委会后连着两天,奚晓都把自己关在房间里,翻来覆去研究和琢磨银行的那张《委托贷款合同》复印件。合同中,显示委托方是企业局,受托方是南山市商业银行,而直接用款人是谁?是哪一家企业使用了这笔资金？合同中并没有写明和提及。

奚晓立刻警觉起来，像猎人一样，似乎嗅到了猎物的气味：

委托贷款通常是三方的协议，即委托人（提供资金）、受托人（银行）及借款人（用款企业）共同签署。合同上，用款对象、资金用途、利息、期限，以及银行收取的委托手续费都应提及，且应注明风险责任由委托人自己承担。

奚晓来来回回在屋里踱着步，凝神静气地寻找着疑点。

显然，眼前的这份《委托贷款合同》不是采取三方协议的方式，因为在这份合同上，只有企业局与银行两方。这会不会是由两份合同完成的、双方协议的委托贷款？也就是说一个是委托人与银行的委托合同，另一个是银行与用款企业的贷款合同——难道是由两个合同背靠背完成的委托贷款？

"对，这很可能就是问题所在！"奚晓觉得心里一下子豁然开朗，似乎找到了问题所在。因为她详细了解过，企业局财务处坚持说："我们除了到银行办理过存款和手里持有的存单外，企业局从来没有见过什么用款人，也没有委托银行去放款，更没有收取过息差。"

"难道这份《委托贷款合同》在此笔业务中是不存在的？"大胆的念头刚一闪过，奚晓被自己的想法吓了一跳；转而既惊又喜，惊的是居然有人胆敢做假合同，喜的是找到了问题的突破口——企业局的八百万元存款，终于有了可以支取的希望。

假合同可不是那么容易做的，特别是企业局与南山市商业银行都是正规单位。奚晓要做的第一件事，也是最为重要、最为关键的一件事，就是识别合同上公章的真伪。

在南山市商业银行提供的《委托贷款合同》上，共盖有两枚公章：一枚是盖在"委托人"一栏里的企业局的公章印鉴；另一枚是盖在"受托人"栏里的银行的公章印鉴。

奚晓认为，既然自己无法确知银行公章的真伪，所以不需要花费太多的心思和浪费太多的时间去甄别银行的印章。然而，对于企业局的这枚公章的真伪就不同了，这至关重要，她必须彻底查清。

复印件属于派生证据，因无法与原件核对一致，其真实性受到法律的约束和限制。奚晓想到要对《委托贷款合同》复印件上企业局公章的真伪做司法鉴定，可是司法机关对于复印件的鉴定，原则上是不会受理的；而指望银行方面的配合，让其提供原件做鉴定几乎就是不可能的事，难道就没有别的办法了？

奚晓好不心焦，困难如重峦叠嶂几乎难以逾越；而自己必须翻越这大山，将困难都踩在脚下。她努力让心平静下来，开始慢慢地从头到尾，再一次捋着思路：

表面上看，企业局的这笔八百万存款不过是一项非常简单的经济行为，可是有人可以在利益的诱惑和唆使下，用它来掩盖侵害企业局利益以及扰乱社会金融秩序的违法行为。假如事实如此，企业局要求南山银行兑现存单，就不只是"讲道理、摆事实"停留在语言层面的交流那么简单了，而是要准备展开一场"你死我活"的歼灭战、心理战，打击对方的心志，以智谋来取胜！

奚晓坚信自己有与违法行为坚决斗争到底的底气，她始终相信邪不压正。

"哼！就算全世界的鸡蛋联合起来，就能够打得过石头吗？"奚晓自信地冷笑一声，她已经想出了解决的办法。

一个风和日丽的上午，满面春风的奚晓敲响了企业局长办公室的门。

"局长同志，我需要对企业局的公章进行司法鉴定。"奚晓要求道。

"怎么了？我们的公章有问题吗？"企业局长霎时一脸的紧张。

"不，不是企业局的公章有问题，很可能是企业局盖在《委托贷款合同》上的那枚公章有问题。"

"啊！真的吗？奚晓同志，你是说合同上，我们单位盖的章是假的？"

"嗯，我是这样判断的！"

"你快说，需要我做什么，需要哪个部门配合，我全面保障。"局长兴奋得赶忙从座位上站起来，碰得椅子一通乱响。

"我们有《委托贷款合同》的复印件，还有企业局的原章在手，就可以对上面企业局的那枚公章进行司法鉴定；尽管鉴定结果不具有法律效力、不可以作为法律凭证，但是只要水落石出、知道公章的真伪就足够了。"

"好好好，你马上去！"

三天以后，鉴定结果出来了。奚晓充满期待地等到了自己判断的结论——事实证明，奚晓的判断是正确的。经过司法鉴定部门的鉴别，《委托贷款合同》复印件上那枚企业局盖的公章、与企业局提供的公章印鉴不是同一枚印章。毫无疑问，银行的那份《委托贷款合同》是假的。

有了铁证在手，奚晓更加踌躇满志，她的"围猎"行动开始了。人的成功往往不在于拿到一把好牌，而是怎样将坏牌打好！

奚晓计划的第一步：她代表企业局领导联系了南山市商业银行的负责人，并主动提出：双方领导面对面，对八百万存款进行最后一次沟通。她特别强调：

"非行长本人，一律免谈！"

对这次双方高规格的谈判，奚晓看得很重，并且寄予了很大的希望；她知道，这是一场针锋相对的硬仗、攻坚战，其艰难度难以估量；但是一旦谈判成功，自己对于八百万的回归就会稳操胜券。

为此，奚晓特地找到张子健大哥。张子健热情、正直，在很多关键时刻都给了奚晓这样的年轻人很多宝贵建议与支持，奚晓从心底里敬佩他。这一次，奚晓向他讨教了攻坚的"战术方法"，张子健听完事件的来龙去脉后，说：

"奚晓，你面对的不是个人，而是南山市银行，任务很艰巨哦。但是记住，要紧紧依靠组织，发挥军队紧密团结、联合作战的作风；这样吧，我帮你联系南山当地驻军配合你，以增强企业局的战斗力。"

"大哥，当地驻军怎么配合我们呢？"

"事关到军队资产的流失，请当地驻军陪你一同前往。"

"嗯……"奚晓不知怎么说感谢的话，心里对大哥的正义和果断，油然而生满腔敬意。

接下来，奚晓要实施她计划的第二步了——正面交锋。

南山市商业银行的小会议室里，座无虚席，南面就座的是银行行长及其工作人员，而北侧则是奚晓和企业局的一名副局长、一名会计，还有张子健为帮助奚晓完成此次任务，陪同的两名南山市驻军干部。

不出奚晓所料，双方客气地寒暄之后，就进入了实质性的谈判：企业局的八百万元资金，到底是存款，还是委托贷款？小小的会议室里，顿时硝烟四起，交战的银行和企业局代表各执一词，针锋相对、据理力争。一个多小时过去了，争来争去，事态没有任何进展和结果。

奚晓坐在位子上，一直在全神贯注地听着双方的发言，眼见银行方面利用各种金融的专业术语，每每说得企业局的财务人员哑口无言时，心中都不免有些愤愤然。到了此时，她觉得该是自己重拳出击的时候了，于是打破了正在进行的讨论，清清嗓子说：

"行长同志，我能向您提个问题吗？"

会议室里立刻安静下来，所有人的眼睛齐刷刷转向奚晓。

奚晓不慌不忙地拿出那张《委托贷款合同》复印件，用左手举起晃了晃，慢慢伸向桌子中央，然后，明亮的眼睛静静看着行长，轻声问道：

"行长同志，您能告诉我，南山市商业银行在《委托贷款合同》上的这枚公章是真的吗？"

奚晓说着，用右手指着盖在受托人一栏里银行的公章。

"这……"

行长居然半天没有说出话来，银行的人谁也不再吭声。奚晓明白，她问的问题直捣要害。而这行长左右为难，又一时猜不透奚晓葫芦里卖的是什么药，于是没有办法回答她的问题。

行长的反应表明，面对奚晓故意摆出的一个"迷魂阵"，他已经不知所措了。其实，这个"迷魂阵"是奚晓为自己下一步的"攻势"做铺垫的：

"行长同志，您能告诉我，这一枚公章是真的吗？"这回奚晓用手指着合同左侧企业局盖的公章问。

"……"

奚晓一连串的问题，让行长显出一脸的不自然，彻底无言以对。奚晓见状，继续追问：

"还有，在座的银行同志，哪一位能告诉我们，这笔委托贷款，企业局的经办人是谁？公章是谁盖的？又是在哪儿盖上去的？"

所有在座的银行代表全都面面相觑，谁也不作声。

"既然银行方面不能给我们一个明确的回答，那么，让我来告诉你们。"奚晓一字一句、落地有声地说道：

"这《委托贷款合同》上，企业局盖的这枚公章是假的！"

"啊！"

本来就气氛压抑的会议室里，更是变得死一样的寂静。

"行长同志，您需要看司法机关做出的鉴定结论吗？"奚晓语气异常严肃。

这一句问话，其实是奚晓走的一步"险棋"，她知道，自己手里其实并没有合法有效的司法鉴定结论报告可以出示，但是她之所以故意说这一句话，是经过了一番周密分析的：第一，银行方面显然心虚，恐怕没有胆量提出要看司法鉴定的"结论报告"；第二，即使银行提出，要求看司法鉴定结论，这也正是奚晓逼银行拿出《委托贷款合同》原件的机会，奚晓料定银行方面不会提，这叫作一箭双雕。

此时，奚晓已经从行长无可奈何的面目表情上，看到了问题的答案。

那行长看得明白，企业局是彻底否定了这份《委托贷款合同》。而银行内部到底是怎么操作的，他自己现在也说不清楚，所以企业局手中有没有司法鉴定结论，对于行长来说都不重要；这时他担心的只是别再把事情闹大——万一真闹到司法部门……不言而喻，等待银行的将是什么。现在企业局只是要拿回这笔资金，自己也需要时间好好想一想。

这一仗的攻坚，银行明显败下阵来了，奚晓乘胜追击又说：

"事实已经很清楚了，企业局的这八百万元资金，就是一笔存款：第一，企业局向银行交付了八百万款项，银行向企业局出具了'进账单'、'存单'——存款人与银行间的存款合同即告成立。银行此后是否入账，是否将此笔款项用于搞体外循环，这绝不影响存款关系的成立与效力！"

奚晓盯着行长惊愕的眼睛，继续往下说：

"第二，企业局未与用款人签订过《委托贷款协议》，也不认识用款人……"

会议室里，不知谁发出了感叹、惊奇的唏嘘声，奚晓环视了一下，又说：

"第三，企业局从未委托过银行将这笔存款放贷；第四，也是这八百万存款最重要的一点，企业局从未收取过银行方面或用款人方面任何存款利率或高额息差。"

奚晓一口气说完了上面的话，觉得自己已经稳操胜券了，但是还应该再给银行方面添上一点儿压力：

"如果银行方面仍然坚持这笔八百万元资金是委托贷款，不予办理存款的支取兑现，我们将以'存单被盗窃'为由上报部队保卫部门，或者直接向地方公安机关报案。"

巧合的是，陪同奚晓他们到银行的南山市驻军的两个人中，有一个与行长相识，他们曾经在南山市政府组织的几次活动中有过交往。就在奚晓发言时，那位银行行长开始不安地挪动着身子，眼睛不时地向驻军那位领导干部瞟着，而他从"老相识"严肃的神态上已经意识到了事情的严重性，那就是"部队动真格的了"，否则"老相识"不会对自己如此冷峻，更不会一同到银行来向他"讨钱"。看起来，对企业局这笔八百万的存款，如果再继续说不清、道不明地拖延和不予以兑现，是不可能的了。

行长的这一个不易察觉的动作和眼神，还是被奚晓注意到了。她觉得张大哥的支持和帮助真是给力，不禁对张大哥充满了敬佩和感激。

还款的一波三折

整整一上午，激烈的谈判即将结束，银行方面在奚晓凌厉的攻势面前终于同意：兑付企业局八百万的存单。

这胜利来得太突然，太出乎意料，令企业局的副局长竟然不能相信眼前的事实，继而便对奚晓的聪明才智赞不绝口：

"哎呀呀，我算是服了奚晓了，有理有据，让他们无话可说！"

除了奚晓，所有人都沉浸在胜利的喜悦之中。此时的奚晓不是不高兴，而是不敢高兴，理智和经验告诉她，要银行兑现这八百万谈何容易？眼下别看银行答应了，那也只是限于口头上说说而已，所以还有很多工作要做，自己必须一鼓作气、穷追猛打，直到银行将那笔款交到企业局手上为止。

企业局一行谢绝了行长共进午餐的邀请；因为奚晓清楚，在下午的会议上还有更重要的事情——落实还款的具体方案，这需要商量和抓紧时间去做准备，于是她对副局长说：

"虽然现在银行同意兑现，可我们实际是空口无凭啊。"

"行长刚才不是已经答应要给我们兑现支取存单了吗？"副局长愣了。

"口头承诺没有用，也不会那么简单，我不相信企业局的八百万元资金就凭我们今天来一趟就可以把钱带回去。我们需要做多手准备……"

"怎么准备？"

"两件事情，必须马上落实，要向局长汇报请示一下。"

"好，是哪两件？"

"第一件：向局长汇报谈判情况，同时请求局长安排人员，带上公章，下午务必赶到南山市待命。如果银行方面不愿意单方面出具还款计划，提出需要签订双方还款的协议，我们没有公章的话就不能及时与银行签署合同。"

"对对对！"

"倘若这次签不了合同，另外再约时间，那么，一旦银行方面有了喘息时间，再发生反悔、变故，我们前边所做的一切工作就会前功尽弃。"

"哎呀，是要抓紧。银行内部的事情还真是说不准，看起来很复杂呢。"

"可不是，你想啊，这家银行连假公章都敢用，还有什么不敢做的事情呢？"

"那么，你要做的第二件是什么事？"

"您看看这个，"奚晓从挎包里掏出两页纸：

"这是我提前起草的一份《还款协议书》，当然需要双方签订。这份协议书实际上是防止银行方面一旦发生'违约'行为，而准备启用的。"

坐在一旁的企业局会计，早就受够了银行的种种刁难，这一次总算出了恶气，不顾副局长与奚晓正在谈话，愤怒地插话道：

"竟敢使用假公章蒙我们！这一次，理儿全在我们这一边，难道还怕他们抵赖不成？不行，我们就报警，告他们诈骗！"

"不行啊，同志，"奚晓皱了皱眉，说："没有那么简单，如果报警，公安介入，从立案侦查，到检察院提起公诉，再开庭审理，一审、二审，你们算一下要耽搁多少时间？"

"这个……"

"即使公安局能在事实清楚后、法院审理前将八百万元返还给企业局，那也只能是本金部分，利息、罚息部分就全部损失了。"

"是这样啊。"

"我们眼下是要快速拿回八百万存款及利息，不是吗？"

"是是是，快速拿回八百万存款最要紧！"会计赶紧回答。

"你做事情真是有水平、全面周到啊，我佩服！"副局长一拍大腿，叫道：

"奚晓，你说怎么办，就怎么办！"

奚晓笑了笑，对此并不以为然。其实她觉得最令自己引以为豪的，是自己为了以防双方万一闹上法庭而为企业局争取的主动权：为了减少精力、经费的浪费，为了借助天时、地利、人和，她在自己事先拟好的《还款协议书》里面，将法院审理的"管辖权"这一项重要的条款，用十分巧妙且不易觉察的文字，写在了对企业局有利的这一边。将来一旦银行方面违约，企业局就可以在自己的所在地起诉银行了。她埋下了伏笔，以绝后患。

连奚晓自己都没有料到，以后的事态发展，直至取胜，果真应验了她事先在《还款协议书》中铺垫的企业局的所在地法院有"管辖权"的这一项重要条款。

下午，企业局和银行两方又重聚在银行的小会议室里，这注定又是一场激烈的战斗。奚晓代表企业局，与银行就如何收回八百万元资金继续协商。

这时银行方面提出：银行资金紧张、困难，八百万不是个小数，需要有一个缓冲的阶段，请求给予宽限。奚晓问道：

"那么，银行方面具体还款时间需要多久？"

"我们尽力，应该是两个月内全部支付完毕。"

"好。"企业局副局长看了看奚晓点点头，就表示了同意。

双方最终达成统一。

事已至此，银行方面提出：

"首长，我们需要签订一个双方的还款协议书。"

"好，没有问题。"

这时，企业局的公章已经按照奚晓的周密计划被送到了南山市，这也许是银行方面没有想到的，因为企业局与银行毕竟不在一个城市。之后，奚晓试探着提议：

"那么，就请由银行方面起草《还款协议书》吧？"

也许是银行方面一直还深陷在"假委托贷款"的尴尬境地，一时也无心起草协议文本，那行长想都没有想，就说：

"这样好不好？还是由企业局起草协议书吧，你们辛苦了，辛苦……"

这正中了奚晓的意愿，她不紧不慢地掏出已经准备好的《还款协议书》，递给行长：

"请银行方面修改，提出意见。"

时间不长，在当地友军的见证下，南山市商业银行与企业局达成了还款协议。终于，这笔超过一年多的八百万存款在奚晓的努力下，有了有效回收的保证。

时间飞逝，转眼两个月的期限到了，而企业局迟迟未接到南山市商业银行的还款。企业局长十分焦急，亲自赶到"清理办"来找奚晓说：

"奚晓同志，你说说，这南山市商业银行究竟想干什么哪！"

"局长，别着急，"其实银行的这一做法，是在奚晓预料之中的。她平静地说："从客观上讲，因为实际用款人在贷款到期后未能按期偿还银行贷款，所以让银行自己出钱为实际用款人代为偿还，银行肯定不情愿。"

"那关我们什么事儿？"

"局长您说得对，不关我们的事。南山市商业银行既然与我们企业局达成、并就八百万存款又重新签订了《还款协议书》，就必须履行双方的约定，偿还企业局的本金及利息。至于用款人到期后未偿还银行贷款，并不影响银行偿还我们的八百多万欠款。"

"那我们现在怎么办？"

"当然不能拖，我们得抓紧时间通过法律途径来解决这个久拖未决的老大难问题。"

企业局的领导班子采取了奚晓的建议，在其驻地——永定市，一纸诉状将南山市商业银行告上了法庭。就在永定市人民法院受理之后，南山市商业银行方面很快就向永定市法院提出"管辖权"异议：

"存款合同一案的合同履行地及被告（银行）住所地，均为南山市，依据《民事诉讼法》之规定，因合同纠纷提起的诉讼，由被告住所地人民法院管辖，请求永定市人民法院驳回企业局的诉讼请求，将案件移送南山市人民法院审理。"

对于南山市商业银行向法院提起的管辖权异地申请，奚晓并不觉得意外，她对满是困惑的企业局长说：

"局长，两个多月前，我让您当天派人将公章送到南山市，签订双方的《还款协议书》条款时，就已经考虑好要打官司一定要在我们所在地打，所以我已经在协议条款中为企业局掌握主动权而作好了文字铺垫。"

"什么铺垫？"

"我对打官司耗时耗力、劳民伤财深有体会，特别是参加异地审理更是有诸多不便。所以为了充分维护企业局的权益，将企业局的诉讼成本降到最低，我在起草的《还款协议书》条款的结尾部分，写上了一句话……"

"哦，什么话？"

"甲方（银行）到期未能偿还乙方（企业局）本金及全部利息，乙方（企业局）有权选择对自己有利的任何方式、方法、方位，并根据自己的便利，解决问题，包括提起诉讼走法律程序。"

"这么说，你写的那条条款现在果真派上用场啦？"

"是。这句话，虽然没有直接点明如果发生纠纷企业局要在永定市打官司，但已经变相告诉银行：到期不还款，企业局有权选择对自己有利的方位，即地点永定市；有权根据自己的便利，即企业局驻地所在地，提起诉讼。只是，当时银行方面一直处于紧张、被动、尴尬和矛盾之中，没有看出来而已。"

"为什么不明写，就在我们企业局地面上打官司？"

"那会引起银行的警觉和排斥，不明写，是为了避免再节外生枝啊。"

"哈哈哈！奚晓，干得漂亮！"企业局长禁不住拍案叫绝。

果真，如奚晓所料，永定市人民法院很快对银行的管辖异议下达了裁定：不予支持，依法驳回了南山市商业银行案件移送审理的申请。

开庭那一天，奚晓又见到了那位行长，她还意外地看到了行长已经事先算好的八百万的"还款本金、利息以及计复利的计算公式"。可她想不明白，既然事情已经真相大白，银行方面也准备好了还款，可为什么不直接还款，而非要劳民伤财地打这场官司呢？

那之后很久，奚晓才知道了其中的原因：银行领导不能主动还钱，是因为对于银行来讲，主动还钱那是"卖国"行为，所以无论如何不能主动把存款退还给企业局；但是如果是被法院审判、判决还款，那银行就算是"配合"法院工作，也就必须还款了。

奚晓这时忽然想起自己读大学法律课程时，一位老师曾经对同学们说的一段话：

"中国自秦始皇统一中国以来，两千多年的历史是一部专制的历史，皇权至上而不受法律约束，辅弼皇权的官僚统治阶层也拥有任意欺压人民的各种特权。而作为被统治的大多数人从无个人自由和权利可言。所以，作为一名中国的法律工作者，应该很好地反思中国社会的这些历史教训。"

是的，中国实行经济改革开放政策以来，各级党政领导之中很多人缺乏法律概念，并没有将"法律"视为至高无上的准则，而是听命于"上级"的权威而引起很多社会不公的现象。这一直是广大民众极为不满的社会焦点问题，它也恰恰正是导致南山市商业银行种种"不作为"表现的原因。

几天后，在法院的调解下，银行很快与企业局达成了新的还款协议——银行在协议生效的第二天就将企业局的八百万元本金、利息及罚息，全部汇到了企业局的账户里。

一笔存款历经两年坎坷，终于未受分毫损失的回归了部队，企业局一场旷日持久的"攻坚战"终以奚晓大获全胜的战绩画上了完满的句号。

至于那家南山市商业银行内部，究竟发生过什么？那八百万资金曾经经历过怎样的风险？这件事情的背后，还隐藏着多少不为人知的秘密？奚晓不得而知，也无暇得知，因为她还来不及喘息，就又接到了新的任务……

法律会伴随着一个人的一生

平常人总觉得法律是一个高深莫测，离自己很遥远的事，其实，法律一直伴随在人们身边，每个人任何一个行为，做的每一件小事，其实都时时刻刻在和法律打交道，无论生活、学习，还是工作，都是如此。

吕浩仝是他的名字，而周围人都喜欢叫他"兵虫儿"。

"兵虫儿"的父母都是军人，他出生在兵营，童年在军队大院的幼儿园度过，小学、中学是在半军事化管理的学校读书，16岁那年，没有等到上高中，吕浩仝就迫不及待地参军入伍，成为了一名真正的"大兵"。

"兵虫儿"在部队一晃就是18年，从一个稚嫩无邪的新兵，茁壮成长为一名部队机关的优秀军官。他挺拔英俊，血气方刚，天资聪明，在工作中热情积极，且得心应手，深得领导喜欢。也许是太顺利了，也许是兵营环境过于单纯，也许是受到的赞扬声音听得太多，总之，久而久之，"兵虫儿"开始有些飘飘然……

其实，就像世上没有十全十美的事情一样，人也不会没有弱点，而"兵虫儿"的弱点在于学习不够，特别是对于法律知识知之甚少。在平时，他几乎没感到"法律"和他有什么关系，长期沉淀的自身条件的优势，渐渐演变成了一种"优越感"，这种感觉使得吕浩仝有些自我膨胀，而他不知道，这样的自我感觉良好就像一层浓浓的"雾"，掩盖了自己法律意识的淡薄，看不透正确的人生之路，导致了以后发生一连串的磨难，让"兵虫儿"为法律知识的肤浅付出了惨痛的代价，那是他一生最刻骨铭心的教训。

"兵虫儿"转业了，谁也没有想到，是在他发展顺风顺水的时候。

但是，更意想不到的是，"兵虫儿"没有转到国家机关就职，甚至都没有联系地方接收的单位。奚晓是吕浩仝的朋友，她听说后摇摇头，淡淡一笑说：

"凭他的条件，进国家哪个部、委机关工作都是毫无悬念的"。

周围很多同志则说：

"'兵虫儿'自信心满满,转业后决心单干,自己当老板,佩服!"

其实,吕浩全决定转业,并且单干是经过了一番思想斗争和深思熟虑的,当然,还因为有一个机遇:

他所在部队的下属——团级单位的训练场,新盖了一座综合楼,四千多平方米,坐北朝南,楼高五层,紧挨着马路。训练场的领导班子经过请示上级主管机关领导批准,准备将这座综合楼整体对外出租。一来,是综合楼地理位置好,临街,作为商务办公、商业服务再合适不过,而对外出租,还可以为部队解决该楼的维护保养的费用;二来,也是更主要的,部队盖这座楼到完工,实在没有了后续的经费来完成内部的配套设施和装修,所以如果停下来搁置在那里,不仅变得一钱不值,还无异于给部队背上了沉重的包袱。但是,如果能够整体出租给一个有经济实力的"大户",就有了能解决综合楼后续的楼内装修、所有配套设施所需的费用,这样,部队很快就会拥有一个功能齐全、现成的综合服务楼。

吕浩全就是瞅准了这是一次机会,奔着租下这座综合楼去的,而毅然放弃了进机关当公务员的铁饭碗。他连着几天都围着部领导转,因为盖楼的经费是部里拨的,部长又是训练场的直接上级领导。所以只要部长有空,他就凑上去做部领导的工作,说服部领导将整座综合楼出租给他经营。

部长每次看到吕浩全来磨,不说答应,也不说不答应,只是抿着嘴笑,综合楼现在缺的是后续的资金,部长相信吕浩全的能力和人品,分明是顾虑他没有这个资金和经济实力,又如何担得起这个千斤重担?

无奈之下,吕浩全禁不住一个电话打给了自己朋友圈子中的佼佼者、被自己奉为"万能辞典"的朋友奚晓,诉说了自己的苦楚与不解:

"奚晓，我怎样做，才能租下这座综合楼？"

奚晓认真从头听到尾，心里已知道了个大概。她语重心长地对吕浩全说：

"没有那金刚钻，就揽不到瓷器活。要想说服部队领导拿下综合楼的承租权，必须具备两个先决条件。"

"是吗？是哪两个？"听奚晓那自信的口吻，电话这头的"兵虫儿"禁不住伸长了脖子急切地问道。

"一是要具备签约的主体。也就是说要有一个合法经营的公司，部队怎么可能会和一个个体发生经济往来？况且又是整座楼的出租使用。"

"二嘛，当然是资金了。部队准备对外出租的综合楼，是一个没有经过装修，楼内没有任何配套设施的空楼，谁能带来资金，谁能把综合楼的后续工程解决，当然就能顺理成章地承租到这座综合楼。"

"原来如此，你提醒得太好了，我说嘛，部长为什么总是笑而不语呢。"吕浩全细细咀嚼着奚晓的建议，精明的头脑令他意识到，奚晓提出来的两点正是问题的关键。他放下电话，脑子飞速转了起来，思考着该怎样解决这两个问题。

他首先就想到了一个人——丰月。

说起丰月，他与吕浩全属于同道之人，有着太多的相似之处：一同在部队大院长大，一同当过兵，现在，又都转业到了地方。更为重要的是在部队时，两人不仅相互熟识，而且还是亲密无间的朋友。两人不同的只是丰月的年龄比吕浩全大了五六岁，比"兵虫儿"早两三年转业到地方工作。

这一天，吕浩全兴致勃勃地约了丰月到餐馆小聚，顺便把自己的想法娓娓道来，直言不讳地提出：

"大月，你觉得，我可以请你的公司帮忙出函吗？"

"行啊，怎么不行！"丰月听说这是吕浩仝一手筹建起来的综合楼，很支持他能把楼租赁下来。他很够意思地说：

"这件事就包在我身上了！明天我就去找领导说。"

吕浩仝听罢，十分感激朋友的相助之情，便爽朗地说：

"好，那就等你的好消息！"

两人于是举杯相撞，杯中啤酒一饮而尽。

丰月的承诺不是夸口，时间不久，丰月果真就从轻工系统一家国有单位开出了"上级主办单位的合法资格证明"、加盖登记机关印章的企业营业执照复印件、同意设立分支机构的公函。

于是，吕浩仝马不停蹄，带着这些合法有效的基础资料，顺利地在工商行政管理局完成了公司的注册登记。

90年代初期，按照当时的国家政策和法律，公司的性质主要有两种，即全民所有制和集体所有制。全民所有制企业是根据《全民所有制工业企业法》设立的企业，它不存在股东，只有主管机构，所以到工商行政管理部门办理注册登记，只要提供上级主管单位的证明和公函就可以了。一些想自己开办公司的人，通常的做法就是：采取由全民所有制单位或集体所有制单位作为上级主管部门，向工商行政管理局出函，工商行政管理部门再根据有关规定给予审批。当时这种"名为全民、实为个人"的公司有很多，"兵虫儿"的公司就属于这种性质。

可是，吕浩仝没有觉察到自己潜在的弱点，那就是对法律的陌生，而对法律陌生潜在的弱点，就是对法律的忽视——吕浩仝需要承租综合楼，所以先设立了公司，而公司的设立离不开丰月的努力。可丰月的行为是纯属帮忙？还是有偿服务？或者是共同参与共有公司？这些问题"兵虫儿"事先并没有与丰月摆在桌面上谈清，更没有只言片语的文字说明。这种做事只靠朋友，而忽视朋友帮忙背后隐含的法律问题，为日后双方发生尖锐的矛盾埋下了隐患。

吕浩全的父母作为老革命军人，实际上对儿子下海经商并不赞成，但是又拗不过儿子的执著。他们最担心也最为关心的事，就是害怕商海险恶，儿子盲目乱闯犯下不可挽回的错误，所以，他们凭着自身的觉悟与眼光千方百计地嘱咐儿子：

"既然你执意经商，我们只要求你一件事。"

"什么事？"

"聘请部队的法律顾问处做你公司的法律顾问。这为的是守法经营、依法办事。"

于是，吕浩全做了一件特别重要的事，可以说是他一生中都值得庆幸的决定——那就是在他成立公司以后听取了父母的意见，聘请了部队的律师来做自己公司的常年法律顾问。然而，直到此时，他对聘请法律顾问一事仍不以为然，可以说根本没当回事儿。

让吕浩全没有想到的是后来当他几次处于最困难、最无助的时候，才感悟到自己聘请法律顾问这件事情竟有多么至关重要！——以后发生的跌宕起伏、一波三折的那些麻烦事，害他深陷囹圄的原因，都是因为自己不懂法。而最终帮助他解决困难，走出困境的，所依靠的还是法律的利器。

吕浩全的公司成立了。接下来他要做的事，也是最为关键的事，就是落实资金。他明白，承租综合楼的担子其实很重，租赁合同一旦签订，首先要向部队一次性支付全年的租金；其次要保质按期完成室内装修及各项配套设施；再有就是把房子尽快再转租出去，最后再用回收的租金弥补前面两项费用的支出。

那些天，"兵虫儿"成了"酒虫儿"，天天在餐馆、酒楼、歌厅陪着有钱的主儿吃饭、喝酒、唱歌、打牌，就是为了找到投资综合楼的资金或者合伙人。他终于领会到，做生意可不比铁饭碗，需要百分之二百精力与体力的投入，需要一颗坚韧与自信的心。失去了平台与组织的吕浩仝甚至开始有些后悔当初奋然转业的决定，好在他生性乐观开朗，还是一次次硬着头皮扛了过来。

一个月过去了，他自己手头准备的一点钱花得一干二净，投资的资金却毫无着落。无奈之际，他借酒消愁，搜肠刮肚，每天脑子里像过电影一样，把自己的朋友圈、战友群、亲戚家，凡是能够想到的人筛了一个遍，希望从中找出能够帮助自己的人。忽然，他想到了法律顾问处，"他们懂得法律知识，懂得投资知识，也许接触过或认识很多投资人呢？"功夫不负有心人，通过"法律顾问处"的帮助，吕浩仝终于找到了"投资人"——一家有金融背景的三产公司。

吕浩仝很快就说服了这家公司，并与这家有经济实力的三产公司达成了意向，三产公司同意：在吕浩仝租下部队的综合楼后，承租吕浩仝公司转租的部分房屋，并且一次性提前支付 10 年的租金，用来作为综合楼前期的装修和完善设施的垫资；而后，三产公司租用的房屋在使用期间，不再缴纳房屋租赁费，直到前期垫付的资金冲抵完每年的租金。吕浩仝终于迈出了"创业"最艰难的一步。

吕浩仝有了合法的公司和签约的主体，又准备好了充足的资金，具备了基础条件。他用实际行动和实力获得了部队领导的信任，承租综合楼的租赁合同也就签订得异常顺利。

祸不单行

综合楼经过装修和完善，经营运转慢慢开始走向正轨。

吕浩仝开始将房屋逐一对外租赁，随着房屋出租率的提高，综合楼一天天复苏了起来，整座大厦从空荡荡的框架楼，变成了公司办公和人们经常光临的生活场所。这里既有商务中心，又有民航飞机和火车的售票处，还有风味餐馆，每天川流不息，人来人往……吕浩全看着红红火火的综合楼，心里极其欣慰自豪：他一手把它建设起来，现在又赋予了它"生命"和意义，这综合楼就是他吕浩全的"孩子"！

天生的性格豪爽加上重义气，圈里的朋友、部队的战友都喜欢到他那里凑热闹。他不仅招待喝茶，还包管饭——大米饭配猪肉炖白菜，即使是这样简单的粗茶淡饭，硬是招来五花八门的回头客：退伍、复员的战士，为首长工作过的警卫员，愿意留在北京谋生路的农村兵……只要找到他，来者不拒。

他成了远近知名的人物，就连部队的首长，也慕名来体会他的"大米饭配猪肉炖白菜"的美味儿，之后夸赞他说：

"吕浩全，你可是部队转业干部自谋生路的典范哦，你的公司为国家、为军队减轻了安置转业干部和复员战士的负担，这种精神值得肯定和提倡！"

随着综合楼变得红火起来的，还有吕浩全的小日子。西装换成了皮尔·卡丹，兜里揣着大哥大手提电话，请朋友吃饭一律他买单，就连代步的"爱驹"都换成了黑色大奔500——吕浩全又成了那个往昔叱咤人生风云的佼佼者。当身着这身行头的吕浩全，掩饰不住内心的春风得意，自豪地站在丰月面前时，那氛围却有种"当年明月"的意思——丰月表情复杂地看着吕浩全，半晌挤出几个字来：

"兄弟你……可是发啦！"

"咳……还可以吧……"吕浩全挡不住眼角的笑意，热情地将手一挥：

"大月，今天我请客。那个……"说着用手指了指菜单，"随便点啊！"

席间，待两人几杯下肚，丰月瞅瞅窗外那大奔，不禁打探道：

"'兵虫儿'，你这综合楼生意，是不是做得挺好？"

吕浩仝实不相瞒地点了点头：

"综合楼的生意比我想象的还要好。当初多亏我及时把它租下来。"

他又急忙看了眼丰月，嘿嘿一笑：

"也多亏你帮忙注册公司"。

说着举起酒杯又敬了丰月一杯。

开车回家的路上，丰月心里有些不是滋味。

人性中的小魔鬼趁这不平衡感还未消失殆尽，便趁机跳出来敲锣打鼓助兴，渐渐把这欲望的小火苗燃成了"熊熊大火"：

"当初帮吕浩仝注册公司的是自己，要是没有自己，怎么能有他吕浩仝的今天？咳，这个吕浩仝，也不知道饮水思源，懂得感恩！按理说，自己也应该得到相应回报！"

"没有公司，你吕浩仝拿什么合法身份去与部队签订租赁合同？没有租下综合楼你有什么资本一跃成为老板？现在你吃香的喝辣的，就把咱给忘了？"

……

丰月思来想去，越想越咽不下这口气。人呀，可真是复杂的动物。当初帮别人的时候是真心的；等之后别人比自己更好了，那种不平衡的心理也是真心的。

一夜辗转难眠，丰月大清早决定，他一定要找"兵虫儿"讨一个"说法"。

俗话说，"祸不单行"，在吕浩仝与丰月个人之间的局部矛盾战场短兵相接的节骨眼上，综合楼的产权管理人、吕浩仝的"房东"——部队也找上了门。

"铁打的营盘，流水的兵"，说的是部队依旧在，而人员在流动。训练场的领导人员随着部队战备的需要也发生了变化，原来的军政一把手先后换了新的面孔，就连训练场的上级主管部门，也来了新的部长。

说来也巧，那一天新部长下基层，便来到训练场。"综合楼"在近在咫尺的空旷训练场和院中低矮平房的衬托下，显得格外高大雄壮。新部长不由得一声感叹："真漂亮！"

更让他意想不到的是，这座漂亮的"综合楼"竟是军产，还是属于自己管辖的范围内！

这时，综合楼内的办公室里，却上演着吕浩全与丰月的相对无言。

吕浩全正坐在桌子后面的转椅上，略带诧异地望着面前脸色阴沉的丰月。这一番老朋友再相见，没想到却会是如此光景，人性就好像是人生的导演，推进着一幕幕故事的发生和情节的转变。

"'兵虫儿'，我这次来时间不多，一会儿还要去办事，也就有话直说了。"

丰月抬眼看着吕浩全，心里定了定神儿继续说道：

"俗话说，'吃水不忘挖井人'，当初我帮你注册了公司，现在公司盈利了，我也该得到相应回报。"

吕浩全微微张着嘴，有点惊讶地看着丰月："是的大月，当年多亏你帮我注册公司，我感激你……"他似乎意识到了什么，很快思索了一下又说："要不这样吧，以后无论任何时候你来综合楼消费，都全部免单！"

"当初没有我出面帮忙，开出上级主办单位同意设立分支机构的证明以及相关资料，就凭你自己怎么可能那么快就成立了公司，顺利地在工商完成登记。"丰月似乎对吕浩全提出的"免单"选项毫无所动;他顿了一下,坚定地说:"事先咱们说过,成立公司是你我一家一半,我本来就应该是股东。现在的公司,我应该有份。"丰月终于亮出了底牌。

"这……"吕浩全吃了一惊:

"当年,你是帮过我,但是那不过是朋友之间帮忙;事后,公司注册资本金、开办公司的费用、筹集投资资金、签订租赁合同、转租房屋都是我辛辛苦苦一点一滴干过来的啊!"见丰月面无表情的样子,他有点着急地继续说道,"丰月,你后来是连个面都没露过,公司盈利赚钱跟你没有关系啊!"

"不管怎么说,你要给我一个说法。"丰月咬紧牙关,一字一句地说。

吕浩全憋得脸都红了,他沉默片刻,无奈又如释重负般地摇了摇头说:

"我不能同意你的要求,做公司股东或公司成员都没有这种可能。"

"好吧。吕浩全,你可真是够义气、够朋友!你看着办吧!"待转身离开房间之际,丰月又生气地撂下一句:"走着瞧!"

吕浩全摊靠在椅背上,刚才的情景与对话对他来说就好似做了一场梦。他动了动僵硬的身子,后悔的情绪渐渐涌上心房……

从综合楼办公室里气呼呼往外走的丰月,在一层的大堂撞上了来参观的新部长。这真是无巧不成书。

丰月不仅与这位新部长是朋友加战友,也是一起长大的"发小",丰月的父亲和部长的父亲都是自幼一起参加革命、一起立过战功的老战友。自从丰月离开部队,两人就失去了联系,这次要不是新部长走马上任来训练场,还真是联系不上呢!丰月觉得这倒是一个意外的收获。

在我们的生活中,有太多"不懂法必吃亏"的现象。不懂法,你的合法权益一旦受到侵害,你或许都不知道,更谈不上解决这些"侵害"。如果吕浩仝当年找丰月帮忙注册公司的时候,双方协议好帮忙的条件或者帮忙后的答谢方法,就不会出现今天的不愉快;如果出现了矛盾和纠纷,能够本着积极协商、互惠互利、公平诚实的态度,而不是回避和拖延,吕浩仝也不会陷入"双面夹击"的险境。

这座综合楼在未出租前,曾经是部队背着的一个大"包袱";而自从吕浩仝找来投资,不仅完成了它的装修,完善了整栋楼的配套设施,而且还都转租了出去,综合楼才慢慢从一个"包袱"变成了现在左邻右舍无人不知、无人不晓的"香饽饽"。

令吕浩仝打破脑袋也料想不到的是,对综合楼耿耿于怀、念念不忘的除了丰月,就连新上任不久的部长都认为:租给吕浩仝的综合楼租金低,让部队吃了亏,不能这样坐视不管!

真是腹背受敌,雪上加霜。山雨欲来风满楼,一场"战争"不可避免。

第一回合

就在新部长下基层的一个星期后。一个风和日丽的一天,吕浩仝刚刚从外面办完事回来,就在办公室外碰到两位稀客——训练场的两位主要领导:主任和政委。

无事不登三宝殿,吕浩仝赶忙将两位领导请进会客室,他想象不出军、政一把手突然来访,亲自出面找自己究竟是为何事。

就座后,政委侧过头,用眼神与主任交流了一下,便首先开了口:

"吕参谋（这是吕浩全在部队时的职务），我们这次来，是想同你商量个事情，现在部队战备工作需要，我们准备提前解除租赁合同，收回综合楼，你考虑一下。"

这段话，政委用平淡而温和的口气说出来，对吕浩全却好似晴天霹雳一般：

"什么？解除租赁合同？"

吕浩全一下子就蒙了，他无论如何都没有想到训练场会提出这样的要求，等他缓过神儿来，便立刻斩钉截铁地拒绝：

"这可不行！哪能你们说解除就解除！"

政委和主任又互相交换了一下眼色，政委仍然用温和而坚定的口气说：

"吕参谋，我们也是在执行上级领导的命令，希望你能理解。"

"你们这哪里是商量，分明是卸磨杀驴。"

话不投机半句多，未等片刻，两人便站了起来。"我们还有事，先告辞了。"说罢，两人起身一前一后离开了综合楼。

吕浩全感到气愤的同时又觉得此事有些蹊跷，莫不是丰月从中推波助澜？可他仔细想想后，却并没有把部队的提议当回事。他心想：

"你一个团级的训练场，怎么能随随便便说解除合同就解除合同呢？部里的大公章都盖了，合同上清清楚楚、白纸黑字地写着十年期限。现在刚三年你就反悔了，你同意我还不同意呢。"

可是，事情远远没有吕浩全想的那么简单。

紧接着第二天，训练场就派来了一个助理员，负责来催解除租赁合同一事，让吕浩全不客气地给顶了回去。以后，那个助理员就三天两头来吕浩全的办公室，催着他给部队腾楼，这让吕浩全很是反感和抵触，可请也请不走、躲也躲不过，他于是索性来个"眼不见心不烦",自己干脆搬出了综合楼。

就这样"你追我躲""你进我退"地来了几个"回合",正当吕浩全得意洋洋地发现一切归于平静、助理员再也不找他的时候,却从天而降地收到部队的一纸公文,主要内容是:"解除双方的租赁合同,限定三日内,自动搬出综合楼,否则后果自负。"这哪里是公文啊,分明是最后的通牒。

这通牒一发,狠狠地给了这只"兵虫儿"一个下马威!

训练场既然下了"战书",吕浩全要么选择仓促"应战",要么选择乖乖投降。此时,新年将至,他既担心又不踏实,开始准备迎接元旦过后,不可预测事情的发生。

吕浩全精心组织了一支以退伍战士为骨干力量的队伍,做好了一旦训练场来人,胆敢强行搬挪,他就以牙还牙,坚决守住阵地!

吕浩全坐立不安,情急之中他打电话给奚晓,希望在最后的紧要关头寻求奚晓的帮助。

"奚晓,你知道我花了多少心血……我,绝不可能允许他们胡乱来!"想到了自己辛辛苦苦才"养"起来的综合楼,吕浩全咬着牙说:"我已经给一帮好哥们儿打了招呼,还有不少退伍战士,武器我也准备好了——棍子、棒子、铁锹和十字镐,人手一件!我们绝不能坐以待毙,不就是比强硬嘛,看看谁怕谁!"吕浩全气得牙"咯咯"直响。

奚晓听到这儿大吃一惊,感到了事态的严重,说:

"'兵虫儿',如果元旦后,训练场真的按照最后通牒所说,强行清退租赁房,你派人阻挡,再以牙还牙,你和他们的一场武斗势必在所难免,这怎么可以?"

吕浩全气得脑子直发晕,他在电话里嚷嚷着:

"我顾不了这么多了,是他们不讲道理,我不能给他们腾楼!"

　　"但是，你想过没有，打架、动武，可能会伤到人，还会连累和影响到前期给你公司垫资装修的人，还有其他若干的租户呀？他们的利益也会受到直接的损害，后果不堪设想！'兵虫儿'，你这个时候，一定不能头脑发热，我们想个万全之策，解决这个事情，好吗？"奚晓迫切又耐心地劝说着。

　　"那……还能怎么解决呢？"电话这头的吕浩全愤怒似乎有所控制，稍微冷静了些许，却又充满无奈地说：

　　"你说，还有什么万全之策呢？难道你有办法吗？"

　　一个国家的法律体制完善与否，衡量着这个国家现代化程度的高低。一个人法律意识的强与弱规范着人们行为的对与错。一切都离不开法律，法律是一切行为的准则。奚晓想到这儿，站起身来，对着电话肯定地说：

　　"'兵虫儿'，你们公司与训练场签订的综合楼房屋租赁合同，是合法有效的，合同仍在履行期内，你按时交纳租金，并无违约行为。"

　　"是啊，我就气在这一点上。"

　　奚晓顿了顿，接着说：

　　"训练场单方面提出解除租赁合同，必须要符合法定解除的条件，如果法律规定的情况没有发生，训练场不经另一方同意，不能单方直接解除合同。"

　　"奚晓，部队的事你知道，命令高于一切，上哪儿讲理去？"

　　"怎么没有地方讲理？"

　　"哪儿？"

　　"用法律讲理呀！训练场面对你不同意提前解除租赁合同，只有通过法律程序，经法院审理判决合同能否解除。"说罢，又重重地加了一句："法律神圣不可侵犯，权力绝不能凌驾于法律之上。"

"哦……你的提醒太好了，我怎么就没有想到呢……"

"'兵虫儿'，这件事情交给我。"奚晓笃定地对吕浩全说。

当天，奚晓临时取消了和亲朋好友庆贺元旦的聚餐，加班熬夜地整理出一份书面汇报材料，将综合楼问题上，军、地双方矛盾可能引发的"恶性事故"和严重后果，以及为了制止矛盾发生，维护军队的利益和形象，维护社会稳定的建议认真写好。在上班后的第一时间，上报了上级首长，并引起了首长的重视。

由于汇报及时，汇报的内容真实有说服力，首长很快对某部新到任的部长做出了指示：要告诫部队遵纪守法，协助训练场妥善处理综合楼问题。

一次可能发生的军民"武斗"，一场可能背负着重大经济损失和连带引发更多的经济纠纷，就这样被阻断于萌芽之中。

奚晓心里明白，训练场与吕浩全之间的矛盾与纠纷远没有得到解决，但是眼下，自己终于可以暂时松一口气了，吕浩全也可以安心地与家人过一个快乐的新年了。

由于上级首长的过问，训练场在元旦之后并没有采取过激的行为，吕浩全以为事情已过去，便重新搬回到综合楼里，恢复了往日的工作，感受那久违的平静。

新年过后，奚晓特地来到综合楼，想听一听吕浩全下一步的打算，她不认为这件事会这样不了了之。她满腹心事地对着吕浩全说：

"'兵虫儿'，你可不能掉以轻心，这事绝不会就这样简单地结束。你想想，训练场和部里两级领导决定要与你解除租赁合同，就因为首长过问，就不解除了？而且，首长指示是遵纪守法，并不涉及合同的具体处理意见。还有，你和丰月的事情解决了吗？解决不好同样是麻烦事，你恐怕不能完全孤立地去看你和训练场之间的矛盾。为了避免扩大矛盾，我建议你，及时主动地约请训练场领导，双方坐下来，心平气和地进行沟通。"

"嗯。"吕浩仝点点头，答应着。

果不其然，被首长指令压下来不得不"按兵不动"的训练场并不服气，丝毫没有改变"就是吕浩仝占了便宜，让训练场在综合楼租金上吃了亏"的认识，也丝毫没有考虑今后要与吕浩仝和平共处、继续履行租赁合同。况且，训练场由于有部领导的支持，所以下定决心要继续想方设法——誓将这吕浩仝轰出综合楼！

此时，令吕浩仝没有想到的是，就在他准备与训练场坐下来和平沟通的时候，训练场出人意料地聘请了一家律师事务所，安排了一名律师作为训练场的代理人，陪同训练场一起出面与吕浩仝谈判，显然训练场接受了先前的教训，在落实"遵纪守法"的精神。

面对此种处境，吕浩仝立刻委托奚晓作为自己的法律顾问出面，为自己的公司提供法律服务，一场法律层面上的较量不可避免。

第一次谈判，安排在了综合楼吕浩仝公司的会议室里。

那天天空晴朗、万里无云，美好的天气总能带给人心情的愉悦，但综合楼会议室里的气氛，却有一丝莫名的紧张。

奚晓身着一席橄榄绿军便服，看起来英姿飒爽、纤秀挺拔。虽然她已经进行了充分的准备，却仍旧十分谨慎地抿着嘴唇、细心地观察着对方一行人员及其律师。

训练场聘请的律师姓黄，是一位中年男人。他瘦削的脸庞上没有笑容，行为举止里透着律师特有的自信和尊严。不知是不是因为自己的当事人是部队，觉得为部队说话特别有底气，黄律师表现得十分强势和自负。他似乎以为不需要唇枪舌剑，也不需要抽丝剥茧仔细推敲合同条款，便可以速战速决，取得胜利。

"众所周知，军队是有其特殊性、重要性的武装集团，因此，按照其要求，必须收回综合楼！"黄律师开口说话了，这第一句话便气势非凡。

房间里的空气骤然冷却下来，这不是沟通，也不是协商，甚至不能称为谈判，没有人知道该怎样接下一句话。

只有几秒钟时间，奚晓搭话了，她用平静的声调缓和着紧张的气氛，不紧不慢地说："首先，双方坐在一起是否应该抱着化解矛盾，积极调解，从维护公平、公正的角度出发来解决矛盾？其次，片面强调军队的特殊性，难道就能够解决问题了？难道强调军队的特殊性，就可以不必依法办事吗？"

奚晓的一席话如滚珠一般流淌出来，她用眼角扫了一下对方律师，继续用反问的方式，但语气仍旧平静地说道："中华人民共和国所有的法律，不都是在中国共产党领导下制定的吗？难道共产党领导的人民军队，就可以凭着'特殊性、重要性'而独立于法律之外吗？"

奚晓的这席话，语调看似平静，语言却尖锐犀利，房间里的空气再一次骤然凝固，这次是训练场一方哑口无言了。

在法律面前，凡是空洞的说教，都是毫无意义的，这也导致这场谈判没有任何进展，便草草收场，而训练场原先设想速战速决的目的，自然落了空。

第二回合

第二次谈判的前夜，奚晓躺在床上翻来覆去睡不着，丈夫给她倒了一杯水，心疼地说：

"自从你到了'清理办'，就没见你好好睡过觉，是不是又遇到难事儿了？"

奚晓接过丈夫递过来的水杯，喝了几口，把吕浩全的事情讲了一遍，说：

"我想好了，要改变一下策略，杀一杀训练场代理人——黄律师的嚣张气焰。"

"看来，这个律师有些不专业哦。"

"可不是，训练场是因为不熟悉法律，所以才聘请了律师，而作为律师，代表训练场解决矛盾和纠纷，却不讲综合楼《房屋租赁合同》之中的条款内容，也不讲事实的前因后果，只强调部队的重要性，用强势来压制对方，这算什么律师？这明明就是对部队极大的不负责任，我都替咱们部队着急。"

"晓晓，你既然担任吕浩全公司的代理人，一定要公道，尽力处理好这件事。"

"我知道！"

"不过，军队是不是有什么特殊需要，或许要保密？"

"也许吧，可是，训练场虽然说是综合楼的产权管理单位，但不能随意说句'工作需要'，或者任意使用'军事行动'为由，随意推翻合法有效的经济合同。即使训练场真有需要收回综合楼，或是军事战备工作需求，也要提前与承租一方协商，征得对方的谅解与配合，还要妥善处理和解决因提前解约而带来的财产清理、损失赔偿以及解约过程中出现的连带转租的问题。"

"怎么，训练场不愿意这样做吗？"丈夫不解地问。

"训练场现在只想提前解除租赁合同，收回综合楼，不管其他事情。"奚晓虽是出了名的维护军队的人，却也忍不住有些愤愤不平。

"还有其他事情会受到影响？"

"是啊，'兵虫儿'的利益受损是小，"奚晓担心地说，"而这样，继而引发的就是'兵虫儿'对更多的承租方造成的违约行为，那将是怎样的连锁反应啊！那些与'兵虫儿'公司签约承租房屋的租户，会随着'兵虫儿'公司失去综合楼，而造成转租房屋合同的失效，如果训练场不承认、不履行那些已经转租的合同年限，这会引发和带来更多起民事纠纷。"奚晓摇摇头，"到那时，综合楼的无数纠纷和混乱局面，就难以收拾了！"

"所以，最终遭受损失的绝不只是'兵虫儿'，更为严重的是军队的经济利益！军地、军民关系以及军队形象，都会受到极大的影响。眼下，我虽然是'兵虫儿'的代理人，要维护'兵虫儿'的利益，给他提供法律帮助；但我更是一名军人，时刻也不会忘记维护军队的利益和名声啊！"奚晓叹着气。

"晓晓，你对军队的这种感情，是军人应该有的态度，可惜啊，这不是训练场和那个律师所能理解的。我想，你只要实事求是，做到问心无愧就好！"

再次谈判的这天，寒风瑟瑟，阴雨连绵。奚晓裹上了厚实的军大衣，又拉了拉头上的帽子。她对着双手哈气，又跺着脚，早早地赶到了约定的地点。

这一次的谈判地点，安排在了训练场办公楼的会议室里。正点时刻，双方原班人马全部就座，还是原来的阵容，还是原有的话题。不同的是，这次黄律师似乎收敛了些许强势的气焰，手里拿着文件夹，综合楼的《房屋租赁合同》就放在最上面，看来他这次是做足了准备工作。

第二轮的"交战"开始了，面对黄律师依旧回避事实，而且不以为然、不屑一顾的态度，奚晓决定先发制人。

"律师同志，您说，训练场因'军事行动'需要提前解除租赁合同,可是合同里并没有这一条。请您告诉我是什么'军事行动'?"奚晓问道。

"这个保密,我不能告诉你。"黄律师反驳道。

"哦?你是老百姓,你都能知道的军事秘密,我一个军人还不能知道吗?"

"这……"

"请您再告诉我,'军事行动'需要,是哪一级的军事行动需要?这不保密吧?"奚晓乘胜追击。

"嗯……"

"您还要告诉我,怎么能够证明收回综合楼是因为'军事行动'需要呢?"

"我手里有文件,有批复。"黄律师终于有底气应答了,说着从文件夹里抽出一份文件晃了晃。

奚晓差点没笑出来,作为一名军人,她知道:军事行动指的是"战略、战术级作战行动",而在和平时期一般则指具有一定规模的"军事演习"以及与"军事演习"相配合的"军事计划和军事任务执行"等,怎么还会有批复呢?于是她对黄律师说:

"律师同志,您该不会说的是这份文件吧?"

说着奚晓也拿出一份文件的复印件,高高举在空中,在律师面前晃了晃:

"让我来告诉您,这份文件是部队内部的一个呈报件,上面是有首长的批复。"

"唔?"黄律师似乎有些疑惑。

奚晓看到黄律师一脸的狐疑,便绕过桌子径直走到黄律师跟前把文件递给他看。黄律师接过奚晓递过来的文件,又拿起自己手中的那份文件对比起来,两个文件的编号、日期和上报内容完全相同,确实是同一份文件。黄律师惊得张口结舌，一时竟说不出话来——
他想不明白，训练场写的报告，上报给上一级领导机关的材料，奚
晓的手里怎么也会有？这可是应该只有训练场才知道的呀！这样具
有绝对杀伤力的绝密武器，专门用来对付吕浩全的"尚方宝剑"，
竟被奚晓拿在了手里。

其实，这可多亏了奚晓心细，准备工作充分和缜密，不仅综合
楼的租赁合同经过了法律顾问处的认真研究，还与训练场的上一级
机关作了沟通，便是这份文件的内容。

奚晓没给对方留"喘息"的空间，自顾自地继续说了下去：

"黄律师，这份文件是部队内部的一个请示件，是训练场向上
级机关汇报综合楼处理意见的报告，上面是有领导的批复，但这怎
么能说成是'军事任务、军事行动'呢？"

"楼是军队的，收回综合楼就是执行军事任务。"黄律师尽管
已经理屈词穷，嘴巴还不肯服软。

"是吗？收回综合楼是军事任务？那报告中分明是说，租金过
低、部队的经济利益受到了损失！那请您告诉我，租金问题跟'军
事行动'有什么关系？"

"这！……"

黄律师彻底蔫儿了，奚晓的严谨和缜密的逻辑，搞得他彻底没
了话说。可叹的是训练场的领导们，坐在一旁急得面红耳赤，却又
不便插话。

……

时间已经过了中午，奚晓邀请训练场的领导和黄律师一起到综
合楼的餐厅吃午饭。她知道虽然自己这个邀请可能会遭到拒绝，但
她依然期待与训练场冰释前嫌，相互了解，缓解对立情绪。自己首
先以高姿态邀请对方共进午餐不过是为双方创造一次机会；无论对

方接受与否，自己应该让对方感受到她的真诚，值得一试。

不出所料，对于奚晓的邀请，训练场并不"领情"，他们悻悻而去了。而奚晓也认为训练场拒绝共进午餐的态度是完全可以理解的。在奚晓的心里，她其实一直渴望综合楼租赁中出现的矛盾和纠纷可以通过吕浩全与训练场的双方协商进行解决。

一同参加谈判的吕浩全看到奚晓邀请训练场共餐被拒，便说：

"呵呵，怎么样？你邀请他们来吃饭，碰钉子了吧？"

奚晓笑了笑，道：

"训练场是基层部队的一级领导，是综合楼的产权管理人，眼下与我们正处在各自利益的维护与较量中，况且训练场的直接领导态度坚决，收楼势在必行，这个时候怎么能答应我一同坐到餐桌上去呢？我能理解他们。"

二人正说着，令奚晓没有想到的是，训练场的代理人黄律师，愿意接受共进午餐的邀请，她真是既惊又喜。

与黄律师的午餐是在轻松友好的气氛中结束的，从餐厅出来后，奚晓送走了黄律师，转过身，苦口婆心地对吕浩全说：

"'兵虫儿'，其实，你们双方具备调解的基础。从大的方面说，训练场和你没有跳出部队的这个圈子——训练场是部队，'兵虫儿'你是刚刚离开部队的，你的父母、兄弟姐妹仍在部队工作；从小的方面说，你和训练场并没有根本的利害冲突，不过是训练场新上任的领导不了解当初综合楼租赁时的历史状况以及具体情况。"

"那他们完全可以了解情况后再做决定嘛！"吕浩全愤愤不平地说道。

"就是因为你与训练场缺乏及时的沟通，双方之间存在误解，不过这也是正常的。至于房屋租金的高低，双方只要本着互惠互利、诚实信用的原则，是可以达成共识的。"

"哼！我觉得难……"

一天以后，新一轮的谈判与沟通又开始了，令奚晓略感意外的，是训练场聘请的黄律师并没有出现在谈判桌前。而训练场只是口头通知吕浩仝说：

"训练场新的委托代理人已经另行由部队的一名法律顾问接替了。"

吕浩仝等在训练场会议室的门口，当他看到奚晓出现，便立刻向前走了几步告诉她这个意外的消息。

"换律师了吗？"奚晓边走边低声问道。

"是啊！我想是因为被你打败了，所以换了律师。"吕浩仝窃喜道。

"唔……还有什么？"

"啊哦，我差点儿忘了，还有，训练场提出双方的协商谈判时间向后推延一个小时，等待新的委托代理人到来。"

"嗯。"

奚晓走进会议室，训练场的人又重复了一遍律师的变更和时间的变动，很谨慎地加了一句：

"希望您能理解……"

"理解，我没有意见。"奚晓表示。

奚晓静静地坐在椅子上，看到训练场的会议室里双方不温不火、东一句西一句地扯闲天，便不禁感到心中遗憾。她知道，训练场的主任和政委与吕浩仝本来就都熟识，如果现在不是因为综合楼的租赁出现了矛盾，使双方成了经济战场上的"敌人"，说不定这会儿在一起喝酒呢！咳，商场风云变幻莫测啊！想到这儿，忽然有两个问题一闪，出现在了奚晓的脑海：

　　首先，是训练场变更了委托代理人，这说明训练场对原委托的代理人不满意。黄律师作为训练场委托的代理人，中午时间"抛"下训练场却去与"对手"共进午餐，不用说，训练场的感受和不满是可想而知的，所以迅速更换委托代理人似乎合乎情理。

　　可是，训练场并没有去进一步地深度思考和做细致的了解——黄律师作为他们的代理人，为什么在谈判过程中会去主动近距离地接触吕浩全？其实，如果训练场一方当时也在餐桌上就会明白，黄律师在吃饭交谈的过程中，是想劝说吕浩全放弃综合楼，为训练场争取利益的。而且，黄律师认为："闹"了半天，原来你们里外里都是部队一大家子，有什么不能商量的呢？

　　奚晓回忆着当时的情景：

　　黄律师问奚晓：

　　"您认为训练场与吕浩全双方能够达成和解的理由是什么？"

　　"其实，训练场与吕浩全没有根本的利害冲突，如果只是租金的多少问题，可以坐下来商量，通过调解来平息矛盾。"

　　"部队希望提前解除合同。"黄律师纠正道。

　　"您是律师，看过合同，您看吕浩全公司存在法定解除合同的条件吗？如果法律规定的情况没有发生，训练场坚持解除合同，上法庭能胜诉吗？"

　　"嗯……这的确是个值得思考的事情。"

　　……

　　最终，奚晓强调的"训练场与吕浩全达成调解有益于军队利益和整座楼承租方利益"的观点说服了黄律师。黄律师不禁同意道：

　　"你说要双方和平解决矛盾，我个人认为是对的……"

　　可是，训练场毫不犹豫就将刚刚与自己有些共识的律师换了，奚晓觉得很遗憾。训练场不该轻易换掉代理人，这让她失去了一条解决问题的捷径。而现在，她只希望训练场新的代理人能够以事实为根据，以法律为准绳，尽快化解矛盾和维护稳定，使部队训练场恢复正常工作，使"兵虫儿"回到正常、平静的生活。

"咳，好无奈。"奚晓心里哀叹了一声，继续想着第二个问题：

从与训练场几次交换意见的接触中，包括他们迅速变更代理人的做法，奚晓感到训练场方面法律意识淡薄，习惯用行政手段和命令态度对待和处理民事经济关系中的法律问题。

这不仅仅表现在训练场的态度强势、更换律师上，更主要的是那份上报给领导机关的报告里，训练场在还没有搞清事实的情况下就片面地汇报；而一份不能反映真实情况的报告会直接影响上一级领导做出正确的判断，继而导致结果的不完满。

想到这些，奚晓沉思再三，萌生了自己直接去找部队首长当面汇报的想法。

当天上午，一个小时就这样过去了，训练场的新代理人竟然最终也没有出现。大家只好各自解散。

后来，有人对奚晓说：

"你知道新的法律顾问为什么没有去谈判吗？"

"为什么？"

"那位法律顾问了解了事情的来龙去脉以后，就推说有会议，其实是有意没去。"

第二回合的谈判，因为训练场的代理人缺席，不了了之。这时，奚晓已经想好，自己去找首长当面做个汇报。

直言汇报

奚晓不声不响地坐在首长办公室的沙发上，环视着房间，映入她眼帘的是纯蓝色的窗帘。窗外透进的阳光使窗帘变得半透明，一阵风吹过，窗帘微微拂起……除了窗帘稍微漂亮些，其他的东西是再普通不过了。咖啡色的办公桌上收拾得干净整洁，文件柜里面的书整齐地排列着。首脑机关庄严肃静的气息拂面而来，于是，奚晓眯起了眼睛，享受着这份独特的惬意。

墙上挂钟的时针发出轻轻的"嗒嗒"声，有节奏地滑动着。奚晓收回目光，脑袋里想着一会儿即将要向首长汇报的内容。她早就听说过，这位主管首长是出了名的精明干练，那么，自己的汇报必须要做到简明扼要、抓住重点，尽可能少占用首长的时间。

一阵脚步声响起，门"吱呀"一声被推开了。

奚晓马上起立，双脚并拢，啪！给首长恭恭敬敬地敬了一个军礼。

这位首长个子不高，但魁梧健硕，黑色的眼镜框，衬托着如鹰隼般犀利的目光。他颇感意外地、略微疑惑地看了一下奚晓，点点头，示意她可以坐下。

"告诉我，你，代表哪一方？"首长目光如炬，深邃锋利，盯着奚晓，开门见山地发问。

"报告首长，我代理地方一方。"奚晓回答。

"你是一名军人，为什么代理地方而不是代表军队？"

"报告首长，矛盾发生前，我们已是地方单位的常年法律顾问，签有合同。"

"你为什么代理地方？"

"报告首长，虽然代理地方，我也是军人，我能从中维护军队的利益，而不会只打嘴仗。"

"你个人有什么好处？"

"报告首长，法律顾问处会收取常年法律顾问费，我个人没有好处和费用。"

"那么好吧，说说你的意见。"

一贯稳重且冷静的奚晓，不禁出了一身冷汗，好嘛！好厉害啊！

刚才首长的一连串连珠炮似的尖锐问题，可全然不在自己准备汇报的情况之内，要是一个问题回答不上，或是有失水准，自己就只有知趣地走人了！当然，首长也就不会再听自己讲什么汇报了。

奚晓定了一下神儿，开口说道：

"我想向首长汇报三个问题：第一，要从历史的状况看综合楼的租金问题。训练场当年出租的综合楼，是一座没有经过装修、没有任何配套设施的空楼，其内部所有设备、设施的完善与全部装修，是由吕浩全公司投资完成……"

"唔。"首长只发一声，冷冷的目光直射奚晓。

奚晓的心，已经平静多了，她继续说道：

"吕浩全用前期的投资款对应折抵部分年限一定比例的租金，并无不妥，至今不满三年，吕浩全尚未收回投资成本，部队没有吃亏；第二，调解解决是最佳方案，对双方都有利。《综合楼租赁合同》是训练场原军、政主要负责人及训练场原上级主管领导批准所签订的；一旦诉诸法律，如果训练场胜诉，说明训练场前任军、政主要干部及训练场原上级主管部门领导，低价'贱'租了军队房产，那么，就有国有资产流失之嫌，势必带来原任两级干部的不服，引发不满；如果训练场败诉，则说明训练场现任军、政主要负责人及训练场现任上级主管领导，违背事实和违反法律，侵害他人的合法权益，影响军民关系，给军队带来负面影响。"

"嗯，说下去……"首长似乎沉思着低声说道，奚晓的话显然击中了要害。

"首长，《综合楼租赁合同》的矛盾，从某种意义上来说，不仅是军队与地方的矛盾，如果处理不好，就可能引发军队内部前任干部与后任干部之间的矛盾，不利于军队内部的团结。为了避免激发其他矛盾，将问题复杂化，我们只有用法治思维，从事实出发，公平平等，化解矛盾……"

"好，还有吗？"

"还有，最后，也就是第三，倘若部队对综合楼的使用，确有新的考虑，并且执意收回，只要训练场给予吕浩仝公司合理的赔偿，并继续履行综合楼已转租出去的其他承租合同期限，我可以说服吕浩仝，提前解除《综合楼租赁合同》，交出综合楼。"

"你的意见，我听明白了，谢谢你。"首长边说边迅速地拿起了桌子上的电话："×部长吗？你马上到我办公室来。"

……

这位首长果然名不虚传，雷厉风行。

走出首长办公室，离开了暖暖的机关大楼，奚晓昂头深深呼吸着室外清新的冷空气。尽管那"二月春风似剪刀"的冷风吹在脸上有些疼，她心里却是春意盎然。她知道自己的目的达到了。

后来，正如奚晓所判断，部队领导听取了奚晓的汇报，采纳了她"调解解决问题的最佳方案"。

训练场没有再聘请律师出面代理，与吕浩仝的谈判和沟通亦变得顺利且畅通。经过双方友好协商，训练场对于吕浩仝公司给予了一次性的赔偿，而吕浩仝考虑到诸多的因素，包括与丰月未解的矛盾，也同意提前与训练场解除租赁合同，退出综合楼。

吕浩全很仗义，当然没有忘记协助其他承租户，特别是前期垫资装修的"三产"公司，他们与训练场重新签订了新的房屋租赁协议。训练场承诺：继续履行吕浩全公司与其他承租人签订的租赁合同，直到期满。

就这样，一场残酷的、即将燃起战火的争端，终于彻底解决，烟消云散。

奚晓就好像经历了一场"人生的考试"，交上了一张运用法律思维，实事求是，考量是非对错的答卷，也经受了一次自己对军队无比忠诚和热爱之心的考验。

成功和失败仿佛是两个不同的音符，人生如戏，不努力就没有机会，努力进取就有希望。奚晓面对"商场"之中纷杂的矛盾、沟沟坎坎，没有停下征服困难的脚步，因为经验告诉她：只要抓住了开启成功的门环——问题的关键所在，就有可能开启成功的大门！

夜色中的较量

不涉高处寒，安知天地宽。

当奚晓走过无数长满荆棘的路、一切都成为了过往，才发现她真的应该感激自己身处逆境时的镇静、坚毅和无所畏惧。虽然历经波折，虽然震惊可骇，然而一旦搏击过来，就犹如身处高山顶，极目远眺，让人顿然明白天地有多么宽广。她瞬间体会到那些所有的辛苦和付出，都得到了远远超出自己想象的回报，这是奚晓的又一次心理写照。

在深秋即逝、初冬来临的季节。一天下午，时针就快指向五点，奚晓突然接到一个电话。电话的那头是某部机关的严局长。严局长急促的声音让奚晓感觉到事情十分严峻。他顾不得寒暄便直截了当道：

"我们单位的两辆汽车，放在一个公司的汽车修理班进行维修，一辆黑色奥迪，一辆黑色桑塔纳2000，现在法院要将这两辆车开走！"

虽然只是几句简单的情况介绍，却让奚晓感到了事情的复杂性，马上便问：

"知道原因吗？是哪个法院、法院的哪个庭？"

严局长用沮丧的口吻回答说：

"唉，是什么法院、法院的什么庭、为什么要带走属于部队的车辆，我现在也不是很清楚……"

"严局长，您别急，我们现在最要紧的是先将事情的来龙去脉搞清楚，您说呢？"

"我也是刚才接到一个陌生电话，电话里的人只是匆匆说了一句'法院要开走你们的车'，然后就急忙挂断了，等我再打过去想了解详细的情况，就再也联系不上了，你说怪不怪？"

"哦，这是在给您'报信'呢。"

"奚晓，现在，请你代表我们单位出面去向法院说明情况，开回我们的两辆车，你看可以吗？"

"当然可以，军队的财产神圣不可侵犯，绝不能发生丢失和损失，这也是我的职责。"奚晓停顿了一下，接着又说：

"您能告诉我他们公司负责人的电话吗？我需要了解一下他们那边的基本情况，主要是汽车修理场方面的事情，您看呢，局长？"

"可以，我马上查一下电话号码。"

"还有，请您安排一位干部与我同去。"

"好，我马上布置。"

救车就好比救火，此时，奚晓脑子里的第一反应是——刻不容缓：要抓紧一切时间赶到那家公司的修理厂，向法院说明情况。如果去晚了，法院真是将车开走，再往回要可就麻烦了。于是她迅速抓起桌子上的钢笔别在上衣口袋，习惯性地检查了一遍必带的物品和证件，恨不得一步就迈到那个公司的汽车修理班。

天色已经暗了下来。在这样一个白天黑夜交替的时刻，奚晓抬头看看黑蓝色的天幕点缀着几颗闪闪的星星，似乎随着忙碌一天回家的人们同行。天空与心情有着无与伦比的特殊关系，傍晚的天空被薄薄的云层所覆盖，光线越来越暗。奚晓不知在黑暗即将到来的这个夜晚，能否顺利地开回部队的车辆，用军车的灯光照亮回家的路。

奚晓不喜欢天黑，黑色总是让她心情沉重。她边开车边想着刚刚与严局长的通话，不由得心里埋怨起来。"哼！这家公司也真是，什么事闹到了法院，这不是给我们部队添乱嘛。"车窗外的路灯迅速地向后闪去，她盯着夜色中的前方，觉得自己又一次选择走向远方的天际，风雨兼程！此时此刻，大概有很多人如她一样，都在准备迎接即将来临的困难和生活之中的未知吧？

奚晓琢磨着，这次去开回部队的两辆车也许会顺利，因为车的手续齐全，向法院讲明白就是。当然也许要费一番口舌，因为这两辆车毕竟出现在了"众矢之的"的现场；也许甚至还会出现自己很多没有掌握的情况。面对一个个看上去难以逾越的困难沟壑，这样一天天、一次次奔波的日子似乎永远没有尽头，奚晓的心情不由如暗淡的光线，忽然怀念起在山沟里当战士的时候，那时她多么年轻，多么单纯啊！那些无忧无虑的生活，还有那些战友……可是，这些散落在风中的回忆随着岁月的消逝，现在只深藏在了记忆的深处。

奚晓克制着自己的胡思乱想，脚下不由得加大了油门，而后冷静地对自己说，英国小说家狄更斯曾说过，不管发生什么事，都要冷静、沉着。人需要冷静，特别是在不明真相的关键时刻，更要保持极度的冷静，因为冷静也是处理好事情的手段，理性的制约是处理好事情的前提。奚晓相信，黑夜的尽头，新一天的太阳将照样升起。

奚晓要去的汽车修理班，就在那家公司办公楼的后院。奚晓用力睁大眼睛看着前方的路，双手紧握着方向盘，而大脑却做着最快速的分析和判断：法院到公司要开走停放在公司内的汽车，应该是在执行公务，否则，人民法院绝不会随意到哪个公司或单位里去查封或者扣押财产。此时，一连串的问号出现在她的脑海之中：法院是在采取财产保全，还是优先执行或是在强制执行？

如果是诉讼保全，车辆属于特定的动产，法院一般采用扣押其产权证照，通知有关产权登记部门不予办理该财产的转移手续，但不会将汽车开走，除非法院认定扣押并开走有必要。

如果是对案外人的财产，根据最高人民法院的有关批复，人民法院不应对案外人的财产采取保全措施，况且这两辆车还是军产。

可是如果法院是在强制执行，军车属于军队财产，与被执行人的财产并无关联。那么，法院为什么要扣押不在执行范围内的财产呢？这是什么法院所为？基层法院，还是中级法院？是本市法院，还是外省、市的法院？

想到这里，奚晓一脚刹车，将车停靠在马路边，掏出手机，拨通了严局长的电话：

"局长同志，您的人安排好了吗？"

"奚晓，你在哪儿？我已经安排好了！"

"对了，局长，告诉来人要带上两辆车的备用钥匙，带齐'军车执照'、'车辆驾驶证'、'军官证'和'单位介绍信'。"

"好的，我马上派车送你过去……"

"不，您不用送我，嘱咐要去的人也不能开车过去。"

"为什么？总不能让你这上级机关的领导打出租去吧？"

"对啊，我就是要坐出租车去，您的人也要打的过去，绝对不可开车。"

"啊？你是不是觉得有什么问题？"

"是的，我感觉法院的做法有些疯狂，军车也敢扣押，我们对现在的情况并不明了，所以以防万一，不能再开一辆车去冒险……"

"你是说，担心法院万一还要再扣我们的车？"

"嗯，我不放心。"

"有道理，我命令所有的人听你指挥。"

"谢谢局长，我已经出发了。在距离那个公司不远的地方有一个加油站，紧挨着加油站的是一片果树林，通知您的人，我们就在果树林的尽头集合。"奚晓放下电话，看到前面不远处就是一家酒店，正好可以把车暂时停放在里边。

奚晓要去的公司远离闹市区，坐落在市区与郊区的结合部；公司院子的门前有一条贯穿东西方向宽阔的马路，紧靠在公司东边的是围着一人多高铁丝网的果园，约一里多长。果树在路灯的照射下黑压压的一片，黑不见叶。

奚晓坐在出租车上不断地给司机师傅指着路线，向东向西、左转右拐，其实她自己也是第一次来，出发前才问清的路线。

"我说，姐姐，您这是上哪儿啊？"司机师傅用熟络却又略带不满的腔调发话了。

"师傅，就快到了，看路多宽敞啊。"

"路宽敞，可周围连个人影儿都没有啊！"

"我是一个人，又是女的，坐您的车，怎么您还不放心啊？"奚晓笑着问。

"就因为看你是个女的我才拉的，换个男的，这老远的路，天又黑，甭说来这地儿，哪儿我都不去。"

"那就谢谢您了师傅，今天您辛苦了。"

"嘿，姐姐，什么也别说了，一看你就是个好人，我今儿是送人送到家门口了。"

奚晓和出租司机你一言我一语地搭讪着，其实她自打坐上出租车，就后悔没让严局长派车来——单位来车把自己送到目的地，再开回去不就得了？今天自己想问题是不是百密一疏呢，于是心里开始犯嘀咕了——大黑天自己一个女的跑到郊外，要是万一遇到歹徒、被拉跑了呢？奚晓突然觉得自己这样想不吉利，连忙在心里狠劲地对自己说，"呸呸呸！乌鸦嘴！"还不由自主地用右手在嘴上拍打了三下，以示教训。这是奚晓在说错话时惩罚自己的习惯动作。现在只能破釜沉舟，硬着头皮走到底了。

出租车在黑暗中疾驰着，在马路两侧暗黄色路灯的照明下，奚晓已经看到了果树林，也远远地看到果树林的尽头站着一个人，不用说，一定是严局长派来的人，她顿时感到一阵狂喜，压在心里的一块大石头落了地。

严局长派来的人是年轻的干部，高高瘦瘦的，鼻梁上架着一副眼镜，文质彬彬，简直就像一个在校读书的大学生。

"奚主任，你好，我是房维，严局长派来配合您工作的。"年轻人边说边向奚晓敬礼。

"小房，你好。"

奚晓简单地向小房介绍了情况，因为自己知道的也是寥寥无几，然后说道：

"小房，你不要多说话，一切由我来处理。"

小房借着路灯微弱的灯光，打量着眼前的这位像大姐姐一样的上级领导：白净脸儿，短发，头发整齐地梳向耳后，上衣是没有佩戴肩章的夹克服，下穿一条绿军裤，不仅仅是漂亮，而且显得训练有素，禁不住说：

"临来时，局长交代了，一切都听奚大姐的安排。"

"好吧，跟着我，见机行事就行了。"奚晓微微一笑。

房维不住点头称是，然而他无论如何也想不到接下来发生的事，竟是让他这个训练有素的军人也尝到了一生中都从未经历过的恐惧和耻辱。

奚晓带着房维快步走向公司的门口。公司的院落不小，临街的院墙用铁栅栏围成，路人通过黑色栏杆宽敞的空隙，一眼便可以看到院里发生了什么。

奚晓看见院里空空的，没有一辆车。进入公司的那扇大铁门却敞开着，院子里漆黑一片，没有人影也没有声音，周围死一样的寂静。

奚晓觉得有些不对劲儿，不由得自言自语，又像是对小房说：

"公司的人呢？法院的人呢？如果人都走了，大门怎么没有关？"

"这里空荡荡的，怎么像个荒废的院子。"小房小声嘀咕了一句。

奚晓左右观察后，一边犹豫着向里走，一边放慢了脚步，伸出右胳膊拦住房维，说：

"小房，你走在我身后。"

二人径直进了院子里才发现，不仅公司的院墙大门敞开着，公司办公楼的两扇玻璃大门也大敞着，门厅里发出微弱的光，却不见一人，也是一片静悄悄。奚晓壮了壮胆，心里想，真是活见鬼了，我人都来了，不管有什么样的"鬼"，也得进去看个究竟。两人一前一后，迈进了办公楼的大门。

奚晓走到大厅中央，刚想张嘴喊：有人吗？可是话未出口，忽然从天而降，铺天盖地，呼啦啦——不知从哪里冒出十几个彪形大汉！他们瞬间就将奚晓和房维围了个水泄不通，接着竟然是一支支冰冷冷、黑洞洞的枪管对准了他们！

几乎也在瞬间，奚晓大声喊道：

"我们是解放军，你们要干什么？让开！"

这一声大喊，在寂静的夜晚和悄无声息的楼道里带着回音格外震耳，包围他们的彪形大汉们面面相觑，竟也一时不知所措，既没有挪动脚步后退，也没有人说话，僵持在了原地。奚晓已经养成了习惯，也是一个非常特别的个性，就是越在紧张的情况下，她越会超出常人地冷静和无畏，从而保持头脑清醒，迅速控制住局面，就连她自己往往事后也说不清当时身处险境时为什么能变得那样冷静。其实，道理很简单：无私者无畏！此时，奚晓厉声地再次大声说：

"枪口不准对人！把枪放下！"

奚晓的喊叫声中带着愤怒，这回包围的队伍有了松动，有的人向后撤了两步，有的人把枪收起，还有人将枪口抬上朝向天花板。

包围圈散开了，奚晓定睛才看清楚——这是一支法警队伍，个个身材高大，装备精良，身穿防弹服，头戴小钢盔，人手一支微型冲锋枪，好不威武。年轻的房维哪里碰到过这种事？可吓得不轻。奚晓表现得异常镇静，只是她想不明白，自己和小房并不是案件的当事人，又是两手空空、手无寸铁，用得着他们这样兴师动众地拿枪顶着吗？

奚晓虽然不解，但是心里十分镇定，她明白自己是出于工作，没什么可怕的。

大厅里忽然变得寂静无声，所有法警的眼睛都被眼前这个胆子大、话语不多却有分量和分寸的女军人吸引，空气中似乎弥漫起一种莫名其妙的平和。站在大厅里的毕竟只是一个赤手空拳的俊秀女人和一个架着眼镜的白面书生，对于这支准武装力量的法警队伍丝毫构不成威胁。

奚晓环视了一下周围的法警，对着离她最近的一个法警问道："谁是领导？我要见你们领导。"

那个法警看着奚晓没有答话，其他人站在原地保持沉默，没有人回应。奚晓气愤之余又多了些许无奈，颇有"秀才遇上兵，有理说不清"之感，于是说：

"怎么不回答呀？那好，小房，我们走。"

说完扭身拽住小房的胳膊，就在两人转身准备离开办公楼时，身后传来一个声音：

"是谁在这里啊，既然来了，就到屋里坐坐。"

奚晓转过头顺着声音望去，只见一个中年男人从走廊里面迈着四方步大摇大摆地走出来，显然是个"头儿"。奚晓正想着，只见周围的法警们看到中年男人都立刻收起冲锋枪、退后几步整齐地站在一旁，接着，那中年男人又抬起手臂挥挥手，于是"呼啦啦"一阵骚动，十几名年轻的法警立刻从奚晓和房维眼前消失得无影无踪。

这阵势，还真把奚晓搞糊涂了：这是法警，还是刑警啊？执行民事案件的法警为什么要动用武器枪支？是有人聚众闹事，暴力抗法，还是警察在抓捕涉嫌犯罪分子？

带着满脑子问号，二人随着那中年男人走进一间会议室。奚晓这时才发现会议室里已经坐了三四个人，都是清一色身着便服的男士。奚晓没有猜错，那个中年男人果然是"头儿"，名叫段玉才，是今晚这里的"最高指挥官"。这位指挥官显得有些傲慢，自始至终也不肯报出他的姓名。而奚晓当然不会失礼，首先介绍说：

"我们是 ×× 部队的军人，我是奚晓，他是房维。"

"你们有证件吗？"段玉才对着眼前的奚晓有些不屑地问道。

"有，请看。"奚晓从口袋里掏出军官证，刚想出示，这时突然身背后伸过来一只手，迫不及待地要抢走奚晓手里的军官证，眼疾手快的奚晓赶忙一把夺回自己的证件，迅速放进上衣口袋，扣好了口袋上的扣子。对方这个既不规范、更不礼貌的举动让奚晓心里一惊："来者不善啊！敢抢！"她掩饰着自己的愤怒，却格外地警觉起来，大眼睛直直盯着眼前这个中年男人，不甘示弱地问：

"请您也出示证件，让我看一下。"

段玉才并不理睬奚晓的问话，似乎觉得自己才是正义的化身，居高临下地自顾自地问着问题，且执意要奚晓他们回答：

"你们怎么来了？谁告诉你们的？你们是怎么知道的？"

奚晓见过大大小小的领导干部无数，还真没有遇到过如此没有礼数的法院人员，一种职业军人坚持原则的果敢和坚定油然而生，毋庸置疑地说：

"对不起，请出示你们的证件，否则，我不回答你提出的任何问题。"

奚晓的坚持显然触犯了段玉才的威严，他有些不耐烦了：

"我们是 ×× 人民法院，在强制执行案子，说说，你们到这里干嘛来了？"

"好吧，既然你说是代表法院在执法，我可以先回答你的问题，我们来，是要开回我们部队放在这儿修理的两辆车。"

"你们的车？怎么证明？"段玉才扭头与他们的人交换了一下眼色。

"我们有手续，而且这家公司的人也可以证明，他们有人在吗？"

"唔……"段玉才瞟了一眼奚晓，故意拉着长音哼了一声没有接话，似乎是告诉奚晓：我没有必要回答你的问题。

"既然如此，就不打扰你们办案了，我们自己到修理班去开车。"说完，奚晓对房维点点头，站起身就往门外走，身旁的房维也跟着站起来，大有保护奚晓的意思。

段玉才对奚晓的回答和举动感到非常意外，失去了刚才的矜持，对着奚晓的后背大声说：

"车，你们开不走！"段玉才说完，见奚晓没有反应，仍径自往门外走，又大声说：

"车辆已经被法院扣押。"

奚晓感到震惊，停住脚步转回身瞪着段玉才，十分严肃地问：

"扣押？为什么？这是军车！有依据吗？"

"当然有依据……"段玉才的回答，显然没有了先前的那不可一世。

"好，那么，就请您出示。"

奚晓的要求，合理合法，无可指责；熟知法律工作的段玉才心知肚明。他怎么也没有料到眼前这个看上去清瘦，甚至看上去体态柔弱的女人竟然这般强硬，似乎让他在自己的下属以及外人面前威严扫地！他想发怒但又无计可施，因为这女军人的要求并非无理；为了维护自己的尊严，他开始蔑视地扫了一眼奚晓，用嘲弄的口气说：

"你想要什么依据？"

奚晓感到了来自对方的蔑视和敌意，但她没有半点畏惧，一字一顿地说：

"请您出示扣押财产的清单。"

"这……没有这个必要吧……"段玉才开始有些含糊其词了。

"那么，请您提供'裁定书'或者'扣押财物通知书'吧，可以吗？"

"……也没有必要吧，这跟你们有关系吗？"

"有！"

奚晓不禁气愤地提高了说话的音量，斩钉截铁地说：

"人民法院执法扣押财产要有手续：扣押的财产，应当当场清点，由执行员开具清单，被扣押财产的当事人需要签名，并应持有一份清单，现在请您提供扣押我们那两辆车的手续，有错吗？"

"这个不能给你们看。"

"为什么，说出道理来！你们的案子与我们无关，我们不管，也不想管，更管不了，但是你扣押了案外人的财产，还是军产，你有什么根据？我们就是要看法律依据。"

其实，在奚晓还没有到达这里之前，单位停放在修理厂的两辆车刚刚被法院强行拖走。尽管现场的修理工已经反复说明——这是部队的车辆，不是公司的，但是负责现场指挥的段玉才仍旧把它作为被执行的财产，指挥着拉走了。因为找不到两辆车的钥匙，于是负责执行的段玉才叫来拖车公司强行拖走。

到此已经理屈词穷的段玉才觉得自己至高无上的身份竟然受到一个女人的挑战，这实在不能容忍。他只有一个念头，那就是要羞辱奚晓，给她点厉害看看，于是他立刻站起身，几步跨到奚晓和小方前面伸出一只胳膊挡住去路，紧接着拉开会议室的门，大叫：

"摄像，进来，解放军同志来了，就给他们来段留念吧。"

话毕，一个右肩膀上扛着摄像机，一个手里拽着地上一条黑色电线的两个人从会议室外面小跑着进来。此刻奚晓的心跳得咚咚响，不由自主地攥紧了拳头心里骂道：

"流氓！理屈词穷了就开始耍流氓！"

那肩扛摄像机的人"目标"很明确，进门后就马上靠近奚晓，肆无忌惮地将摄像镜头直接对准了奚晓的脸。奚晓没有半点犹豫，扬起左胳膊一把将摄像机头推向一边，进而怒目瞪着扛摄像机的人，用不容侵犯的架势厉声怒喝道：

"不许给解放军随便摄像！"

房维立刻站到了奚晓和扛着摄像机的人中间，用手掌挡在镜头前，大声喊着：

"你们想干什么？"

奚晓转回身对着段玉才严肃地说：

"请你立即撤走摄像，法院要依法办案，军人不受侵犯。"

"……"

奚晓看段玉才还不发话，又补充了一句：

"如果摄像镜头再对准我，我会对你今天的种种行为向你的上级领导反映，并要求处理！"

段玉才听了这话态度立刻"软"了下来，他向摄像的人使了个眼色，那两个人便悄悄退出了会议室。

"别生气嘛，呵呵，我们也是在工作。"段玉才打着圆场有点皮笑肉不笑地说。

这时，奚晓已经完全明白了，部队的两辆车今晚是无论如何都开不回去了。奚晓想，既然两辆车已经被拉走，眼下的局面也不具备解决问题说清道理的条件；而且法院正在执法，在对被执行人采取强制执行，自己作为一个公民，有配合人民法院的义务。想到此，她皱了皱眉，又低头看看手表，已是近九点钟，便小声对房维说了一句：

"我们走。"

两人便没再和段玉才搭话，头也没回走出了那个令人不舒服的房间。

　　刚一走出办公楼，房维就迫不及待地询问奚晓：

　　"奚大姐，法院的法官执行民事案件为什么还要动用冲锋枪，枪膛里装子弹了吗？有事的话真的会开枪吗？"

　　奚晓告诉小房：今天佩戴枪支的是法警，即司法警察。法警属于警察的警种之一，是人民法院的一支准军事化的武装力量，以其独特的强制方式维护着法律的尊严和审判的权威。法警按照规定对抗拒执行的被执行人使用警械和武器。当然，使用警械和武器应当慎用，不得滥用；应当以确保参与执行的法官和在场群众的人身和财产安全为原则。像段玉才这样的执行人员是极少数，他不代表法官，更不能代表法院。

　　奚晓和房维离开那家公司的时候，天空下起了小雨，丝丝的凉意让人感觉到了冬的寒彻。奚晓觉得比冬还要寒冷彻骨的是心痛和从未有过的受挫感，好像是头破血流地打了一场败仗；而她无法判断刚刚过去的激烈冲突，究竟谁更有法律依据？更无法对段玉才这样的执法者做出评价，她只深深感受到对法制不健全的一种无奈、无语。

　　雨越下越大，已看不清两米外的建筑，也看不清脚下的路。萧瑟的烟雨蒙蒙让这个世界变得一片模糊——就好像奚晓剪不断、理还乱的思绪。

不放弃任何努力

　　奚晓和房维加快了脚步，两人顾不得避雨，只想着快快走出果园地段，能够幸运地截住一辆出租车马上回去向局领导汇报，好研究下一步的行动方案。

　　严局长一直没有离开办公室，正随同一位副局长一起等待着奚晓他们的结果。

奚晓和房维一身湿淋淋地回到单位，顾不得换衣服先向局领导做了简单扼要的汇报。严局长聚精会神地听完，点点头，说：

"法院执法，把我们的财产当被执行物执行了，看起来，我们遇到的麻烦不小呢。"

"是啊，那执行的人员根本无法与他讲道理，讲法律也没有用。"

房维忍不住插话道：

"局长，他们那么多人用冲锋枪直指着我们，若不是奚大姐怒斥他们，还不知道会咋样呢！咱是人民解放军，啥时候受过这样的屈辱？"

"他们就代表法律啦？没素质，真没素质！"副局长生气地拍了下桌子。

"局长，这种事这样的人我也是头一回遇到，但害群之马哪儿都有，不奇怪。我们下一步怎么办？"

"奚晓，说说你的意见吧。"严局长说。

"我的意见是：马不停蹄，直'杀'法院，向法院领导反映真实情况，主张军队财产的权益。"

"可是，这会儿法院会有人接待我们吗？"副局长有些担心地问道。

"很有可能见不到法院领导，那就见法院的值班人员也行。"奚晓答道。

"能见到值班人员当然好，但是就算见到了，他们会听我们解释吗？"小房不无担心地问。

奚晓略想了一下，说：

"如果值班人员也见不到，法院有日夜执勤的战士。战士肯定在岗，我们可以写一份单位的公函交由执勤战士代转。"

"我看行，都是军人，会同情我们！"房维禁不住高兴起来。

"好吧，就照你说的办。"严局长非常认同。

"奚晓，公函还是由你来执笔，简单为好。"

"是，局长放心，我这就写。"奚晓以最快的速度帮助局里准备了一封公函。

两位局长看着浑身上下湿漉漉的奚晓和房维，心疼地说：

"你们先去吃饭吧，然后再去。"

奚晓说：

"还是先去法院吧。"

"你们浑身湿漉漉的，这样大冷天，吃点东西暖和暖和，用不了多少时间。"

"谢谢局长的关心，不过我觉得我们还是抓紧时间先去法院，您想啊，他们法院刚刚拖走了我们的车，我们随后就找上门来，这表明了我们重视的态度。这对引起法院领导的重视，对令他们认真审视扣押财物的对与否以及查清事实尽快返还能起到积极的作用。所以势不容缓，必须立刻行动。"奚晓想了想又补充说：

"我判断法院的院领导肯定还在法院——都动用了冲锋枪去执行的案子那是大案，院领导绝不敢掉以轻心，能不等结果吗？就像您一样一直在办公室等我们回来。"

"好，奚晓，辛苦你们啦！"严局长说完，转身对副局长说：

"你马上派车，送他们去法院。"

奚晓坐在车里不时地向司机说着路线。初冬的夜晚树木林立，看不到行人，只有马路上奔跑的汽车偶尔驶过，赶到法院时已经是深夜 11 点半。

庄严肃穆的法院在深夜里依然保持着它神圣不可侵犯的尊严，奚晓每一次站在法院大门口，都有一种肃然起敬的感觉。那是守护公正的地方，是体现社会公平的最后一道防线。今夜，她祈盼着法律的威严以及温暖。

奚晓告诉司机放慢速度，指挥着汽车绕过法院接待区的大门直接开到法院的办公区；奚晓再次要求司机关掉汽车行车大灯，只亮着行车小灯，并在靠近大门口十米远处将汽车停了下来。

警觉的哨兵早已听到了动静，迅速跨出岗亭的小门口，双手握枪，机警的眼睛密切地注视着前方。因为汽车事先已经关闭了大灯保留着小灯，所以哨兵很容易借着法院门口的灯光一眼看清军车和军车牌照。

奚晓轻轻打开车门，又轻轻地关上车门，这不是因为天黑夜静，这是奚晓骨子里对法律和对人民法院的尊重。奚晓觉得，所有的人站在它的面前，都应该规矩、虔诚。

奚晓带着房维慢慢走近哨兵，在距离哨兵一米多远的地方主动停下了脚步。奚晓看着眼前这个年轻的小战士心中不免涌起一股亲切感。她先做了自我介绍。经哨兵点头同意后，又上前两步递上军官证。

哨兵接过证件仔细看过，然后面无表情地说：

"你们有什么事？"

"我们要见法院的领导，请给予通报。"

"法院的工作人员都已经下班了，你们明天来吧。"哨兵不卑不亢地说。

"我们有急事，请务必帮助联系。"

"真的下班了，明天再来吧。"哨兵并没有因为奚晓是军官而放弃原则。

"我们是部队，不是地方单位，你也是军人，部队这么晚来法院肯定有急事，就请帮助联系一下吧。"

"这……"哨兵犹豫了一下：

"请在此等候，我打个电话。"哨兵说完伸出右手掌做了一个止步的动作，转身进到岗亭。

"谢谢！"

很快，哨兵放下电话迈出岗亭回到原地，对奚晓说：

"法院领导不在，明天再来吧。"

"那就请法院值班的人员接待我们吧。"奚晓几乎用央求的口气对哨兵说。

哨兵对眼前的这个女军人，还是正团职的女军人（哨兵审验过军官证），更是懂得尊重哨兵没有摆官架子以势压人的女军人动了恻隐之心，于是转身再一次走进了岗亭。

哨兵走出岗亭回复的结果，还是让奚晓他们等到法院上班以后再来。这完全在奚晓的意料之中——奚晓明白法院在这个时候不会见他们。但是通过哨兵的电话联系，法院已经知道某某部队深夜来过，法院的领导也会明白：部队急着赶来是主张那两辆汽车的所有权。奚晓觉得目的达到了。

奚晓把单位公函交给哨兵，请哨兵天亮后务必转交给法院，这才放心地往回返。奚晓没有忘记自己的车还停放在马路旁边的那家酒店，换上自己的车，开到家，已是凌晨一点。

法院很快见到了奚晓连夜送去的公函，经过核实，法院认定部队的两辆车手续完备，产权明晰，的的确确不属于被执行人的财产。至此，得到消息的奚晓长长叹了口气，房维见状说：

"奚晓姐，你怎么叹气，应该高兴才是呀？"

"我在想那天晚上，我们堂堂的中国人民解放军却被人拿枪顶着，心里始终不是滋味。"

"谁说不是！我从来没有见过那架势，说真的，当时吓坏了，真有点发蒙了！"

"你看到了吧？走'依法治国、依法办事'的路，多么艰难！"

"奚晓姐，我听说咱们那天夜里去法院的时候，法院的领导就在法院等执行汇报呢。"

"果不其然啊！"奚晓对自己的正确判断有点沾沾自喜。

"奚晓姐，我还听说那些枪都是子弹上膛的呀！你当时真是临危不惧，那么勇敢面对危险……我可佩服极了！"

"哦？荷枪实弹，真的吗？"奚晓有些不相信，急切地问。

"没错，千真万确！是法院的朋友亲口说的！"

"太可怕了！"奚晓瞬间感到有些后怕。

"那你说，法院那样做就对吗？我们是军人他们都敢如此对待，如果换上普通老百姓呢，是不是就被抓起来了？"

奚晓只是咧咧嘴，苦笑着摇摇头，一声没吭。

"奚晓姐，这恐怕是我长这么大都不曾遇到过的情景，到现在我才真正认识到局长委托你来处理这件事是多么正确，你就是女中豪杰！"

"可别这么说，真没什么，只是经历的事情多罢了。"

奚晓想，假如每个人都是天使，国家就不需要法律了。可是这个"假如"是不存在的，悲剧就在这儿，所以人类注定永远没有办法去建构一个"乌托邦"式的美好社会。

迄今为止，人类社会的发展始终是社会利益不断分化和重组的过程，不同的利益集团之间的冲突，是社会运动与发展的直接动力。于是就有了法律。法律体系的主要任务，就是在上述的冲突中维护整个社会的公共利益，并把不同社会集团之间的利益冲突限制在可以有效控制的范围内，从而在社会的进步中起着导向的作用；而消解社会不同利益集团的冲突，是每一个法律工作者永恒的追求。

执法者在现实中的确承担着重要的使命。执法的使命并不仅是一个手段那么简单——如果没有一种正确的执法规范做执法者行为的导向，而是使其完全成为服务于特定集团的工具，那么法律便失去了其本身的意义！

一天后，奚晓被严局长请到办公室，他掩饰不住兴奋地说：

"奚晓，法院通知我们取那两辆车啦！"

"好呀。"奚晓嘴角上露出淡淡的微笑。

"奚晓，你又立大功一件！"严局长竖起大拇指道。

"哪里呀，我是执行您局长同志的命令呀。"奚晓笑了："我这就去取车？"

"马上去！"

奚晓带着房维到了法院。在院子里，房维一眼就认出了那两辆车，二人办好出门的手续，一人驾驶一辆，开上了回部队的路。

半路上，天空飘起了雪花，晶莹剔透的雪花粒如棉絮般纷纷扬扬落下。奚晓按下车窗的玻璃，望向车外漫天飞舞的雪花，她忽然想起毛主席一首著名的诗词：

"北国风光，千里冰封，万里雪飘……山舞银蛇，原驰蜡象……须晴日，看红装素裹，分外妖娆。"

奚晓任凭雪花穿过车窗刮在脸上，清新凉爽的触感衬托着她此时冰心玉壶般的心境，她不禁感叹道：啊！好一个冬日！

真相

奚晓知道法院强行拉走部队车辆的事实真相，是在半年以后……

原来，为部队进行维修车辆的公司是一家以运输、军用零部件加工和仓储为主的综合企业。

某法院执行庭的法官段玉才——也就是那天晚上，与奚晓对峙的中年男人，很早就想结识这家公司的董事长董海生，只是一直没有合适的机会。其实段玉才曾经跟着朋友与董海生有过一面之交，但是，他却始终没有引起董海生的注意，而董海生更没有将他视为好友和知己，这使得段玉才有些愤愤然。

直到有一天，董海生的公司被告上了法庭。

段玉才觉得机会来了，他知道如果董海生的公司一旦败诉，就很有可能涉及执行：在执行工作中，执行法官根据执行的难易程度、情况不同，在掌握执行工作的分寸上有很大的弹性。

这天，一个同事对段玉才说：

"老段，听说了吗？"

"什么？"

"董海生公司的案子判了，败诉。"

"哦，是嘛。"段玉才心中窃喜，心说原来你也有这样一天啊！

更合段玉才心意的，是董海生的公司还因为没有如期履行法院判决内容而顺理成章地进入了案件的执行阶段。他想起在董海生的案子审理之初他曾经找过董海生，可几次给董海生的公司打电话，公司的秘书不是说董海生不在公司，就是说董海生在开会，也没见董海生主动给自己回过电话。这件事一直让他耿耿于怀。现在案子不仅判了，而且进入了执行阶段，段玉才心想，看你找不找我。

可是令段玉才比较郁闷的是，董海生本人明明认识他，也知道他是执行法官，却从没有来找他、联系过他。

段玉才在办公室呆呆坐了一会儿，伸手抓起电话拨通了董海生的公司电话：

"我是法院执行庭，请董海生接电话。"

过了好一会儿，电话那头说：

"对不起，董总不在。"

"到哪儿去了？"

"对不起，公司联系不上董总。"

段玉才恼火地摔下电话，心里想，"嘿，这董海生分明是不买账，没把我放眼里啊，好！那就让你体会一次法律的威力！"

于是段玉才在执行工作汇报中竟夸大了部分事实，将董海生的公司说成是"无视法律，拒不履行法院判决"；董海生的公司喂养着多条大型狼狗，具有危险性等等。就这样董海生的公司被列入强制执行中的头号典型。

所以这也就解释了奚晓和房维到董海生公司修理班取车时，遇到的一系列匪夷所思的情景。

不打不相识，奚晓后来也认识了段玉才。有一天，奚晓问段玉才：

"你说董海生的公司有好几条大狼狗，我去时怎么没有听见一声狗叫？难不成也被你们法院执行走了？"那段玉才只嘿嘿地笑却并不作答，奚晓忍不住又问：

"还有，你们执行董海生公司的财产，拉走我们军队的车干什么？"

段玉才很认真地答道：

"这是个误会，纯属误会！谁知道是你们的车？"

"那不对吧，明明挂着军牌，修理工也说明了；再说了，你不核实就执行，这不好吧。"

"什么好不好的，我就是恶心他呗……"

"你的意思是，因为他，才给我们惹来麻烦，让我们对他不满意？"

"你说呢？"段玉才神情诡谲地反问道。

奚晓无语。这一段对话让她想了好久。面对这样一名人民法院的执法者，不知道自己是应该哭，还是应该笑？

世事难料，却也"不出所料"。一年后，段玉才因触犯刑律受到了法律的制裁，被清除出人民法院的队伍。

时过境迁，奚晓最终明白了：一个合格的法律人才和一名合格的军人一样，是需要培养和历练的。人民法官和人民的子弟兵都应该努力成为忠诚、为民、公正、负责的共和国卫士。

结 束 语

奚晓说：我是一个兵，一个平凡的人。

她是妻子，与丈夫相濡以沫，几十年如一日；她是母亲，殚精竭虑，将女儿培养成了可用之材；她又是很多人的朋友和战友，把助人和付出当快乐，这与荣华富贵、贫穷低贱无关；她还是中华民族哺育的女儿，对祖国的爱，充满着责任和深情，在祖国很多地区遭受自然灾害、当贫困地区需要帮助时，她毫不犹豫积极捐款、捐物；路见不平或遇到素不相识的路人打架争吵的一点小事，她也会停下脚步，前去劝解，化解双方的争斗……

每一个人都拥有生命，但并非每个人都能读懂生命。

奚晓是随着共和国前进的脚步成长的。她有过迷茫，经历过人生中艰苦的磨炼；几十年的生命之路，让她懂得，虽然自己不能决定生命的长度，但可以拓展它的宽度；虽然不能控制他人，但可以掌握自己；虽然自己不能预知明天，但可以把握今天；虽然不能样样顺利，但可以事事尽心尽责。

她恪守着生命之中最重要的品德：对祖国和人民、对党和军队、对家庭和朋友们的忠诚、热爱和责任：无论是当战士、当军官，也无论是从事政治工作，还是法律工作，都无时无刻不忠诚地维护着人民军队的光荣，履行着共产党员和军人的职责，不敢有丝毫的懈怠；特别是从事的法律工作，"依法办事"是她的行为准则；近十年里奚晓参与调解过数十起军队内部、军地之间的纠纷，为国家和军队挽回了数亿元的经济损失。

"百仞之高，始于足下"，对一个国家、一个民族、一个人来说都是如此。奚晓明白"国强，则民强"的道理，个人的幸福和成功都是与国家的稳定繁荣、民族的复兴息息相关。在当今世界充满动荡、快速发展的时代，个体的力量虽然微不足道，但是，如果能将有限的生命与祖国的命运结合在一起，能够在中国崛起的道路上当一粒铺路的石子、一块奠基的砖瓦，已经足矣！这是她作为一名中华儿女的责任。

生命的价值，并不是用时间来衡量，而是取决于其深度。从某种意义上说，人生的成功，不仅仅在于聪明和机遇，更重要的是，具备一份"忠诚和责任"。

以后的路很长，奚晓知道自己还将跟随着中华民族伟大复兴的脚步走下去……